U0146332

摇篮旁的额吉

郭雪波 著

作家出版社

图书在版编目（CIP）数据

摇篮旁的额吉 / 郭雪波著 .—北京：作家出版社，2021.10
ISBN 978-7-5212-1415-4

Ⅰ . ①摇…　Ⅱ . ①郭…　Ⅲ . ①长篇小说—中国—当代
Ⅳ . ① I247.5

中国版本图书馆 CIP 数据核字（2021）第 186650 号

摇篮旁的额吉

作　　者：郭雪波
责任编辑：史佳丽
封面设计：孙惟静
出版发行：作家出版社有限公司
社　　址：北京农展馆南里 10 号　　**邮　　编：**100125
电话传真：86-10-65067186（发行中心及邮购部）
86-10-65004079（总编室）
E-mail:zuojia @ zuojia.net.cn
http://www.zuojiachubanshe.com
印　　刷：唐山嘉德印刷有限公司
成品尺寸：152 × 230
字　　数：320 千
印　　张：23.5
版　　次：2021 年 10 月第 1 版
印　　次：2021 年 10 月第 1 次印刷
ISBN 978-7-5212-1415-4
定　　价：56.00 元

目录

十二世纪中叶，成吉思汗母亲诃额仑夫人被部众遗弃，采食野果野菜为生计，以祖先阿阑豁阿五箭训子典故教育失去父亲的铁木真兄弟们。之后，她收养战争孤儿和灾难弃子，按照部族习俗视其为家人。众多孤儿养子中博尔忽、失吉忽秃忽、曲出、阔阔出等立下卓著功勋。史家诗人赞美诃额仑夫人曰，如同皎洁的明月一般普照大地。诃额仑，意为光明。

——作者题记

北纬 39—40 度一带，是个神秘的纬度，金色的维度。

处在这一带纬度的阴山—莫尼山脉以及向四方延伸的蒙古大草原，二十世纪六十年代发生过一件感天动地的真实故事。

本书，谨记写于此，献给草原的诃额仑母亲——额吉们。

——作者题记

引子　枪响之后

一阵排枪响过之后，黄昏的河滩复归沉寂。

乌鸦，从头顶上飞过。与乌鸦同时出现的是一位蓬头垢面的女人。

她轰走正叨鸽鲜血的乌鸦，把五个尸体依次翻看，摸摸鼻息，看有无活气儿的。空气中依然飘荡着火药味儿，久久不散，执行杀人任务的十余名刽子手日本兵，坐上卡车走了。他们嘴里哼着思念故乡的樱花之歌《萨库拉》，有滋有味，一时感伤了一九四五年呼伦草原的寒冷之秋。

摸完第五名，均无鼻息，那女人摇了摇头叹气。刚要起身离开，一只血手伸过来，攥住了她的脚踝。

救——救——我——

女人吓出魂，已经没有活气儿的第五具尸体，复活了。血人，泥人，鬼人。女人见他吐出三个字后又昏过去了，但还有喘气儿，便咬咬牙背上他。可是太沉背不动，只好拖着他在泥地上爬行。必须赶紧离开，日本人的收尸队随时会过来，附近还有野狼的绿眼珠子在闪光，觊觎这边。

阿尔山寺的葛根老活佛刚要关寺门，一只泥腿别住门说，等等，活佛，等等。

蓬头垢面的女子，背着一个血人出现在门口，踉踉跄跄。

咦？你不是——那个逃奴吗？怎么又回来了？

活佛大伯，不提逃奴行不？快救救人吧，他还有一口气儿——

说着，被称为逃奴的那女子把血人推给活佛怀里，然后拍拍手就要走人。

活佛一声惊呼，但已晚，紫黄佛衣上已然沾上鲜红的血污。而怀里血人，放不得抱不得，急得跺脚，赶紧叫唤那女子说，不要走，王府官家刚带人来寻过你！

这话管用，那逃奴女子又噔噔跑回来，乖乖地背上那个血人，跟随老活佛走进庙院里去。

躺在后堂土炕上，血人哼出了第一声。

一颗子弹，打进他脑壳子里，没有找到贯穿的出口，显然留在头颅里了。

两颗子弹射进他胸膛里，都有些偏离心脏，未能要上他的命。还有一颗似乎也无关紧要，从他命根上部小腹处穿过。当时确实是无关紧要。

这条命是捡的，也是他命硬，命不该绝。老活佛忍不住感叹。

还不是遇着了您这位活佛，医学高人！逃奴女子在一边说。

葛根活佛不说话，默默整理着挂满墙上的百药口袋，都是些精致的手工缝制小皮口袋，如工艺品，索口系着紫红色玛瑙坠儿。这座阿尔山寺，属于喇嘛教界研究蒙藏医学的特专部，葛根活佛是这里的德高望重的住持活佛，医学上师专家。

留在脑瓜里的那颗，咋办？逃奴女子歪着头盯看血人，问活佛。

只能留着了，这里没法给他开颅，我不是华佗。

他也不是曹操。逃奴说完捂嘴。

你知道曹操？没想到你这逃奴女娃还有文化，读过书，你究竟是什么人？是逃奴吗？葛根活佛回过头，似是漫不经心问她。

逃奴女孩伸一下舌头，依旧一口咬定自己就是王府逃奴，如果庙里不能留她就走人，说着又起身。老活佛急忙又喊住她，回来，你把一个半死血人背来，丢给我老喇嘛就想走呀？这里现在就剩下三四个老喇嘛，谁能管他，啊？你还是留下来，伺候自己背来的麻烦吧！他这种受枪伤的重病号，照顾不好就要死人的！

老活佛停顿片刻，又问，他到底是什么人？你这鬼丫头突发菩萨心肠，从哪里捡来的呀？

女子回答他，“纳刃－浑”，在前边河滩上一拨儿一拨儿杀人呢，他们这是疯了吧？（蒙古语“纳刃－浑”即日本人）

是疯了。世道轮回，已经轮到他们要逃了，光复了，满洲国——没啦！

噢，是这样啊！好事好事，那个给满洲国当旗长的鄂王爷，是不是也要跑啦？

差不多吧，该跑了。

噢——那逃奴一时无语，陷入某种思虑中，皱起眉头，脏兮兮的脸上一时惆怅。

我看你呀，不像逃奴，倒像是格格。

您老可别抬举我，我就是个逃奴，像格格的逃奴，咯咯。

老活佛摇摇头，转身出去配药或念经去了。

留在伤员旁的逃奴，一时陷入矛盾中。走，还是留，踌躇不已。这时庙门外又传出吵嚷，王府管家再次带人来找逃奴，她赶紧下到庙里地窖躲藏。经这下折腾，她只好继续留在庙里藏匿，照顾那位不知来历的半死之人。

世事人生，太多的阴错阳差，因果轮回，全由不得人。

她这一住就是三年，直到呼伦草原解放。新政府取缔寺庙，喇嘛还俗，阿尔山寺集体转为“苏木”（乡）小诊所，葛根老活佛当医生，逃奴女娃当护士，康复的那位伤病员当办公室职工。逃奴自称阿伦高娃，伤病员因脑子里留有子弹失去往日记忆，临时就叫“厄日格泰”，直译就是“男人”，后来就成了正式名字。他们两个人久处生情，也住在一起了，日子过得和美。只是偶尔瞅着自己男人的背影，阿伦护士产生一丝苦恼，他究竟是谁？来自何方？去哪里才能从他脑袋里抠出日本人遗留的那颗子弹，恢复记忆呢？

日子就如树梢的风，呜呜几下又过了五六年。而不肯消停的人世间，运动就来了，先是“三反”“五反”，后是“反右派”。“苏木”改称人民公社，热情洋溢的公社社员们天天在生产队里开大会，挨着个儿揪“右派”，为完成数额最后揪到公社卫生院。

运动干部与卫生院领导有些苦恼，关着门密商了三天。有个揭发信帮了他们的忙。

第四天，护士兼接生员阿伦高娃，被叫进了那间烟雾腾腾的小房间。

运动干部提问，有人记录。

你叫阿伦高娃?

是。我叫阿伦高娃。

不是吧？你不叫阿伦高娃吧?

干部的被烟熏黄的食指和中指间，夹着一根很粗的自己撕报纸吐唾沫卷的蛤蟆烟炮，弹了弹烟灰，幽幽地质问。

不叫阿伦高娃？那我叫啥？全公社人都认识我，我给这里几乎所有生娃的女人接生过哎！我是一名有证上岗的接生员，白衣护士！

阿伦高娃觉得不可思议，忍不住大笑。

陪坐一旁的卫生院领导敲桌子，郑重提醒她，严肃点！阿伦高娃同——

阿伦高娃抿着嘴又顶了一句，你自己都叫我阿伦高娃了，真逗！还把同志的志给咽回去了，没噎住您吧?

有人笑，运动干部却有点怒了。他重重咳嗽一声，提高了嗓门，严肃而冰冷地宣布说，那我们就不跟你兜圈子了，你不叫阿伦高娃，也不是王府的逃奴。在王府当过马车夫的社员郎布还有当年的王府管家，联手揭发你了，鄂王府里没有你这个奴才，倒是有一个像你这样的公主般的小姨太，她的名字叫格日伦。你就是那位格日伦小姨太!

如晴天霹雳。顿时，空气凝固了，令人窒息。

阿伦高娃霍地站起来，大声申辩，那俩人在胡说！他们见过我吗？告诉我，他们怎么认识的我？本人堂堂正正再次告诉你们，我就是逃奴阿伦高娃！

她听见烟雾后边的审问者在冷笑。有人伸手把她摁下，坐回凳子上。那凳子又冷又硬。

在权力认定的结论面前，自己此时的所有申辩，似乎已经变得毫无意义。

阿伦感觉很累，很无力。突然觉得这世界好荒唐，好无趣。她想哭，特别想哭，于是她不再憋闷自己了，号啕大哭起来，泪水如江河决堤。泪水混着鼻涕卷过她那张白里透红的圆脸庞，流到她的下巴，再流到胸襟上。

在她毫无顾忌的哭泣声中，运动干部宣布：阿伦高娃是隐瞒反动成分混进公社卫生院的贵族大小姐，现在定为危险的"右派分子"，并将她下放劳动，进行教育！

听到这里，阿伦高娃突然停止了哭泣。

她站起来问，完啦？

完了。

审问的干部深吸一口大烟炮，吐出浓浓一片黑烟。一张阴森的瘦黄脸，便淹没在那片黑黄色烟雾里边，变得影影绰绰。

出去时，从阿伦高娃的嘴里又冒出一句话来。

下放就下放呗，哪儿的黄土不埋人呢，嘁！

运动干部愣了一下，瞅着那个倔巴巴的背影，一时无语，之后，默默呷了一口茶，仿佛心里总觉着缺憾了点什么，感觉气势上总是输于这个硬邦邦的女人。

接着，也许为了排遣某种不快吧，这位干部又让人唤来了阿伦高娃的男人厄日格泰，面对他，干部的口气倒是和蔼了许多。他开始向那位丈夫解恨般地宣布说，他妻子阿伦高娃是隐瞒反动成分的坏分子，现在被群众揪出来划成"右派"了，他厄日格泰是被日本鬼子枪杀过的人，虽然还不清楚真实身份，但肯定不是坏人，所以还可以继续留在卫生院工作。最后干部继续告诉那位眼睛睁得很大神色木呆的丈夫说，你有两种选择，一是可与阿伦高娃划清界限，跟她离婚，二是——

厄日格泰立即打断了他，平时总是口吃木讷的他，也不怎么那个样儿了。

告诉我，你们将她怎么样？

开除公职，下放教育。

送到哪里？

这个，暂时还不知道，申报上级决定。你不跟她离婚吗？

离个屁婚呀？我都没有跟她结过婚！

厄日格泰恼怒了，又说，那会儿在庙里，在老活佛的见证下，就是住在一起罢了，根本没有拜过堂、举行过任何结婚仪式！

那就更好办了，你不用办手续就可以目送她去劳教了。

我要办手续，补办个手续。

离婚手续？

离个屁婚呀！告诉你了我都没有结过婚！厄日格泰又怒了，情绪很激动。我要补办结婚手续！

然后再离婚？干部也十分固执。

离个屁婚呀！你聋了呀？厄日格泰第三次吐出“屁婚”两个字，反问干部，我脑壳子里有子弹，难道你那颗球蛋脑壳子里也留有子弹吗？老提离婚干鸡巴毛，啊？我是要结婚，补办手续，然后跟她一起走！她去哪儿我去哪儿，哪怕天涯海角刀山火海，我都跟她走！

脑子里有子弹的这个男人“厄日格泰”，喊得几乎天崩地裂，房顶快被掀开。脸色泛铁青，握着的拳头如铁疙瘩，上边青筋暴起，显然他在强力抑忍着内心中火山海啸般的愤怒。

被骂的干部愣住了，瞠目结舌，出乎意料，他也想动怒，想拍桌子，可被一旁的卫生院院长拉住了。耳语说，这人脑子里有子弹，有时控制不住自己心性，脾气大，医院里大家都让着他三分，忍一忍吧。

站起来的干部，又一屁股坐下去了，嘴里仍旧不甘心地叨咕一句，有啥好留恋的，这多年也没给他生出个一男半女，不长草的盐碱滩，还当宝贝，冲我火啥呀！

这下，厄日格泰一跳如只豹子般地扑过来，薅住了干部的脖领子。

你说啥？奶奶个奥克森－舍色，这能怪她吗，啊？是我没种！知道不，小鬼子的子弹，穿透了我命根子鸡巴这上边儿，切断了我撒种的路径！知道不？鬼子给我作了结扎手术，知道不！奶奶个奥克森－乃乎！

他一边骂着“×他姥姥”之类，一边手松开了干部脖领子，哗啦一下，秃噜掉自己那条皮裤子。于是，火辣辣地裸露出他的下体，右手食指指着小腹上的一块赤色蚯蚓般疤痕说，就这儿，睁开你的狗眼看看，就这儿！瞅见疤瘌眼儿没有？！奶奶个奥克森－舍色！就这儿，结扎手术！

顿时，满屋子哗然，目瞪口呆。人们顷刻间如掉入了冰窖，屏住呼吸。

接着，爆发出哄堂大笑，山呼海啸般的大笑。他们实在忍不住了。因为他的下身那家伙实在是太大了。人们暗自吃惊，他那家伙什儿咋就那么粗那么大呢？简直是一根黑乎乎的肉棒槌！有人悄悄嘀咕，快赶上驴马的玤儿了——

于是，人们笑得更加疯狂了，前仰后合颠三倒四，笑痛了肚子，笑翻了椅子。

厄日格泰大大方方提上裤子，大摇大摆走出屋去，谁也没有敢拦住他。在笑声中，在干部的惊愕的目光中，如一凶神恶煞。

他，一脸的鄙视。

扬长而去。发一声狂笑。

第一章　二八月勒马等道干

成吉思汗先祖，乃奉天命而出生的名曰孛儿帖·赤那，其妻豁埃·马阑勒，渡腾汲思海而来，于斡难河源头不儿罕山麓扎营驻帐。

——引自《蒙古秘史》

一

两位骑者，渡北方的哈拉哈河而来。

一直向南，几天后又有一条河挡在前边。

河床里，流动着冰凌。嘭咔，哗啦，冰排在相撞倾轧，响动如山裂。

草原的冰河，今年开得早，河岸上的湿润空气中已含有泥土芳香，春天提前到来了。天空中飞过北归的大雁，发出欢快的啼鸣，土拨鼠伫立在刚开启的洞口，静静谛听世界。万物正从漫长的冬眠中醒来。

远道而来的这两位骑者，勒马站在河岸上，观河上冰凌。

两匹马身上都是汗渍斑斑，人也显得疲惫。一男一女两人，合骑一匹黑鬃大骏马，另一匹枣红马的背上则驮着生活家当，鞍子两侧挂被褥行李、折叠小帐篷，鞍桥上堆放装食物肉干炒米的布口袋，用皮绳绑牢。一看便是来自北方牧区的长途迁徙者。

女的三十五岁左右，梳着两根粗粗的辫子，红扑扑圆脸上浸出热汗。她滑下马背，解开蓝色棉袍子衣襟，一边对男的说，没想到这边暖和得这么早！咱们阿尔山寺那边，这会儿还冰天雪地呢！

还咱们、咱们的呢？男人说着话也下马。

女的叹口气说，一时改不了口啦，尽管无情无义，毕竟是捏合了咱俩的故土，没法不留恋。

男人无语。摩挲一下马脖子，爱惜地拍一拍马脑门，然后把缰绳挂在马鞍上，由着它啃吃河岸的黄草，那草根已经泛青了。

划成“右派”的阿伦高娃在阿尔山附近牧区被闲置了两年多时间，名单虽然早已报到上头，但几乎被遗忘了一样，最近才经多方协调，终于落实下来去劳动教育的具体地方——在那遥远的东南天边的科尔沁沙地哲里木盟奈伦旗。

老厄，这条河叫什么河呀？

应该是西拉木伦河吧，对，就是西拉木伦河！

男人伸手抓一把河岸泥土，放在鼻子下边闻了闻，进一步肯定说，没错，就是西拉木伦河。

闻一下河土，你就知道它是哪条河？

每条河的味道都不一样，我好像见过很多河流，这条西拉木伦河我感觉应该也来过——

那个男人揪住脑瓜顶头发，开始苦思冥想，似乎欲从遥远的地方把什么逃走的记忆给抓回来。当然，依旧无望。女人看着他那样子，心疼，走过来抱住他脖子安抚说，不要想了，想不起来更好，有什么呀！

等哪天，我自己拿把斧子把脑瓜子劈开，挖出鬼子这颗子弹！

别别，要劈，还是由我来劈吧，它是属于我的——说着，女的扑哧一声乐开了。男人也随着她呵呵笑，深情地瞅着自己的老婆。

看样子过不去河了。阿伦说。

看样子是的，得等三天，河里冰凌就能流完了。

三天？你怎么知道的？

我对这条河，感觉很熟悉，也许是小时候来过吧。

那敢情我们来对地方了呢，兴许能找回来以前的你。

男的摇摇头，又点点头，未说话，只是憨憨笑了笑。

他们在河岸上搭帐篷，守了三天。白天看着冰凌哗啦啦地流来，夜里数着星星听冰凌哗啦啦地流走。出现了一只流浪的野狗，始终围着他们转，他们住宿，它也在附近草丛里睡觉；当男人抛掷猎棒“蛮契克”击倒野兔子，野狗就主动跑过去叼来放在他脚边；它还很有礼貌，丢给它骨头后听到男人嘴嘬出“啫啫”之声后，才肯摇摇尾巴慢慢走过来，轻轻叼走躲在一边啃，像个绅士。有一次，居然大胆地舔了一下男人厄日格泰的手，不离开，像个老熟人。弄得他很是奇怪，问狗，难道你认识我吗？

狗摇摇尾巴，汪汪叫了两声。

它说认识你！阿伦在一旁呵呵乐个不停。

三天后，河道里的冰凌果然流干净了。

过河之前，男人厄日格泰冲那只狗招手让它过来，摸摸它肚子，看看牙口，对妻子阿伦高娃说，它是一条细狗，是一条训练有素的猎犬，好像被主人遗弃了，可惜。

是啊，现在人都吃不饱肚子，哪有粮食喂狗呀。妻子回答。

厄日格泰对狗说，你走吧，别跟着我们了，这条冰河你也过不去了。

夫妻二人收拾好东西，骑上马，下河道，就去渡西拉木伦河。

只听扑通一声，那条猎犬一纵跃便跳进冰河里去了，水面上只露出脑袋，眼见着抢在他们前面唰唰地游过河去。它渡河可比人畅快。人就困难了些，冰冷的河水没过马的腿根和肚子，夫妻俩被水浸到膝盖以上，布靴子里灌满了水。两匹马很勇敢，在主人提缰吆喝下勇猛地向前泅渡，毫不退缩，驮着主人和物品也终于抵达对面陆岸。上百米宽的河面，还流淌着碎冰碴子，马的侧面肚子上都有剐伤渗出了血，令主人心疼不已，赶紧敷草药抹烟灰。

人和马在河的高岸上喘口气，歇一歇，晾晒浸湿的衣物。那条猎犬抖了抖身子，水花四溅，经河水一洗涤更显得精神了，完全没有了流浪野狗的脏兮兮样子，转眼间蜕变成一条漂亮的猎狗。

带上它走吧，这条狗，很忠诚，很高依（漂亮）——

阿伦一边拧着浸湿的衣袍下摆，对丈夫说。

我看行，好像它也认识我，反正对我不生就是。

给它起个名字吧。阿伦说。

嗯，对，叫什么呢？就叫阿尔斯兰吧，狮子！丈夫老厄很痛快，回头便招呼，阿尔斯兰，过来！

人和动物都有灵犀，那狗就扑过来，拱进他的怀里，撒娇，一副受宠的样子。

它不会是原先就叫阿尔斯兰吧？咋这么听话，这么高兴呢？跟你还这么亲热！

妻子阿伦好生奇怪，一旁瞅着心里乐滋滋地说道。

由此，两口子收留了他们人生的第一个领养物——一只流浪野狗，一只被遗弃的猎犬，从此成为他们生活中的忠诚伴侣，离不开的好帮手。

二人启程，继续赶路。

从哈拉哈河北岸的呼伦草原牧区，走进半农半牧的科尔沁沙地草原，他们整整走了一个多月。渡过了西拉木伦河就是哲里木盟的地盘，估算再走三四天就能抵达目的地奈伦旗了。半农半牧的内蒙古村庄一个接一个，下地耕种的内蒙古农民身边还赶着一群牛羊，在农田边的荒野上吃草，与纯牧区不同，风景很是独特，别有一番风味。

原先叫别日根塔拉的这片草甸子上，如今已经拱起一座小城市叫通辽，是哲里木盟的盟府所在地。这里早先是清初那位赫赫有名的孝庄皇后的大哥卓力克图王爷的属地牧场，清亡后北洋政府不供俸禄，寄住都市王府纳福吸大烟的蒙古王爷们断了财路，只好出手草牧场“放荒”敛钱，以张作霖为代表的北洋军阀们乘虚而入，移民草地开垦，借助日本人资本又把铁路修到卓王府这里，索性取名叫通辽，这是一九一七年的事情，刚一百年，别日根塔拉之名就湮没在黄草里被历史遗忘了。沿着这条铁路有三个颇有意思的小站，都跟蒙古马有关，一个叫“额莫里”，如今已简称“欧里”，是马鞍子的意思；一个叫甘旗卡，是马肚带的意思；一个叫哲里木，是马鞍上皮绳子的意思。如今“哲里木”这上千年古老名称也已被弃用，改叫通辽，有些不伦不类，日本人和张作霖起的名字，殖民地耻辱痕迹太浓；附近还有一座莫力庙莫林·苏莫，意为马寺，当然也有人称这是谐音。由这些地名联想，科尔沁草原真不愧是蒙古马的故乡。

当厄日格泰把这些传说讲给妻子阿伦听的时候，只见她瞪大了眼珠子望着丈夫问，你咋知道的这么多？

我自己也纳闷儿，我为什么知道这么多？反正我知道就是。

厄日格泰晃了晃那颗有子弹的脑袋。

我们真的来对地方了呢。妻子阿伦又说出这句话，开心微笑。

他们勒马站在一个火车道小道口，等候一列火车通过。黑白栏杆横在马头前边。掌握栏杆一头的是身穿蓝色制服袖口有两道绿条的扳道岔铁路工，嘴上叼着铜哨子，威严地盯着他们夫妻俩，一再警告说看好马，看好马啊，别惊着！还有那条狗，看好喽！

于是骑在前边的丈夫勒紧了黑鬃大马的铁嚼子，坐在他身后的妻子则抓紧了后边牵着的枣红马缰绳。一阵轰隆轰隆声音，自远而近，呼啸而来。这是一列客车，绿油油的车厢连接在一起犹如一条长龙，煞是威风凛凛。一些车厢的窗口敞开着，有人好奇地看他们，还冲他们挥挥手，阿伦不好意思地转过头去，悄悄问丈夫，他们也不认识咱们，为啥挥手呢？

闲的，坐火车闲的。

坐火车也发闲啊？坐火车多好玩儿呀！

坐火车就像是关进长笼子里，坐久了很难受的。

你咋知道的？难道也坐过火车吗？

对呀，我咋知道的呢——难道我坐过火车吗？

可怜的厄日格泰，又对自己发出天问。

这时候，从一节车厢里传出一些小孩子的哭闹喊叫声。好像有很多很多大小孩子，有哭声，笑声，吵闹声，隐隐约约，朦朦胧胧。也许没有生育过，妻子阿伦对小孩子格外敏感，她的脸上露出甜蜜的笑容，侧耳倾听，细细捕捉那声音，感到很是幸福的样子。

听，老厄，车上有好多小孩子呢！

丈夫正在使劲儿拽着马嚼子，安抚暴躁的坐骑不受惊，没注意到那些声音。

车厢火车，一闪而过，风驰电掣，呼啸着奔向前方通辽站，路基枕木被震荡得颤抖不已，铁轨在列车压力下不堪重负吱嘎吱嘎地发出刺耳之响。

阿伦还在马背上发呆，捕捉着留在脑海中的声音，那些儿童们美妙的吵闹声。

嘴里嗫嚅，好多好多孩子呢，好多哟——

二

二八月乱穿衣，勒马等道干。

这是北方人对农历二八月气候的形象比喻。在这一奇特的春秋月份，气候瞬息万变，冷热转换无常，下场小雨很快又被春风或秋风转瞬间给吹干，人们即可勒着马缰等候泥泞的道路变干变硬。

勒马等道干。勒马等车过。

下放者阿伦高娃夫妇二人，骑着马过了铁道口，就进入了目的地奈伦旗境内。

三天后，他们从一个叫哈日根艾勒的村边路过。

村东口，有一座低矮的土房，院口有一眼辘轳井。夫妻二人下马，走向井口，正好看见从土房里走出一位中年麻脸妇女，怀里还抱着一个花布襁褓要往外走。

襁褓里似乎有一婴孩在哭泣，女人噢噢哄着。阿伦高娃向她问候寒暄，请求从井里打水饮马。

饮水呀，没关系，打吧打吧。

那麻脸妇女匆匆说，匆匆走，想起什么又回头嘱咐一句，家里没人，门锁着呢，你们就别进院子里了，还有狗，会咬人的。这边的阿尔斯兰突然冲她叫了两声，无缘无故，不知为何。也许它对对狗类诋毁有本能的反应。

阿伦感谢，满口答应她，决不会进院子一步。

那妇女一边走一边频频回头，若不是怀里孩子哭闹得厉害，那样子肯定要等候他们离去为止。显然戒备心很强，阿伦也理解，毕竟自己是路过的陌生人，行头也奇特不好看，流亡者的样子，风尘仆仆的外来人，很容易令人生疑。

厄日格泰从那位妇女身后怔怔地瞅了片刻，也许他在想，她怎么会有那么强烈的戒备心呢？牧区的牧民则对过路者都会敞开蒙古包门，邀请入内喝口热茶再走，农区的人真是不同啊。他的目光中似乎也有别的什么内容，有一丝疑惑，他自己也不清楚。阿伦已注意到这一点，记在心里。

厄日格泰开始摇起辘轳把，放下细柳条儿编织的圆斗形提桶，很快提上来满满一桶水，哗啦啦倒进井口旁的石槽子里，给渴急的马和狗饮水。之后，两口子再打一桶新水上来，自己慢慢喝饮。井水清洌甘甜，有一股沙土味道，清凉而醇厚。

厄日格泰的目光凝视村子中的方向，本来他们应从村边向西南去往旗镇奈伦塔拉，不必再进村子里的，可此时他向妻子提议从村子里走过去，若是村中有供销社打一瓶酒再买两斤旱烟。阿伦欣然同意，因那位麻脸妇女抱着一个啼哭不止的婴孩走，已经引起她的恻隐之心，凭职业的敏感她已听出那孩子生病了，想跟过去看看究竟。于是，夫妻俩在井边歇息一阵子之后，就牵着马走进村子里去。

村街上空空荡荡，别说人影，连一条闲荡的狗都没有。这令他俩很奇怪。

村子中部有三五间像样的房子，土墙抹泥很光溜，上边贴着一条一条红绿纸的口号，人民公社万岁，大跃进万岁，总路线万岁。显然这里是生产队的队部了，但门锁着，旁边有一栋三间也比较像样的土房，门口挂着牌子：哈日根艾勒供销社。院子里堆放着好多腌菜用的空瓦缸，收购的木材、甘草、蒲草、盖房用的大张篱笆等软硬物品。然而，大门上依然是挂着大锁，没有人影。

真奇怪，这一村人都到哪里去了？家家户户都锁着门，出了什么事情？

夫妻俩满心疑惑得不到答案，又不便继续逗留在这里，赶路要紧，只好牵着马要离开。正这时，隐隐约约听见有婴儿啼哭声。

听，是那个婴儿。就是刚才那个妇女抱走的婴儿！阿伦耳朵敏锐，立刻说。

不好，这孩子情况不好！阿伦又吐出一句，丢下马缰绳就跑过去。猎犬阿尔斯兰几个箭步飞蹿到她的前边去。

声音来自队部房子的后院。当阿伦循声跑过去时，阿尔斯兰正冲后院墙角吠叫。那里正蹲坐着那位中年麻脸妇女，怀里抱着婴儿，双手正在捂紧婴儿的嘴巴，不知是想让婴儿停止哭泣还是别的什么，脸色苍白，神色很慌张。阿伦高娃和狗的突然出现，使她吓了一跳，只见她立刻把孩子丢在一边站起来，疯癫癫地嚷嚷道，这孩子活不成了，我不要了，我不要了——送给你了，送给你了——队部也没有人，都去炼钢铁了——

阿伦高娃大吃一惊。这个孩子妈妈怎么会这样？难道是个精神不正常的疯子吗？语无伦次，胡言乱语，究竟是咋回事？她顾不上其他，赶紧跑过去抱起那孩子察看。是个女婴，一岁左右，满脸长着水痘，有的水疱流着黄水，不知是病因还是被她妈妈捂嘴造成的，脸色已发紫，出不来气，小生命正在消失，快咽气了。

这下阿伦急了，赶紧从身上拿出一根针，扎婴儿的几个脚指头，一股黑血顿时渗出，接着再给手指头上放血，随着，那娃子“呱——”一声哭叫出来。

墙角豁口外，又传出那位麻脸女人的声音，这娃不是我生的孩子，是他们送给我养的，我不要了，送给你们了，你们带走吧——

然后，声音消失，墙外一片寂然。

阿伦高娃抱着那个重病的孩子，十分着急，问丈夫，这可怎么办？赖上咱们了呢！当家的，这孩子真的快不行了，长着水痘还发高烧，再不治疗就会死的！

厄日格泰瞅着妻子心急火燎六神无主的样子，心疼，立刻拿主意说，那赶紧送医院抢救啊！那女人不是说了吗，送给我们了，那就接过来吧！我们正好需要一个孩子，你又那么喜欢孩子，救活了是长生天恩赐给你的一个娃！救不活，我们也尽到责任抢救了，这就看缘分了。没什么了不起的，天塌不下来！

阿伦高娃一听此话，顿时眼泪汪汪，依偎在丈夫那宽敞如门板的怀抱里说，还是你懂我——

她低声呢喃，如小孩，抹一下泪水。

当过多年护士能顶半个医生，阿伦拿出身上带的一些药，碾碎了喂给孩子吃，再喂了些水，她都恨不得从自己那双丰满却没有奶水的乳房里挤出奶汁来。一阵抢救，稳住之后，二人立即骑上马，飞速离开这里，直奔旗镇医院。

天命如此，世道轮回，可怜的流亡者就这样收养了他们的第一个养女。

冥冥中的一些事，由不得自己，尽管不知前边有什么样的命运在等候，这一对多难的夫妻依然是毫无畏惧地勇敢前行勇敢面对，相扶相持，按照自己本能应对着现实中的一切遭遇一切不平，无论是祸是福，是得是失，都去坦然面对着。

只要听到自己男人说那一句，没什么了不起的，天塌不下来，阿伦高娃的身上就热血沸腾，就鼓满生命的奋进欲望，刀山火海都敢上敢下。人只要放下了，看明白了，生活永远是美好的，阳光依旧灿烂。

当他们从村南绕过去时，远远瞅见，村子西头小林子边上，高高矗立着一座炼钢土高炉，火焰冲天。全村男女老少，黑压压聚集在那里忙活，有人在砍伐那片小林子，抬来一根根原木“嘿哈”地投进炼钢炉的火红大口里，有人还往里扔着自家的门板，引来一片喝彩。一些妇女，则笑嘻嘻地把自家铁锅铁勺铁铲子所有铁制器械也统统抛进高炉的大锅里去，那脸上的感觉好似吃了蜜一样的甜蜜、幸福，反正现如今已经食堂化吃大食堂，自家用不着那些东西了。似乎听见干部模样的人在高喊，马上要出钢水喽，十五年赶超英美，帝国主义夹着尾巴逃跑啦！

厄日格泰不由得吐一句，看来，这边的人更疯啊！

阿伦高娃一手抱娃，一手抱男人腰，枣红马的缰绳拴在马鞍上。她催促丈夫，咱们快走吧，别管那些了！

猎犬阿尔斯兰“嗖”的一下，在前边冲出去。

厄日格泰随着吆喝一声坐骑：chu-hu！驾！

两匹马在飞驰。婴儿在怀里啼哭。

风在耳边呼啸，婴儿在怀里啼哭。

鸟儿在树上鸣叫，婴儿在怀里啼哭。

最后，马停下了，风停下了，鸟儿也停下了。

婴儿，也停下了，不啼哭了。

她，在新母亲的温暖怀抱里，居然甜蜜地睡着了，露出稚嫩的笑容。

天赐的女儿，他们给娃取名叫腾林吉雅。意为天赐之缘。

三

奈伦旗府所在地——奈伦塔拉镇，不大，那会儿镇上居民也就万八千人，全旗人口顶多八九万而已。

旗，蒙古语满语同称“和硕”，口语叫“豪休 haoxiu”，原本是后金清初时期的军事建制，字义本身指一条独立的箭形岭，以此形容一支独立作战的方阵或箭形队伍，各有自己的特有的战旗，分满八旗蒙古八旗什么的。后来就把“和硕”移用在分割蒙古草原的行政建制上。最早，皇太极把蒙古二十四部划分成漠南四十九旗漠北五十七旗，把广袤的蒙古大草原分割成一百多个豆腐块，各自封王，相互独立，相互牵制，虎视眈眈地瞅着你我他。这是一个绝妙的行政分割体制，谋思高级的战略手腕，从此彻底制服并削弱了总是桀骜不驯又相互不服的蒙古部众。

奈伦塔拉镇虽然不大，但很古朴。只一条主街，中段有一棵老榆树，足有几百年，几个人合抱都抱不过来，树枝上飘荡或系挂着蓝黄布条，也有人把车马拴在树杈上，放一捆草喂着牲口。老树也算是一个边界标志，它的西侧延伸着政府机关，公安司法警察部门，而它的东侧乃商铺、医院、百货公司、居民住宅、中小学，最东侧边缘是几家旅社，再过去就是日本人和张作霖修建的郑大线上的奈伦火车站。

老榆树对面慢坡上就是旗医院，医院后头有一座高高矗立的白塔寺，新中国成立前有很多喇嘛念经，当初的旗王爷就是大喇嘛出身，旁边就是老王府大院，医院是由白塔寺庙属房改建的。过去蒙古人看病都去庙上请喇嘛大夫诊脉抓药，喇嘛医生造诣都很深，自元代忽思慧《饮膳正要》、沙图穆苏《瑞竹堂经验方》到明清占布拉道尔吉《本草图鉴》、伊舍·巴拉吉尔《识药品鉴》等，都是珍贵医学遗产，有人经比对鉴定后称李时珍《本草纲目》都是根据这些遗产宝贝整理编纂的，这些历史高人绝非一些人无知贬低的那种“蒙古大夫”。

厄日格泰把马拴在那棵老树上，阿伦高娃滑下马背，抱着孩子直奔路北的旗医院。见阿尔斯兰也要跟着女主人跑，厄日格泰喝住了它。

回来吧狮子，咱们就别去添乱了，在这儿等着吧。

那狗摇摇尾巴，就趴卧在主人脚边，伸着舌头喘气儿。

厄日格泰斜倚着老树，卷了一颗粗粗的土烟叶，吞云吐雾。有两个街头青皮顽童，见是外来人欺生，过来跟厄日格泰搭讪打问，哪儿来的呀？马不错呀，卖不卖？

厄日格泰抱着胸，斜眼瞅着不搭理他们，当顽童靠近那匹黑鬃马时，“嗯儿——”的一声，趴在主人脚边的阿尔斯兰一跃而起，龇牙咧嘴地扑上去就咬住了一个顽童的裤子，迅雷不及掩耳。两个顽童连滚带爬逃走，都不敢回头。厄日格泰乐了，拍拍狗的脖子说，没想到你这么厉害！

阿尔斯兰摇摇尾巴，那是它的微笑方式。

走进医院的阿伦，很内行地先挂急诊，直奔儿科。向医生说明病情，诊断结果是出水痘加急性肺炎，送进婴儿重诊房进行抢救。医生填写病历单时，阿伦明确告知，她的女儿名叫腾林吉雅，一岁。医生几分责怪她，你对孩子太不负责任，病成这样才想起往医院跑，阿伦也一个劲儿自责检讨，急着赶远路对孩子的确照顾不周，自己真的很混蛋。医生看她那样子不像虐待孩子的母亲，便放过她，摇着头吩咐护士们打针吃药。

孩子住院，阿伦在旁边陪床守护，厄日格泰和他的两匹马一条狗也在老树下驻扎下来，等候。再从街上买些吃的喝的送进去。有个街头警察过来询问，他如实报告来龙去脉，保证孩子病一见好转马上离开去政府报到，而后再奔赴具体下放地点，接受劳动教育重新做人。他是替老婆这么说的，解释自己还是好人，正常的好老百姓，属于良民。警察见他谈吐清楚，不卑不亢，蒙古话汉话兼通，又拿出一沓证明信介绍信下放通知书、姓名年龄粮食户口转移证，样样都清楚明晰。那警察笑笑解释说，现在是困难时期，外地来的饥饿盲流很多，快成灾了。然后跟厄日格泰聊起呼伦草原那边的天气和生活来，还说自己特想去看看真正的牧区真正的大草原，抽了一口厄日格泰卷给他的大烟炮，被呛着了，咔儿咔儿咳嗽起来，口称真冲真有劲。中年警察名叫乌立塔，看得出他对厄日格泰夫妻的遭遇颇有同情，只是没有明说而已。

这马是自己的吗？我们这儿半农半牧地区，蒙古人也不让个人家养马，但驴倒是允许各家养一头，嘿嘿。警察乌立塔说着嘿嘿笑了。

是自己的马，原先在那边的公社卫生院上班，经常下乡出诊，每个人配了一匹当坐骑的马。临出来，我们就花钱买下了自己骑的马，一开始不同意，但看在我们赶远路又是老职工的分上，还是同意了。厄日格泰向警察解释。

你这两匹马看着都是好马呀，尤其这匹黑鬃马，还是“阿吉日嘎”儿马哩，没有骟过。啧啧啧。

警察大哥懂马。这匹黑子儿马，打小马驹起就跟着我，有感情了，舍不得骟，阉了心疼。

它不野吗？儿马可是性子烈，难驾驭，不小心就把人摔得七荤八素的。

嗬，警察大哥当过骑兵吧？很在行嘛！

不瞒你说，年轻时还真当过六年骑兵，那会儿熟悉的东西就是枪和马，谈论的就是梦中的女人，哈哈哈——

警察乌立塔说笑着，挥挥手走了，离开时还说，有事儿，来找我啊！我叫铁警乌立塔，镇上的老猫小狗都认得我！

好咧，乌大哥，等明确了地方，就请你过去骑这匹阿吉日嘎儿马！

厄日格泰从他身后喊。乌立塔的手在他头顶上又招了两下，然后拐进另一条小街不见人影。

还是军人跟军人亲热哟。厄日格泰自语，又摸摸脑袋问自己，咦？难道我当过军人吗？

他又把自个儿给搞糊涂了。

三天后，孩子病情好转，转危为安，阿伦高娃就抱着孩子出院了。他们的一点积蓄付不起长久住院治疗费，只能开了药自己来护理，对自己的职业能力阿伦还是很有自信的。

然后，夫妻俩直奔位于老榆树西边的那座神圣的旗政府大院。

威严的政府大院门口，不让闲杂人等随便停留，厄日格泰依旧牵着马站在较远处的街角等候，下放来的“右派分子”阿伦高娃就大大方方地走进里边去。当她手持红章介绍信，怀里还抱着有病的娃正要直闯里边时，门侧不很显眼的收发室里有人喊住了她，问清原因后让她先登记。老收发员仔细查看填写的登记单之后，才慢吞吞告诉她，院子里第二栋平房左侧第三个门就是旗组织部人事科，去那里报到。又问，你的孩子怎么老哭呀？好好哄一哄，这里是政府办公室，真是婆婆妈妈，难怪“右派”呢！

“右派”跟孩子哭有必然关系吗？要是真那样，我肯定当不成

“右派”！

未生过娃的阿伦高娃笑嘻嘻，抱着娃大摇大摆地往后院里走，老收发冲她身后直摇头。

人事科的屋子里，有一股浓浓的来苏尔双氧消毒水的味道，这是她阿伦高娃最熟悉的味道了。一位和蔼的四十多岁女科长格日勒亲自接待她，解释说，旗里有个村子发生鼠疫了，天灾人祸呀，小日本遗留下的瘟疫，不时发生，前两年甚至几个村庄都往外抬尸体，唉，天灾人祸呀！

格科长嘴里一再强调着天灾人祸，让阿伦高娃坐在办公桌对面椅子上，倒了一杯热水给她喝，见孩子哭个不停还笑眯眯地哄她，从抽屉里拿出一块奶糖剥掉皮塞进孩子小手里。本能的需求，小腾林吉雅立马把糖往嘴边送，登时停止了哭泣。

阿伦高娃自己却差点哭出来。遭够人世间白眼、黑脸、冷嘴、刀心，其实她已经很麻木了，无所谓了，不在乎了，可面对这位大姐如此温暖对待她怀里的令人心烦的哭泣不停的婴孩，她的那颗冰冷的心顿时被融化了。热泪在她眼眶里打转，默默看着格科长。

大姐、科长——您真好，不像个人事科长。哦，对不起，我说错了——阿伦登时伸一下舌头，红了脸道歉。

没关系的，人事科的人一般都愿意绷着脸，以示严肃，高深点。说说自己的情况吧，让我听一听。你们的档案材料还没有寄到呢。

格日勒坐在办公桌那边，双手交叉握着放在桌子上，微笑着开口。

于是，阿伦高娃把自己被打成“右派”的前后情况，从头至尾如实汇报。

那你的历史——究竟，你究竟是不是王府小姐或者是什么小姨太呢？

这个，我早就向阿尔山的组织那边解释过了，我是被那位王爷旗长从海拉尔市抓来给他当小姨太的，我坚决不从，就被锁在房子里，后来爬窗户逃出来的，可他们就是不信！

噢，那你在海拉尔市里做什么的？家就在海拉尔吗？

我是海拉尔一所医校的学生，那天跟大家一起上街游行抗日来着，后来被警察抓进了大牢，不杀不放关了很多天。有一天那位旗王爷来了，他在伪满政府里担任着什么协理议员，来视察监牢，就看中了我这张脸蛋，靠关系从牢里把我领出来，带回了自己旗王府。

那你还是个进步学生嘛，那你家究竟在哪里呢？

我——其实，是个孤儿，寄住在一个远亲家里读书来着，我一出事他们就不认我了，撇清关系，抛弃了我，后来家也搬走了，我都不知他们搬到哪里去了。解放时阿尔山寺集体转成苏木卫生院，当时我也没在意这事儿，这种事儿在那个乱哄哄的年代算什么呀，人活着就不错了。有人揭发我是王府小姨太之后，听说运动干部去海拉尔调查过，可是没找到那个远亲，医校档案也在日苏战火中烧毁，无处核实。唉，我就这样成了一个黑人，来历不明的黑人，听说揪“右派”还有指标任务，于是就让我这来历不明的黑人充数当了“右派”，他们觉得很合适吧。咯咯咯。

阿伦高娃说着又笑起来，重新说起这些事再次感到很滑稽，很无聊，很没意思的。她已经感觉不到伤心了。那位格日勒科长却一字不落地认真听着她的叙述，默默地盯视着阿伦高娃那张久经风吹日晒的脸，粗糙，黝黑，虽然年轻但上边已经有了深深的皱纹，嘴角和下颌那儿皮肤都已皲裂，格日勒心里忍不住想，这个年纪才三十多岁的女子都经历了什么样的磨难呀，为什么会出现这样的情况呢？她处理过诸多人事问题，管辖着全旗上千个干部人事档案，但这样的例子的确头一次遇到。她心里已经相信对方说的所有话，阅人无数，凭多年经验知道，对面这女子不是一个会撒谎的人，反而她太真实了，这个世道才不容她吧。

格日勒不由得叹口气。

她看着阿伦怀里舔着奶糖睡着的婴孩，思考片刻后这样说道，你们两口子的情况很特殊，我们先研究下再安排你们的去处吧。旗政府有一家小招待所，你们一家人先住那里，孩子有病不能再露宿街头了，毕竟是待分配的下放人员，不属于死硬的阶级敌人嘛！我给招待所打个电话，你们就先过去吧！

阿伦高娃嘴巴颤抖着，半晌无语。什么都说不出来，又能说什么呢，肤浅的感谢话这时候都是多余的。临出门，她突然想起什么，迟疑片刻，还是从衣兜里拿出一张皱巴巴的封口的信函，怯怯地询问，你们这里有一位叫额尔敦扎布的旗长吗？

有啊，你认识他？格科长惊愕。

不不，我不认识，我怎么能认识他呢——阿伦苦笑，又说，我们临出来时，有人往我们门缝里塞进了这封信，上边写着请转交奈伦旗额尔敦扎布旗长收。也不知谁写的，神神秘秘的，我也没敢打开看，那是不礼貌的，就给带过来了，当时也不知道真假。要不麻烦你转交给那位旗长，可以吗？

好吧，格日勒接过来，想了一下又改变了主意，这样说道，还是你自己送过去的好，他的办公室就在后边第三栋平房的右侧最里边那间屋子，他正好在，你就过去吧，正好孩子睡着了，也不会吵到领导。

格日勒敏感地意识到，这封信不会简单，肯定与她的命运有关。

她目送着阿伦高娃向后边走去，又叹了一口气。

阿伦高娃站在第三栋右侧最里边办公室门口，迟疑片刻，轻轻敲一下门。有人让进，待她进去后看见，有个头发半白的老干部，正坐在大桌子后头看文件，头也不抬，说一句放在门口桌子上吧。她放下信函，悄悄退出来，这时怀里的腾林吉雅醒了，哇的一声哭将出来。

怎么还带着个娃呀？回来，回来，把信拿过来。人事科来过电话了，我倒是要看看，写信的人是何方神圣？老旗长五十上下，摘下花镜，抬头看了看阿伦母子，伸手接过阿伦递过去的那封信。皱皱巴巴，沾着泥土油渍，还粘着饭嘎巴儿的那封神秘信函，使他皱起了眉头。

没有把信弄丢，点了柴火烧掉，你挺有责任心的嘛。

老旗长边说边打开那封几乎被揉烂的信。

我这人傻嘛。阿伦嘀咕，心里说，这个旗王爷，跟以前见过的王爷还不太一样。

你傻吗？我看不傻。老旗长读完信，皱着的眉头已有些舒展，手扬了一下那封信，有人向我介绍了你的情况，说你是被冤枉的，让我善待你。

不可能，我们那疙瘩没有这样的好人！阿伦晃晃脑袋。

哪儿都有好人的，好人还很多，别不相信。我不跟你说是谁了，这人是我的故交，我相信他的话，运动嘛，谁也没办法，势单力薄。他说你本是一位业务能力很强的护士助产士，让我帮帮你，找机会发挥你的长处，用你。

得了吧，把人整下去了，“右派”了，又来说这个咸不咸淡不淡的多余话，猫哭耗子呗！善待我？你能摘掉我头顶的这顶“右派”帽子吗？阿伦高娃气不打一处来，冷笑着反问。

不能。老旗长说。

这不结了，其他的，本王府小姐还不感兴趣，免了吧，该下放哪里就下放哪里，我还得抓紧照料我这女儿呢，她正在出水痘。她现在是我人生中最大的收获，唯一的安慰！

阿伦高娃气呼呼说完，拍着哭个不停的女儿后背，气昂昂地走出屋子去了。对阿尔山的怨恨，不可能轻易消失。那位老旗长额尔敦扎布，叉着腰站在那里，愣住了，转而一笑，说一声好大的脾气哟，这一点倒是像王府小姐了！

阿伦高娃走出旗政府大院，去找丈夫。发现格日勒科长正在跟她丈夫说话，显然人家工作认真细致，出来见见这位困难中不离不弃妻子的男人是谁，脑子里留着一颗子弹，还这么忠诚，这么有担当，一心呵护心爱的女人，这样的男人现在已经不多见了。

阿伦和丈夫告别格科长，就去入住旗招待所，等候下放地点。

三天后，格日勒科长亲自来招待所通知，他们的下放地点是镇东北二十里外的哈日根艾勒生产队，那里是牧业为主也种地的生产队，离旗镇很近，生活上方便些。本来按照规定，他们的下放地点在离这儿百里之外的一个劳改农场，后来额尔敦旗长亲自过问，就把他们安排在附近条件好一些的哈日根屯了。格日勒还悄悄告诉他们，也赶上那个哲南农场正在发生鼠疫，处于隔离状态，不让外人进去，哈日根生产队还是全旗模范生产队，先去那里劳动一段时间再说吧。

显然，格日勒话里有话。

不过，阿伦一听去哈日根屯，心里就凉了半截，抱紧了怀里的孩子。看看丈夫，看看孩子，欲言又止。厄日格泰赶紧朝她示意，别说话。他明白，这是组织上的决定，还是好意的决定，如果拒绝反而会引出怀疑和询问。

厄日格泰更清楚，捡来的婴儿情况，还必须去哈日根屯才能搞清楚来龙去脉。这可是不能回避的问题，等孩子长大了也好有个交代，不然一辈子良心不安。

这个脑子有子弹的男人，总是主意很正。

四

阿伦高娃夫妇接着在招待所待了五天。这是格科长的吩咐，等孩子好利索了再走。白住人家房子，两口子有些不好意思，本来可住七天，但第五天就办完手续离开了。住的这几天厄日格泰也没有闲着，每天早早起床帮招待所干活儿，扫院子，扫走廊，烧开水锅炉，甚至去煤厂拉煤。弄得人见人爱，招待所都舍不得让他们离开了。

收拾完行李，牵上马，他们奔赴落脚地哈日根艾勒村。

离开招待所阿尔斯兰最高兴，怕它咬人生生被拴了几天。这下解放了，撒着欢儿前边跑。阿伦高娃后边背着女娃，手里紧牵着枣红马，跟在丈夫后边靠着街边儿走，担心汽车喇叭让马儿受惊伤着路人。

从旗医院往东走过去没多久，看见临街有一家挂着“旗妇幼保健站”牌子的小单位。这样的部门，让阿伦感到很亲切，很熟悉，忍不住心中有些发酸。

突然，从那小院子里跑出来一个五六岁的小男孩，后边追着一位穿白大褂的男医生，嘴里大喊着，回来，小嘎子，快回来！

阿拉——桑哈印（上海人）——阿拉——桑哈印——

男孩边跑边喊，眼见快被追上，一急，猛不防就钻进了厄日格泰黑鬃马肚子下边。这下受惊的马高高跃起前腿，毕竟训练有素，身体立在后两腿上没有往下跌下来，马是有灵性的，对人友善。厄日格泰眼疾手快，从马肚下一把拽出来那个娃，想发火又忍住，笑呵呵斥道，你这小赤佬、桑哈印，小命不要的啦？

咦？你个大赤佬，侬会刚（讲）阿拉桑哈（上海）话？

一星半点的啦。厄日格泰说着，回头问白大褂大夫，咋回事？让孩子瞎乱跑，多危险啊！

谢谢这位同志，谢谢——

白大褂并不回答厄日格泰的询问，欲揪拉男孩子手就走。男孩子不从，往后捎着，双脚在地上拉出一条白印儿，嘴里依然叫着，阿拉桑哈印，阿拉桑哈印，阿拉回桑哈——接着就张口咬住了男医生的手腕子，狠得像只小狼崽。

男医生啊一声痛叫，便松开了手。

那男孩扭头又跑回来，躲在厄日格泰的身后，一旁的阿尔斯兰倒是对男孩很是欢喜，贴过来舔他的手，亲热起来。这男孩子也登时忘记刚才的不快，抱住狗狗脖子就嬉戏，嘴里欢叫着狗狗，狗狗！

厄日格泰蹲下来，问男孩，喜欢吗？

男孩点点头，又怯怯地回头看那位男医生，悄悄说，叔叔救救我，阿拉不要回去的——

好吧，叔叔答应你，但你不能再瞎跑了，先跟狗狗玩儿着啊。

厄日格泰向男医生迎上去，低声询问。

到底咋回事啊？难道你们保健站在贩卖儿童吗？大北方冒出来一个上海小孩，他的家人呢？

哪里有什么家人哟，有家人就好了，不会折腾我们了。告诉你实情吧——那个医生放低声音，凑在厄日格泰耳朵边悄悄告知，他是一个孤儿，我们妇幼保健站最近按上级指示接收了一批南方来的孤儿，大的五六岁，小的只有几个月，听说都是那边孤儿院收养的孩子，社会弃儿什么的——

为什么要送到这么遥远的北方草原来？厄日格泰好奇。

男医生迟疑了下，继续说，听说南方受灾，没有吃的了，那边孤儿院都断顿，养不活他们。唉，天灾人祸哟，没有办法——第一批接收的孤儿，我们基本都已经送出去领养了，现在就剩下两个孩子，没有人领养，有点难办。

什么原因？

没瞅见吗，就这个上海男孩，会说话了，有记忆忘不了上海，天天喊着阿拉桑哈印，谁敢领养啊？觉得这样的娃子养不熟，麻烦大。这个上海小嘎子还不乖，性子烈，天天吵闹着回上海，动不动就往外跑！

那位医生摇头，很无奈，很头疼的样子。

那么，另一个孩子呢？厄日格泰又问。

那个孩子吧，有点小毛病，左手的无名指和小指，粘连着长到一起，没有分开。

这算不上什么大事儿嘛，男孩儿女孩儿？

是个快两岁的女孩儿。

噢。厄日格泰听后无语，回头看一眼一直站在旁边听着的妻子。

那位医生看出点门道了，试探着问道，这位兄弟要去哪里呀？外地来的吧？

是外地来的，我们正要去哈日根艾勒去落户，去当那里的社员。

噢，原来是这样。要不这样，这上海小嘎子跟你挺亲的，又喜欢你的狗，干脆你领走得了！看你也没有儿子，给你当个现成的儿子，多好！那医生瞅准机会，热情动员起来。

你不是说，这个孩子养不熟吗？厄日格泰反诘，又回头瞅一眼妻子。妻子也看看他，两人用眼神交流，心里已经明白对方的意思。

养得熟，养得熟，只要亲了，认了，没有养不熟的！哈哈。医生为己解嘲，笑起来。

阿伦高娃朝丈夫点点头。

于是，厄日格泰也点点头，对医生说，那好吧，我们领养这个男孩儿就是。

当家的，干脆，把那个两岁女孩也领走算了，领一个也是领，领两个也是领，好事成双嘛！留下一个多么可怜，都是苦难的孤儿啊——阿伦高娃突然如此说。

厄日格泰知道妻子也是孤儿出身，从小受苦长大，见不得这些可怜的孤儿。

好吧，领走就领走，也不差多放一双筷子。我们的口粮，可能会紧点儿，没有关系，勒紧裤腰带吃吃野菜就是。厄日格泰也爽朗地应承道。

医生立刻安慰他们说，放心，不会让这些孤儿饿肚子的，领养落户有政策规定，会有口粮！你们两口子，真是菩萨心肠啊，好人，好人！快跟我来，去办个手续吧！

厄日格泰让妻子阿伦在外边牵马等候，自己跟随那位医生走进妇幼保健站，填单子，开领养证明。不久抱出来那个两岁女娃子。阿伦高娃有些迫不及待，打开襁褓察看，是一个胖乎乎的健康女娃，粘连在一起的左手无名指小指，长成小肉疙瘩，其实也不碍事，长大了可以做手术分开。阿伦高娃满心欢喜，嘴里美滋滋地称道，是个漂亮的女娃，咱们的女儿是个漂亮的女娃哎！

厄日格泰见那个桑哈印男孩还在跟狗狗玩耍，走过去蹲在前边和蔼地说，小赤佬，你这么喜欢狗狗，跟叔叔走吧，行不行啊？你可以天天跟狗狗一起嬉戏的啦！

真的呀？你敢要我吗？那孩子扬起头来问。

有啥不敢的呀！这么好的乖孩子，叔叔哪能不敢要呢？又这么喜欢狗狗。

好呀好呀，那我就给你这大赤佬当儿子好的啦。不过，阿拉长大了，还是要回阿拉桑哈的。那个男孩顽固地坚守着心理底线。

那事儿，等长大了再说嘛。

不要，阿拉现在就要你答应！男孩嚷嚷。

好吧，好吧，阿拉服了你这小赤佬啦！

厄日格泰随手就抱起那个倔强男孩，亲了一口，又让他一屁股骑在黑鬃马的鞍子上，嘴里叫唤，咱们回家喽！咱们回家喽！

他却忘了，家在哪儿呢？去那边还不知怎么样呢。

连个落脚的立锥之地都还没有落实的他，心里坚信着肯定会有个家的。

这一对快乐的傻乎乎夫妻，就这样，一出手竟然就领养了两个孤儿，全然不在乎接下来的那些麻烦呀，困难呀，带来的遗留问题呀等等。似乎他们顾不上那些，也不考虑那些，觉得救助生命救助孤儿生命，并养活他们，这才是应该做的事情，出于人本能的事儿。而且，他们夫妻二人缺的就是孩子，自己不能生，领养还不行吗？尤其厄日格泰，始终觉得亏欠着妻子，为自己不能生孩子而自责已久。

他们的高兴是真实的，发自内心的。多年来盼孩子，这下可好，一有就有了三个！感觉长生天真的很眷顾他们，几天之内就恩赐了三个娃，而且儿女双全！尤其是妻子阿伦高娃，欣喜得合不拢嘴，拍拍这个，摸摸那个，又搂又抱的，亲生的都没有她这种热乎亲密劲儿。保健站门口，围观了不少过路人，都为他们拍巴掌，伸大拇哥。保健站那位男医生，名叫嘎拉森，是这里的站长，忙前忙后的。很快抱来几摞儿童用品，衣物、药品、食物等等，并一再嘱咐，有什么问题就来找他们，站上会跟踪服务的。

厄日格泰突然想到了什么，悄悄问嘎拉森站长，这两个娃姓啥名啥呀？

哪里有什么姓呀名呀，我的同志！嘎拉森拉长了声音告诉他，这顽劣小嘎子是街头流浪孤儿，女娃是孤儿院门口的弃儿，都不知姓名。小嘎子除了成天喊阿拉桑哈印，其他的姓呀名呀一概不记得了。

厄日格泰回过头瞅一眼“小赤佬”，心里想，都五六岁了哪能不记得，只是不想说吧。

嘎拉森站长又说，对了，来的时候，他们每个孩子身上都挂着个小牌牌，上边只写着哪个市哪个孤儿院多少号。如果你需要，有兴趣，我进去给你拿过来。

好好，当然需要了。这对孩子们很重要。厄日格泰说。

嘎拉森又小跑着回站里，很快拿来两个小牌牌，递给厄日格泰。

一个上边写，上海 ××× 路孤儿院，男孩，×× 号，大约六岁；一个写，苏州 ××× 巷 29 号，女孩，近两岁。厄日格泰很珍惜那两个牌牌，揣进兜里放好。

厄日格泰这时偶然瞥见，不远处街角有个人影正往这边驻足观望。他猛然感觉，这人影似乎熟悉，微驼的背，瘦削的老人身材，只是头上的狗皮帽子压得很低看不清脸。他抬脚就疾步走过去，可那人见状转身就走开了。厄日格泰不甘心，追出几步，只见那人骑上一头灰毛驴走了，很快不见人影。

等厄日格泰回来后妻子问他，怎么了？那边有啥情况？

有个人影，很像熟人，没有看清。厄日格泰晃了晃他那有子弹的脑袋。

这地方哪有什么熟人，鬼都不认识咱们俩。咱们还是快点离开这里吧，外边凉，孩子们受不了。阿伦高娃催促丈夫。

好，那咱们就走！去找落脚地儿，当咱们的公社社员去！

厄日格泰拍拍手，看看太阳，兴致勃勃地牵上马匹，准备赶路。

树上小鸟儿在鸣唱，春风吹得也很暖和。心情好，看什么都很顺眼，很喜兴。

阿伦高娃骑上黑鬃马，怀里抱一个后背背一个，马鞍前又骑上一个桑哈印小赤佬。一马四人，由丈夫厄日格泰在前边牵着缰绳，另一侧又牵上驮着全部家当的枣红马，一家人就这样风风光光喜气洋洋地奔向哈日根艾勒村子而去。

走出奈伦塔拉镇子，又踏上那条之前来时走过的土路。

厄日格泰忍不住，大号一嗓子。

二八月，好年月，乱穿衣，勒马等道干！

第二章　黄榆木摇篮

泰亦赤兀惕兄弟们，丢下孤儿寡母诃额仑夫人和幼子们于营地，迁徙走了。诃额仑夫人勇敢地担负起养活孤儿们的责任。

——引自《蒙古秘史》

一

哈日根艾勒生产大队，正在召开全体社员大会。

原先那个空荡荡的队部院子，这会儿聚集了全村男女老少，有的席地盘腿坐，有的抱着膀子倚墙站，有的蹲在墙角玩儿土棋三连子，大多数人抽着辣辣的旱烟，满院子冒着灰白色呛人的烟雾。三间土房装不下这么多人，只好在院子里召开大会。尤其令阿伦夫妻奇怪的是，每个人手里还端着一个粗瓷碗和一双木筷子。那是开完会就去吃食堂，各家已经不烧火，体现出人民公社的优越性。尽管吃的不是山珍海味，只是一人一个窝窝头两小根咸菜，一碗米汤，但他们还是兴高采烈地山呼大食堂万岁三面红旗万岁人民公社万岁。

不过今天，社员们的脸色都不太好看，气氛肃穆，甚至有些压抑，沉重。

阿伦高娃滑下马背，厄日格泰紧揪着“小赤佬”的手怕他乱跑。

他们站在院门口，不敢擅自入内，也不知发生了什么事，悄悄观望着等散会。站在门口的一些社员，发现了他们这一家奇怪的不速之客，如见了公园里跑出来的猴子般，交头接耳指指点点。

厄日格泰从人缝里依稀瞧见，在队部屋前置放的一张木桌子上，站着生产队的一位干部，手里拿着大喇叭筒正在讲话。他神色严肃，声情并茂，从人们议论中得知，此人是哈日根艾勒村的生产大队长协日斯。

社员同志们，我们的五好社员牧马人索哈尔同志，不幸落进火红的炼钢炉里，牺牲了，把自己的血肉之躯献给了我们伟大的“大跃进”炼钢事业！他是英雄，他是我们的楷模，他并没有死，永远活在我们心里，永远跟我们战斗在一起！现在，大家跟着我一起，向索哈尔同志的遗像三鞠躬！

协日斯大队长声音洪亮，只是身体有些矮墩墩的，只好站在桌子上引领大家。

那些歪坐的、倚墙的社员们，都哗啦啦站起来，满院冒起一阵黄色尘土。

人们伸长了脖子向前看，寻找那个英雄的遗像在哪里。

队部正面墙上，几条花花绿绿标语中间，贴着一张白色大纸，纸的四周还画了黑框，而在白纸正中间贴着一张小小的一寸黑白照，也就指甲盖那么大，那就是英雄索哈尔的遗像。那还是从他户口本子上撕下来的，有人嘀咕，好大的遗像哦！

只见协日斯大队长拍拍袖子拍拍巴掌，带头做起模板式鞠躬，居然相似清朝的礼仪清朝的范儿。有人忍不住捂嘴乐。

一鞠躬！

众社员模仿着拍袖子拍巴掌，噼里啪啦冒起一阵尘土。

二鞠躬！

又冒起一股尘土。

三鞠躬！

再冒尘土。

仪式感很强。社员们做的一本正经，毫不含糊。

有人憋着笑，最外边大门口，那几个吊儿郎当的社员在低声议论。哪村都少不了这号人，属于撇嘴贬损批评家。

村民甲：这个“玻璃花”瞎子，死的也值了，全村人为他撅屁股，你看咱大队长屁股撅得好高啊，赶上咱们家驴屁股了。

村民乙：是啊，拜的比亲爹还亲呢！

村民丙：我妈走那会儿我都没有做过三鞠躬哎，索瞎子真折腾人！

蒙古名索哈尔的意思就是瞎子，显然这是那位英雄的绰号，因眼睛里有“玻璃花”而得，后来绰号居然演变成了正式名字。他自己也不在意，时间一久没有人记得他真名叫什么了。

村民甲说：他是怎么掉进钢炉的？听说是抱着一个不知从哪儿弄来的铁疙瘩，自己跳下去的！

村民乙：哪儿呀，是滑下去的！钢花点着了他裤角，哭喊着往外爬，还是掉下去了，这个二货！总算是做了一件好事，死了人，钢炉也被封停火了，咱村子得救了。要不然啊，炼不出一滴钢水不说，有人还会扒开全村房顶往钢炉里扔！

厄日格泰两口子终于听明白了，相视一眼，不知是哭还是笑好。

狂热的年代，情绪如被一只魔手操控，让人失去心智而发疯癫狂。

追悼仪式结束后，协日斯队长领大家豪迈地唱了一首《社会主义好》，唱完“帝国主义夹着尾巴逃跑了”之后，社员大会就散了。顿时，人们如一股洪水猛泄，涌出队部院子，争先恐后地以百米冲刺的速度奔向西南角的大牛棚。那里已经改建成大食堂，社员们饿坏了，开会更饿人。

站在门口的阿伦高娃两口子差点被挤倒，带着孩子和马匹赶紧躲在一边。目瞪口呆，心惊肉跳。

从院子里最后出来的是那位气势非凡的协日斯队长，手里也拿着粗瓷碗和木筷子，作为干部还是有一定的风度，不跟群众抢吃。后边跟着村支书和两三个小队长。

阿伦高娃把怀里孩子让丈夫抱着，自己抓紧上前，向协日斯队长寒暄。

大队长同志，我们是来报到的——阿伦高娃稍有些忐忑。

报到？你们是谁呀，这一大家子，拖家带口地向我报到？协日斯队长愣住了。

我们是你的社员，从今天开始，我们保证一定当好你的社员！

等等，等等，你把我给搞糊涂了，到底咋回事儿啊？协日斯打量着阿伦。

这是我的介绍信，旗人事科开的，还有我原单位开的“右派”证明信，几级政府的下放通知书，户口粮转关系等等，全在这里了。阿伦高娃把一堆材料塞到了满头雾水的协日斯队长手里。

那位协日斯队长，这才突然拍了拍自己的大圆脑袋，失声说道，想起来了，想起来了！昨天我去旗政府报告索哈尔的英雄事迹，格科长喊我过去，倒是向我提起过这档子事儿！你们还真的来了呀？不是说孩子有病，再过几天的吗？

是是，格科长是让我们多待几天的，可孩子好了，我们也着急来报到，急着当您的社员不是？阿伦脸上挤出笑容，甚至有些乞求的模样。

当社员还这么有积极性的，少见。好，好。怎么多了两个孩子呢？不是说只有一个孩子的嘛？协日斯歪起了脑袋，口气变冷。

路过旗妇幼保健站时，捡来的——阿伦开玩笑般说，接着详细介绍起这两个领养孩子的来历。

你们还真敢领啊！自己都没有饭辙呢，又多带了两张口来！嘎拉森这老东西，真能忽悠人，妈了个巴子！协日斯队长骂出口语粗口，回头跟那位一直默默无言的村支书商量怎么办。

阿伦又把妇幼保健站开的两个孩子材料递过去，怯怯地说，那位嘎拉森站长说，你们这里是先进模范生产队，不会拒绝这两个孤儿的，所以我们就——

他是狗戴嚼子——胡勒！协日斯又损骂。

协日斯同志，不要这么说话嘛！

一旁的那位老支书忍不住此时开口，阻止队长说，两个孩子都领来了，再退回去，怎么交代？这模范先进，你还当不当了？而且这些孩子身上，都带着口粮的嘛，你担心什么？

还是书记境界高，一物降一物，协日斯队长顿时摸摸脑袋无话。

只见那位书记吩咐一位小队长说，快去通知大食堂伙房，多留五个窝窝头，告诉他们，我们村添丁人口了。老协，他们的住处，你咋考虑的呀？

哪有时间考虑呀，这索瞎子——啊呸，索哈尔英雄牺牲的事儿，弄得我焦头烂额，哪有空考虑去！再说我们村，哪里还有闲房子给他们住呀？五六口一大家子呢！

你想想看，想想总会有办法的嘛。

书记的一双目光有意无意朝北边的方向瞅了瞅。

这下，协日斯队长就有了顿悟，心领神会，拍了一下脑门。他打量着阿伦高娃身旁的丈夫厄日格泰，这样问他，你会放马吗？牵着两匹好马，对马匹肯定在行喽？

放马？会放！报告队长同志，会放！放马有什么难的呀，牧区来的人，能不会放马吗？厄日格泰立刻拍胸脯，阿伦都来不及阻拦他，还朝她挤挤眼睛。

那就好办了，我们刚去世的索哈尔英雄，他就是村里的牧马人，村北八里外野坨子上有他的放牧窝棚“套卜”，其实是两间土房！正好，你们就接过他革命的班，接过他的套马杆，住他的窝棚房子，去当红色社员革命的牧马人！啊，这老索，死的也太巧了哈，死得其所！

协日斯队长一高兴又语无分寸，一个劲儿搓双手，还拍拍老支书的肩膀称赞说，姜还是老的辣，一下子点拨了我！哈哈——

又胡扯了不是？这法子是你自己想出来的，合理分配嘛！跟我可没有多大关系，别给我戴高帽儿了，老协同志！

那位老而弥坚的党支书还不领情，很是低调，谦虚，不动声色。

厄日格泰夫妻看在眼里，忍不住想笑，这两个一老一少村干部，一个唱红脸，一个唱白脸，珠联璧合，协作无间，真是基层干部的典范，高人在民间。

协日斯队长向身旁一个年轻的小队长吩咐，阿民同志，你去食堂领五个窝窝头来，然后带他们去索哈尔的窝棚安顿一下吧！现成的住处，炕都不用热了，多好！去吧，去吧！

知道了，队长，阿民保证完成任务！阿民小队长转身跑走了。

那位书记在一旁点点头，冲阿伦高娃两口子笑了笑说，你们先在这儿等等啊，阿民会把你们安顿好的，放心吧。欢迎你们到我们哈日根艾勒生产大队来，好好接受劳动教育，好好做人，争取当个好社员！

然后，二位村领导转身走了，手里拿着碗筷，也奔食堂而去。

阿伦高娃抱着女儿腾林吉雅，想起什么，刚想去追两位村干部，被丈夫一把拽住了，摆了摆手，摇了摇脑袋。厄日格泰心里清楚，这事儿不先找到那位麻脸女人问清楚，现在向村干部捅出去，反而会引出不必要的麻烦，说不清道不明的。眼下最要紧的是把自己安顿下来再说，日子还长着呢，何必着急这会儿。

阿伦点点头，觉得丈夫那颗有子弹的脑袋比她思谋得清楚。

这时，厄日格泰看见村口路上出现了一位骑灰驴的老者：狗皮帽子，驼背，瘦削身材。

咦？是他！厄日格泰嘴里喊一声，刚要拔脚跑过去追，那位阿民小队长正好从食堂那边回来，喊住了他。上哪儿去呀？快把窝窝头领走，真烫手！

阿民居然把五个窝窝头用衣襟兜着，冒着热气儿，上边沾满了他衣襟上的所有佐料。厄日格泰只好停下脚步，过来接走一家人的第一顿生产队大食堂份饭——五个窝窝头。当公社社员真好，来了就有饭吃。

阿伦抓起一个热乎乎的窝窝头，咬了一口，细细咀嚼，然后轮流喂给怀里的和背上的两个娃，嘴里噢噢哄着。那位阿民小队长看见，心不忍，问有奶瓶子吗，食堂还有米汤，我去给你打一瓶子过来给孩子喝吧。

有有，有奶瓶子！当家的把奶瓶子给递一下队长！阿伦高兴了，招呼丈夫。

原来大姐缺奶呀，我媳妇也是，缺奶。小队长人很爽快。

是是，缺奶，缺的邪乎，压根儿就不下奶！

可不像啊，看着那么鼓鼓囊囊的，那么丰满，不像是缺奶的女人啊！

阿民随口这么说了一句。

于是，阿伦高娃的那张脸“唰”地通红了，就如透明的红萝卜，像西边的那片火红的晚霞，像秋天的熟透的西红柿。丈夫厄日格泰站在那里抿着嘴哧哧乐，又抬眼巡视起那位神秘的骑驴人。可这时人已经不见了踪影，也不知进了哪家的门院。

既然是一个村的，那就好办了，早晚会逮着你的。

厄日格泰默默地想，忍不住自语。

看来，都是有故事的人。

二

房子是歪的，门是斜的，窗户是破的。

从窗户和门里头，呼啦啦，飞出一群麻雀和燕子。还有两三只狐狸或什么小动物，从里边逃窜而出，仓皇四散不回头。

看来，我们的到来，惊扰了入住者。为了生活，都四处奔忙。厄日格泰打趣。

土炕冰凉，几乎一年没烧过的样子。没有炕席的土炕上，冒烟儿，有耗子屎麻雀毛，堆在炕角的败絮外露的一张旧棉被，黑脏黑脏，上面爬着蜘蛛在织网。地角上有个碎了半截的装水缸，没有水，土灶上也没有锅，显然铁锅送去炼钢了。

我的天，这位索哈尔英雄活得可真潇洒，真的很艰苦朴素啊！阿伦感叹。

是啊，是啊，他一心扑在集体的马群上，扑在“大跃进”炼钢事业上，顾不上自己生活，连老婆都没顾上讨呢！小队长阿民说着不知是鼻子发酸，还是想发笑，低下头捂住嘴巴。

咱们生产队，集体的那个马群，有多少匹马呀？

新的牧马人厄日格泰，很关心自己马上要接管的业务。

其实不多，也就三十多匹马，牛羊也有一些，都有专人放牧。我们属于半农半牧地区，有一定的半个牧区补贴，多发几尺布票几斤细粮什么的。阿民小队长说得很是自豪，充满荣誉感，接着又说道，告诉你吧，正是有这个优待，咱们协队长才把牲口把马群看得十分珍贵，你看没见他在索瞎子，啊呸——追悼会上，多么伤心吗？都眼泪汪汪的啦！

是啊，我们看见了——

厄日格泰尽力闭住嘴回答。想起门口那几个社员的对话，他快忍不住笑出来。

那就这样，你们先慢慢收拾一下吧！老索那个人，平时居无定所，这儿睡一宿那儿过一夜的，家弄得有点乱。你们先烧烧炕，熏熏烟，别忘明天去队部食堂领每天的口粮，再办一下落户手续什么的。村里的供销社，也有卖生活用品锅碗瓢盆什么的，好了，我先走了。

阿民小队长吩咐着，倒是挺热心，然后就撤了。

等等，问一下小队长同志，索英雄的马群，圈在哪里呀？厄日格泰赶紧询问。

都在后边坨子里的草甸上，他的马群不用圈的，马吃夜草，都在野外。马群里有头马儿马带群，不用他费什么心思的。也就是偶尔去看看，点点数，赶赶狼，下马驹时照顾一下，反正也不是他下崽不用着急的，哈哈哈。

阿民小队长挥挥手，踏着黄昏的落霞，沿着沙坨子小路，嘴里哼着民歌《努恩吉雅》，优哉游哉地走了。

咦？他唱的是《努恩吉雅》哎。厄日格泰突然说。

他当然应该会唱了，这首歌就是这里奈伦旗的民歌嘛。对了，老厄，你怎么知道这是《努恩吉雅》呀？

他一哼哼，我就想起来了。厄日格泰说。

老哈河的岸上，
走着一匹小马；
美丽的姑娘努恩吉雅，
嫁到遥远的地方——

厄日格泰的嘴里，随即也哼出了这首民歌来。

阿伦高娃怪怪地望着自己丈夫，有些不解，过去从来没有听他唱过这首歌。难道，这地方他果然很熟悉，遗存在他脑海深处？看来，真的是来对地方了，冥冥中好像有安排。阿伦心里再度产生这样的热切想法。

趁着天还没有完全黑有亮光，厄日格泰抓紧卸下小帐篷，找一块干沙地搭起来。铺上狼皮、羊皮、毡子等隔潮物件，让阿伦母子四人住进去，歇息下来。然后，在旁边挖个小灶坑，捡来干柴牛粪开始烧奶茶。已入春天还不算太冷，他决定宁可继续露宿外边，先不想马上住进那两间死人土房子。万一英雄死魂不散，夜里又来找炼钢材料什么的，他可受不了。

“桑哈小赤佬”吃了一个窝窝头，喝了一碗奶茶，早早睡着了。他也该累了，折腾一天，又住野外帐篷新鲜劲儿一过，数着帐篷外的星星进入梦乡了。两个女儿，也很乖，喝米汤，喝了些奶疙瘩捣碎后熬的暖奶茶，也舒舒服服地酣睡了。

时间和空间终于属于他们两口子了，在帐篷口相互依偎而坐，深深叹口气。

终于安顿下了。女的说。

是啊，终于安顿下了。男的说。

没有你，我真不知道怎么活，怎么熬——女的一放松，心就软了。

没有你，我更活不到现在。男的把妻子揽进怀里，心就暖了。

细狗阿尔斯兰，趴卧在主人脚边，瞩望着远处的茫茫荒野。那个永远神秘的远方，迷人的远方，也令狗狗着迷。

我明天去队部办落户，从供销社再买些日用品回来。对了，咱们该给后领的这两个娃起名字了，落户要登记名字的。厄日格泰这样提醒。

是啊，最小的叫腾林吉雅了，对了，明天登记时就说吉雅好了，腾格尔腾格林这名字太大，怕孩子压不住。再说，我们民族又拜长生天为父，名字里叫天不合适。阿伦高娃郑重提议。

我同意，就叫吉雅挺好的，你想的很对。那剩下两个叫什么好呢？丈夫问。

这回你给起吧，你是当阿爸的。阿伦微笑。

好吧，那个小赤佬，就叫博尔忽吧。成吉思汗母亲诃额仑夫人，当年也收养了很多战争和灾难孤儿，其中有一个叫博尔忽，后来成为大汗的爱将四俊之一，博尔忽意思就是紫色的男孩儿，小赤佬译过来就是跟博尔忽差不多的意思，赤色男孩。厄日格泰说着笑起来。

好啊好啊，这名字起得好！当家的，你真有学问。再想想，伟大的诃额仑夫人有没有收养过女孩儿啊？阿伦拍手称赞。

应该有吧，她收养的孤儿很多很多，铁木真每次打仗回来或从什么地方，都带回来一批一批失去父母的孤儿，交给母亲诃额仑夫人抚养。女的肯定也不少，只是出名的好像没有，历史没有记录，也许应该有咱没有瞧见罢了。厄日格泰陷入沉思，片刻后说，我们就顺着吉雅想一个吧，托雅如何？叫起来顺口，托雅的意思是光辉、霞光，是仁慈博爱的佛的旨意把这孩子送给了我们，我们就感恩佛光惠顾吧。再说，诃额仑夫人的名字就是月光之意，很贴切，月光照亮的孩子嘛。

哇，这名字起得更好，更有意义。吉雅、托雅，叫起来多顺口啊！都是佛的旨意，还有祖先美德的传承。我们民族信仰佛教和萨满文化的尊重生命之说，这两个名字正好印证了这一点，真好！阿伦愈发地兴奋了，赞叹不已。她忍不住抱住丈夫的脖子，深情地亲了一口他那胡子拉碴的脸颊。

他们继续商量起明天要购买的物品，为三个孩子置办的东西，以及要办的事情，还有收拾那两间土房要干的活儿等等。他们说了很久的话，来到新地方有了落脚新窝儿，难抑心中的兴奋。生活在向前推进，一切又充满了希望，迎接明天的太阳照暖自己，困顿的日子并没有击倒他们。而且，还送给了他们意外的新希望，恩赐了三个孩子，这是他们人生困顿中的最温暖的事情。他们是一对儿很容易知足的人，给点亮光就灿烂。

沙地草原的夜晚，寂静而神秘。蓝澄澄的天上闪烁着无数的星星，明亮又深邃，黑黝黝的苍茫大地沉睡中显得朦朦胧胧，偶尔传来夜莺在灌木丛中寂寞地唱两声，之后复而安静，万籁俱寂。渐渐，倦意袭来，两口子这才挤进小帐篷里睡下。帐篷口，拴上阿尔斯兰守夜。

当他们酣睡的时候，发生了一件神奇的事情。

不知在夜里的何时，在他们毫无知觉中，那个索哈尔的鬼魂倒并没有来光顾，而是来了一位神秘的不速之客。他，牵着一头灰毛驴，驴背上驮了好多东西。有一张炕席，有一袋炒米，有锅碗瓢盆，有两捆干柴，尤其神奇的是，还有一张摇篮，一张黄榆木老摇篮！

早上起来见到这些东西，阿伦两口子大为吃惊，不可思议，大呼小叫起来。

哪位菩萨发了这么大的善心啊？为什么还是偷偷摸摸地行善？

尤其不解的是，守夜的阿尔斯兰，为何一声没有哼，没有吠叫？它趴在那里摇尾巴，正啃着一根骨头，显然那位来者还行贿了这条狗。难怪它闭住了嘴巴。

厄日格泰摸了摸狗头，笑了，这么早就背叛了主人吗？

阿尔斯兰不服气，汪汪叫起来，那意思是说，来的人是朋友，不是敌人，也不是坏人。

那你告诉我，来者是何人？

聪明的阿尔斯兰，随即摇晃了一下脖颈。

蓦然间，从它的脖颈项圈上，掉下来一张纸，那是一封信。

你看看，伟大的圣祖啊，人家还留下了一封信呢！

两口子争着读信。

上边写着：两个小“右派”，听好了，先不要着急乱猜寻找我是谁，我是谁并不重要，到了时候自然会相见。人生地不熟，先学会生活，农区跟牧区不同，比如首先学会打扫房子，学会烧炕等。已故索哈尔住的土房，有邪气晦气，入住之前先点上香烛向四方神灵祭拜保佑，门口要“煨桑”，驱邪去晦气，这是第一。第二，把两间屋子内外清理打扫干净之后，炕上铺上送来的炕席，用柴火烧一天土炕来烘热，去潮气，到了晚上你们就可以睡炕了，娃们不会受凉生病。第三，向队部申请派木匠来修理门窗，这是他们接收下放人员必须负的责任，何况你们要抚养三个政府孤儿。第四，黄榆木摇篮，是村里的祖传老物件，婴儿放进摇篮里摇晃，容易入睡，大人也不累，对孩子身体发育更有好处。明日会来一位有经验的妇女，教你们如何使用摇篮，如何往摇篮里绑孩子，那都是学问，松了紧了都不行，虚心向人家学学。好了，留字者：和圣·塔亚。

读完信，两口子如五雷轰顶，如闪电穿身。

和圣·塔亚，和圣·塔亚？

他是谁？何方神圣？从哪里下凡人间，来救苦救难的神明菩萨？

两口子半天缓不过劲儿来，如掉进五里云雾。实在想不出，这位夜里来指点迷津超度苦海之人，究竟是谁？

生活，总是充满神秘和奇迹。还让人充满期待。也许这就是生存的乐趣。

三

如捧天书。如捧生活辅导课本。

从牧区来的这两位，就懵懵懂懂照方抓药行动起来。

厄日格泰先去收拾房子，拿毛巾捂住嘴和鼻子，扫炕扫地扫墙。他劝开了想帮忙的妻子，让她在帐篷里带孩子，一边等候要来指导摇篮术的村妇老师。

两间土房那儿，从敞开的门和窗户开始往外冒烟儿，尘土飞扬。

厄日格泰提着一个柳条筐往外倒脏土，在外边摘下毛巾呼吸片刻新鲜空气之后，再冲进去战斗。好似一个反复冲杀在战斗火线的斗士。足足打扫出五六筐脏土脏物，最后再把那件脏棉被拿根棍子挑着，拿到老远的地方烧掉，从被子里居然仓皇逃出五六个老鼠崽儿来。

然后，从后边沙坡下的一条小溪里提水过来，喷洒在已变干净些的屋里地上和门口，压住尘土。没有消毒水，提醒自己去供销社时别忘了买一瓶回来。接着做的事儿是，点上香烛祭拜四方神灵，他做得很认真，绝不是敷衍了事，仪式感极强，嘴里还不停祈祷：尊请本地四方神灵护佑，小民厄日格泰阿伦高娃一家人要入住这里了，请神灵四季护佑永保安康，云云。他在阿尔山寺里待过，这些做法很熟悉。至于煨桑，这个仪式同样很重要，那位和圣·塔亚想得周到，还特意给配备了一套煨桑材料。谷糠、桑叶、柏树叶、黄纸符帖等物混在一起，放进一个瓦盆里阴燃，也就是不起火苗地慢慢燃烧，让它冒出一股浓浓的醇香烟雾，熏房屋驱邪气，再往四处飘散，洗涤空气。

厄日格泰端着煨桑瓦盆，从左到右绕房子三周，又在房里转了三圈，之后把那个神圣的煨桑瓦盆，放在门口右侧慢慢燃着起烟，袅袅飘散。一溜神秘的蓝烟，散发着怪异的香气，绕着土房升腾。阿伦高娃从帐篷里瞅着这些，心里感觉很温暖，有一种安全感，似乎感到冥冥中有了精神的依托。

最后一项是，往炕上铺炕席。那是一张剥下高粱秸秆皮编制的大席子，表面亮滑平整，一铺开去便遮住了炕的土面，显得干净舒适。然后点火烧炕，烘热土炕和屋子。很快，冷气森人的两间土屋里，顿时有了暖和气儿，有了人间烟火，也有了生命的活气儿。在北方，温暖是多么重要，几乎是一件奢侈品。

正当厄日格泰干得不亦乐乎时，那位摇篮辅导师村妇也就到了。

体态丰满，壮硕，走路如风，是一位三十岁上下的妇女。她的左侧胳肢窝掖着一个两岁的娃，右侧胳肢窝夹着一个长方形布口袋，里边装着荞麦皮，大大咧咧地冲阿伦高娃两口子宣布：我叫珊丹琪琪格，和圣·塔亚请我来的，以后管我叫珊丹就行，简单省舌头。这世上，没想到还有不会弄摇篮的人家，我是好奇才过来瞧瞧的，是你们呀？哈哈哈，活宝贝，摇篮在哪儿呢？

在这儿呢，辛苦你了！阿伦赶紧抱来那张黄榆木摇篮。

我的额嬷哎，这是老牧主大巴彦那顺巴特家的祖传摇篮啊！和圣·塔亚真有能耐，从哪儿翻出来的？我的佛爷，你们知道吗？这张黄榆木摇篮，可是个大宝贝，听说送三头牛请来库伦庙的活佛开过光，上边躺过那顺巴特家五代人物，有大清朝当过王爷公爷的，有民国当过旗长科长的，有一个听说还是日伪满洲国骑兵大军官！啧啧啧。珊丹眼睛发亮，如数家珍赞叹不已。

厄日格泰在一旁颇有兴趣地听着，没想到这张看似普通的摇篮，会这么传奇，来历不凡。他从妻子手里接过那张用黄榆木制作精细的摇篮，仔细翻看。

黄榆木属于落叶乔木，木性坚韧，纹理通达清晰，硬度适中，因其适合透雕浮雕，刨面光滑，弦面花纹美丽，历来成为班门弟子最喜欢弄斧弄凿的名贵材料。尤其科尔沁沙地的黄榆，更是纹理通直花纹清晰，木材弹性好耐湿耐腐，不易变形不易开裂，色泽美观大方，制作箱柜摇篮比较好看。但像大富户那顺巴特家这张摇篮做得如此讲究好看的，还真不多见。在阳光下，上边的古黄色包浆闪烁出深沉的光泽，纹理雅观绵长，可与钧瓷蚯蚓走泥纹比美；两侧的双层长梁是由一棵树的木材雕琢而成，中空透雕着如意图案组合，下沿雕刻祥云，中间小床板也是由整块黄榆板刨光而制，雕刻有明清婴戏图；摇篮头尾下的半圆形摇晃撑子上，雕刻着外圆内方的铜钱图，接触地面部位镶着结实柔韧的兽皮和毡垫，以防摇晃摇篮时产生太大震动，硌着婴儿头颅；放枕头的后边挡风布帘儿，则是名贵的绣花丝绸缝制，拿老竹条烤弯而成撑开布帘的弓形框子，上边挂着能发出悦耳之声的小铜铃，也称安神催眠铃，还挂着吉祥小兽饰件。

哇，做得真是考究啊！简直是一件百年老古董！

厄日格泰忍不住夸赞道，接着把老摇篮翻过来查看底部。

瞧瞧，这躺板底上还刻着字那！是好多人名！

珊丹在一旁解释说，那是所有躺过睡过这张摇篮的一些人的名字，人家王公贵族大户人家，讲究什么传承啊祖训啊。有钱人嘛，就是穷讲究呗。

你还真门儿清呢。厄日格泰笑赞珊丹。

我小时候见过这张摇篮，土改斗有钱人那会儿，是从那顺巴彦家里抄家抄出来的。大家都好奇围观看热闹，当时我还摸过它，想沾沾福气。珊丹说着笑起来，然后笑声戛然而止。

怎么了——阿伦问她。

其实也没啥福气，土改挨斗遭殃，一大家子人都很惨。守在这儿的两个太太，一个上吊，一个被打受伤，后来也死了，男男女女都没少受折腾——算了，不说这些了。

是这样啊，那位老爷子那顺巴彦，下场如何呢？厄日格泰不知为何，突然关心起这个来。

那老爷子常年住在城里做官，逃过土改一劫，听说后来躲到国外去了。

噢。厄日格泰听后若有所思，摇了摇脑袋。接着他开始念诵底板上的人名。

奥都、布仁太、散布拉·格根、其木格、吉亚泰、桑布、金香、德力戈——

读到德力戈的时候，厄日格泰突然停顿下来，似乎掉入了一个遥远的什么回忆之中。他抬起头，仰望上空，使劲晃了晃他那有子弹的大脑壳。

没事吧？阿伦关切地小声问。

没事儿——咱们进屋吧，炕已经烘暖和，不潮了。快进屋请珊丹老师教你吧。

厄日格泰抱起摇篮，转身走进土屋里去。

他这是怎么啦？珊丹问。

我男人头部受过伤，有时会怪怪的，没事儿的。阿伦高娃向她解释，然后把她让进屋里。那个女人两边胳肢窝掖着她的娃和荞麦皮布袋，笑呵呵地进屋，阿伦抱着背着两个娃，连小赤佬也不在外边跟狗狗阿尔斯兰玩了，一起拥进屋里去。这下，两间土屋里变得热闹，充满人气儿，这在它历史上尚属头一次。

热乎乎的炕上，厄日格泰已经安放好了那张名贵的黄榆木摇篮，头部朝炕沿儿。坐北朝南，这也是习俗，北方讲究这个。他的情绪已经缓过来了，和和气气地请珊丹上炕。

她也不客气，脱鞋上炕，就坐在摇篮右侧，把娃往炕上一扔，就把另一胳肢窝里的荞麦皮袋子放进摇篮的凹槽框里去，拍拍揉揉，弄平弄均匀。然后向已坐在对面的阿伦说，这个荞麦皮袋子，叫行袋，也叫躺袋，里面装的不光是荞麦皮还掺和着河床细沙子，轻重能压得住摇床，还软和随形。婴儿躺在上边透气好，硬软合适舒坦，有利于孩子身子骨发育。

阿伦感叹起来，还真有学问！祖上造个摇篮，都这么讲究！

珊丹把躺袋弄妥当之后，从背上长袋子里，掏出一小口袋河床细沙子放在一边。先往躺袋上铺白布，变戏法似的又拿出一个装有荞麦皮的小枕头，放在婴儿躺的头部位置上，压住白色长条垫布的一头，然后把那小口袋细沙子倒在白布垫子上。

这时她告诉阿伦说，现在，婴儿就可以躺在上边，拿两边三条宽带子绑捆了。

那三条宽带子也很讲究，都是用手工针线镶边绣织出来的厚实绑带，另侧有皮条可绑这边绑带的小铜环，可紧可松，达到被绑捆的婴孩不能随意动手动脚翻身就可。

阿伦心切，就要把怀里的吉雅往那白布垫上放，想试验一下，立刻被珊丹阻止住了。嘴里叫说，不不，现在还不行，这细沙子很凉，必须放火上烘烤变温乎后，孩子才可躺上去，不然会着凉生病的。另外，婴儿身下铺沙的另一个好处是，孩子在上边随便拉屎撒尿，沙子可吸尿，拉的粑粑也容易清理。一般来说，孩子撒尿拉屎后就会哭叫的，你得赶紧把孩子解下来，清理沙子，脏了的拿去倒掉，再换些新沙子。所以，家里要多备些干净的河床细沙子，床垫白褥单也要多备几条，轮着使唤方便。

珊丹事无巨细地介绍着，一边把细沙子又倒回带来的锡铁盆里，朝厄日格泰招呼一声，喂，当家的男人，麻烦把这盆沙子放在灶口火上，煨一下，变温乎了再拿过来，也不能太烫啊！

遵命，珊丹老师！我名叫厄日格泰，以后叫老厄就行。

厄日格泰？真逗！珊丹忍不住笑起来，厄日格泰的意思不就是泛指男人吗？

我这里，厄日格泰就是人名，单指我。

真有意思，你们都真有意思，像是从月亮上掉下来的。难怪和圣·塔亚老人家这么关照你们，啧啧啧。

阿伦两口子并不为意，只是笑了笑。

片刻后，厄日格泰端来了煨温乎的细沙子，珊丹接过来重新倒在白布垫褥子上，手摸了摸觉得挺合适，弄平均匀了之后，对阿伦说，这回可以了，把你怀里孩子给我吧。

阿伦就把吉雅递给她。珊丹脱下孩子衣服见是光溜溜的，又咦了一声。

这孩子肚子上怎么没戴兜兜呢？不戴兜兜，婴儿肚脐眼进风，容易受凉拉稀的，这可不好。你没见老书上那个哪吒多有本事啊，可肚子上也戴着红布兜兜呢！我在小人书上见到过的，他也怕受风着凉呢！

阿伦两口子无语，苦笑。

这个兜兜的事儿——我还真不知道，没经验，没带过孩子。你不是说从月亮上下来的吗，真差不多。阿伦表示抱歉，神色尴尬。

珊丹摇摇头，只见她伸手拽过来自己的两岁娃，那娃正在啃墙土，她笑称这娃在长牙，见啥啃啥！然后三下两下扒拉下那娃身上的红布兜兜，裹在小吉雅的肚子上。她对想阻止她的阿伦两口子说，家里还有婴儿兜兜，这个就送给你们了，不用担心，我那娃结实着哪。

珊丹把吉雅稳稳放在热乎乎的一层平沙上，把两边耷拉的白单布边儿围拢包过来，脚头那边也折过来，然后用两边的三条宽带把孩子身体绑牢。她让阿伦伸手指看看松紧程度，必须掌握好适度。然后，再拿过孩子小被子盖在上边。齐活儿。

这时，小吉雅哭嚷起来了。她哪儿享受过这等待遇呀，小身体不适应如此受绑，哇哇直哭。

阿伦担心起来，怯怯地问一声，是不是绑得太紧了？

珊丹说，不是紧，刚开始还不适应。你给她喂喂奶，就不哭了。

我、我——

我我什么，赶紧喂奶呀，这孩子肯定是饿了，小肚子瘪瘪的！珊丹见阿伦迟疑，也不敞怀在那里发愣，很严肃地催促起来。

不瞒你说，我、我没有奶——

一滴也没有？

一滴也没有。

真是月亮上下来的！亏你长着那么一对儿鼓鼓囊囊的大奶子，白瞎了，原来长了一堆没用的赘肉啊，哈哈哈！珊丹毫无顾忌地奚落，大大咧咧，心直口快，刀子嘴。

阿伦脸红到脖子那儿，恨不得钻到地缝儿里去，嘴里轻声嗫嚅，可不是长了一堆没用的赘肉嘛——

厄日格泰正要冲这位粗俗的村妇发火儿，被阿伦示意劝住，赶紧摇摇头。

对不住啊，别生气，我这人嘴巴不好，说话老伤人。珊丹知道自己说过头了，一边道歉，一边从怀里拽出一只肥硕的奶房，把紫红色的大奶头塞进了吉雅张开哭的嘴巴里头。那娃顿时停止哭声，咕叽咕叽地吸吮起奶来，本能地玩儿命吸奶，拿出所有吃奶的力气吸奶。伟大的母乳啊，多么香甜，多么可口，多么好喝！

那边，正在啃墙土的珊丹的娃，回头瞧了一眼，顿时转过身就爬过来，唰唰地，嘴里还叫嚷着，mi-ni，mi-ni！那意思是说，我的，我的！

为娘的珊丹笑了，嘴里说，这小犊子，独着呢！

她把另一侧的大奶房也哗啦一下拽出来，塞给那独娃的嘴巴里。那娃还不甘心，伸手想把这边的奶房也夺过去，揽在他那边，被母亲拍了一巴掌，教训道，不许这样，人不能狼一样独！小妹妹饿坏了，给她吃点，兴许将来给你当媳妇呢！咯咯咯！

珊丹大笑着，侧过头来，冲愣在一旁眼泪汪汪的阿伦说，这孩子好像从来没有吃到过奶哎，都把我奶头裹吸疼了，真狠呢！

两个白花花的大奶子，就那么裸露着，也不在意那个"男人"厄日格泰在场看着，落落大方喂着两个娃。心无杂念的这个村妇，里外很干净，转过头去的厄日格泰内心里也涌满感激之情，热乎乎的，无限感慨。人间还是有真情在，善心在。

珊丹歪坐在黄榆木摇篮旁，忍不住感叹，你没有一滴奶，还带着正需要吃奶的两个娃，这可咋整啊！

阿伦一时无语，不知道怎么回答。她还真不知道怎么带这两个娃，还没有考虑到那个层次。

只听珊丹又说，我倒是可以三天两头偷着来一次，给你的娃喂奶，我奶水很足，只是——

她欲言又止，面对阿伦疑惑不解的目光，只好解释说，不是我的男人不让，我的那个老公公厉害，知道了会骂死我的——

你的老公公还这么厉害呀，都管到这路事？阿伦忍不住问她。

他管的事儿多着呢，当书记嘛。

见阿伦两口子都睁大了眼珠子，大惊失色，珊丹扑哧乐了，瞧你们俩大眼儿瞪小眼儿的，原来你们还不知道我公公是村支书啊？村里人都叫他，铁公鸡云敦书记！珊丹说着又忍不住嘎嘎笑起来。

厄日格泰和阿伦同时哦了一声，目瞪口呆，嗓音拉了很长。

四

村支书云敦的儿媳妇珊丹琪琪格，圆满完成了任务，胳肢窝里掖着娃就回家了。走之前，她还向阿伦高娃婆婆妈妈地传授了很多带娃经验，吃喝拉撒睡，事无巨细，交代个透彻全面。阿伦感觉胜读十年书，生过娃的和没有生过娃的就是不一样，不可同日而语。

送走了这位认真负责的辅导老师，阿伦感叹，没想到那个有些阴冷的村支书家里，居然还有这么一位善良能干的儿媳妇，真是有福气啊！

厄日格泰也有同感，同时不停地思考，那位神秘的神龙见首不见尾的和圣·塔亚，究竟是什么来路？居然能派来村书记家的儿媳妇过来帮忙，绝非是等闲之辈了，待一会儿进村子一定得搞清楚。白白受人恩惠，他总觉得不踏实，心里过意不去，是否其中还藏着什么蹊跷呢？

两匹马脚上下绊子后，散放在房后小溪边吃草，他过去牵来黑鬃马，备上鞍子。阿伦一再嘱咐，一定想好给吉雅落户的说辞。

厄日格泰点点头，上马。小赤佬也要跟着去，他一伸手老鹰抓小鸡般把他捞上来，安放在鞍子前。细狗阿尔斯兰撒着欢儿跑在前边，他却把狗叫回来告诉它留在家里，守护女主人。阿尔斯兰很是不情愿，哽哽叫唤着，还是愣被赶回去了。

厄日格泰没有从他的八里外沙坨子上直接向南进村，而是特意绕到村东头，从那里往西进村。

于是，村子最东头与自己有缘的那两间土房，映入眼帘。

土房，依旧那么无精打采地歪巴着，门前鸡不叫狗不跳，静悄悄的，冷冷清清。院门口的辘轳井，还是辘轳井，只是绳子断了，更显得寂寥无比地闲置着，无人光顾。厄日格泰心里很纳闷儿，那个疯疯癫癫的麻脸女人，难道不在家吗？这日子过得咋这么不着调呢？

他下了马，走进院里去看看，可房门上挂着锁，院里院外不见一个活物。他又折回来，走到村街上，正好遇见一位捡粪的“额布根”——老头儿。

老大爷，捡粪呢？打听一下，这辘轳井的人家，主人呢？厄日格泰问候。

你说的是萨杜尔寡妇吗？她家门锁了好多天了，听说是出远门了。那老头儿用柳条叉子一边扠挑着路边的猪牛粪，一边回答他。

知道她啥时候回来吗？厄日格泰又问。

这可说不好，一个单身寡妇，又不太安分，听说是抱着领养的孤儿一道儿不见了。谁知道她上哪儿卖去了！捡粪老头儿满口的不屑和鄙视，说着走远了。

厄日格泰愣在原地，半晌没动窝儿。这下咋办是好，本打算找到那个女人，掰扯清楚，说服她一起到村部把事情挑明，把女儿小吉雅名正言顺地转到自己名下来，那一切就妥当了。现在，这计划泡汤了。除了等她回来，还有啥其他办法呢？他知道，对付那一对儿红白脸村主任村书记，不是那么容易的事情。

厄日格泰牵着马，一边继续走向村部，一边脑子里思谋起应对之策。

骑在马背上的小赤佬，突然开口说，阿、爸——

厄日格泰回头看了一眼，高兴地笑了，说，你这小赤佬，两天来可是头一次叫我阿爸，好啊，我儿子！

小赤佬噘起小嘴巴说，我有事求你，才叫你阿爸的嘛，只要你答应了，我就往后永远叫你阿爸。

噢？看来这事儿很重要喽，说说看。

厄日格泰发现，这个小赤佬还有小狡猾，南方内地孩子发育是早，脑瓜子转得快转得灵活。

小赤佬指着前方几个中午放学的孩子，羡慕地说，我也想上学，跟他们一样，也戴红领巾！

厄日格泰笑了，说，原来是这回事儿啊，看来你得永远叫我阿爸了，容易！给你办完落户以后，就可以考虑送你上学的事了！

为什么还要考虑呀？

第一，你的年龄还不到七虚岁也就是六周岁，不到国家规定上学年龄；第二嘛，这里上学，都是用蒙古语教学，你还得先学会蒙古话才行呐。厄日格泰耐心解释。

那我先学蒙古语就是，你能教我吗？

当然能了，给你当个老师，还是绰绰有余的啦。

好的啦，好的啦，那你是我永远的阿爸！

小赤佬马背上拍起巴掌，差点摔下来。

你个小赤佬，小心点儿。

厄日格泰心里暖融融美滋滋的，孩子们的心灵永远是纯洁的，单纯的，只要给他们足够的爱和真诚的关心，他们的心扉总会向你敞开。

那么，小赤佬，阿爸给你起个蒙古名字好不好啊？

好的啦，叫什么？好听吗？

当然好听的啦，博尔忽，怎么样？意思是，紫红色的男孩儿，这是一个古代将军的名字，一个英雄的名字。

是吗？好呀好呀，博尔忽，好听，我喜欢英雄，喜欢红色，我要戴红领巾！

那咱们就叫博尔忽了！

厄日格泰突然想起什么，随口问一句，你原来的名字叫什么，还记得吗？

小赤佬顿时皱起眉头，晃了晃头，喊叫起来，我没有名字，我没有名字！

他捂起耳朵，脸上呈现出痛苦的神色，嘴角也抽搐起来，接着口角处溢出些许的白沫来，眼睛往上翻。

不好，这孩子怎么啦？

厄日格泰登时慌了手脚，赶紧把孩子从马背上抱下来，坐在地上。曾在医院工作多年的他，知道这是轻微羊角风，也叫癫痫病，必须及时治疗。他让孩子身体侧躺在怀里，把头偏过来，开放气道，以防呼吸出现窒息，接着用大拇指的硬指甲使劲掐孩子的人中，不停地掐，指甲尖儿都掐进肉里，渗出血丝，一边用手指抠出孩子嘴里的黏痰，足足折腾三五分钟，小赤佬的一双眼睛才翻回来，有了湿润的光泽。厄日格泰这才大松一口气，额头上都出汗了。

阿爸，我怎么了？我好困啊——

没什么，你就是睡了一小会儿，那咱们先不去队部了，马上回家睡一觉怎么样?

好吧，我真的好困。

你先别睡着，精神点，儿子。厄日格泰怕他再犯，赶紧又掐了掐他的内关、三阴交等有关穴位。然后，骑上马，抱着孩子，飞速往村北的家驰去。

回到家，匆匆把孩子抱进屋，让他躺在炕上，向阿伦讲述发生的情况。

天哪，没想到这孩子还有这个小毛病。阿伦惊愕。

我已经发现，这孩子内心里其实很压抑，好像隐藏着一个什么痛苦事儿，受过大刺激。唉，可怜的娃。厄日格泰抚摸着小赤佬的黄黄的头发，不禁感叹。

有记忆的孤儿，更能记得遭受过的痛苦，无法忘掉。看来，我们得多费点心思了，慢慢帮他排解吧。阿伦这样说着，从医药包里拿出安神的安定药片，给孩子喂下去。

苦命的孩子在两位新认的阿爸额吉呵护下，渐渐入睡，脱离了危险。

厄日格泰拉着阿伦走到外边，悄悄告诉了麻脸女人的情况。

阿伦一听很焦灼，问丈夫，那怎么办才好呢?

厄日格泰想了想，下决心说，我想，咱们还是把吉雅当作自己的亲生女儿来上报吧。咬住说就是你生的女儿，当时在牧区乡下还没来得及落户口，原因是当时还不知道下放的地点在哪里，当地是临时接受地，不让落户等等。

这样行吗?阿伦担心。

估计问题不大，村里也不可能为这点屁事儿，还去呼伦盟阿尔山寺做社会调查的吧?至于那个麻脸疯女人萨杜尔，在村里名声不好，也不知道她什么时候回来，大家都不知她行踪。以我的估计，她也不敢回来了，丢弃领养的孩子，还差点捂死了她，肯定是怕担法律责任，逃之夭夭了。

厄日格泰的分析，阿伦觉得有道理。如果把吉雅永远当作自己的亲生女儿抚养，这倒是她巴不得的事情，对女儿的成长、身心健康也有好处。秘密只有长生天知道就可以了，女儿是长生天赐给的嘛。

两口子如此统一了口径，厄日格泰重新上马，奔向村部。

五

当厄日格泰赶到生产队大院时，听见队部屋里正在发生激烈的争吵。

窗外和院门口聚集了不少偷听的村民，议论纷纷。有个社员朝他摆摆手，告诫他，别进去，里边正在召开干部会议，闲人免进，有基干民兵站岗。

厄日格泰吃了一惊，这么严肃？出了啥事情？

那个长有老鼠胡子的社员摇摇头说，出大事了，关系到吃饭问题，能不大吗？

吃饭问题？吃饭还是问题吗？不是有大食堂吗？

你新来的不知道。那位社员撇了撇嘴，把嘴巴凑近他的耳朵旁，一股浓浓的烟味儿、汗味儿、大蒜味儿熏过来。只听他说，上头已经叫停了大炼钢铁，听说还要叫停农村大食堂，有些村儿的大食堂已经散了，愿意的还可以继续办，所以在里边就吵起来了！

这有啥可吵的呢？村干部当中，还有人想继续办下去吗？厄日格泰奇怪。

嗯哪呗。办食堂，有人得好处，散了上哪儿捞去？不掐架才怪呢。

那个社员耸耸脖子，转过头去，继续有滋有味地谛听，像是在听广播里的蒙古说书一样，笑眯眯的，几根老鼠胡子扬撒着。

厄日格泰忍不住笑，转过身走向旁边的供销社。他可不想在这里瞎耽误工夫。令他奇怪的是，供销社西墙根儿也聚集了不少人，有的蹲墙根，有的爬墙头，都在偷听墙那侧的争吵声。真是民以食为天哪，厄日格泰摇摇头，走进那座自己向往已久的供销社店房里去，那里才是人间天堂，那个时代的农牧区最富有的地方，也是最热闹吸引人的地方。

一股酒气、烟气、油气、香气、酸气、化学药物气、轻工产品气——等等七荤八素的混合味道，冲鼻而来，能把人打个跟斗。世界之大，哪里都一样，开门七件事，柴米油盐酱醋茶，人类自古如此。那时的供销社琳琅满目的货架上，摆放的何止这些，麻雀虽小五脏俱全，连妇女纳鞋底儿的小尖锥子，老人掏耳勺子夜壶都有得卖。

屋里头依然聚集了不少人，也正在议论着大食堂的事儿，一见闯进来个陌生脸，都回过头张望，盯住厄日格泰。有人认得他，有人不认得，厄日格泰感到很拘束，很尴尬，不好意思地点点头，笑一笑。木讷地打招呼称，我是来买东西的，打搅了，不好意思。

这时有一人恰从里边门里走出来，认出他，快活地向他打招呼。

这不是“男人”吗？过来啦你老哥？

厄日格泰一看，更是吃了一惊，原来是他们的摇篮辅导师珊丹琪琪格、书记家的儿媳妇，也在这里。

我叫厄日格泰，不是“男人”——

屋里的那些人登时哗地乐开了。

你明明是男人嘛！

我看也是男人。

大家误会了，我是个男人，名字也是男人，叫厄日格泰——

厄日格泰突然感觉到，自己这名字向蒙古同胞们解释起来确实有点好笑，“厄日格泰”这词，本来不应该成为蒙古男人的名称，就好比一个人的脑袋顶上，戴着双层同样的单帽一样滑稽。他就不明白，当初抢救自己一条命的葛根老活佛不知怎么想的，填表时居然填了这么个不应成为人名的名词。这个临时应付的性区别词，居然后来还变成了自己的正式名字，不伦不类，终生甩不掉。当然，这也不能全怪人家老活佛，是那粒罪恶的子弹打没了自己过去记忆造成的。人家没给他写成“厄么格泰”——女人，就已经很不错了。

大家别开他玩笑了，人家是下放我们村的“右派”，他的名字真的就叫厄日格泰！

珊丹表情变严肃，一本正经地介绍给大伙儿。

噢——众人这下才嗓音拉长，眼神也变得几分敬畏。乡下人觉得，城里下放来的“右派”啦“反动”啦“支边”啦，都是些了不起的人物，都是文化人，有本事的人。

我不是“右派”，我老婆是“右派”，我是陪她自愿下放来的她男人——而已。

厄日格泰支吾着解释。

人们一听“而已”，又乐开了。但一知这人放弃自己工作追随老婆甘愿来当社员，也顿时引起大家钦佩，觉得此人还真是如他名字，是个真男人，纯爷们儿。

柜台后边站着一位穿着整齐的中年男人，白胖脸蛋，戴着一副眼镜，两手袖口套着蓝色套袖，一副较典型的“店掌柜”模样。只见他和和气气地问道，厄日格泰同志，你要买点什么吗？

是是，掌柜同志，我想买一包蜡烛，两斤粗盐，五个碗、不六个吧，一把筷子，一瓶酱油，一饼砖茶——

厄日格泰拿出一张写好的采购单子——小纸条，念起来。

我们没有砖茶，只有红茶，祁红、滇红都是便宜的高末儿。“掌柜”的说。

噢，对了，这里不习惯拿砖茶熬奶茶喝，是吧？来之前倒是听说过，这里只喝红茶，叫高末儿，我忘了喝过没有。

想喝奶茶，我们也没有牛奶可熬啊。“掌柜”的不苟言笑，回答很正式。

听说，生产队里放着不少奶牛呢——

那是集体的，每天挤出来的那点牛奶分给各户，还不够给孩子们喝的。“掌柜”的依旧一本正经回答。

加上牛倌老巴那孙子偷着挤喝的呢，嘎嘎——有人戏谑。

噢，是这样呀——厄日格泰不再说别的，继续念了一些要购买的物品名单，都是些日用品，还有给娃们做衣服被褥子的布匹和棉花，有的有，有的没有。念完了解释一句，我脑子不好，怕忘就拿笔记下了，请别见怪。

“掌柜”的脸上依然没啥表情，见怪不怪的样子。

接着，厄日格泰悄悄问一句，咱们这儿，还有散酒卖吗？

有是有，需要凭本子供应。你办了户口吗？

还没有呢，今天就是为办户口什么来的，可隔壁干部们正在争吵呢。

可惜，那——“掌柜”的想了一下，又看了一眼珊丹，正冲他示意，便说，这样吧，先打给你一斤吧，欠着账，办完户口别忘补上就行。

好好，太感谢了，太感谢了。掌柜的真通情达理，好人啊！厄日格泰感叹。

巴音阿哈是出了名的好心人，面冷心热！珊丹在一旁夸赞，介绍。她接过厄日格泰手中的纸条，照着单子从柜台那边提货，一件一件码放在柜台上，认真点着数字。

真没想到，珊丹老师原来还是供销社的售货员啊！

厄日格泰看着珊丹手脚麻利又熟练地干着活儿，终于搞懂情况，随着从肩上卸下褡裢往里装货，塞得是鼓鼓囊囊的。

珊丹嫣然一笑，回头看一眼那位“掌柜”的阿哈即哥哥。随后向厄日格泰解释说，那位巴音主任，才是这里的正式职工，负责人，我只是个村里派出的协助员，临时工。

她很快就要转正了，已经报上去了。

那位叫巴音的阿哈，真像哥哥一样，很亲切地补充一句。两人还相视一眼，面冷心热的“掌柜”的脸上终于有了一丝笑容。厄日格泰看在眼里，引发了某种联想。屋里的其他人，像是没看见一样，并不在意，熟视无睹，继续议论着大食堂的事儿。乡下村里的一些事，都是睁一眼闭一眼的，谁还有闲心搅和事儿，尤其太上皇党支书的儿媳妇，只不过都暗中憋着劲儿想看热闹而已。

厄日格泰更是没有闲空关心了，肩上一扛满满一褡裢货物，朝珊丹和巴音打下招呼，便走出供销社。

队部的争吵，好像已经进入尾声。

还是那位老鼠胡子社员，凑过来，兴奋地告诉他，他们正在投票表决呢！

厄日格泰只好牵着马等候，在这样关头，他更不敢往里闯了。

两袋烟工夫，投票结束，从队部办公室里陆续走出那些干部来。有些人兴高采烈，有些人垂头丧气，嘴里嘀嘀咕咕。原来是，投票结果九个大小队干部一个弃权，剩下的八个，四对四，打个平手，没有最后结果。

那怎么办呐？有人问先出来的老支书云敦。

怎么办？让群众办！召开全体社员大会，让大家一起投票决定！群众的事情，交给群众办是最好的选择！老支书声音洪亮，气势较足。

厄日格泰迎上去，毕恭毕敬地搭话，老书记，你们真忙，我是来办落户的——

噢，好好，那赶紧办吧，这是应该的。进去找大队长协日斯吧，这类事都由他主管。老书记说。

他还在队部吗？

在，在，正在里边生闷气呢。老书记笑呵呵说着话，招招手走远了。

厄日格泰迟疑起来，看得出老书记显然是赞成解散派，而那位协日斯队长则是保留派。人家留在屋里独自生闷气，此时自己进去办事，不会触霉头吧？他犹犹豫豫，把马拴在院子里拴马桩上，最后还是壮着胆子推开了队部的门。

不大的一间屋子里，摆放着三张办公桌，书记、大队长、会计一人一张。协日斯队长坐在靠窗户的那张桌子后头，正抽着烟卷儿，目光望着窗外，犯心思。当厄日格泰进去时，他头也不回，呵斥道，出去，出去！没见老子现在生气，没有心思跟你们说话吗？他把厄日格泰当成来办事的社员，霸道地下逐客令。

大队长，你好，我是新来的你们社员，办落户的。厄日格泰怯怯地笑了笑。

噢，是你呀？协日斯这才转过头来，依然是态度不冷不热。办落户是吧，行啊，办吧。

他拉开抽屉，把阿伦昨日交给他的那堆材料，放在桌子上。一张一张翻阅着，嘴里说道，本来是由大队部鄂会计带着材料去公社派出所办理的，这孙子今天突然病了，也没来投票算是弃权，坏了我的事儿！奶奶的！这样吧，我给你开介绍信，盖上章子，自己去办得了！鄂会计那孙子，不知啥时候病才好呢，一到关头就掉链子！

这样好，这样好，我自己去办就是，省得老麻烦你们。厄日格泰倒是心里高兴了。

突然，协日斯队长的眉头皱起来了，低头审视着材料，问道，这里边少了一张你们女儿的出生证明，还有户口转迁证啊！

厄日格泰心里咯噔一下，怕什么来什么，他赶紧按设计好的方案报告，如临时下放地方不给落户，等候最终的下放地点，那边给耽误了等等。

那也得有个出生证明才行啊，不然，派出所根据什么落户？

孩子才一岁，咱们这儿给开一个介绍信，证明一下，不知这样行不行？请队长通融一下，我就恳求队长了——厄日格泰可怜巴巴地央求起来。一双眼睛中涌满苦苦的哀求之色。

没办法通融啊，厄日格泰社员，这是原则问题。

只见协日斯队长把一堆材料归拢了一下，装进大纸袋里，眼睛盯着厄日格泰继续说道，这样吧，你先办着其他人的，小女儿的落户往后放一放。你先给那边的当地生产队写一封信，开一张盖章子的出生证明来就行，也就个把月的事儿。不必太着急，很简单的事儿嘛！

队长，真的不能通融一下吗？

不能，你不能让我犯错误呀，老厄社员！

协日斯提高了嗓门，敲了敲桌子。他铁面无私，脸上很冷漠，丝毫没有通融的余地。厄日格泰不能再说话了，无奈地默默站在那里。

只见协队长从另一抽屉里拿出一沓介绍信印刷本儿，翻出新的一页，在上边一张一张开起了其他人的落户介绍信，然后，“咣”“咣”地盖上红红的一级政府的大公章。发现有一张的印泥不够清晰，他又重新蘸足红红的印泥，再次“咣”地盖了下去，手掌往下又使劲摁了良久。

每一次响起“咣”的一下盖章声音时，厄日格泰的心里就咯噔一下，一双眼睛也死死盯着那一张张有关他们生存的介绍信，心中五味杂陈，说不出的复杂感觉涌满心头。人间的生死权利，就聚在那块小木头疙瘩上，感觉真是奇妙无比，还透着一股荒诞，令人茫然而又生出不可抗拒的敬畏。

无法达到预期目的，只能改变计划，再想其他办法了。厄日格泰心一横，默默想，天塌不下来的，天无绝人之路，老天爷饿不死瞎家雀儿，总会有办法的。即便是最后成为“黑人”，也没关系，只要人活着，把女儿养活大了就行。眼下活着是最重要的。

临出来时，只听协日斯队长还特意嘱咐一句，赶紧办完这些，该去接管马群放马了，这几天一直由放牛的牛倌儿在兼管，人家有点儿吃不消了。

厄日格泰马上嗯嗯答应，保证明天去派出所回来后就去接管马群。然后想了一下，按照和圣・塔亚指点的意思向协日斯队长提出帮助修门窗的要求。这点倒是爽快答应了，说了一句这是应该的。

走到外边来，他长长舒出一口气。

初春空气新鲜，傍晚的斜阳正暖暖地照射大地。

厄日格泰手遮额前，朝家的方向看了一眼，村北沙坨子那边苍苍茫茫。他突然听见，肚子里咕儿咕儿响了两声，这才想起自己从早晨到现在还没吃一口饭。

又瞧了一眼大食堂那边，还没到开晚饭时间，但见一些社员已经端着饭碗往那边聚拢了。这情景令人想起乞丐帮的群体活动。厄日格泰想了想，也决定在这里等候开饭，省得再来回折腾。五口人两顿饭，总共是十个窝窝头，中午没有来得及领走，不知晚上给不给补发。

于是，牵着马，慢慢走向那一溜牛棚大食堂。

他心里总有一种怪怪的感觉。甚至来不及消化这一天里经历的一件一件事情，乱哄哄，还荒唐，像做梦一样的不真实。当一名社员，并非想象的那么容易啊。

第三章　摇篮旁的阿伦高娃

诃额仑夫人，沿着斡难河行走，捡拾杜梨野果挖野菜，熬过日夜，养活失去父亲的孤儿们。

——引自《蒙古秘史》

一

领到全额的十个窝窝头，让厄日格泰很是高兴。

那也是正好赶上老书记云敦在那里，说了一句话，厨师才网开一面补发了中午的份额。厄日格泰突然发现，这位老书记其实是个挺不错的好人，自己原先或许误会他了。

走到村街上来，又遇见那位爱唠嗑儿的老鼠胡子社员。

喂，新来的那个、那个“右派”社员，等一等！他从食堂那边小跑着追过来，几口啃完了自己那份儿窝窝头，差点噎住了。

厄日格泰只好站住了。等他走近，问他，你，有事儿吗？

嘿嘿，没啥事儿，那个，看在我们已经认识的分上，你能不能发善心，赊给我一个窝头吃？你都领了十个了。老鼠胡子呼哧带喘。

这是孩子们和我们两口的一天口粮哎——

厄日格泰没想到，这个人竟然会如此赤裸裸地开口索要，没皮没脸。

两个一两岁的小孩儿，吃不下那么多的，她们还有妈妈奶吃呢，嘿嘿。

老鼠胡子一脸笑嘻嘻，舔着嘴巴，对厄日格泰孩子们的岁数倒是门儿清。厄日格泰虽然有些生气，但还是忍住了。表情冷冷，问他，这位社员，请问你叫什么名字呀？

我叫小陶革图，贫下中农，纯纯的贫下中农。

喔，纯纯的贫下中农小陶革图同志，看来一个窝窝头，没有喂饱你那小狗肚子是吧？

是是，我这小狗肚子挺能装的，嘿嘿。他并不在意被叫狗肚子，继续嬉皮笑脸，我得吃十个差不多才能填满这狗肚子，嘿嘿。

厉害厉害，那我先向你打听个人，你能如实告诉，我倒是可以考虑匀给你半个窝窝头。厄日格泰打量着他，也想跟他逗逗闷子玩儿。

真的？说说看，谁呀？这哈日根艾勒村，连只耗子我都认得！

和圣·塔亚，这个人你知道吗？厄日格泰突然如此一问。

哈哈，你可问着了，他正好跟本爷是邻居！小陶革图一拍腿，喜叫。然后，朝厄日格泰伸出手来，你把半个窝窝头先给我，我就领你去见他！

还不能先给你，走吧，领我去见见他！谁知你说的真不真呀？

小陶革图的眼睛上下翻了翻，没有说话，扭头就走，甩出一句，跟我来！

村南趟房屋的最西头，戳着一座土房。院落挺整齐，干净，可门上挂着大锁头。

这里就是和圣·塔亚的老窝儿。

小陶革图又向厄日格泰伸出手。

先别忙，这门上挂着锁头，也没法证实就是和圣·塔亚的家呀，这半个窝窝头还真不能给你。

厄日格泰骑上马，哈哈一笑，就走人。

你、你这老“右派”，真狡猾，抠门儿！那老头儿一年三百六十五天，三百天都在外边漂着，哪能那么容易碰得着他呀？这里真的就是他的家，不信问问别人！

小陶革图从厄日格泰马屁股后头，跺着脚喊。懊悔的情绪，更让他心中的饥饿感变得无比强烈，那个滋味儿就如老鼠的尖牙在啃撕着他的肠胃。

那好，什么时候得到证实，见到了本人，我就什么时候给你半个窝窝头，决不食言！厄日格泰回头喊一句，双腿一夹马，向村北沙坨子飞驰而去。

走进沙坨子，小路两侧长着一些稀疏的沙柳、沙巴嘎蒿子、锦鸡儿等灌木丛，都已发绿，绿意葱茏。忽然，他那双机敏的耳朵捕捉到从灌丛里传出的窸窣之声。多年的草原生活，还有被遗忘的什么经历，告诉他这是一只野兔子在草丛里觅食。他下了马，把马拴在路边树干上，从马鞍上拿下从不离身的铜头投猎棍“蛮契克”，有些地方的蒙古人也称布鲁，猫着腰悄悄摸进灌丛里去。他蹲在那里细心谛听，拨开蒿草向前巡视，终于发现五十米远处有一只兔子走一走停一停，悠闲觅食寻偶，春天是发情的季节繁育后代的季节，熬过漫长冬天的动物们，这季节都很忙碌，都很玩儿命，争分夺秒地寻偶，为情四处奔波。

厄日格泰这下高兴了，娃儿们啊，老婆大人啊，你们有口福啦！

他猫着腰，悄悄又往前靠近了二十来米，然后，抡起二尺五寸的“蛮契克”布鲁，“嗖”的一下投掷过去。只见那个“蛮契克”呼啸着，在空中旋转着，划个半圈子，不偏不倚正好击中了那只毫无防备的肥兔子。力道的准确和猛烈，如果没有臂力和多年的实战狩猎经验，是很难达到这种水平的，或许这也是草原游牧人骨子里的东西吧。肥兔子在原地转了一圈儿，四肢抽搐着不动弹了，正当厄日格泰要跑过去捡猎物时，从斜刺里突然窜出一只狗来，咬住兔子就跑。厄日格泰登时愣住了，回过味儿来，随即捡起“蛮契克”朝那只狗甩过去。

“哽哽”，那狗中了铜头棍子惨叫着，打一咕噜，丢下嘴里的兔子，瘸着腿逃窜而去。这时候，从树丛后头走出一个人来，短打扮，扎腰带，手里拿着一把砍柴刀。

嗬！谁呀，还真有两下子哈，打狗还看主人哪！

那个中年男人，冷冷发话，上下打量厄日格泰。

那么说，你就是那个偷人猎物的赖狗主人喽？

厄日格泰一边捡起兔子和“蛮契克”，一边说。

野外打猎，见者有份儿，何况是我的狗先叼住兔子的嘛！

那人一脸的不高兴，眼睛乜斜，口气颇硬。

好啊，还真有点不讲理了，是吧？那现在呢，这只兔子却在我手上呢，你想夺过去吗？你可以过来试一试的。不过，我可以告诉你，只要你向前迈出一步，我就一个“蛮契克”把你手上的砍刀打下去！信不信？

厄日格泰也冷笑着叫板，毫不示弱。

我就向前迈一步了，就不信你这个邪了我！

那人眼珠子一瞪，朝前向厄日格泰跨出一步，可脚还没落地呢，厄日格泰的“蛮契克”早已飞转着袭来，当啷一声，他的手腕被击中，刀落地。随着，厄日格泰几个箭步跨到他跟前，捡起刀和“蛮契克”。他随手把那柄砍柴刀扔进旁边沙柳丛里去了。然后，他举起“蛮契克”点了点那人肩膀头，微笑说，老子当了七年骑兵，还没遇到过像你这样耍横不讲理的——

他突然捂嘴，奇怪自己，怎么一急就说出了“当过七年骑兵”这样的话来？难道我当过兵吗？怎么一点印象都没有呢？他又被自己给搞糊涂了，神色懵懵懂懂，赶紧转身走人，也不理睬那个人了。

那个中年男人从他后边喊话，别走啊，咱们唠扯唠扯呗，有本事的“蛮契克”兄弟！我是村里的牛倌儿巴鲁，你究竟是何方神圣？这么有能耐呀！

我是村里的马倌儿！新来的！

厄日格泰突然停住脚步，回过身问他，你是牛倌儿？这两天照看马群的牛倌儿，就是你吗？

正是本人，看来你就是那个传说中的新来的“右派”喽？我还寻思来着，一个“右派”怎么会放马呢，这下知道了，放马没问题！那个巴鲁忍不住满口夸赞起来。

不好意思了，牛倌儿大哥，要不这兔子，你拿去吧——

别别，还是你自己享用吧，听说你一大家口子人呢。兔子嘛，这沙坨子里还不少呢，我再踅摸一只就是！兄弟你有空去我“套卜”上坐一坐吧，就在你东侧五里外，我们是邻居！巴鲁倒不像是个爱记仇的人，回身去找自己的砍刀去了。

听了这话，厄日格泰心里更是过意不去了，刚才自己太莽撞，赶忙从他后边喊道，牛倌儿大哥，后天我就去交接，带一瓶烧酒去看你！

一听酒，那个人嗓门更高了，回话说，那敢情好啦，我有一块獾子肉！带着你的酒来吧！

化干戈为玉帛，蒙古人之间，其实也很简单，一点小事不会计较太久，转眼间烟消云散。喝完酒，就成为安达，好朋友，不分你我，生死与共。

厄日格泰一边走着，兀自哧哧笑了。这里的人个个都挺有意思的，生活倒不是很乏味。他吹着一首口哨曲子走向自己的马，吹得居然是蒙古国的民歌《色楞格河》，他也不知道为什么会吹这曲子，自然也不清楚这曲子的名字是什么。

黑鬃马看见自己的主人回来，欢乐地刨蹄子扬头，一声“咿咴儿——”的嘶啸，震天动地，惊飞了树上的麻雀和乌鸦。

二

坚韧硬实的乌日勒树啊，
阿爸用它为你做的摇篮；
早晚吹来的凉风中啊，
额吉的温暖怀抱挡风寒；
额吉哒，阿杰哒，
波茹莱呀，别再哭泣，

咱们的额吉已不在世啦——

挺拔漂亮的海勒森树啊，
阿爸用它为你打的摇篮；
黑夜的寒冷袭来时啊，
额吉的慈爱呵护你成长；
额吉哒，阿杰哒，
波茹莱呀，别再哭泣，
咱们的额吉已不在世啦——

哀婉忧伤的郭尔罗斯摇篮曲《波茹莱》，从沙坨子上那两间窝棚里传荡而出，在天地间低低徘徊。谛听着优美而悲情的童谣，风似乎停住了，鸟儿也不唱了，草甸上的牛羊回头张望，高空中的鸿雁在空中留恋盘旋。

厄日格泰骑马而来，也听见了这声如泣如诉的摇篮曲，赶紧下马。怕打扰歌者，他脚步放轻，把马拴住之后自己悄悄靠近土房的窗户下边，透过没有窗户纸的空格子，他瞧见，妻子阿伦正坐在炕上，拿脚尖晃动着黄榆木摇篮，一边手里做着针线活儿，缝制一件小婴儿的衣服。同时，她嘴里轻轻哼着这首摇篮曲，脸上已经流下两行泪水，默默地往下滴落——

每年摘下夏天的花朵，
放进你的怀里赏玩啊；
每晚放下绣鞋的针线，
背着你去东西邻居游玩；
额吉哒，阿杰哒，
波茹莱呀，别再哭泣，
咱们的额吉已不在世啦——

在那蔚蓝色的湖边啊，
矗立着一座白色的塔；
可怜的弟弟波茹莱，
失去母亲成了孤儿；
额吉哒，阿杰哒，
波茹莱呀，别再哭泣，
咱们的额吉已不在世啦——

哀伤的歌声，似断似续，如撕裂着心口的伤痕，如天空中哀鸿鸣啼，如湖边的芦苇在风中感伤低鸣，倾诉着人世间的漫漫无边的苦难和悲情。

孤儿出身的阿伦，这时自己已经哭成了泪人。

窗户下，默默谛听的厄日格泰，也在流着泪水。

当年他多少天昏迷不醒躺在炕上的时候，留有子弹的脑袋枕在阿伦的怀里，一遍一遍倾听着她唱的这首《波茹莱》，减轻他头疼的痛苦，一边流着泪水渐渐进入睡眠，暂时忘记刻骨的疼痛。是这首摇篮曲，唱着这首摇篮曲的阿伦，把他从死亡线上拉了回来，他的生命属于这首摇篮曲、属于阿伦，是她唱着这首摇篮曲赐给他生命。

这首摇篮曲《波茹莱》，诞生时间不算长却流传很广，有着深厚的社会根源。它来自一件真实的故事，诞生在厄日格泰曾经殊死搏斗的东部蒙古草原，只是被罪恶的子弹夺去了记忆，他不知道而已。那里的郭尔罗斯旗有个村庄叫哈尔毛都，一九三九年日本鬼子在诺门罕战役中使用731部队的细菌武器，一九四○年前后哈拉哈河流域蒙古草原上大量发生鼠疫“黑死病”，一村一村人死亡，歌词中的弟弟波茹莱和姐姐莲吉的父母先后在那场鼠疫中死亡，失去亲人的十二岁孤儿莲吉，独自承担抚养两岁小弟弟的重担，孤苦伶仃，夜晚哄慰哭泣的弟弟入睡时不知不觉哼出了这首歌，她秉承了蒙古族说唱艺人父亲的天赋。这首歌也是对苦难命运的哀诉，对日本人散布黑死病鼠疫造成无辜百姓人生苦难的控诉。这首哀婉的摇篮曲一经产生，风一样传遍草原，引起共鸣。也是孤儿出身的阿伦高娃，曾遭遇过几乎同样的命运，因而此曲深深刻印在她的心灵深处。歌中十二岁的孤儿莲吉，两年后带着四岁的弟弟出嫁，给人去当了童养媳，三四年后也得病过早去世，孤儿波茹莱被一位远房亲戚姑姑领走抚养。新中国成立后波茹莱当了郭尔罗斯前旗的一名工人，后当了厂长。这是一个真实的故事，真实的人物，当年日本鬼子一手制造的人间悲剧。这充分说明，一切真正的艺术，真正的优秀音乐，优秀作品，皆来源于真实的生活，与民众的命运攸关，才会具有永恒的生命价值，才能够流传百世。

在那片雪白色的湖边啊，
高耸着一座白色的塔；
长得洁白的弟弟波茹莱，
失去母亲成了孤儿；
额吉哒，阿杰哒，
波茹莱呀，别再哭泣，
咱们的额吉已不在世啦——

花白色的小野兔啊，
离开草丛就成孤儿；
圆乎白胖的波茹莱啊，
失去母亲成了孤儿；
额吉哒，阿杰哒，
波茹莱呀，别再哭泣，
咱们的额吉已不在世啦——

颤抖的嗓音，颤抖的歌声，浸入心扉地再次从屋里传荡出来。

哭成泪人的阿伦，继续泣血般的吟唱，躺在黄榆木摇篮里的吉雅睡梦中也在低泣，六岁的博尔忽依偎在阿伦身上与躺在一边的两岁托雅一起，也在哽哽低泣。

阿伦一直想着把这首很长的摇篮曲，完整地唱给三个孩子听。可是，最终还是唱不下去了，自己崩溃了，哇的一声大哭，把博尔忽和托雅揽在自己怀里，趴在吉雅的摇篮上，期期艾艾地痛哭起来，嗓子哽咽着，肩膀抽搐着，泪水如江河决堤，银河倾泻。四个大小孤儿，就这样在屋里哭成一片。

坐在外边窗户下的男人厄日格泰，双手捂着脸，也已泣不成声。经历过死亡，经历过无数次地被遗忘的苦难经历，他更有理由哭泣。人，唯有哭泣才可排解心中的压抑和苦闷，排解不平和苦难，哭泣真的是医治内心创伤的人生良药。不必以哭为耻，应以哭泣为荣，这是一种正常人的身心健康的良好举止，真实形态。

然而，天地间，谁能真正理解，这五位被命运绑在一起的可怜人的如此哭泣？

苍茫沙野，天荒地老，一曲摇篮曲《波茹莱》，唱不尽人世间生命的真谛，唱不够人类生活的真实苦难。古歌《天之风》里说，天上的风无常，娘生的肉体不可永恒——是啊，地上的路更是不平，人世间的苦难更无尽头——

三

早上，小吉雅啼哭不止，在她的黄榆木摇篮里。

夜里她是在摇篮里睡的，这会儿醒来，肯定不是拉屎就是撒尿了，小屁股那块儿不舒服。阿伦高娃正在火上煮窝窝头粥，就是把领来的窝窝头捣碎成面粉状，放水煮，然后给两个女儿喂糊糊稀粥。幸亏昨晚丈夫打来一只兔子，用那个炖兔子的肉汤熬粥，提高了营养价值。不然，没有母乳，光靠窝窝头粥是很难养活这两个婴儿的。一想起还有漫长的岁月在等待，没有母乳，没有牛奶，拿什么养大这两个娃儿啊，一想起这个，她就头疼，犯愁。她哭肿的眼睛，依然红红的。

她赶紧放下手头的活儿，把吉雅从摇篮里解下来。果然，一摊黄黄的稀屎搅和着湿尿，沾满她的小屁股，下面的细沙子也都被浸透，布单子都脏了。她拿一专用小木板挑着干净的沙子，揭哧干净那个小脏屁股，又拿温水清洗一遍，然后给她穿上衣服躺在炕上。两岁的托雅，早已醒来，在炕席子上噌噌爬着玩儿，从东头到西头，一会儿又啃上墙土，见什么啃什么，正在长牙发痒。这会儿又爬过来，要捡那个沾着吉雅屎尿的沙子玩儿，阿伦赶紧把那堆卷巴起来，扔到屋地上，等过一会儿再收拾洗刷。

躺在炕上的吉雅，又哭嚷起来。这是饿了。

阿伦明白，火盆上的窝窝头粥已经烂透，拌着兔肉汤给孩子喂。小吉雅还不习惯咽下这粗粗拉拉的东西，喂多少就吐多少，阿伦用碗边接下那吐的继续喂她，不嫌麻烦不嫌啰唆。她知道，必须让孩子养成能吃的习惯，好知道这就是世界上最好吃的东西了，咱们没有别的可喂，母乳更没有，你额吉缺的就是奶。

渐渐，吉雅舔了舔嘴巴，感觉有兴趣了，能喝进去一些了。

两岁的托雅，则整个一个饿死鬼托生，喂进去一小碗了，还嚷嚷着要。

六岁的小赤佬博尔忽不在家，一大早，喝完奶茶炒米，已经随着阿爸骑上马去公社了。两口子初步分工，阿伦重点照顾两个小的婴孩，料理家务，厄日格泰身边带着儿子博尔忽去放马，重点是教他学蒙古话，为他上学做准备。

阿伦忙叨叨，里里外外收拾一遍，浣洗脏布垫子和其他衣物，又温热了干净新沙子放在摇篮里，让勉强吃饱的吉雅躺进摇篮里进入午睡。坐在摇篮旁，依然用脚尖晃摇篮，腾出双手搂抱独自玩耍的托雅，亲热，亲脸蛋，亲额头，给她梳头，换新衣服，弄得托雅人模狗样的，拍手嬉笑。阿伦嘴里夸赞道，哇，额吉的姑娘托雅，原来是个大美人啊，将来长大了咱们就当电影明星，不干别的了！

正这时，当阿伦跟女儿热闹时候，有个人站在老远处冲他们家喊叫，听着“右派”，要召开全体社员大会，叫你们马上过去开会！

我男人不在家，不去不行吗?

不行，协日斯队长说了，谁缺席，扣谁的窝窝头!

什么会这么重要啊?

重要得很！关系到你能不能吃饭的大问题！我已经告诉你了啊，还想吃饭吃窝窝头，就必须去开会！那个人通知完毕，骑着一头驴，扬长而去。坨子里的小沙路上，拿柳条抽得那头驴嗷嗷叫，嘴巴呼哧带喘，一路扬尘沙奔走。

阿伦听得莫名其妙，摇了摇头，寻思着，看来不去是不行了。

她让小吉雅在摇篮里又睡了一会儿，最后还是狠狠心弄醒了女儿，抱在怀里，往背袋里背着大女儿托雅，就向村部出发了。动身之前，把门窗关好，上了锁，把阿尔斯兰拴在门口，嘱咐它看好家，别让生人靠近，如果来小偷往死里咬他，保护窝窝头和一些备用食物眼下是至关重要的。

阿尔斯兰摇头摆尾，阿伦拍拍它脑袋说，听懂了就好，你是一条有灵性的好狗狗。俗话说狗是用舌头淌汗，用尾巴微笑，你一摇尾巴，额吉就知道了。

吩咐完阿尔斯兰，往怀里又揣上一条装窝窝头用的干净布袋子，然后她摇摇晃晃地出发了。

中午的太阳很晒，春天越来越热了。她走得额头上出汗，怕孩子中暑，走一阵儿就找树毛子阴凉处歇一歇，路边长有大叶子野麻，就摘下两片叶子遮盖在两个女儿头上，发现草丛里扔着一顶被人丢弃的旧“窝莲头”草帽，她一喜，捡来套在自己头上。这下赶路不怎么晒了。

走进村里时，发现土街上空空荡荡。鸡鸭在生产队笼子里，狗们在野外闲荡找吃的，牲口牛羊在生产队“套卜”栏里，灭“四害”后连树上的麻雀都少多了，幸存的都躲在深山里，最善于生存和与人类捉迷藏的灰老鼠，此时也深挖洞广积粮渗入地下了。那么，现如今的乡下还剩下什么能喘气儿的活物呢？除了人，大眼儿瞪小眼儿的人，就剩下寄生在他们身上玩命吸血的虱子了。可虱子，算是会喘气儿的活物吗？应该不算，它们应该不会喘气儿，只会咬肉、吸血。

社员们依旧都被召集在队部院子里。

当阿伦辛辛苦苦赶到时，大会已经开始了。她悄悄地委顿在院门口，直不起腿来，拍拍要哭的孩子，拿出两块砂糖堵住她们的嘴。旁边的人嫉妒了，嘀咕当个“右派”还这么富有，有糖给孩子吃。阿伦不好意思地笑了笑，想解释孩子没奶吃——后又作罢，心想，他们管得着吗，嘁！

正好，协日斯队长走来，他在亲自发放两种颜色两张什么票。

他端详着阿伦那张红扑扑的脸，休息过来之后更显得漂亮，不像那天头一次见时那样土得掉渣儿的丑婆娘。他的眼睛有些发亮，有些色眯眯，有些贪，盯得阿伦都不好意思了，扭过头去。

可惜了，插在粪堆上了——协日斯吐了一句。

插在你身上，是不是就合适了，是吧？阿伦回头揶揄一句。可惜，队长你有老婆孩子了吧？要不你去打离婚，老娘我就敢插在你身上！

阿伦说得很野，很狂，扮出一副狠角色的样子。

周围人“哄”的一下，笑炸了，前仰后合，颠三倒四。

当年在阿尔山医院，护理过无数个浑人，又经常下乡出诊，阿伦什么样的登徒子好色鬼没见过，什么样的瞎开玩笑的没见过？她早已历练出来了，对付这些骚扰，她可是一点不颤，不惧，小菜一碟。

厉害，厉害！嘴巴还真不饶人呢——协日斯队长有些尴尬。他把两种颜色的票发给她一份，想转身走人，觉得无趣。

队长，今天搞的什么选举？选什么代表？我选谁呀？阿伦打问一句。

谁说要选举了？

那发这选票干什么？

你是故意的还是真不知道？

我刚刚到会场，还真不知道是咋回事！不骗你！

真服了你了，“右派”大姐！今天不选举代表，是投票决定办不办大食堂！投红色纸条的，同意继续办食堂，投白纸条的不同意办，同意解散！

协日斯耐心解释，又说，办食堂好处多，尤其像你们家这样的，新来的，没有办法自己开火的，肯定是同意继续办，是不是？

那，队长你得给我五张票了。阿伦想了想说，伸出手。

要那么多干什么？

我们家有五张嘴啊，都得张口吃饭不是？

好好，给五张就给五张。啊哈，同意办下去的，这下又多了五张喽！

我要投的是反对票！本人是反对办大食堂的！阿伦声音铿锵，掷地有声。

喔！人们又“哄”地乐开了。

这可出乎队长的意料，失声，你——！要我！

没有啊，我从来没有说过支持办食堂啊！人也不是牲口，干吗非得赶到一个槽子里喂料喂草呀？有人愿意吃窝窝头，有人却偏要熬糊糊粥喝，干吗非要统一呀？尽管发的返销粮，都是发了霉的老苞米，可各自做自己喜欢吃的花样不是也挺好吗？

阿伦就跟队长掰扯起来，理论理论，说得很认真。

可协日斯队长不想跟她掰扯理论，向她伸出手瞪着眼珠子说，那就把票还给我，你只能投一张票！

凭什么？我们是五口人！阿伦把票塞进了胸口里去，藏起来。

协日斯就要把手伸过来抢票，却摸到了阿伦的柔软丰满的胸部。阿伦的脸顿时通红，呵斥道，挺大一个村干部大队长，怎么耍起流氓来了？啊？大家都看见了，他摸到哪儿了吧？你老婆知道了怎么说？还有没有党纪国法了，随便摸女人的奶子，成何体统？

协日斯这下闹得脸红脖子粗，扭头就走人，不敢回头。

阿伦红着脸，蹲在那里哧哧发笑。自语，都急成这样子啊，还带抢票的！

他不是抢票，想抢奶子吃哟！

人们又笑开了，乡下人的粗俗玩笑无处不在。

阿伦本想说老娘可没有奶子供他吃，可一想跟他们贫什么嘴呀，没再说话。

投票点票结束，结果很快出来了，由公社来的干部监督，唱票。

结果是一边倒，除了协日斯队长家族亲属一二十户之外，百分之九十的投票人，都反对继续办食堂，同意撤销本村大食堂。

Ao-re！wurie！乌——拉！生产队院子里，一片欢呼声。山呼海啸。

据说，“Ao-re！wurie！乌——拉！”这口号，是成吉思汗西征军的口号，骑兵向敌阵冲锋时挥舞马刀齐喊“Ao-re！wurie！奥热，乌拉！”，谐音“乌拉”，就是“冲啊”的意思，后来口号留给欧洲战场，人就回来了，所以后来的苏俄老电影里经常看到喊着“乌拉”的冲锋镜头。好的口号也是有传承的，这就是经典的意义，艺术来自生活。

喊完口号“乌拉”，紧接着，发生了一件令阿伦意想不到的情况。

愤怒的社员们，或者说，“翻身农奴得解放”般高兴的群众，“呼啦”一下，突然间，像是醒过腔的疯狂的黄羊群，一起拥向东南侧的大牛棚方向，拥向那个人民公社大食堂，疯般扑过去。他们不是去砸牛棚食堂，而是去抢食堂里的锅碗瓢盆、菜刀面板、水缸水桶、咸菜萝卜头——连厨师的围裙都扒下来了，能抢能拿的，一个也不留！社员们家里什么都没有，连根铁钉都很稀罕，铁锅铁勺早都奉献炼钢了，有的连木门木窗都拆下来送去烧钢炉了，人一旦发疯洗了脑袋什么都敢做。现在，食堂散了，要自己开火做饭了，没有家伙什儿咋整？因此，只能抄现成的，先下手为强，不拿白不拿，不抢白不抢，个个如狼般红眼。

社员们都疯狂了。有人抢东西抢得流出了鼻血，有的衣服撕烂，头发披散，有的兴高采烈，有的骂骂咧咧，两手空空，有的抱三两个窝窝头或葱蒜，有的右手一只瓢左手一根勺。妇女们下手最狠，最无情，最不顾脸面，连地窖茅厕都没放过，翻遍了，几个厨师的裤子都扒下来搜了搜。她们很愤怒，愤怒得都像无处发泄的母狮子母狼母狗母什么的，本来做饭切菜洗碗筷是她们的本能，这是祖先和什么神分配的专业，却生生被剥夺了两三年，晾在了一边，她们不服气，感到不公平，这是欺负人，欺负她们女人。这些被大食堂抛弃的妇女，如今终于得解放，尽情发泄着满腔的愤慨和怒火，向大食堂复仇，要夺回妇女的尊严。

阿伦看着这一幕，吓呆了。心惊肉跳。不敢相信自己的眼睛。匪夷所思。

老实巴交的农牧民身上，真是蕴藏着无穷的能量啊。载舟可，覆舟也可。

被惊吓的两个女儿，一同哭嚷起来，一个在怀里，一个在背上。

阿伦噢噢地哄着她们。顾不上看大食堂崩溃的热闹景象。

这时，有个人从她身后轻轻说了一句，孩子饿了，想吃奶了，跟我来吧。

四

阿伦回头一看，原来是她的摇篮辅导师珊丹琪琪格。

你跟我来，今天我再喂她一次吧。珊丹悄悄地又说一次。

然后，她把阿伦领进了隔壁东院的供销社店屋里。

今天供销社盘点盘货，没有开门。屋里只有掌柜的巴音和珊丹，没有其他人，很安静。屋地上，摊满了货物，锅碗瓢盆布匹鞋袜镰刀斧头等等各色物件都从货架上卸下来，进行清点，一一核对账目。负责人巴音穿一身蓝布工作长衫，脸上额上都沾着灰土，正汗流浃背地忙活。看着是一个很能干很有责任心的商业小领导，不像是一个鸡鸣狗盗心术不正之人。阿伦曾听丈夫厄日格泰讲过对他和珊丹关系的疑惑，以及村民的怪怪目光和不屑之色。此时，阿伦可觉得这两个人，倒像是村里不可多得的心眼儿好的人，一对儿正常人。

珊丹搬过一个凳子，让阿伦坐下歇息，又倒了一杯热水给她喝，背着巴音偷偷往杯子里放了一块红糖，向阿伦挤挤眼睛。然后，接过阿伦怀中的吉雅抱在自己怀里，解开胸扣子掏出白花花大奶子就给吉雅喂奶，毫不在意一边干活的巴音。那个男人熟视无睹，麻木呆呆地在那里忙着活儿。

珊丹师傅，你的娃儿呢？阿伦一边从后背上卸下托雅，让她站立在自己两膝之间。终于身上轻松了许多，吁了一口气。

带孩子累吧，还带着两个，你真行。你可别说我是师傅，我算什么师傅呀？咯咯。珊丹爽朗地笑起来，我的娃儿在后屋睡觉呢，刚喂饱他。你放心，不会少了他的那份儿。

说着，珊丹的眼睛有意无意瞟了一眼那边的巴音。阿伦觉得，这话好像是说给巴音听的，心里又觉得怪怪的，被弄糊涂了。两膝间的托雅不老实，伸手拽旁边柜台上的东西，那是放在小竹篮里的一堆五色玻璃弹球，卖给村童玩儿的。珊丹拿一个球给她玩儿，可那娃儿抓在手里就往嘴里送，阿伦赶紧夺下来。

这呼恒，当成糖球了，那阿姨就拿一个真糖球给你吃吧。

蒙古语呼恒即是女娃子。珊丹站起来，从玻璃罐里拿一个纸包的小圆糖球，递给她。那娃儿连纸一起咬，阿伦帮她剥下纸后再塞进她的嘴里。

咯咯咯，两岁的托雅脆铃铃笑起来，有滋有味地咀嚼糖球，痴痴地瞅着珊丹。

见巴音朝这边瞅了一眼，珊丹就说，这块糖球，就记在我账上吧。和圣・塔亚不是交代过嘛，让我们多关照点他们——

她又转过头对阿伦说，咱们的巴音阿哈呀，啥都好，就是人抠儿点。

巴音摇摇头，依然不说话，接着低头忙活。

阿伦一听和圣・塔亚这名字，心提了起来，赶紧问珊丹，珊丹妹妹，我就叫你妹妹吧，我岁数肯定比你大。这位和圣・塔亚老爷子，究竟是什么人？为什么这样照顾我们，帮助我们？我们真的很想见见他老人家，当面感谢他。

这个嘛，再等等吧，老爷子不让我们说，到时候也许他自己会找上你们的。这几天他也不在村里，被请到外村去啦。珊丹对阿伦解释。

噢，阿伦有些失望，叹口气。好人们，总是这样，帮了人还躲躲闪闪的。

珊丹一边喂着奶，看一眼那边的巴音，转过脸又看着阿伦，迟疑了一下，还是开口说，阿伦高娃老师，不，姐姐，有一件事——我特别想向你请教，你和厄老师都是见过世面的人，有文化，见多识广——

什么事啊？这么郑重其事的？阿伦颇感奇怪。

这个，什么——珊丹一时变得吞吞吐吐，又看了一眼巴音，朝他说，巴音阿哈，你先出去一会儿呗，你在这儿，我说不出口——

好，好。巴音倒是听话，点点头，转身走进后屋去了。

阿伦看看巴音的背影，看看珊丹忸怩拘束的神色，更是摸不着头脑，耐心等候她的开口。

是这样的，巴音阿哈不在了，我就能大胆讲了，也不瞒了。是这样的，你也看出来了，我跟巴音阿哈、那个、相好了，连我那个娃儿也是他的——

珊丹平静下来，说出自己的秘密。

这下，阿伦差点惊叫起来，如身边爆炸了一个炸弹。脸都变了，头都大了，惊愕地盯着珊丹急问，什么什么？你不是，你不是、那个村书记的儿媳妇吗？怎么还敢这样？吃豹子胆啦？

其实，他老人家吧——可能也知道——

这到底是怎么回事啊？阿伦几乎在尖叫。那你丈夫呢？难道，他、他也清楚？

差不多吧——珊丹点点头。

也许为了不让阿伦再尖叫下去，她就一五一十地讲述起自己的隐秘故事来。

原来，珊丹的丈夫是一个半瘫人，名字叫铁木勒。七八年前从村里光荣入伍当了一名解放军骑兵，后随部队去西藏高原参加反击入侵印军的战争，还当了班长立了功，就那会儿她和他订了婚，感到很光荣很幸福。不久，铁木勒出事了，作战中他被炮弹击中受了重伤，在医院躺了一年，转业回来时拄着拐杖，当地政府热烈欢迎英雄，在上上下下劝说下，珊丹就和铁木勒举行了婚礼。由于腰肾受伤，铁木勒行不了房事，珊丹默默忍受着，后来就半瘫痪，坐轮椅了。从此，珊丹陷入了无限的痛苦，原先还抱着希望，丈夫年轻，也许身体能恢复健康，可半瘫之后这下彻底失望了，几乎绝望了。正在这时候，新成立的村供销社来了唯一的售货员兼经理，名叫巴音。此人还是个刚死了老婆的鳏夫，为人老实本分，脾气也好，村里人都喜欢。村书记云敦当然知道儿媳珊丹的内心痛苦，为了照顾她安抚她，凭自己关系就把她安排在供销社上班，名义上是临时工，但待遇上跟正式职工没啥区别。在巴音对珊丹的无微不至的体贴关心下，珊丹对他日久生情，还怀上了他的孩子。有人怀疑，难道这是老书记运作的手笔？但谁也不敢明说，只当是乡下人的瞎猜罢了。在珊丹这边，肚子渐渐大了之后，瞒不住世人，感到事情大了。丈夫是保卫国家做过贡献身负重伤的功臣，她又是自愿结婚的，老公公还是村党支书，这令珊丹深感对不起人家，有一种负罪感。可从另一面想，自己年纪轻轻，一辈子守着这么一个残废丈夫过下去，当活寡妇，她心中又万般不甘，日日夜夜在内心煎熬中悄悄以泪洗面，落陷痛苦深渊不能自拔。而且，她和巴音之间已经产生了很深的感情，其实这才是她的初恋，又怀了孩子，她不想再如此不明不白地熬下去了。她下了决心，最终就向丈夫和老公公摊牌，提出了离婚要求，要摆脱这种尴尬的局面。

丈夫铁木勒倒是通情达理，比较开明，不想继续让珊丹守着自己，活受罪。

但老公公不同意，提出了一个折中方案，珊丹可以与巴音继续保持关系，生孩子也认，但珊丹要保留他家儿媳妇的名分，肚里孩子也算他家名下的孩子。甚至说，如果不同意这个方案，他就去找巴音上层单位旗供销联社总店说道说道，告他勾引复转军人妻子，把肚子搞大，不蹲监狱也起码开除公职。这么一来，双方就僵持了，巴音一怒之下想豁出去，不管三七二十一结局如何，劝珊丹就上法庭要求判离，让她不必考虑他的下场，受什么处罚遭什么罪自己都情愿认领。

珊丹却犹豫了。她不想那么做，不想弄得鱼死网破把事做绝，彻底变成仇人，更不能让自己心爱的男人失去工作或去坐牢房。老公公毕竟是村书记，有面儿有里儿的人物，打土豪分田地干过革命，有身份，他能够默认她和巴音的这种关系，已经不容易了。尽管她也曾听说这是冥冥中老书记一手操弄的杰作，但她不大相信，自己和巴音之间产生恋情，不是别人能够操弄的事儿。不过，一开始她的确没有想到老公公能够容忍这件事，还想默认这种局面，要保留你好我好大家都好的面子上和平的局面。当时珊丹考虑再三，选择妥协，双方睁一眼闭一眼熬下去，维持现状到了如今。孩子生下已两年，事情越拖越不是滋味，她和巴音的关系不人不鬼，不明不白，好像是一对儿不守道的狗男女，奸夫淫妇，而且纸包不住火，村里人开始戳他们脊梁骨风言风语。这令珊丹更加无比痛苦，日日夜夜受煎熬，如在地狱里受酷刑。

说着，珊丹眼泪汪汪地看着阿伦，一副绝望的样子。

姐姐，你快帮我出出主意吧，我可怎么办啊？有时真想去跳河！一死百了！

别别，你可不要胡来，娃儿还小呢，你还这么年轻！

阿伦赶紧劝珊丹，把手绢儿递给她擦眼泪。

同时，阿伦陷入了深思，一时不知如何回答是好。这可不是简单的家长里短的事情，不小心会出人命，甚至毁了双方的什么人。她深深感到，这人世间的事情，真复杂，每个人的命运都如此曲折和不同，各有自己难念的经，各有各的无法排泄的苦痛。想摆脱苦难，只有两条路，一是出家，二是去面对。出家能不能摆脱，只有出家的人清楚，而这第二条去面对，又谈何容易！

阿伦清楚，面对现实，想迈出自己选择的那一步，那是一件非常不容易的事情。你必须做好从身上脱三层皮的准备，甚至要把原先得到的一切都要抛弃，这样才能挣脱掉那些无形的绳索从四面八方捆绑你，连续不断地击打你。有时你会感觉到，自己好比一条跳到河岸陆地的鱼，动弹不得，口干无力，想回到水里又不可能，又无人来帮助你，你就像是处在荒野上呐喊，刚张口呼喊，风就刮走了一切，谁也听不见你的求助，甚至自己也听不见自己的呼喊。这时候，你怎么办？还要往前走下去吗？你还有勇气走下去吗？到这样的时候，一般人都会缴械投降，无奈地放弃。或者真的去跳河，一死百了，这也是一种解脱。

勇者和弱者，当然有不同的选择。自然也有不同的结局。

阿伦十分理解珊丹的处境，还有她内心正在经历的痛苦。

沉吟片刻，她开口说道，珊丹妹妹，你这样相信我，告诉了我这些，谢谢你的信任。但我不是一个智者，不是一个很聪明的人，一旦出的主意错了，引出不好的后果，那我也会很痛苦的，因此我不能随便给你提出建议。这样吧，你让我想一想，掂量掂量，也跟我丈夫厄日格泰商量商量，他是一个很有主见的人，也是个勇敢的人，听听他怎么说。你看怎么样？

阿伦斟酌着词句，这样答复珊丹。

那我先谢谢姐姐，我都不好意思，你刚来，你们的遭遇又那么艰难，我还拿这种事打扰你，实在不好意思，姐姐。

珊丹说着又要流眼泪。阿伦拍拍她的肩膀，安抚她，然后，从她怀里把孩子抱过来。吃饱的小吉雅，这会儿已经在珊丹的温暖怀抱里睡着了。母乳是催眠剂，吃饱了就能让婴儿们很快入睡，在甜蜜的睡梦中会笑出声来。这就是母乳的伟大。

见两个女人已经说完话，后屋的巴音又默默走出来干活了，依然是什么话也不说。这个严谨的人，不轻易说三道四，这样的人想定一件事就绝对不会放弃，一条道走到黑，不到黄河不回头，到了黄河也扑通一声跳下去。这种人不好惹，也能干出大事儿来，一旦成功惊天地泣鬼神。

正这时候，供销社虚掩着的门，“嘭”的一声，被人踹开了。

随着，闯进来三个人来，吹胡子瞪眼睛，杀气腾腾。

为首的是一个二十多岁的愣头青小伙子，像是喝了酒，冲里边嚷嚷。

巴音！给我出来！你这搞破鞋的大流氓！快给我滚出来！

珊丹一看，气不打一处来，冲那个愣头青呵斥道，小叔子，钢巴图！你胡说八道什么呢！你胡骂谁呢，啊？

嫂子，没你事儿，我知道你被那个混蛋给骗了，今天我来收拾他！

这时候，柜台后边默默干活的巴音站起来，朝他走过去，一边冷冷地反问他，那么说，你是在骂我喽，搞破鞋？大白天说梦话了吧，搞什么破鞋？

珊丹小叔子钢巴图，一回身从身后揪出来老鼠胡子小陶革图，喊道，他告诉我说，你们大白天关着门窗，人躲在里边，不是搞破鞋还能干什么？

你真是昏了头了，钢巴图！我们在盘点盘货，清点货物，今天不开门！你胡嘞嘞，乱骂谁哪！快给我滚犊子！珊丹怒不可遏了，噔噔走过去，抬手就扇了小叔子一巴掌，指着他鼻子大骂。也是狠角色。

这时候，阿伦高娃抱着两个孩子从货架后边走了出来。

一见里边还有别人，显然钢巴图没有预料到，回头找那个搬弄口舌的小陶革图，可那人早已溜走了。他有些尴尬，摸着下巴不知所措，人也一下子屃了。

正这时，从门外匆匆走进一个人来，是老书记云敦，他是闻讯赶来。气喘吁吁。一进屋子，他也抬起手狠狠扇了一巴掌儿子的脸，大声骂开。

兔崽子，丢人丢到这里来了？上哪儿灌了一壶猫尿，丢人现眼，把祖宗的脸都丢尽了！还不给我快滚？快滚！

钢巴图捂着脸，灰溜溜的，不敢顶嘴那位威严的父亲，气咻咻地走了。

云敦书记向巴音道歉说，对不住了巴音经理，都怪我管教不严，管教不严！你们忙你们的吧，幸好阿伦高娃社员也在这里，这纯粹是误会，村里一些坏人老是瞎挑事儿，嚼舌头根子！我那小儿子是一头蠢猪，上别人当了！你们不要在意，忙你们的事儿吧，我回去再收拾他！还要批评那些挑事儿的社员，消除影响，你们放心，放心！

云敦书记还是老辣，有两下子，拿话安抚住了已经怒火万丈的巴音，还有气呼呼的珊丹琪琪格。那两个人一时不好发作，若是把事情闹大，双方都会身败名裂，都不会有好结果，暂时只能选择如以往偃旗息鼓。

阿伦把这一切看在眼里，深感这小小千百户的农牧区村庄，人情复杂，并不简单，不像表面上那般的平静。似乎都在等候一个爆发点，一个导火索，幸亏老练的书记云敦及时掐灭了这里已点燃的火药线，那么，下一个燃点会在哪里呢？

阿伦背着托雅，抱着吉雅，心情颇为沉重，慢慢走离供销社院子。

珊丹送她出来，低声对她诉苦，瞧见了吧，瞧见我过的什么日子了吧？我现在跳河的心都有！

千万别，妹妹，最好还是想出一个稳妥的解决办法吧。但千万不能寻短见，不然，这几年你白白受苦了，想想儿子吧。

珊丹低泣，无奈地苦笑说，唉，让姐姐看笑话了——

当阿伦已走出几丈远，珊丹又噔噔追过来，低声告诉她，村里除了她还有一个有奶的女人，孩子如果实在哭得不行，也可以去找她试一试。她那人，喜欢别人送点小利占个便宜什么的，哪怕一把茶叶，她也会满心高兴。

那个女人是谁呀？阿伦欣喜，赶紧问。

就是大队长协日斯的老婆玛尼，生第三胎才三个月，奶水充足得很。

阿伦一听，心就凉了。

她怎么可能呢，协日斯的老婆。

五

从村里回他们的放牧窝棚家，有八里地，这是一般健康男女一小时的步行距离。阿伦高娃背着抱着两个娃，在沙路上蹒跚赶路，一小时能走个三四里就不错了。喝饱了母乳，小吉雅一直在她的胸前婴儿袋子里酣睡，一点不闹。只是后背上的两岁托雅，正在咿呀学语，一点不消停。小手伸出来，一会儿揪阿伦的耳朵，一会儿抓阿伦的辫子使劲往后拽，模仿阿爸厄日格泰的骑马状，嘴里还哼叫着“chuhu！chuhu 驾！”。

见树上麻雀飞起，她嘴里学说蒙古语，少－布，少－布！

额吉阿伦纠正她，别乐珠海 Bielzhuhai，Bielzhuhai。

托雅就学舌，没完没了地重复，Bielzhuhai，Bielzhuhai——

又见喜鹊喳喳叫，托雅又说，少－布，少－布！

阿伦再次纠正女儿，莎嘎吉盖，Shagajigai，Shagajigai。

托雅不厌其烦地学舌重复，Shagajigai，Shagajigai。

阿伦告诉女儿，少布是鸟类的统称，但每种鸟都有自己的特有名字，那是长生天赐给的名字，不能混同了，否则它们会不高兴的。就是说，不能把莎嘎吉盖——喜鹊，叫成嗬日叶——乌鸦，那会弄得双方都不满意，也不能拿少布代替所有鸟儿的名字，那就更荒唐了，会导致所有鸟儿群起而攻之，道理很简单的，记住。

阿伦的幼儿教育，在无所不在地进行，言传身教。

幽静的沙坨子小路上，被她们娘儿俩这么叽叽喳喳嘻嘻哈哈，就平添了热闹，欢乐了许多。寂寞的土拨鼠，钻出洞，伫立在洞口谛听，还不时双爪子摩挲脸部，表示它是在梳洗，对过路者以显示尊重。有几只马蛇子即沙地小蜥蜴，在路边沙地上打架，肯定是春天的情斗，失败的那一只断尾逃逸。从远处坨野牧场那里传来悠扬的牧歌，还是那首《努恩吉雅》，经这位牧人拉长了嗓子一号，竟然变成了长调歌曲，还很好听。民间的创造性，很生活，很随意，反而充满生命的活力。她曾听一位诗人唱过这首歌，他居然唱得十分高亢辽阔，丝毫没有了原先悲悲切切的伤感味道。

阿伦尽管走得很累，但走得很快乐。心情也不错，春天毕竟是让人心情舒畅的季节，会让人遗忘苦恼。正当她兴致阑珊走路的时候，突然从路旁传出一声嫩嫩的怯怯的呼叫，额——哲——！额——哲——

额哲是对母辈妇女的尊称。阿伦乍以为是小猫在哼叫，随着，从路旁小树毛里伸出一只瘦瘦的小手来。她吃了一惊，拨开树毛子后就看见，一个六七岁女孩蓬头垢面地蹲在茂密草丛中，后背上还背着一个两三岁男孩。荆棘刺儿剐过的脸和手臂上有血痕，一双大大的眼睛无助地望着阿伦，目光中有股掩饰不住的来自内心深处的恐惧。而趴在她后背上的小男孩，小脸涨红，呼吸有些急促，嗓子眼里发出咳儿咳儿的拉风匣般声响，小脑袋耷拉着，似睡似昏迷。

小姑娘，出啥事了？你为啥躲在这里呀？阿伦赶紧询问。

有人在抓我们——

谁在抓你们？你家在哪里？你们不是哈日根艾勒的吧？

我们是西村俄日根艾勒的，我们的阿爸和额吉跟人打架出人命，被抓走坐牢了，被杀的那家人正在找我们——

你就这样背着弟弟逃出来了？你们村离这儿多远？

听人说有十多里，我和弟弟逃出来两天了——小姑娘说得有气无力。

阿伦听出这个女孩子说的蒙古话很笨，像是新学的，便用汉话直接问她，你是被领养的孤儿吗？

一听汉话，那女孩儿立刻高兴了，急切地用汉语回答，是的，是的，阿姨，我弟弟也是，救救我们，呜呜——

小女孩儿忍不住哭起来，像是遇见了亲人一般。声音虚弱之极，显然她快饿晕了。阿伦的心被刺痛了，脑子里嗡嗡的，胸腔里的热血在上涌。怎么能这样呢？那些村干部为啥不管管？把孩子们爹妈抓走了，为什么没有人照顾这两个孤儿呢？她赶紧伸手，把可怜的姐弟俩从树毛子里拉出来，坐在旁边树荫下。拿出水壶给他们喝水，又拿出刚从供销社买的饼干，分给俩孩子吃。饿极的孩子，狼吞虎咽，呛住了，赶紧又喂水。

阿伦看着这两个无家可归的孤儿，心里为难了。

拿他们怎么办呢？

皇天后土，怎么能这样对待你们的孩子们啊？

她的心里，一个念头逐渐明朗，坚定。

那就是，这两个重新变成孤儿的孩子，决不能再次把他们丢弃不管，既然遇着了就是自己的事儿，她要负责。眼下，先把他们带回自己的家照顾再说，至于下一步怎么办，等丈夫厄日格泰回来后再商量，也看看那一领养家庭究竟出了什么情况。

小妹妹，你叫什么名字呀，有蒙古名字了吗？

有的，有的，我叫娜仁花，弟弟叫巴特桑。恢复了气力，小姑娘欢快得如小鸟一样，性格还很开朗。

名字真好听。阿姨跟你商量一下，反正你现在没地方去，又不敢回你们的领养的家，愿意不愿意去阿姨家住两天啊？

愿意，愿意！我本想去找旗里嘎拉森伯伯的，这下好了，阿姨就当我们的额吉吧！小娜仁花拍手叫起来。

好啊，我就当你们几天的额吉吧。

不，我要你当我们永远的额吉，一生的额吉！小娜仁花很懂事，已经能分辨出世上的好人和坏人，孩子的心是敏感的，也是雪亮的。

听了这话，阿伦的心里热乎乎的，眼睛湿润。深深叹了口气。目光望着远处天边，自语说，但愿啊，我一定要做个合格的额吉才行——可眼下，我如何才能把你们带回家去呢？

正这时，传来一声马嘶，咿咴儿——

这是黑鬃马的嘶啸，阿伦顿时高兴了，欢快地说，你们的阿爸回来喽，我们有救啦。

果然，厄日格泰和六岁的博尔忽，骑着黑鬃马，漫步而来。发现路边的阿伦高娃和孩子们，十分惊异，立刻跳下马来。

米妮·阿巴盖，我的妻子，你怎么在这里呀？还多了两个孩子？厄日格泰询问妻子。

当家的，你回来得正好，这下好了！阿伦满脸笑容，站了起来。

阿伦向丈夫介绍这两个可怜孩子的遭遇，厄日格泰听后也很义愤。

这时，一旁的两个大孩子娜仁花和博尔忽，相互对视着，突然喊叫了起来。

你是小赤佬！

你是哭妮子！小霞姐！

两个孩子相拥在一起，接着哽哽呜呜哭泣起来。南方沪市某孤儿院两个同班小朋友，被命运抛到大北方蒙古草原相遇，也算是人间奇遇了。二人叽叽呱呱用家乡话聊起来，诉说各自经历，一会儿哭一会儿笑很是热闹，阿伦两口子一句也没听懂。她耐心地等候他们倾诉完，然后笑吟吟说，孩子们，天不早了，肚子饿了吧？该回家吃饭喽！

好耶，好耶！小赤佬博尔忽牵着小霞娜仁花的手，向阿伦和厄日格泰恳求说，额吉，阿爸，让小霞姐姐和她的小弟弟也变成你们的孩子吧，求求你们了！

阿伦两口子相视一眼，笑吟吟说，我们也是这么想，我们会努力的。但你们得答应我们，我们的能力有限，一下子要养活五个孩子，会很困难的，你们要听话，要乖。

博尔忽和娜仁花拼命点头保证。

厄日格泰接着教育说，你们两个，小霞娜仁花七岁，博尔忽六岁，要尽早学会自立，学会生活，必须尽早融入这里。首先，要抓紧学会蒙古话，明年一起上这里的小学学文化，另外，你们俩还要帮着我们，照顾三个幼小的弟弟妹妹们。行不行啊？

艰难的生活中，这两个孩子已经经受了很多击打式锻炼，适应能力很强，脸上都呈现出坚定的神色，表示一定会按照阿爸额吉的话去做。

厄日格泰和阿伦商量，先把孩子们带回家喂饱他们，明天再去一趟西村俄日根艾勒，了解一下俩孩子情况，有没有可能接过来由他们领养。

阿伦不无担忧地看着丈夫，低声说，如果真的再接收这两个孤儿，咱们的肩上担子可真不轻了，要做好更多受累的心理准备才行啊。

我这里没有问题，只要你想养活他们照顾他们，我就支持你。何况这两个孩子，现在处境困难，无家可归，我们不能不管，这都是上天的安排。还是那句话，天不会塌下来，活着就得面对。

厄日格泰铿锵有力地对妻子说。

阿伦悄悄紧握一下丈夫的手。一切都在不言中。

厄日格泰把在一边吃草的黑鬃马牵过来，扶着博尔忽上马，再把娜仁花扶上去骑在博尔忽的前边，往她的怀里又塞上小巴特桑抱着。他自己则接过阿伦怀里和背上的两个女儿，由阿伦牵着马，一家七口走上回家的路。

这是一支奇特的队伍，在春日艳阳照耀下，缓缓行走在漫漫沙坨子路上。

喜鹊在旁边的树上叫，头顶飞过的大雁留下一串感叹的歌声。

走着走着，已近黄昏，晚霞在西天慢慢燃烧，金色的余晖泼洒在沙路上，陆离斑驳，如梦如幻。低飞的小燕子穿梭在那片绯红中，相互追逐、嬉戏，唧唧啼唤如歌，享受着自由生活的乐趣，无忧无虑，令人类羡慕。

不久，前边传出狗吠声。

那是留在家里守护的阿尔斯兰，在欢迎主人的归来。

生活，凡人的生活，也就如此风景了。

第四章　牧马人厄日格泰

此来者，乃我安达铁木真也。

生铜铸成，刺之以锥，亦无空也；

乃熟铁锻造而成，刺以锐针，亦无隙也。

——引自《蒙古秘史》卷七

一

躺在窝棚家的暖炕上，五个孩子都熟睡了。

厄日格泰和妻子阿伦悄悄走到外边来，坐在月光下。他们睡不下。

如何拯救小娜仁花姐弟，具体怎么进行，这是眼下最迫切的问题。他们已经想到，必须未雨绸缪才行，不可一厢情愿，鲁莽去闯西村俄日根艾勒。人家一句话就可能把他们打发走，甚至赶出村，一个不认不识的自称邻村下放“右派”来认领孤儿，算怎么回事嘛，反而会办砸了事情。

阿伦说，还是得从根儿上做起，才稳妥。

厄日格泰立刻赞成，是啊，重新领养，更换领养家庭，这事儿西村领导也说了不算，必须去找旗妇幼保健站，登记注册办手续才成。

对，得先找他们，通过他们才能领到合法手续，名正言顺。

就这么办，明天我先去旗镇，拜访嘎拉森站长，碰一碰看。

当家的，交接马群事一再拖延，那位牛倌那儿不会有事吧？

应该不会有太大问题，那天接触感觉那老哥人还行。刚才听你说，村上正忙着解散食堂的事儿，乱哄哄的，想必协日斯队长眼下也没心思过问我这马倌。

厄日格泰慢慢卷颗烟抽着，在皎洁的月光下那缕烟雾变成蓝色的雾，徐徐升腾，光线效果甚是美妙。

唉，没想到乡下的事儿这么多，更令人头疼啊。仅仅三天，我们都经历了多少事！阿伦感叹。接着夸赞说，当家的你终于把咱们的户口落下了，一块石头落地，咱们就实实在在地有根了。从今天起，我们就是哈日根艾勒生产队正式社员，登记在册的公社社员，不再是到处流落的黑户，感谢鄂其格·腾格儿父天！

感到光荣吗？丈夫问。

光荣？阿伦苦涩地笑了笑。

是光荣啊。阿伦抬头望着那轮白洁的月亮，喃喃低语，活着就光荣，就像那轮明月，即便被云雾遮蔽依然皎洁。何况，我们已经有了五个孩子，更是荣光，人生夫复何求？

厄日格泰抬起手臂轻轻抱住妻子的脖子，悄悄说，你少说了一个孩子，第六个孩子，忘记了吧？

第六个？谁呀？

看你笨吧，这个孩子，脑子里还留有日本人的一粒子弹，不好照顾哪！

咯咯，是啊是啊，可不嘛！你也是我从乱坟滩上捡来的孩子，而且是第一个孩子！我的命真苦啊，上辈子欠了你们的！

这么想就对喽，好好还债吧你就，米妮·阿布盖！

厄日格泰深情地亲吻妻子那热乎乎的脸蛋。妻子默默地接受他的亲吻，双眼湿润。她望着皎洁的月光，陶醉在幸福中。感觉那月光真美啊。

第二天一早，厄日格泰就出发了，都没有顾上喝一口阿伦熬的奶茶。

当他骑着马出现在奈伦塔拉镇时，空旷的街道上几乎无人。东方的沙岗上，一轮红日正在懒洋洋地升起，下边衬托着纠缠不清的云团。两条流浪狗不知为何在相互追逐，细看才发现前边的嘴里叼着一块骨头。夜风吹干净了街道，店铺都还没有开门，有人往街面上泼洗脸水，有人胳膊上挎着装干牛粪的土篮子准备生火。镇上居民烧火，还是依靠周围农牧民进城卖给他们的牛粪或者从坨子里砍来的干柴取火，如老杏树疙瘩、沙柳条子、莎布嘎蒿子，一捆柴一块五,一口袋牛粪两块钱。农民赶着驴，在驴背驮架两边架放两捆干柴，牧民则马背上驮着一口袋干牛粪。都是为了开门七件事：柴米油盐酱醋茶，外加为孩子们凑学费。农牧区的小旗镇，其实也就是大点的村镇而已，依然过着朴实而低消费的日子，尤其在那个艰苦的三年自然灾害岁月，那是每个国人的心灵之痛。

厄日格泰直奔妇幼保健站，但大门紧闭，人家还没有上班。

他一边等候，一边掏出小皮口袋，吃了一口里边的炒米。正当他咯吱咯吱干嚼炒米的时候，有一个人从身后向他打招呼。

赛音白努，又遇见你了，远方来的“右派”兄弟！

厄日格泰回头一看是那位巡警乌立塔，立刻笑了。

查格达同志，警察上岗很早啊！厄日格泰乐呵呵打招呼。

是啊是啊，最近出了几个案子，上头要求严，提前执勤。你在这里守护他们大门，难道领养的孩子有情况吗？查格达即警察乌立塔问他。

领养这事儿，你老哥也知道啦？

嗨，嘎拉森我们俩是连桥儿连襟，又是老酒友啦。他可是很夸赞你们两口子哪，说你们朴实善良，心眼儿好。

厄日格泰摆摆手笑笑，突然想起来，向他打问，请问乌立塔大哥，你刚才说最近案子多，问一下，俄日根艾勒是不是也出过一件命案？

咦？你怎么知道的？乌立塔职业敏感，反问道。

不瞒你说，我一大早来这里找嘎站长，就是跟那个案件人有关。

厄日格泰就如实把巧遇小娜仁花姐弟之事，说给他听。

乌立塔忍不住感叹说，原来是这样啊！你们两个“右派”夫妻，跟这些孤儿们真是有着不解之缘啊！本来就自顾不暇，可短短三天里手上居然收养了五个孤儿，阿弥陀佛！真有你们的，我可服了你们两口子！

他接过厄日格泰递给他的烟叶袋子和裁好的小纸条，卷了一颗很粗的大烟炮，叼在嘴上，厄日格泰又拿出火镰和打火石，咔嚓一下点燃香蒿为他点烟炮。

嗬，你的家伙什儿可真地道啊！用不着花钱买取灯。

我们牧区人，一般都爱使这个，省事儿，就是原始了点儿。

乌立塔的嘴里吞云吐雾。一股浓浓的灰蓝烟雾，如一小炉子冒烟般地滚滚喷涌。然后他幽幽地说，这件案子，说起来真他娘的荒唐！说着都脸上臊得慌！

原来，小娜仁花的领养父母名叫莫诺海和海棠花儿，结婚十多年没有儿女，年龄已三十七八，认命领养了两个孤儿。可那位养母海棠花儿，虽然不会生育吧，但很骚性，闲不住的主儿，背着老实巴交的丈夫莫诺海暗中偷汉子。有一天夜里，白天干活儿很累的莫诺海呼呼大睡，半夜出去撒尿回屋，摸黑上炕时摸到老婆脑袋旁边另外还有一个脑袋。他吃了一惊，摸摸自己脑袋，脑袋还在自己脖颈子上，那，那个脑袋是谁的呀？顿时急了，“哗”地划了一根火柴照了照，那是一颗亮晶晶的秃脑壳子。猛然间，那个秃脑瓜一跃而起，光着屁股往外逃，赤身裸体，海棠花儿“噗”的一下吹灭了丈夫手里的火柴光。莫诺海虽然是个老实人，但逼急的兔子也咬人，一声怒吼“站住”，便赤身裸体光着屁股追了出去。月光下的院子里，两个光屁股男人相互追逐，眼瞅着秃子要逃出院子了，只见那位被妒火攻心的莫诺海抓起墙上一把四齿铁叉子，就从秃子身后投过去。只听“啊”的一声惨叫，有半尺长的尖利铁齿穿透了秃子后背前胸。莫诺海臂力过人，属于村里有名的“蛮契克·布鲁”手，一等猎人，徒手杀死过两只狼。红了眼的莫诺海，拔起铁叉子又奔回屋里要插自己老婆。海棠花儿顿时吓瘫了，跪在地上求饶，又出主意，趁无人发现悄悄埋了秃子尸体，掩盖杀人罪行。醒过腔的莫诺海，也有些后怕了，不再杀老婆，按照惹出大祸的老婆的意思开始在自家院角挖坑埋人。真是无巧不成书，这事儿却被“隔壁老王”克尔楞出夜时给瞧见了，他也跟海棠花儿有一腿，顿时也被妒火攻心，立马向政府举报了。

乌立塔讲完俄日根艾勒村杀人命案来龙去脉，啐了一口浓浓的痰在地上，啊呸一声大骂道，都他娘的不是人揍的！

厄日格泰听着也心惊肉跳，事情如此荒唐，愚昧，令人唏嘘。

俗话说，自作孽，不可活。海棠花儿这样的骚货狐狸精，人世间还真不少，害死两条人命，自己也将会遭到严惩。谁摊上这样的狐狸精，谁将倒八辈子霉，娶老婆可真得当心点才行。

正这时候，妇幼保健站的大门“吱吱嘎嘎”打开了。

开门的嘎拉森站长，一见自己的连襟和厄日格泰一起站在门口，吃了一惊。

乌龟和兔子，怎么跑到一起了？善良的“右派”老兄，你要当心我这位连襟，他的酒量能灌死一头骆驼！嘎拉森开起亲戚警察的玩笑，听完厄日格泰来此的理由，顿时失声，大呼小叫。

菩萨显灵了，阿日亚布鲁佛显灵了！原来那两位失踪的孤儿，就在你们那里呀？苍天啊，大地啊，我们已经报案，正在动员上千号人从今天起要拉网式搜索寻找呢！

乌立塔嘲讽他，你们的行动，未免太迟了吧？

嘎拉森冲他翻白眼，回击他，那个该死的俄日根艾勒村干部，瞒了两天，昨天才报给我们！你这个大警察，不去参加你们的搜索队，来这里闲逛什么呀？

二人斗嘴，厄日格泰旁边看着有趣。

高兴坏了的嘎拉森，一拉厄日格泰的手就说，走，走，去你们的牧铺窝棚上看看，我要亲眼见证一下，那两个孤儿确实在你们那里。

菩萨般的你们两口子，真是我们站的命中贵人啊！

他又回头冲乌立塔喊道，别愣着了，一块儿去见证一下吧，这也是你们警察的责任不是吗？

乌立塔一背手扭头就走，嘴里说，本警察大爷只负责镇上的案子，再说你有一匹下乡配备的马骑，你让我两条腿跟你们俩跑啊？拉倒吧！本大爷不伺候！

嘎拉森从他背后又喊，那你去监狱等着我回来，一会儿我还要去见那两位淫妇莽夫，让他们签字同意放弃抚养权。办这事儿，还需要你的帮助，晚上请你喝两盅，酒你带，我备两盘菜，有半只兔子。

警察乌立塔的手在头顶上挥了挥，没有回头，见街头有一辆马车的套马受惊狂窜，老板拽不住，他拔腿就跑过去，嘴里大喊，你他妈找死呀？快拉住缰绳啊！快拉住啊！

嘎拉森和厄日格泰，望着他的背影忍不住大笑。

我这位查格达连襟啊，是一个称职的好警察，就是因为贪杯，不受领导赏识，不然，按他的资历，早该当局长了。

嘎拉森牵来马后，对厄日格泰如此介绍。

不一会儿，两匹马出镇，向东北方向飞驰而去。

抵达窝棚时候，阿伦正要给五个孩子熬奶茶稀粥喝。忙得一塌糊涂，这个哭那个闹，有的尿，有的拉，幸亏七岁的娜仁花还能帮上忙，拼命哄着摇篮里尿醒的吉雅，六岁的博尔忽在帮助两岁的托雅擦屁股。一片乱象，满目生活。

嘎拉森看到这个场面，感慨得都想哭。

小娜仁花认出嘎拉森，立刻跑过来抱住他就哭，哽哽咽咽。

站长伯伯，我再也不去那个家了，我好怕怕，满地都是血，像杀猪一样的——

小娜仁花把见到的血腥场面，现在才说出来。

好好，吓坏小霞了哈，不要怕，都过去了，伯伯再给你物色一个好人家。嘎拉森安慰娜仁花。

不，伯伯，我哪儿也不去了，就留在这里！她噔噔跑过去拉着阿伦额吉的手走过来说，她就是我们的新额吉，她答应领养我们了，我们已经有新家了，就在这里，放牧窝棚，蒙古名字叫：套卜！

小娜仁花小鸟一样的欢叫，登时逗乐了嘎拉森站长。他回过头，对阿伦说，你们两口子，真有本事，一夜间就博得了这个孩子的心。

我们哪有什么本事，下放流落的“右派”，只是孩子们心是雪亮的，分得清人心而已。阿伦苦笑着回答。

嘎拉森点点头，沉吟片刻后回头再次郑重其事地问小娜仁花，告诉伯伯，你要再次认认真真地告诉伯伯，你和弟弟俩人，真的愿意留在这里吗？

愿意！愿意！我们一百个一万个愿意！向毛爷爷保证！

小娜仁花举起拳头，眼泪汪汪。她在原来的孤儿院显然受过良好的革命教育，居然知道毛爷爷。

好好，这下伯伯就相信了，都向毛爷爷保证了嘛。

嘎拉森转过身来，面对阿伦夫妇，口气显得意味深长。

两位都听见了哈，这下有点麻烦了，这个小家伙小丫头，已经讹上你们两口子了呢，呵呵。咋整？那么，我，作为奈伦旗妇幼保健站站长，负责任地征询一下你们夫妇二人的意见。你们愿意领养娜仁花和巴特桑这两个孤儿吗？

阿伦两口子相视一眼，没有马上回答。这事儿不能轻易答应。

他们俩的内心，尤其阿伦虽然很愿意领养，但一想时下外边的情况那么艰难，人世困顿，自己都泥菩萨过河自身难保，真的能养活的了这五个孤儿吗？认真一想，不免踟蹰，心里打怵，就有些迟疑起来。

嘎拉森也很认真地对他们二人说，这事儿非同小可，你们夫妇必须认真想好，商量好，勉强不得。如果你们真有决心领养，那我这就去监狱找那一对儿先领养的海棠花儿莫诺海夫妇，让他们放弃抚养权，他们也已经失去领养资格，必须放弃不可。然后，我办完所有手续，亲自再给你们送过来，你们不必再来回折腾了。上边对领养家庭，也有一定的各方面补助，我一并送来，减轻你们的抚养负担。

等在一边的小娜仁花，十分着急，一个劲儿摇动着阿伦的手，眼泪汪汪说，额吉，你答应好的，答应做我们永远的额吉的——

那边的小赤佬也急了，跑过去拽住厄日格泰的手说，阿爸，你也答应做小霞姐他们阿爸的，不能改口的！

阿伦夫妇面对这种情况，面对善意的“逼宫”，无法回绝也未曾想过回绝，他们从未想过放弃，更不可能逃避命运的安排。于是两人相视一笑，爽快答应说，好，好，嘎拉森站长，感谢你相信我们，感谢俩孩子信任我们选择我们。那就把这俩孩子，交给我们抚养吧，相约不如偶遇，看起来，我们两口子跟他们还真有点缘分呢！

嘎拉森拍起手来。娜仁花、博尔忽也跟着拍巴掌，抱住阿伦夫妇的腿不松开。可怜的孩子，默默地抹着眼泪。经历过苦难的两个孩子，心里明白人间真情，明白冷暖社会的残酷和无情，他们的小手紧紧抓住遇到的生存的希望和生命之树，再也不松开了。他们知道，这是上天恩赐给他们的真正有爱的额吉和阿爸。

沙坨子上，晨光正在普照，尽管春寒料峭，但大地渐渐暖和起来。

二

牛倌巴鲁的“套卜”，戳立在一片草岗上，视野很辽阔。

说是窝棚，其实就一间草棚子，篱笆墙上糊泥，上边盖个草苫子当顶，十分简陋。这里离村子比较近也就五六里地，牛倌巴鲁不常住这里，白天在草坨子里放牛，晚上牛归圈后回村里的家睡觉过夜。春夏暖和母牛下犊子时候，他就住在窝棚，照顾牛群。草棚前的干软沙地上，埋着圈牛的木栅栏，旁边堆着两座干牛粪堆。门前桩子上拴着一匹马，木撑子上晒着什么皮，苍蝇正围着乱飞。

厄日格泰携养子博尔忽，骑着马出现在巴鲁的“套卜”跟前，猎犬阿尔斯兰跟随左右，奔跑的欢实。当他们来的时候，巴鲁和另一位村民正忙活着剥一头牛的皮肉，胸前套着长围裙，上边沾满鲜血。手里的刀上、脸上，也都是血渍。

看见厄日格泰老远下了马，牵着马走来，巴鲁嘴说这是个懂规矩的人。

啊，咱们的新马倌，终于来啦嗨？

牛倌大哥忙着哪？我是来交接马群的，这几天辛苦你了。

事儿都办完了吗？家也安顿好啦？

差不多了，差不多了，托大家的帮忙。

厄日格泰一边说着，一边从褡裢里掏出一瓶烧酒，还有一斤杂拌儿果子，包纸透着油，一并递给牛倌巴鲁说，这是我的一点心意，感谢这两天牛倌大哥替我照顾马群，过意不去。

这下惊着巴鲁了，连忙摆手说，兄弟你太客气了，还带东西干啥呀这是！

尽管如此，他的一双眼睛已经在那瓶烧酒上滴溜溜转了。他抓把干沙子搓了搓手，在厄日格泰一再请求下接过礼物，呵呵笑着说，那我就不客气了啊，我那狗窝进不得人，咱们就坐在这沙地上唠嗑儿吧，干净，敞亮。

两人就在沙地上盘腿而坐，互相递烟。巴鲁掏出一个小烟袋锅子，装满烟叶递给厄日格泰，边说自己没有纸张可卷烟，抽烟袋锅省事儿。厄日格泰也不嫌，接过来就咬嘴上吧嗒吧嗒抽起来，在那个铜烟嘴上除了烟油子味道，还有一股浓浓的说不出的混合味儿，有点腥。巴鲁卷纸烟倒也熟练，很快嘴里冒泡儿了。

两个人开始唠嗑儿，博尔忽在一边追逐蚂蚱玩儿。阿尔斯兰在围着那张收拾牛肉的案板转，摇尾巴。那个拿刀的村民把一小块儿脏肠子扔给它，狗便扑了上去，一口叼住跑得远远的，享受美味。

巴鲁大哥，今天怎么杀牛了？村里有啥喜庆事吗？

哪儿啊兄弟，这头母牛夜里下犊子时，遭野狼袭击了！出事儿啦！

啊？坨子里还有狼啊？难怪夜里我家狗叫了半天！

厄日格泰一听，顿时惊愕。

过去是没有狼，几年前全旗曾掀起打狼运动，这东西几乎绝迹了。唉，算我倒霉，昨夜还没住套卜，没想到坨子里突然冒出来狼。这头老母牛本来孱弱，躲在沙窝子里下犊儿，就遭狼袭击了。他娘的，气死老子了！

巴鲁心中愤愤，两眼冒火。

那咋整啊？马群没受到袭击吧？厄日格泰赶紧问。

马群没事儿，狼那东西不敢轻易进攻马群，那物儿也是欺软怕硬的货！

死了队里的牛，村上有啥说法？会追究吗？

罚我三天工分！狼也不是我请来的，能怪得着我吗？一会儿队里来人，把剔好的牛肉拉回村里给大家分，一户半斤肉。那狼只来得及掏了牛的肚子，祸害了小牛犊，大部分肉都还在。偷袭的狼好像被一条狗发现了，吠叫报警，才匆忙逃走了。巴鲁如此介绍情况。

应该是被我家的猎狗阿尔斯兰发现了，难怪它跑走好久才回来，我还纳闷儿，特意起夜出去看了看。厄日格泰说着，吹一声口哨，在那边跟博尔忽一起追蚂蚱的阿尔斯兰“噌噌”跑过来，跟主人亲昵。主人问它，是你惊走了狼吗？

阿尔斯兰摇摇尾巴，伸出舌头，做出一种表示。

它说，是它干的。

好一条猎狗！有它在，你的马群更安全了。

巴鲁大哥怎么不养一条牧羊犬啊？

拿什么喂它？这么大灾，人都没得喂了！

两人一时无话，一想起到处疯传的灾情，心里头又不免袭上一股暗影。南方北方正在遭受的灾情，像野火一样传染，北疆草原也被这股灾难的黑影笼罩着，什么样可怖的消息都有。这里也并非世外桃源。

抽了两袋烟，拉呱片刻之后，厄日格泰就站起来了。狼群窜进坨子里的事儿，弄得他坐立不安，要求巴鲁这就带他去认马群，接管马群。

巴鲁理解他的心情，把烟袋锅往鞋窠上磕了磕，别在腰上，再把地上的那瓶酒和杂拌儿果子拿进草棚子里放好。然后回头吩咐一句那位村民，再去牵马。突然，他又想起什么，跑过去，从剔肉的案板上切了一块肉，揪两片桑麻叶子包好，递给厄日格泰。

这是你家的那份儿半斤肉。现在就拿走吧，省得再去村上排队领。

巴大哥，这、这——都有一斤多了——厄日格泰手上掂了掂肉，不好意思。

我说半斤，就是半斤！叫狼多吃了一口而已！放心吧，协日斯老婆是我的一个远亲，急了我踢他屁股！

巴鲁嘎嘎笑着，上了马背。

厄日格泰一再感谢着，把肉放进马背上褡裢里。然后招呼上儿子博尔忽，一起骑上马，跟随巴鲁而去。一声呼哨，阿尔斯兰从后边飞跃而来。大有“左牵黄，右擎苍，锦帽貂裘，千骑卷平冈”之意。

广阔的沙坨牧场，立刻展现在他们的面前。

方圆三四十平方公里面积的坨野，属于他们的地盘地界，属于他们残存的牧场，当然也是半农半牧特殊生产队的优越所在。说是沙坨牧场，可上边植被稀疏，沙包沙坑遍布，只生长着一些沙蒿子、锦鸡儿、沙柳等灌丛，其间也长些碱草、羊草、藓儿蒿、野韭菜、甘草、麻黄草等适合牲口爱吃和不爱吃的植物群落。那会儿沿着沙坡岭，还长着很多野杏树，和乌日勒树即山丁子，以及山枣、山楂树等乔木，后来渐渐都被砍光，当柴火烧了，部分卖给镇上住民，也烧火做饭暖炕了。当然，疯狂炼钢的时候，砍光了多一半儿投进大火炉里，白白浪费了大好资源，后来导致大面积沙化，残存牧场更加退化，这都是自作孽的结果。

巴鲁领着厄日格泰，转坨子，上坡下坡，不停地奔驰。最后走到一片沙湾处的平坦草场上。有一面小沙湖，岸边长着芦苇和蒲棒草，有水鸟野鸭子飞进飞出，成群的野燕子在水面上嬉戏。风和日丽，春光乍现，湖边小片草地上正三五成群徜徉着生产队的牛群和马群，附近草坡上还卧着一群白白的羊群。厄日格泰没想到，在这茫茫沙坨子里居然还掩藏着如此美丽的一片小湖草地，简直如世外桃源，宁静怡人。

从羊群那里，跑出来一个十多岁的小羊倌，手里拿着一把镰刀。

巴鲁－阿布嘎！你可来了！你可来了！

小羊倌飞奔而来，气喘吁吁。嘴里喊着叔叔。

小哈拉，没出事儿吧？狼，没再来吧？巴鲁下马，忙问。

没有，它们不敢再来，有我在呢！只要我把镰刀在阳光下一晃，就吓跑它们，这还是你教给我的招儿呢！小羊倌儿脸蛋黑乎乎脏兮兮的，挥舞着镰刀，胆气却不小。

夜里遭狼袭击后，有经验的巴鲁一早就把生产队的三股畜群牛马羊合并到一处，混放在湖边草地上，委托小羊倌小哈拉统一看顾，他还有一只小牧羊犬做伴。巴鲁把小哈拉介绍给厄日格泰，相互认识，嘱咐他往后放羊时离这位大叔的马群近点，出事儿或再遇狼袭击，互相有个照应。一边的两只狗阿尔斯兰和牧羊犬小黄，相互也亲热起来，撕咬戏耍，大有他乡遇故知的感觉。

他们坐在湖边抽烟聊天，让两匹坐骑由着去饮湖水，吃初春的嫩草。

接着，巴鲁向厄日格泰介绍起这片坨野和放牧的一些常规习俗，以及远近野地大致范围和地理情况。在这片三十多平方公里牧场上，有三四处季节性大小沙湖，四五口人工沙井，队里的三拨儿畜群一般都围绕这些水源处附近放牧，饮水方便。马群的围栏圈，在厄日格泰的套卜后边小沙溪旁边，那里饮水也方便，草场也不错。过一会儿，他会帮厄日格泰把马群分离出来，一起赶回马圈处暂时关起来，狼害出现，暂时不宜放出去吃夜草，多加小心为妙。

厄日格泰点点头，若有所思。他不无担心地说，老这么躲着狼，也不是个事儿啊！村里不采取点措施吗？

巴鲁明白他的意思，就说，当头儿的正在商量呢，想搞一次围猎，彻底断绝狼害，准备干掉这拨儿野狼！听说，西村也遭到狼袭击了，进村偷吃了他们的猪鸡！

嗬，狼的胃口还挺多样化！厄日格泰不由得笑起来。

可不，看得出来，这是一拨儿饿极的狼，眼下遭遇自然大灾也波及它们，生活困难了。

是啊，活着都不容易，人与兽都一样。世间万物生灵，将要遭一场大劫了。天道不公啊！厄日格泰感叹。

巴鲁看了看他，说道，不愧是“右派”高人，说的话也神道道的！

厄日格泰笑了笑，嘴里吐着烟雾，神色淡然，默默望着远处。沉吟片刻，继续说道，其实，这人世间的灾难皆有轮回，大多是人之祸酿成积攒，慢慢扩大积累，然后达到无法收拾的地步，最后成为难逃的劫数！

听了他这番高论，巴鲁忍不住说，敢问你是犯了什么错，当的“右派”？

我不是“右派”。厄日格泰平静地回答。

什么？不是“右派”？那你为什么下放我们这里？

我老婆是“右派”，我是陪她来这里的。

那你是什么人？什么来头？

我也想知道啊！可惜，我脑子里留有一粒子弹，夺走了我所有的过去记忆。好了不说这些了，那物儿又来了！

厄日格泰说着，“噌”地站起来，目光锐利如刀，盯住羊群方向。同时，那边的沙蒿子丛中闪过一双绿绿的目光，随着，一旁的猎狗阿尔斯兰也机警地吠叫起来。

你们在这儿等着，我去灭了它！

厄日格泰拔腿就跑过去，飞身上马，伸手抽出马鞍子下的铜头“蛮契克”，挥舞着追击那双绿光而去。训练有素的阿尔斯兰，已经蹿到他的前边。

我也去！狗日的，大白天都敢来！巴鲁拿过小哈拉手里的镰刀，也飞身上马，从厄日格泰后边追随而去。

狼！狼来了！小哈拉大叫，脸色兴奋，激动不已。

阿爸，等等我！小赤佬博尔忽也想从后边追过去，被小哈拉一把拽回来，摁坐地上。

找死呀？小崽子，胆儿还不小！

你说啥呢？博尔忽没完全听懂小哈拉的蒙古话。

哇，原来你是夷日根－舍斯呀？小哈拉撇嘴。意思是汉族人种，含有鄙夷。

博尔忽听出看不起自己的味道，站起来，用别扭的蒙古话回击他，米妮 -Neri-baoli- 博尔忽！ eritenie-Bateri- 咻！

意思是说：我的名字叫博尔忽，是古代的英雄！虽然才六岁，说话却铮铮有声，气势不小。

小哈拉被他的样子镇住了，再不敢轻慢他，笑笑说，好好，巴特尔，巴特尔，你是巴特尔！以后我教你蒙古话吧，你就当我的弟弟好了！

博尔忽明白人家的善意，立刻点头笑起来，拍掌说，赛呐，赛呐！

那边，厄日格泰骑着黑鬃马“阿吉日嘎”飞驰如闪电，已翻过那座草坡。果然，有一头黑脊背暗灰色身材的大狼放弃偷袭脱群的一只羊，扭头就逃窜。那是一只年轻的公狼，身体十分矫健，跑得很快，也很狡猾，尽选一些马匹不好纵蹄奔跑的灌木丛钻逃。厄日格泰也不放弃，敏锐观察着踪迹追逐，尽量截住它的逃路，已经兜了几个圈子。这时，巴鲁也赶到了，正好从斜刺里截住了狼的去路。

那头狼似乎未曾料到又冒出一个猎人来。几乎是面对面对头碰，迎面直冲而来，狭路相逢。情急之下，那狼躲过巴鲁砍过来的镰刀，一跃而起张口就咬住了巴鲁坐骑黄马的前蹄子。这下不好，黄马受惊高高扬起前蹄后腿直立，马背上的巴鲁猝不及防登时摔下马来。急红了眼的那头狼，也做殊死搏斗，就地一滚，直奔倒地尚未及起身的巴鲁，血盆大口就要咬住巴鲁的咽喉。形势十分急迫，千钧一发之间。

“哧——唰——”

只听一声急促的呼啸声，一柄铜头布鲁“蛮契克”飞速旋转而来，正好击中了狼的后腿。狼“嗷儿”一声嗥叫，见势不妙起身就逃，瘸着后退，钻进一旁的柳条丛林转眼不见。猎狗阿尔斯兰还想追过去，厄日格泰随后赶到把狗叫了回来，他担心摔下马背的巴鲁受了伤，暂时放弃追逐那狼。

他跳下马来看巴鲁怎么样。

巴鲁在地上哼哼，由于事发突然摔下来，没有准备，落地时很重，软肋那儿有挫伤，着地的右胳膊脱臼。脸色煞白，一时说不出话来，七魂走了六魂。

没事儿吧？摔得不轻哈，看看有骨折没有？厄日格泰扶他坐起来。

好像没有骨折，右膀子脱臼了，动不了，疼死老子了。巴鲁呻吟着告诉情况。

脱臼？这个好办，我给你正过来就是。你坐好了。

厄日格泰说着，让巴鲁坐正，转到他身后边，握住他的往下耷拉的右膀子往上猛地一扽一挺，只听“嘎吱”一声，那膀子就回复原位，能活动了。

刚才还杀猪般叫唤的巴鲁，顿时脸上笑开了花儿。

他转身就给厄日格泰下跪，磕头。

今天你是我的救命大恩人，接受我三叩九拜！

你这是干啥？开什么玩笑！厄日格泰赶紧把他拉起来。咱们赶紧回湖边吧，要是还有别的狼，那边会有麻烦，会吓到两个小孩儿的！

巴鲁这才想起，赶紧爬起来去牵马。

厄日格泰从地上捡起“蛮契克”，别在腰上，重新上马。

回去的路上，巴鲁问厄日格泰，你这“右派”——

我不是“右派”。厄日格泰打断他。

对对，不是“右派”的高人，你咋就啥都有一套呀？

我在阿尔山医院干过十多年，拜过那里的正骨大夫，复正脱臼是小意思。老巴哥不必大惊小怪。说完他一夹马肚飞驰而去，身后冒起一溜白烟。

他究竟是什么来头？骑术，医术，布鲁术——样样在行，真是少见的神人啊！

巴鲁从他身后一个劲儿地摇头，感叹。

三

当他们俩匆匆赶回湖边时，两个小孩儿倒安然无恙，正在沙滩上戏耍，学话。

不过，小哈拉去草坡那儿赶羊，却感觉不对了。有一只母羊“咩咩”叫个不停，随着他大声喊叫起来。

不好啦！少了一只小羊羔啊！你们快来呀！

这边的两个大人一听不好，拔腿就跑过去，后边跟着博尔忽。

那只失去小羔儿的母羊，可怜巴巴地咩叫着，声音凄楚，身子在不停地颤抖，拼命摇晃着短尾巴，向主人表达着自己的哀伤，还有恐惧。地上没有血迹，没有被狼撕咬过的痕迹，那一只小羊羔却如长了翅膀般凭空消失了，不见了。

厄日格泰以这里为原点，逐步扩展搜寻方位，五米，十米，二十米。凭着丰富的草原生活经验，他已经有某种预感，所以并没有像巴鲁和小哈拉那般跑进附近灌木丛里，喝叫着找羊羔，而在三十米开外的地方，蹲在地上细细察看。于是，他那敏锐的目光很快捕捉到了蛛丝马迹。

在这儿呢，你们快过来看！

听到他的招呼声，巴鲁、小哈拉立刻跑过来。

在一片沙地上，两行脚印若隐若现。一行如狗的脚印但比狗的大，另一行就是小羊羔的蹄印，但印痕不深如蜻蜓点水，好像被什么提着走过。

看见了吧，小羊羔是被狼赶走的！厄日格泰说。

被狼赶走了？巴鲁一听满脸的疑惑。

你没听说过母狼赶羊术吗？

母狼赶羊术？巴鲁晃了晃他那硕大的脑袋，越听越糊涂。

我们牧区那里，倒是常遇到。狼群里，数母狼最狡猾，它可以用牙齿咬着小羊耳朵，拿尾巴抽打羊屁股赶羊，吓坏的小羊就乖乖地跟着跑。因为被狼嘴巴叼着身子走，羊脚印就显得蜻蜓点水一般，时隐时现。

厄日格泰耐心解释给他们听。

巴鲁和小哈拉瞪大了眼睛，听傻了，如天方夜谭。

我的佛爷！这母狼不是成精了吗！巴鲁惊呼。

可不成精了，反正这一次，它们算是把咱们给耍了。先是公狼显现身影，把咱们引开，母狼就趁机偷了这只玩儿远的小羊羔，悄无声息地叼着赶走了。啊，真的一次完美的声东击西之计，它们完全成功了！

厄日格泰忍不住赞叹，一个劲儿摇头，苦笑着眼望远处。

一听真是这么回事儿，巴鲁骂道，他奶奶的！我就不明白了，那母狼，一口咬死羊羔叼走，不是更省事吗？何必还要赶着走呢？

巴鲁依然不解，满脑子疑问。

它这是需要逮走一个活的羊羔！

逮活的？难道也想弄个羊群放一放？

厄日格泰被巴鲁的话逗乐了，摆摆手说，那倒不是，再狡猾再成精还没有达到人类的水平，弄个羊群嘛，难了点。显然，它这是带给小崽子们玩儿的，进行活物训练用的。

活物训练？巴鲁的眼睛睁得更大了。

你以为，光是人类才会精心训练后代吗？错了，狼这动物更注重培养后代！抓走活羊羔，专为训练狼崽用的，以便提高撕咬摔打能力。野狼能跟人类纠缠多少万年，不像狗一样被驯化，也不被消灭干净，就是因为它们的生存能力决不会比人类低多少，有些方面甚者超过人类。所以，我们的祖先成吉思汗，带着军队围剿狼群，拿狡猾凶残的狼群进行军队训练，以提高战士们的胆识和搏杀能力，提高大脑素质！在战场打仗的军队，要做到比狼还狡猾勇猛甚至凶残，才能战无不胜，所向披靡。历史也证明了这一点，证明了成吉思汗卓越的军事才能！

厄日格泰又说出这番简洁深邃的道理，一双眼睛深沉地眺望着狼迹消失的远处天际，神色中隐含着智慧。巴鲁在那里听得如醍醐灌顶，似明白又糊涂。

你究竟是谁？我的不是“右派”的兄弟！巴鲁回过神，脱口问道。

我是一个陪老婆自愿流放的平民，一个失去记忆的糊涂人。记住，以后再问，先吃我一记“蛮契克”！

厄日格泰不动声色地回答，然后转身就走。

喂喂，老厄兄弟，别走啊！咱们这就码着狼脚印跟过去，直捣它们的老窝儿，灭了它们不行吗？巴鲁从他身后喊道。

就凭你我俩？忘了刚才的狼狈啦？那还只是一头狼哎，饶了我吧！厄日格泰回头对巴鲁说，你老巴哥，还是赶紧回去向村领导报告吧，我们放牧的坨子里已经盘踞了一窝儿狼，十分狡猾！它们的老窝儿嘛，我估摸着就在西北那边的罕乌拉山一带，需要组织一支像样的打狼队，去围猎，训练有素才成。有一对狼正处在哺乳期，十分凶残，还需要铁器，有火枪最好，不然很难对付，不小心会出人命的。现在尚不知，只是一窝儿狼呢，还是几窝儿狼合在一起？这点还需要做提前侦察，才能知道。

厄日格泰思虑缜密，对巴鲁说出如此看法。

巴鲁这下心里也打怵了，不敢妄言灭狼。想想就后怕。

厄日格泰爬上旁边的高坡，向四处观望半晌，又抬头看了看偏西的太阳。从坡上走下来，他建议巴鲁，眼下狼情还不十分明晰，鉴于大白天敢袭击主人在场的羊群，说明这拨儿狼不好对付。也许，偷羔得手后该死的东西夜里再会来，因此夜里最好把三股畜群集中到一处守护，就圈进离他家近的马圈即可，由他来值更。对付狼他还是有些经验，还有猎狗阿尔斯兰可以帮忙。

巴鲁说这样更好，羊倌小哈拉也可以过来跟他一起守夜。

于是，三位牛倌、羊倌、马倌统一了意见，合伙赶着畜群，往偏西南方向马圈处缓缓移动。小哈拉在后边赶群，厄日格泰和巴鲁骑着马从两边围赶。三个畜群也很规矩，各自畜群走在一起，并不混乱，慢慢地边吃草边行进。在这片逶迤莽莽的沙坨子里，有不少畜群平时走动的小路沙径，它们很熟悉，走惯了。抢在太阳落下去之前，他们终于把三股畜群一同赶进厄日格泰家后边的牲口栏里，上了木栏横杆儿，挂上铁钩子，再拴好绳子。三人动手，还加固圈栏，上边围放刺儿枣刺儿条等狼兽不易钻入的树栅，以做防护网。

巴鲁向小哈拉交代几句之后，跟厄日格泰告辞，转身匆匆赶回村里去了。他要抓紧向领导报告白天狼袭击之事，落实打狼计划。

送走了巴鲁，厄日格泰吩咐小哈拉先回家吃饭，告诉爸妈家人，然后再过来守夜。

小哈拉一吸鼻涕，笑呵呵说道，bi-aab—moom-wugai-咻，我没有阿爸嬷嬷哎！

你是孤儿？厄日格泰吃了一惊。

也不完全是。在我五岁时，额嬷跟一个来村里卖针线胭脂的货郎跑了，阿爸是个酒鬼，突然有一天他也不见了，说是去找我的额嬷了。

到现在没有回来？

到现在没回来！有人说他进关了，说跑遍天涯海角也要找到那两人，宰掉！呵呵，兴许他自个儿可能醉死在哪儿了——

小哈拉又吸一口鼻涕，依然笑嘻嘻说，像是说着别人的事情一样。

你今年多大了？在谁手上长大的？厄日格泰问他。

刚过十三虚岁本历年，成大男人了，他们说十三岁男人可以娶媳妇了。呵呵，我正在琢磨村里的哪个丫头肯嫁给我呢。小哈拉兀自嬉笑起来。

琢磨得有点早了吧？你还没有告诉我，谁把你养大到已懂得娶媳妇了？

九岁以前在我一个堂叔家，九岁以后就在放羊的“套卜”上自己单过。我婶婶不喜欢我，嫌我太脏太能吃，给赶出来了。你还不知道我堂叔是谁吧？我告诉你哈，他就是咱们村的大队长协日斯！要不，放羊这轻松活儿，怎么能轮到我的头上来呢？

听小哈拉如此自豪着宣布，厄日格泰惊愕得脸色陡变。

心想，这个可怜的不是孤儿的孤儿，命是如此奇特，又如此困顿，可他自己一点也不觉得这是什么苦难，还嘻嘻哈哈乐观地生活着，都开始琢磨起娶媳妇这样的人生大事了。虽然傻乎乎，但不失为一个很坚强的苦孩子。

那你先回自己“套卜”上，吃完晚饭再过来吧。

晚饭，我带着呢，不用再跑回去了。你看！

小哈拉从怀里摸出一个黑油油的小口袋，里边装着“扎日玛”，向他晃了晃。“扎日玛”就是把老苞米爆熟后碾碎呈粉末状的食物，干嚼或冲水泡着吃都可。

你就吃这个打发日子呀？

是啊，全村都在吃这个呀，大家吃的只是蒸熟的窝窝头罢了，没鸡巴啥区别，呵呵。我这扎日玛，经事儿，省柴火。你不知道，我比大伙儿还多一样东西吃呢！

小哈拉故作神秘地一笑。

啥？

春夏季节放羊时，偶尔可以偷吃母羊奶子——小哈拉放低声音，悄悄告诉厄日格泰。

那可是好东西啊，难怪你活得还这么健康硬实！不错，这么小能独当一面，自己过日子，你可真有两下子！厄日格泰忍不住夸赞他，拍拍他脏兮兮的头，顿时飞扬出一片尘土，还有掉落些许肥胖的虱子。

你该洗洗头了。

顾不上，忙。小哈拉大咧咧地回答。

厄日格泰又被逗笑了，揶揄他，想娶媳妇，第一重要的事就是要把自己弄得干净点，一身虱子一头脏土，会把姑娘们吓跑的。过一会儿去我家吧，让婶婶给你洗洗头，打理打理！

真的？你们能接纳我，让我进你们家门吗？太好了，村里大多人家嫌我脏，不让我迈进他们的门槛的。呵呵，那有啥呀，爷不迈就是！

小哈拉把“爷”说得很豪迈，拍拍胸脯。

厄日格泰听着心里不是滋味，很苦涩。但觉得这孩子倒是活得硬气，坚强，无论如何还坚守着自己最底线那一丝可怜的尊严。他暗暗欣赏起这位小“爷”。

夜晚到来了。黑暗的帷幕，渐渐笼罩起茫茫坨野，西边的一道残留的光线正被无边的黑暗慢慢吞没，消失。鸟儿们啾啾叫唤着归窝儿了，在池边树上叽叽喳喳，远处偶尔传出“嘭嚓”之声，可能有人在炸山取石。

厄日格泰吩咐小哈拉留在这里守护，自己先回家里看看马上回来。走时还把自己那柄武器铜头“蛮契克”留给他，如果发现有狼就把镰刀和“蛮契克”铜头相撞，击打出铁器“叮当”之声，狼就不会轻易走近牲口圈了。

也就半个多时辰，厄日格泰把累一天的博尔忽留在家里，跟妻子交流了各自的这一天情况之后，马上又返回了房后溪边牲口圈。这一天小队长阿民带人来帮助修了门窗，还顺便给挖了一口沙井，厄日格泰心里颇为高兴。他回马圈时，抱来了四捆干草，在牲口圈周围的四根围栏柱子上绑干草，弄出四个草人模样，再给他们披上旧衣服和烂布片，黑夜里看着更像活人了。另外在围栏高处又吊挂了两个铜铃铛，风一吹就发出丁零当啷之声，吓得鸟儿都不敢靠近。

哇，厄大叔，你可真有招儿啊！小哈拉拍掌赞叹。

还没有完哪，跟我来！

厄日格泰从马鞍上卸下两个大铁夹子，带着小哈拉走到牲口圈入口门栏那里，选了两个合适的位置，埋下两个连环铁夹，上边盖上浅浅的草和土，不露痕迹。

知道吗，这才是要命的东西！就看那该死的能不能躲过这一劫了！

厄日格泰布置完暗藏机关，向西北罕乌拉山方向望了望，自语，我相信你还会来的，你的野心太大，要跟我较量一番，那好吧，本爷接招就是！

厄大叔，你说的是谁呀？

就是那只吃了我一记“蛮契克”的年轻公狼啊！它不会甘心的，狼这东西是最记仇的畜生，它不会轻易放弃目标。也许，我跟它的较量刚刚开始呢！

厄日格泰若有所思，望着黑暗中的远处。

它肯定斗不过大叔你，你的本事这么大，天下第一！小哈拉伸大拇哥。

别夸了，跟我走，去我家给你搞卫生，快熏死我了你！

这里不留人行吗？

暂时不会有事儿，狼那东西机警得很。来也是后半夜的事儿，放心吧，我太了解它们了！

回到高坨子上的家，厄日格泰把小哈拉介绍给阿伦，接着不由分说扒下他的一身臭烘烘的单衣单裤，丢给阿伦去洗。然后，拉着他走到新挖的井边，打了一桶清亮的井水，“呼啦”一下浇在他身上，从头到脚湿淋淋地浇个透。在小哈拉呜哇乱叫声中，开始拿起一把毛刷子，又刮又刷小哈拉那赤裸裸身体上的厚厚脏泥污垢。提了四桶水，费了半块胰子，才把他从头到脚收拾干净。这时，阿伦送来了厄日格泰的干净旧衣服，给他穿上。只见他手里拿着小裤衩，笑一笑说，这个太短小了，穿不出去，穿出去别人会说我是鸡贼的！

阿伦捧腹而笑，问他，你的长裤子里从来没有穿过小裤衩儿吗？

没有啊，原来这叫裤衩儿呀？外边穿一条就够了，里边再穿一条，多浪费呀？

他试了一下，显得别扭，太贴身，不习惯，还是脱下了。只见他两腿间的小鸡鸡，被冷水浸泡之后这会儿缩成一个小疙瘩，他忙不迭地直接穿了一条厄日格泰的长裤，窝了好几道裤脚才不拖地。

不过，鼻涕拉下的脏猴儿小哈拉，这下顿时换了一个人似的，干干净净，成了一位英俊少年，直挺挺戳在那里。阿伦拍手叫好，一脸欣喜，厄日格泰也一边欣赏，一边逗他说，这回村姑们可能要追着你跑喽！

阿伦叫他们俩进屋吃饭，脸上挂着微笑。

屋子里的土炕上，摆着一张小炕桌，上边摆着两碗白白净净的面条，冒着热气，散发着诱人的葱油香味。

挂面？老婆，哪儿来的？不是变戏法吧？厄日格泰的眼睛也亮了。

没想到吧，白天来了保健站的嘎拉森站长，送来了娜仁花巴特桑的证明手续，同时还送来了一些给孤儿们的补给品，一人一包挂面，两个鸡蛋，还有二十斤粗粮细粮。咱们的日子好过点了，当家的，老厄同志！

阿伦笑眯眯，一脸的得意。

哇哇，翻身农奴得解放！祝嘎拉森站长长命百岁！

厄日格泰立马儿拉着小哈拉上炕，吃面条。那小哈拉开始忸怩，很快狼吞虎咽，一碗面条如风卷残云，转眼间落进肚里，连碗边都舔得干干净净，光光溜溜。

老天在上，长这么大，我小哈拉头一次吃到挂面！太好吃了，我都没有舍得嚼！这就是挂面呀？太好吃了——小哈拉说着说着，眼泪就扑簌扑簌掉。

突然，他扑通跪在炕上，给阿伦和厄日格泰磕头，恳求说，我给你们当干儿子吧，求求你们，收下我吧——呜呜，我亲爹娘都没有这样对我好过，呜呜——

事情太突然，弄得阿伦和厄日格泰顿时大眼瞪小眼。

四

也许，长生天的眷顾吧，阿伦两口子无意中又多了一个儿子，干儿子。好在这个儿子已经长大，不用太费心什么的，生活上照顾点就够了。他只是缺点关爱而已，少了一份人间温暖。

厄日格泰领着新认的干儿子小哈拉去小溪边牲口圈值更，小赤佬博尔忽哭着喊着也要跟去。于是，厄日格泰领着两个儿子去下夜。路上他嘱咐小哈拉，收他当干儿子的事儿暂时保密，只有私下可以父子相称，主要是小哈拉有一个当大队长的堂叔，怕有麻烦，毕竟他是家族叔叔，他若反对，这事儿就黄了。

牲口圈那里很安静。厄日格泰手里拎着“蛮契克”，巡视一遍，并没有发现异常，没有狼迹出现。旁边的小溪静悄悄地流淌，偶尔翻出细碎的浪花，哗啦啦几声之后复归平静。喜欢黑夜狩猎的猫头鹰，在溪边一棵树上偶尔叫两声，其实那是在求偶，有经验的野鼠也知道。

坐在月光下的沙堆上，厄日格泰开始对小赤佬博尔忽上语言课，教蒙古话口语单词。把他带出来，目的也在此，必须抓紧让他过语言关。把这个任务，同时也交代给了小哈拉，两个小孩交流起来更方便，更容易。小哈拉乐得当老师，脸上深有光荣感。望着天上的星星，厄日格泰就从星星月亮太阳等名词开始教起，父子三人仰躺在软沙上，冲蔚蓝色的夜空比比画画，有说有笑。

教了一会儿语言，显得单调，又教起蒙古摔跤技法来。他让小哈拉给博尔忽做具体表演，做示范。摔跤的最基本功，第一是抓腰带使绊子，分里绊子外绊子，第二是抓手臂大背胯，第三是相持阶段的比耐力比毅力。摔跤技能，是蒙古男人都必须从小儿童游戏中自然学到的基本功能，也是一种生存技能。另外，蒙古男人第二个必须学的就是骑术，第三就是甩布鲁，就是会使唤铜头“蛮契克”，它的用处就更大了，这替代了往日的射箭枪戟。如果这三项都出类拔萃了，你这个蒙古男人就可在大草原上顶天立地，无所畏惧了。

说着，学着，累了一天的博尔忽就躺在干软沙地上，睡过去了。依偎着父亲宽厚的身板，睡得很踏实，很幸福。不一会儿，阿伦从家里过来背走了小赤佬，走时一再嘱咐丈夫夜里小心点，再把带来的一件皮大氅留给他们。

厄日格泰和小哈拉，继续守夜。

夜风，偶尔吹响两个铜铃铛，发出悦耳的声音，四个草人威风凛凛地矗立在马圈四角，像是不知疲倦的卫兵，一动不动。圈里的牛群在倒嚼，倒腾出胃里的白天存货重新细细咀嚼一遍，咕吱咕吱直响。

马则没这习性，只是不时发出响鼻噗儿噗儿闷响，摇尾巴赶走蚊虫。羊们睡觉最安静，什么动静也没有，感觉不到它们的存在。过于老实的羊，除了吃草就是奉献，它的存在就是百分之一百地为人类服务，连根毛都不被丢弃，连小颗粒状羊粪蛋都拿去烧火、肥田，有人说还能入药，说是清代占布拉·道尔吉大蒙医《本草萃集》里有记载。

到了后半夜，小哈拉还是熬不住，睡过去了。厄日格泰卷着烟，一颗接一颗地抽，在夜的黑暗中那火光一闪一闪的，如一簇幽幽的神秘鬼火。

厄日格泰一动不动地凝视着牲口圈的门栏处，嘴里轻轻说道，鬼东西，该现身了吧，别再躲躲藏藏了，我已经感觉到你来了。

趴卧在脚边的阿尔斯兰，嗯儿一下，要起身，被厄日格泰轻轻按下去了。嘴里说，我的好伙伴，少安毋躁，耐心点，再耐心点，它就要现身了。

果然，在后半夜天亮之前，人类和所有有夜眠习性的动物进入昏昏沉睡之际，那个被人类赋予诸多名称如“heerin-naohai”（荒野之狗）“mao-hari”（凶黑子）“herein-amitan”（荒野之物）“张三儿”“天狗子”等等的野狼，终于未出厄日格泰的预料，开始了它的偷袭行动。一双绿绿的光束，在草丛中潜行，犹如梦幻般的情景在夜的黑暗中显得如此美妙。不知道的人肯定以为那是萤火虫在闪光，优美地移动，决不会把如此美丽光束跟那血腥恶狼联想到一起。科学家考证说，狼眼发绿光是因为常年吃死尸以及啃人兽骨头的原因。

那束绿光，终于停顿在圈栏门旁侧，一时静止不动了。显然，它是悄悄趴在那里，观察，谛听。那边有个疏松的地方，整个围栏都用沙枣树或荆棘刺儿等扎刺儿包裹着，入内除非从上边飞跃，要不就是从下边缝隙里钻入。这里正好有一处疏松的缝隙，可以钻入钻出，偷偷带出小羊也很方便。

你还等什么？快点钻吧！厄日格泰手里攥着“蛮契克”，嘴里轻轻规劝。

绿光还在等候，具有足够的耐心。它需要检视自己的行踪有没有暴露，夜的黑暗中有无人类的埋伏，它需要的是更耐心观察、确认。

那只猫头鹰，又不安分地叫了一声，“吁——唳——”

蒙古人管猫头鹰叫“yu-li-suohar”，yu-li——是指它的叫声，suohar是瞎子。猫头鹰在白天强光下视网膜受刺激看不清东西，而在夜间却视力超群如探照灯，从高树上能瞧见草丛里活动的老鼠，一只猫头鹰每年能逮三千只野鼠吃，都是夜里干的活儿，故称其为益鸟。它这时候发叫，也许已经发现了潜伏在围栏旁的野狼，但狼不是它的菜，不必招惹。只是告诉一声，爷看见你了。

禽兽之间，也许都能领会相互叫声的含义吧。绿光感到不能再等候了，猫头鹰都发现自己了，如听到了一声号令，犹如一针催化剂。

绿光一闪，先是用毛茸茸大尾巴向前一扫，“咔嚓”一声，埋设的机关第一个铁夹被启动了，破掉了，失效了。那绿光得意的一声轻哼“呜——”，轻巧地往前一钻，可没想到又一声“咔嚓！”，本是蜻蜓点水般的跳跃，它后脚的两根爪子还是把第二只铁夹给碰动，狠狠夹住了它两根脚指头、两根爪子。

嗷儿！一声惨叫，划破夜空。

Aabu、tejie——着！厄日格泰一声高呼，猛跃而起。

俗话说，恶狼再狡猾，也逃不出猎人的手，就是此理。算计总是差那么一截，所以，狼永远只是狼，人类还是永远的人类。如果进化论成立，狼早该归入人类团队了，遗憾的是进化无效。不知为何，人类依然还相信着那个鬼理论执迷不悟，也许还没出现替代它的更能骗人的什么生命理论吧。

猎人厄日格泰一跃而起，挥着铜头“蛮契克”朝栅栏门那儿冲过去！阿尔斯兰吠啸着跑在前面，惊醒的小哈拉也翻身而起，嘴里喊着狼来了狼来了，操起镰刀就追过去。

是的，狼来了。狼落进了猎手的机关里。

还是那只挨过一“蛮契克”的青年公狼，过于自信了，过于自以为是小看了对手。它的后腿左脚的两根爪子尖部，被铁夹死死夹住了，正渗出血水。它在挣扎，拼命想挣脱，可是铁夹子一头有绳子拴在木栏柱子上，无法摆脱。它一见一个人的黑影正向这边冲来，更着急了，嗷儿嗷儿叫着上下跳跃，无比怨恨人类的狡诈。它愤怒地咆哮，蹿跳，想去咬断那根绳子，可惜够不着，无奈下就咬起自己的爪子处，凶狠残忍，两眼冒着红绿色的火光，爪子处被咬得嘎吱嘎吱直响，可是咬不断。就如男人对自己狠点，再狠也没有用。正这危急关头，从旁又窜出一只狼来，那是它的伙伴青年母狼。它用尖利的牙齿咬啃着拴铁夹的麻绳，还是它的两排牙齿尖利如刀，只听扑哧一声那绳子就断了。于是，获得自由的公狼扭头就往黑暗处逃窜，后腿爪子上丁零当啷拖着两个铁夹子。这时从黑暗中飞来那根可怕的“蛮契克”，它变聪明了，听声就地一滚躲过这一击，旁边的母狼趁机扑向手中没有武器的厄日格泰，但它被勇敢的阿尔斯兰截住了，撕咬在一起。小哈拉也赶到了，挥起镰刀就砍母狼。一见不好，母狼不再纠缠，扭头就窜进黑暗中不见了。

厄日格泰这时已从腰间摸出最后的防身武器，一把蒙古刀，寒光四射。好猎人永远会留有一手，以防各种险情。他从地上捡起“蛮契克”，扭身再追公狼而去。他知道，黑夜里徒步追击母狼是不可能，但那只公狼就可以，它身后拖着铁夹子跑得慢，而且随时发出声响，暴露其踪迹。

他担心小哈拉的安危，回头嘱咐紧跟着自己身后，别瞎跑。

厄日格泰一手拎着“蛮契克”，一手拿刀，分辨着前边传来的“丁零当啷”动静，飞步追过去。月光下的生死追逐，人与狼的你死我活的相杀，在黑夜的掩护中残酷无比地进行。阿尔斯兰也很敏感。能准确地闻出公狼逃跑的踪迹，在前边引路。他们已经追出上千米了，在草丛和溪边的小树林中穿行，狼很狡猾尽选些能隐藏踪迹的地带逃遁。

这时候，铁夹子被拖拉的动静，突然消失了。

厄日格泰一时有些奇怪，赶紧吩咐小哈拉，小心狼可能要暗中发动袭击！

他们就站在原地，攥紧了手中的武器，等候狼的突然袭击。

阿尔斯兰不听招呼一步窜过去，不久在十几米远处听见它的急促的吠叫声。

厄日格泰拔腿就跑过去。朦胧的月光下，发现在两个小树中间扔弃着两个铁夹子。他点燃火折子，俯身查看，原来铁夹子被两棵小树卡住了，铁夹子里还留有公狼的两根脚趾爪子。他用火折子往前照了照，模糊看见，不远处正跑着两头狼，公狼的受伤的后腿搭在母狼脖子上，很是配合默契，有节奏地纵跃前进，转眼消失在夜的黑暗中不见了。猎犬阿尔斯兰还想追击，被厄日格泰叫了回来。自己徒步，又是黑夜里，不可能追上了。

下次再来，就要你们的命！给我记住！

厄日格泰冲公母狼消失的方向，咆哮一句。

空旷的荒野，在他的喊声中震颤，高空中传出回声。

然后，黑夜又复归宁静。四周阒无声息。

五

厄日格泰有些沮丧，还是逃脱了那狗日的东西。

他预感到，自己遇到了一对儿强劲的对手。这下，跟它们结的仇就深了。

查看一遍牲口圈后，他就带着小哈拉回家了。他告诉这位干儿子，那一对恶狼遭受了这次打击，又受了伤，近期不会再来骚扰，夜里不必再守着牲口圈。

他们回到家里，一直忐忑不安的阿伦半醒半睡，见他们安全回来一个劲儿念佛。小声问丈夫，狗叫得邪乎，那野物儿是不是又来了？

是的，又来了，你看这个！

他把血赤糊拉的两根狼脚趾爪子，给妻子看。

阿伦拿在手上端详，颇为担心地说，能从当家的手上逃脱，这对儿狼不简单，咱们还是多加小心吧。

是的，必须组织力量彻底消灭才行，人和牲口才能安全。厄日格泰嘱咐妻子，把狼爪子拿去洗洗，他要拿它的铁般指甲做两个挂坠儿，送给两个儿子博尔忽和小哈拉，挂在脖子上可辟邪。小哈拉一听高兴了。厄日格泰吩咐小哈拉，快天亮了，赶紧在这儿睡一觉，明天一早进村去向领导汇报夜里发生的事情。

他把收起来的帐篷又支起来，带着小哈拉睡在那里，夜里也能听得到牲口圈那边的动静。他让阿伦赶紧回屋里睡觉，此时已听见摇篮里的女儿吉雅在哭泣，小娜仁花一边哄着，一边喊额吉。

第二天早上，当厄日格泰还在帐篷里呼呼大睡时，来了一帮人，吵吵闹闹的。以云敦书记、协日斯队长为首，还有几个小队长，七八个人在小哈拉带领下来到了厄日格泰的帐篷前。还有牛倌巴鲁前后照应，每个人都是兴奋无比和紧张兮兮的样子，议论着，吵吵着。这是早起的小哈拉去村里报告后带来的人群。只见小哈拉一身干净，容光焕发，换了一个人似的，所有人都对他睁大了眼睛，以为看错了人。但眼下还顾不上他的这一变化，大家都着急要见那位打狼神人“右派”“男人”厄日格泰。

人们围在小帐篷门口，水泄不通，伸着脖子往里瞅。如观动物园的猴儿山。

你们在干什么？被吵醒的厄日格泰眯着眼睛，往门那儿瞅，赶紧拽来单被子遮在阴部，他平时愿意裸着睡，一丝不挂，舒服，睡得香。

老厄——厄日格泰、老厄同志，你能不能起来，跟我们说说夜里发生的事儿？协日斯队长开口先说话。

有啥好说的，问你侄子小哈拉就行了，别耽误我睡觉，困死我了，都折腾一夜了！厄日格泰说完，翻过身，又睡过去了。不再搭理他们。

门口的人再呼叫，他也不吱声。

牛倌巴鲁过来打圆场，对他们说，让羊倌小哈拉先带领大家去牲口圈那里参观现场吧，我一早过来看过，老厄真是神机妙算啊，幸亏他设计了机关，要不啊，咱们又得损失牛羊了！

对，对，让我——阿——大叔，先睡觉吧，一夜没合眼呢，我带你们过去参观吧！小哈拉说话也变得很有大人味道，显得颇为自信，一夜之间成长为男子汉了。脏兮兮的鼻涕也不见了。单衣单裤虽然显大了点，但很是有干部模样，城里人模样，外衣有四个口袋，裤子有两个口袋，跟乡下人衣服是不同的。那会儿乡下人衣服，很少有口袋，也没啥可装的，做兜子还费一块布料。

那么，快走吧，去现场看看吧，小哈拉，带路！

说话的是村支书云敦。就这样，大家才放过厄日格泰，纷纷拥向房后小溪那边的牲口圈。四个草人在高高屹立着，欢迎他们，两个铜铃铛发出悦耳之声，也似乎在表示问候。小哈拉手里拎着两个大铁夹子，给他们演示隐秘摆放连环铁夹子的办法，还进行讲解，活灵活现，重新复盘夜里跟两只狼斗智斗勇的过程。所有人听得目瞪口呆，屏住呼吸，好像听着说书的“胡尔其”讲蒙古书《邪匹卷》《上尧卷》《薛礼东征》等。

然后，云敦书记和协日斯队长带着人马直接走了，也没再去打搅厄日格泰。两个村头儿直接去了公社进行汇报，然后公社领导又带着他俩去旗里汇报。老旗长额尔敦扎布不敢马虎，野狼白天黑夜连续袭击人和畜群，人命关天，非同小可。他又召开公安局和临近几个公社的联席会议，研究搞一次围猎狼群方案。

正当老额旗长准备组织围猎行动时，上头哲里木盟政府突然派他去党校学习三个月，此事儿就搁置下来。官场不成文的习惯，这个领导抓的事儿，别的领导不愿接手，五六个副旗长都躲得远远的。好在受伤后的狼群，暂时没有再出来骚扰，哈日根艾勒一带村庄眼下还没出什么事儿。生产队长们也各自都忙着如何度饥荒的事情，快揭不开锅了，谁还顾得上狼害之事啊，很快这件事就被遗忘了。

唯有厄日格泰没有忘记，他知道，最终狼还是会来的。

生产队畜牧组的组长是巴鲁，他对厄日格泰佩服得五体投地，非得把组长职位让给他，被坚决拒绝了。但他还是提出了建议，狼害仍未消除，这拨儿狼依然潜伏在方圆百里的牧区里，随时会发动袭击，领导们可以不过问，可他们三个不能放松警惕，所以三个畜群暂时还是一起混放，三个人轮流跟群，统一管理。

巴鲁和小哈拉拍手赞成，跟厄日格泰在一起放牧，他们感到安全。

几天后，厄日格泰准备了三天干粮，要去西北罕乌拉山一带走走看看，侦察狼迹狼穴，争取摸到狼的老巢。既然政府拖延，那只好自己去想办法了。一听他要去侦察狼穴，巴鲁小哈拉俩人都争着一起去，厄日格泰没有同意。巴鲁不知从哪里借来了一支老砂枪，就是火铳，交给他防身用。厄日格泰试了试，还能使，于是就带上了。

这天一大早，他向妻子阿伦高娃告别，正要转身离开，从屋里跑出来刚睡醒的博尔忽，揉着眼睛哭喊，我也去，我也去，带上我吧，阿爸！

这个黏人虫，抓住阿爸的马镫子，死活不肯松开了。

无奈，夫妻俩摇摇头。厄日格泰一想，也好，把这小子带到野外历练历练，经受一下野外风餐露宿的苦，对他成长会有好处，省得留在家里尽给额吉添乱。于是，阿伦回屋里又准备了一份干粮和衣物，装进马鞍上的褡裢里。

厄日格泰伸手一提，把穿戴好的博尔忽一把提放在自己身前怀里，然后一夹马肚子喊一声，走喽！便扬鞭出发。

阿伦目送父子俩消失在很远的地平线上，才慢慢回屋。虽然十分相信丈夫的本事，也难免心生一丝担心，还带着个孩子诸多不便，好在不是去杀狼只是去侦察，稍稍让她宽心。

厄日格泰先去了那天夜里狼挣脱铁夹子的地方，从那里开始，沿着依稀可辨的沙地痕迹和草丛起伏的情形，慢慢向前推进，寻觅。两只狼搭连在一起出逃，有一只腿上还受了伤，不太好掩藏足迹，对于他这个富有经验的猎手来说，辨认起来并不费什么事。

果然，一串儿狼迹直直奔向西北三十里外的罕乌拉山。厄日格泰没有猜错。

罕乌拉山海拔一千多米，山不在高，有狼就险，水不在深，有鲨就恶。三座山连在一起，形成群岭状，悬崖峭壁嵯峨险峻，山坡上长满茂密的白桦树、老山杏、白杨树和黄榆树，还有密不透风的灌木丛和野猪出没。在这种地形复杂乔灌茂密的三座山里头，寻找到狼穴等于大海里捞针，但这也难不倒猎手厄日格泰。俗话说人有人路，兽有兽道，狼也有自己出没的规则，也就是说走自己熟悉的途径，决不会瞎走。

厄日格泰不急于先找到狼穴，而是牵着马攀登中间的主山罕－敖日格勒顶部。他凭感觉找到一条爬山小径，那是附近百姓祭拜山神时候走的路径，冥冥中他似乎来过这里一样熟练。山上除了狼还有黄羊野猪野鹿等兽类，但不能开枪，以防伤及其他猎人或什么砍柴人，更不能抽烟以防山火发生。爬山时用去整整两个多小时，茂密山林和灌木丛中闷热又不透风，马和人身上都已湿透了，阿尔斯兰一直用舌头淌汗，呼哧呼哧的。绿色枝叶白色树干的白桦林，与树冠如盖的绿油油五角枫长满山坡山坳，看着让人眼晕。厄日格泰一路无语，默默地左转右绕，在密林中牵着马，艰难地往山顶处前进。

终于，他成功攀登上了巍峨的罕－敖日格勒山顶。

六岁的博尔忽惊愕地感叹，这山顶上，这么敞亮啊！

厄日格泰也惊讶地瞪大了双眼，目光颇显出疑惑，眼前的景象在他脑海里怎么那么熟悉，似曾相识，可又死活想不起来怎么回事。山顶上有一片平地，准确地说，宽百十来米、长近五百米的平坦小草坪！有几棵古松，参天入云，平地上的青草却只有寸长，如茵茵足球场或像是一片大广场。有一只苍黑的巨鹰，伫立在一颗大圆石上，冲他们发出啼啸，一副愤怒的样子。大圆石有三颗，每颗都椭圆形状，颗颗如一间房那么大，尤其令人惊诧的是，每颗圆石下边还垫着一面巨大的四方形石盘，远远望去，如放在巨盘上的三颗鸭蛋！这么高的山顶上，怎么会有如此巨大、起码上百吨重的如人工斧凿般的大圆石？如何从山底下推上来，又是如何安放上去的？还象征天方地圆的古老含意，这简直是匪夷所思！

岂不知，罕－敖日格勒山顶的这片平地，传说中早先是古代蒙古人的一处召开那达慕大会的场所。也有传说称，这里是成吉思汗和他胞弟哈萨尔练射箭的地方，史书称哈萨尔部属为“科尔沁”，意思为“背箭之人”，他是成吉思汗封赐的御箭手，这一带是哈萨尔曾经的封地，山下广袤草原被称之为科尔沁草原。史料记载，清代时这罕乌拉山顶广场，又是哲里木盟科尔沁六个旗王爷每年会盟，召开那达慕大会的场所，摔跤、射箭、赛马。尤其赛马，骑手们从这里起跑，一直沿着山脊可以跑到上百里之外的图谢土旗（现科尔沁右旗）的终点。你不得不叹服蒙古人的豪放、勇猛，还有想象力。三颗大圆石，据说是天上掉下来的陨石，也有说是地球造山运动的产物，反正是鬼斧神工之作。

来到山顶上，厄日格泰的神态有些迷蒙。

他大脑一直深陷在一个什么回忆之中，不能自拔，懵懵懂懂坐在一块石头上发呆。拿出烟口袋想卷颗烟抽，可想起山里的规矩又作罢，忍住烟瘾。爬山时很累的黑鬃马，放在山顶草坪上吃草，阿尔斯兰在一边寻寻觅觅，依旧是不知疲倦的样子。三座圆石后边，山崖边上有一个人工筑砌的小石屋，显得怪怪的，很神秘，鹰鸟儿都不敢落上边。不安分的博尔忽好奇，撒腿就跑向小石头屋，要看个究竟。突然身后传来一声大喝。

回来！博尔忽，给我回来！厄日格泰一声怒吼，把小赤佬吓了一跳。

阿爸，你怎么啦？博尔忽头一次看见养父如此生气，发怒，收住脚回头问。

厄日格泰这才发觉自己失态，抱住垂头丧气走回来的博尔忽，抱歉说，对不起儿子，阿爸不该对你发火儿。但我要告诉你，那个小石头屋子，是个祭坛，百姓祭拜山的神灵，祭拜祖先的萨满教祭坛，小孩子不能随便靠近，更不能随便触碰的，那会亵渎神灵，受到惩罚。

厄日格泰耐心地给儿子进行解释，然后又吩咐儿子说，你坐在这里安静等着，我去石头屋那里先祭拜一下，求神灵饶恕我们前来打搅。

然后，他就毕恭毕敬地轻轻走过去。

抵达小石头屋前边，他扑通一声跪下，虔诚地磕头。从怀里拿出一瓶酒，向上扬洒，再揪来三根芨芨草茎秆插在小祭坛前石香炉里，嘴里念念有词。进行完祭拜仪式之后，只见他又从怀里掏出一个小布口袋，里边装着祭祀物品，郑重放进小石屋口里去，一副神秘而虔诚的样子。他这些古怪行径，都被后边的小赤佬博尔忽看在眼里，在他小小的脑子里开始琢磨，阿爸往那里放了什么呢？小孩天性就是好奇，成长的烦恼。

接着，厄日格泰的神情依旧那么懵懵懂懂、浑浑噩噩的样子，他的手慢慢地，似乎不听他使唤一样，往上抬起来又伸进了那个石屋口子里去，摸索了半天，不知抓到了一个什么东西握在手里，然后神色严峻地走回来。

阿爸，你在做什么？你这是怎么啦？

博尔忽有些担心阿爸这个神道道的样子，不知他身上发生了什么怪事情，如着了魔一样。他迎着跑过去，半路扶住步履踉跄的阿爸，走回来坐在原先歇息的石块上喘息，面色变得凝重，严肃。

厄日格泰慢慢摊开了他的手心。他手掌上呈现出一枚铜纽扣，生锈的铜纽扣，显然是刚从石屋嘴里摸出来的。

铜纽扣，这铜纽扣——它，原来还留在祭坛里呀——

厄日格泰喃喃自语，然后，在他脑海深处，突然传出一片枪声，乱哄哄的，有人在狂喊，八格，他在那里！嘭——嘭！

随着，从厄日格泰的嘴里，发出一声歇斯底里般的怒喊：是你？为什么——

随着，扑哧一下，从他嘴里吐出一口鲜红的血，喷在地上，然后人就昏过去，瘫倒了，不省人事。

那颗铜纽扣，掉落在地上，孤零零地躺在阳光下，闪烁着暗红色的光泽。那是一簇神秘的光泽。

它，难道隐藏着一件鲜为人知、被遗忘的秘密吗？

什么样的一只神秘之手，牵引着脑袋里留有子弹的这个男人，鬼使神差地来到这山顶，冥冥中究竟追寻什么呢？难道懵懂意识指引着他，在暗中查证着什么吗？

唯有天知道。

养子博尔忽抱着阿爸哭泣起来，他吓坏了，不停地摇晃着阿爸，喊叫着。黑鬃战马在围着主人喷鼻扬蹄，阿尔斯兰慌成一团，在旁边哀鸣，长嚎。

山野空荡，层林呼啸。

厄日格泰依旧昏迷着。

第五章　生命承受如此之重

啊，慈祥的额吉——
你背水走过的小路，
柳树青青飘摇；
你挤奶走出羊圈，
萨日朗花儿绽放；
啊，慈祥的额吉——
我是你用生命写下的历史，
你是儿女们心中的太阳；
为了我们燃尽自己岁月时光，
头顶堆满白发，腰背弯成一道山梁；
你用阳光给我们织成翅膀，
飞往天涯，翱翔苍穹；
啊，梦中的额吉——

——引自《Angir eej 梦中的额吉》歌词

一

吉雅一直在哭泣。哭个不停。

她一哭，老二托雅老三巴特桑也跟着哭，小孩儿的哭好像也会相互传染。

母亲阿伦高娃哄哄这个哄哄那个，急得也快哭了。她知道刚一岁的吉雅为什么哭，那是营养不良造成的，是饥饿之哭。喝米汤灌汤水，没什么营养，咀嚼着喂稀饭可又胃肠不全消化，老拉稀。老三老四别看哭，他俩都已经能吃东西，自己会咀嚼会吸收营养，没有太大问题。只是这老五吉雅，太让阿伦额吉操心了。

怎么办？怎么解决吉雅的营养吸收问题？哪怕两天或三天能喂一次人奶就好了，再熬个半年，这孩子就能自己会吃东西了，就不怕了。

村里只有两个妇女有奶，一个是供销社的珊丹琪琪格，一个是协日斯队长的老婆玛尼。虽然珊丹曾介绍过，但她一次没有去玛尼家求过奶。现在看着可怜巴巴啼哭不止的吉雅，阿伦心里一横，决定去试一次，不试怎么知道不行呢。放下自尊，放下脸皮，为孩子豁出去又如何？

阿伦想好了说词，再次前胸后背抱着背着吉雅和托雅，向南边村的方向出发了。留下七岁的娜仁花带着三岁的弟弟巴特桑看家，一再交代好注意事项。

沙坨子里，进入春末夏初之后，变得更加酷热了。阿伦一边走一边感叹，时间过得好快啊，落户这里不知不觉都一个多月了。自打成为生产队的正式社员之后，按道理她应每天去参加生产队劳动，来挣每天的八个工分，这样才会有口粮供给，但也有规定，哺乳期的妇女暂时可以不参加劳动。她借了女儿吉雅的光。

饥饿中的吉雅，依然断断续续地哽咽着，她也没有别的表达方式，只能哭泣。还有笑。但这个功能似乎已经被遗忘了。阿伦嘴里不停地哄着她，低声唱歌，舌头在口腔里乱转动，发出一串儿呼噜噜怪声，学狗叫学狼叫学牛吼马嘶羊咩，想尽办法转移她的注意力，真是难为了阿伦。她突然发现，路边的沙坡上长着一种草果子，叫“teme-oohe”“骆驼奶子”，又叫老瓜瓢，一两拃高的草棵子上结出两三粒一串儿的椭圆形小果果。绿皮抱着白瓤，那白瓤能嚼出白色的果汁如奶水，十分香甜可口。记得小时候，自己经常去草岗上寻找这种草果子吃。她顿时有了主意，爬上沙坡摘来一把“骆驼奶子”，放进嘴里细细地咀嚼。很快，满嘴里白色绿色混合汁液，随即把汁液嘴对嘴地喂进吉雅的口里去。那孩子慢慢吧嗒着嘴巴，竟然停止了哭泣，贪婪地吞咽起那甜美的绿白色果汁来。

真是天无绝人之路。生活出真知。老天饿不死瞎家雀儿。

阿伦高娃风卷残云般，摘光了附近的所有骆驼奶子。这种植物只在合适的土壤上一窝子一窝子生长，可遇而不可求，生长量很是稀少，十天半个月就变得干硬无法吃，那白色的瓤便熟透成白絮被风吹飘满世界撒籽儿，如蒲公英。这下，阿伦一时有了哄女儿的法子，一见吉雅饿哭就咀嚼一两粒喂给她，暂时解决腹空问题。

走进村子里了，她向人打听协日斯队长的家，便直奔过去。

刚要进院子，院门口遇到一位中学生模样的女孩子，自称是队长老婆玛尼的妹妹，在旗镇上读书，名叫琴花儿。女孩儿很好奇地上下端详阿伦，爽朗地呵呵笑着说，我听说过你，下放“右派”，刚来三天就收养了四个孤儿！

阿伦在心里说，五个，是五个孤儿，若算上你的那位脏羊倌儿的亲戚，六个。

阿伦哼哈应着，便走进院里去。

琴花儿追着问她，你是去找我姐夫吗？

不是，去找你姐姐。

是吗，找我姐姐啥事儿啊？

一会儿你就知道了。

说着就到了屋门口，她轻轻敲门，叫一句，家里有人吗？玛尼大姐在家吗？

屋里传出婴儿的啼哭声，有个中年妇女一边掩怀，一边开门，不冷不热地问道，谁呀？谁在叫门啊？

是我，对不起，打搅你了。

你是——谁呀？玛尼没见过阿伦，不认识。

阿姐，她就是村里下放来的那个女“右派”！

中学生琴花儿兴奋地嚷嚷，那感觉好像发现了新大陆一般，喊着姐姐。

噢，听说过，稀客呀，我男人经常提到你的大名。你是来找我男人办事的吧？他不在家，去公社开会了。玛尼上下打量着阿伦，感到很是新奇。

不是的，我就是来找大姐您的，一直想过来拜访大姐，认认门，不好意思打搅了。阿伦拍拍又要哭泣的吉雅，另一只手赶紧从提包里拿出一包果子，示意了一下。

一见有礼品，玛尼脸上有了笑容，赶紧让道，快进屋，快进屋。来就来呗，还带什么东西呀？玛尼把阿伦让进了屋里。三间大房，靠北墙两个躺柜油光发亮，上边放满了女人饰物以及红黄小盒小匣子小镜子，琳琅满目。炕头一侧花色箱子上摞着被褥，上边盖有漂亮的花毯子。屋地上的西墙角立有一台缝纫机，这在那会儿绝对是稀罕物。整个屋里十分干净整洁，富足亮堂，不愧是村干部的家，有模有样。墙上还贴着毛泽东和朱德的画像，旁边还有一张像是乌兰夫的。那会儿蒙古族小学课本上第一页是毛主席像，第二页就印着乌兰夫的画像，至今想来历史很有趣，对乌兰夫有足够尊重。现在是没有了，课本旧页翻过去了，连毛爷爷的也没有了。

阿伦把一包透油的果子袋儿放在炕桌子上，从怀里又拿出一个圆圆的白瓷雪花膏小瓶，递过去，介绍说，这是我从呼伦盟那里过来时买的，地道的满洲里口岸进来的老毛子货，擦一次脸上三天留香呢。送给姐姐用吧，不成敬意。

是吗？哇，瞧瞧人家这东西，做的这么精致哈！玛尼的脸上顿时放光芒，高兴得浑身都在颤动。一边说道，妹妹你这么瞧得起我，又送我这么珍贵礼物，是不是有什么事儿啊？

也不是什么大事儿，大姐你知道，我们都是女人哈，你也看见我这女儿老哭，这是我没有奶水喂她吃，饿的——

是吗？一滴奶也没有？

一滴也没有。

还是那话。

玛尼已经明白对方的来意了。嘴说，你的意思是——

是是，我的意思是，大姐可怜可怜这孩子，今天喂她一次奶水吧，求求你了——阿伦说着眼泪都快下来了。

这、这——玛尼一时为难，朝窗外看了看。

旁边的那位中学生妹妹琴花儿快人快语，心眼儿不错，相劝说，姐姐，你就喂她一次呗，瞧这孩子多可怜呀！姐，你不要怕被姐夫发现，他正在公社开会哪，不会知道的！

那好吧，我今天就偷偷喂一次吧，看在大妹子这样瞧得起咱的分儿上。

说着，玛尼抱过阿伦怀里的吉雅，掏出肥硕的奶房开始给小吉雅喂奶。

饥饿的吉雅立刻停止哭泣，贪婪地吮吸起奶汁。还不时发出咯咯的笑声，满脸的幸福的微笑。而那边炕上摇篮里的孩子哭起来，阿伦赶紧伸手摇动摇篮，帮助哄孩子。琴花儿说，我来摇吧，你还背着娃儿呢，先歇一会儿。

阿伦感觉琴花儿这女孩心地不错很善良，性格开朗又与人很友好，还会说话，她心里很是欣赏。就跟她聊起学校情况，琴花儿正在奈伦塔拉镇中学读初二，今天周六回家取衣物顺便来看看姐姐。理想是将来读大学，当一名医生，实在不行当个诗人作家也行。这话把阿伦给逗乐了，告诉她自己小时候也想当个诗人什么的，后来当了一名护士，现在护士也当不成当了一名“右派”，“右派”社员。理想很遥远，现实很骨感，现实就在鼻子下边。唉，在她们眼里，当个作家诗人好像去街头当个鞋匠锁匠修车补胎的差不多那么简单。文人的悲哀啊！

一旁喂奶的姐姐玛尼也加入了她们的聊天，提醒妹妹说，傻妹子，你还是醒醒吧，还读大学呢，咱家那老阿爸一天比一天老，挣不动几分钱，连你读高中都供不起了！这位“右派”大妹子说的对，理想太遥远，现实就在鼻子下边，鼻子下边是啥？嘴巴，吃饭！

被噎回来的琴花儿先嘟嘟嘴，后依然笑嘻嘻说，老阿爸供不起，我不是还有个了不起的姐姐姐夫哎，不是吗？你们供我上学啊！

嗬，你倒想得美！还想指望那个抠门儿死的鬼姐夫呀？等太阳从西边出来，驴子变成马吧！你可真会找人！姐姐玛尼撇嘴。

还没等话音落地，外屋传出协日斯队长的声音。

谁在说我的坏话呀？谁是驴子呀？

随着一声浪笑，人就推门进来了。屋里人，登时全傻眼。天哪！

什么情况？这是什么情况？啊？我没进错门儿吧？这么热闹？协日斯嘴里有酒味儿，看着眼前的情境，瞪大了眼珠子问，阿伦“右派”你怎么在这里？老婆，你在给谁的孩子喂奶呢？啊？咱家儿子，不是在摇篮里躺着哭呢吗？你在喂谁家的孩子吃奶哪？啊？！

老婆玛尼这下吓坏了，赶紧把自己紫红色奶头想从吉雅嘴里拔出来，可那孩子嘴巴裹得紧紧的，好像也正在长乳牙，双手抓着奶房咬死了奶头，死活不松嘴。只见协日斯几个箭步冲过来，“啪”的一声，狠狠扇了老婆一记耳光。耳光响亮。声音脆响如放鞭炮。五个手指印，五条血红印，刚擦过老毛子雪花膏的那张脸蛋儿还在喷香，这下给糟蹋了。随着，他的大手攥住老婆的大奶子，不由分说一下子把奶头从吉雅嘴里生生给薅了出来，如拔葱拔蒜头。好似一颗大红枣的那紫色奶头，就给拉秃噜皮，拉破了，渗出鲜红的血丝来，染红了白白的奶房。

不要脸的骚货！老子三十五岁才养了一个儿子，你他妈的觍着脸喂别人的野狗崽子，你好大方啊！协日斯怒不可遏，张口大骂。老婆玛尼就“哇”的一声掩面大哭，把吉雅塞给阿伦，趴在炕沿儿浑身抽搐着哇哇哭泣。

阿伦听着更不是滋味儿，揽过责任，在一边进行解释。

协日斯队长，对不起，都怪我，是我来求玛尼姐的，这事跟她没有关系。但我希望协日斯队长，请你说话放尊重点，不要胡乱骂人，谁是野狗崽子？啊？你哪能这么说话呀？

阿伦的脸上涨红，很生气，一边噢噢哄着被吓哭的吉雅，一边回击协日斯。

怎么？养孩子没有奶水，偷吃人家孩子的奶，让人家孩子断顿儿，你还有理了？野狗崽子怎么了？不是吗？没有证明，没有户口，谁知道是怎么回事？还是个下放改造的“右派”！协日斯被酒劲儿冲昏了头，此时变得十分霸道蛮横，根本不把阿伦放在眼里，一脸的鄙夷。酒壮屃人胆，更壮恶人胆。

告诉你协日斯，我是“右派”不假，但孩子的父亲不是“右派”！他是合法公民！甚至脑子里留有一颗鬼子子弹的抗日战士，革命者！你侮辱的是他！你要为你说的这句话负责！你不配做生产队长，更不配做一个共产党员！

阿伦高娃义正词严地说完这句话，抱着背着两个孩子，扭头就走。她一生气把丈夫脑子里有子弹这事也给说出去了。

协日斯队长顿时愣在那里，张了张嘴半天没有说出话来。

他一想起那个浑身都是本事的“男人”厄日格泰，有点后怕了。

琴花儿嘟囔一句，姐夫你太过分了！喝猫尿，喝傻了吧？

她走过去扶起姐姐，察看她流血的奶头，拿毛巾给她擦血迹。

协日斯冲小姨子瞪眼珠子，嚷道，你瞎掺和啥？一边儿待着去！快给我泡一杯茶，渴死老子了！

喝了两杯猫尿，都不知姓啥了！

小姨子琴花儿噘着嘴去沏茶。

二

阿伦走到外边来，呼哧呼哧走着路，越想越来气，越想越感到委屈，就蹲在路边一棵大树下呜呜哭将起来。她哭得很伤心，人世间如此无情，冷酷，使她一时无法承受如此之重。扑簌扑簌掉落的眼泪滴在怀里吉雅的脸上，正在啼哭的孩子停止了哭泣，一双眼睛忽闪忽闪地瞅着额吉。天真无邪的脸上，充满好奇。甚至伸出小手指头，摸摸额吉脸上的泪珠。

可怜的女儿，都没吃到半饱吧？人心真狠啊——

她瞅着女儿心疼，把脸贴在女儿额头上，亲了亲。从兜里拿出一粒野果子“骆驼奶子”，放进嘴里咀嚼着，然后喂给女儿，一边继续默默流着泪水。心里说，无论如何，怎么也得填饱你的小肚肚呀，自己怎么受委屈、受欺侮都是小事，在你的这一珍贵的幼小生命面前那些都不算个事儿。苦难，就是留给母亲们吞咽的，咬碎了牙也得往肚里咽，生活再沉重也要扛着它往前走就是，这都没什么。

为了哄女儿睡一会儿，驱散刚才受到的惊吓，她又轻轻哼起摇篮曲《波茹莱》：

坚韧美丽的乌日勒树啊，
阿爸用它为你做的摇篮；
早晚吹来的凉风中啊，
额吉的温暖怀抱挡风寒；
额吉哒，阿杰哒，
波茹莱呀，别再哭泣，
——
我的好女儿，
安静睡一会儿吧——

后边的两句是她自己添加的，然后又伤心起来，声音哽咽。

这一幕，被一位牵毛驴的老者看见了。他是正要往村外走，便停住脚步静静凝视片刻，考虑是不是过来看看时，有一个更合适的人出现了，那人便是珊丹琪琪格。于是老者放弃现身，骑上毛驴走了，他还要去追寻另一位受难者的灵魂。

珊丹和巴音赶着一辆马车，正从旗镇上拉货回来。车上装满锅碗瓢盆、油盐酱醋，自从各村的大食堂黄了之后，这些东西在眼下农村特别走俏，稀缺的生活必需品。

看见阿伦坐在路边哭泣，珊丹“吁——”一声勒住车马，跳下车走过去。

阿伦姐，怎么坐在这里哭成了泪人啊？出了啥事？

阿伦抬头见是珊丹，赶紧擦干眼角，强作笑容，没事儿，没事儿——

小吉雅，是不是又饿坏了？还是闹病了？珊丹追问。

这时从那边跑来了琴花儿，气喘吁吁脸通红，她把那包油果子和一瓶雪花膏还给阿伦说，那个，这个，我姐夫让我还给你，说是要跟你划清界限什么的——

珊丹更感到奇怪，问琴花儿到底出了啥事儿。

琴花儿就把刚才发生的事情，一五一十地告诉珊丹。

你姐夫就是个混蛋！畜生！他的胸腔里放的不是人心，是一块冰冷的石头！不，是一颗狼心！

我看也是，珊丹姐说得完全正确！你没听见全村人给他起的外号叫“狼犊子”吗？嘿嘿——我得走了，两口子还在吵架呢，我得看着点，别让我姐姐吃亏吃大发喽！

琴花儿嘻嘻笑着跑掉了。一个完全不在乎、什么都不入心的乐天派样子，甚是令人羡慕。

都是怪我不好，去他家自取其辱。

阿伦看着放在旁边的那两样没送出去的礼品，感到很是无聊，无趣。甚至是一个耳光，她这才感到刚才协日斯扇在老婆脸上的耳光，实际上是扇在她的脸上，痛到自己骨髓里去了。

这事儿，也怪我，是我给你出的主意。唉，咋就那么巧，让他给撞见了呢。阿伦姐，你把孩子给我，我喂喂她吧。珊丹自责说。

巴音见她又发善心，装作没看见，赶起马车就走，说一句我先回去卸货了。

珊丹从他后头抿嘴乐，看看，心里又不舒服了不是？也不是你身上的奶水，你心疼什么呀？嘻嘻。

人家可比那个“狼犊子”好一千倍！够大方的了。

阿伦心存感激，把吉雅抱给珊丹喂奶。看着身旁那两样让她闹心的礼品，就说，珊丹妹妹，这两样东西，送给你得了，我看着闹心。雪花膏还是老毛子的正经货呢，我自己都没舍得用。

别，别——珊丹又想了一下，不想驳她面子，这样吧，雪花膏我要了，油果子你还是拿回去吧，你那儿张口的多，我儿子不缺好吃的。

这也成。阿伦稍稍高兴，想了一下悄悄问，你的事儿，进展如何了？有什么情况吗？

还是老样子，僵持着呢。对了姐姐，你问过厄大哥了吗？他怎么说？

阿伦当天就咨询过丈夫的看法，他的意见是此事不同一般，一定要小心对待。维持这种局面时间越长，对巴音越不利，现在是跟一个有夫之妇暗中“同居”，还是一个被誉为英雄的复转军人的妻子，对方一旦翻脸“捉奸在床”倒打一耙，巴音蹲大牢是跑不了的。从目前看，老书记云敦还算有心慈的一面，老谋深算，可他能管得住自家小儿子吗？那是一个想捍卫家庭尊严捍卫大哥脸面的一头愤怒的疯豹子，随时会点燃，爆发，伤及双方。

这一下珊丹害怕了，身上不寒而栗。

那怎么办才好啊？厄大哥有什么好办法吗？

他的意见是，最好是珊丹你背着老公公去恳求丈夫铁木勒，如果觉得不合适，或者就请那位神人和圣·塔亚出面，说服铁木勒。一定让他明白这种畸形婚姻，对双方都是伤害，是一种监牢。你丈夫是个见过世面的人，也流露出放走你的打算，只是碍于面子，碍于家人的压力，还没有最后下决心。所以，必须先说服他，感动他，感化他，甚至珊丹你给他写一封保证书，等他将来像保尔·柯察金一样全身瘫痪动不了的时候，你就接过去终身伺候他，护理他。

保尔·柯察金？他是谁？

苏联红军的一位英雄，情况跟你丈夫差不多。

阿伦就把保尔·柯察金的感人故事讲了一遍。

这故事，更让珊丹陷入了某种矛盾，甚至一丝痛苦。她喃喃自语，我能做到终身伺候他，如果他同意离婚，我马上就接他走，养活他，伺候他，一生不离不弃，可是——

阿伦看着珊丹咬着嘴唇脸色迷茫，怀疑自己这么说对吗？是不是反而更害了这个可怜的善良村妇？道德、伦理和情感的冲突，爱情、生理需求和社会公德标准的悖理，生生把自个儿推上某种绞刑架上拷问的这位村妇，已如掉进炼狱中一样，能承受得起这个另一种的生命之重吗？能有个好结局吗？

阿伦自己都惶惑了，迷茫了。找不到答案了。

吉雅吃饱了，咬着奶头在珊丹怀里暖暖地露出甜蜜的笑容。

珊丹把孩子还给阿伦，站起来，一时间目光变得坚定，开口说，阿伦姐，我知道怎么做了，谢谢你们的指点，我有方向了，放心吧，我没事儿。

珊丹走了，步履匆匆，但神色已坚定。

阿伦目送着她的背影，心里祝愿说，但愿你这只作茧自缚的蚕蛹，能顺利化蛹为蝶吧！好人应该有好报才对，人生艰难啊！

回到北坨子上的“套卜”家时，老远就听见巴特桑在哇哇哭，娜仁花在咯咯笑。阿伦一看，巴特桑的身上衣服被扒得精光，赤身裸体地站在沙井边上，娜仁花正在打水往他身上浇。被冰冷的井水一浸之后，巴特桑浑身一激灵，嘴上发紫，显然冻得够呛，撅着小鸡鸡哇哇大哭。

娜仁花，你在干什么？阿伦赶紧喊叫。

我在给他洗澡呢。额吉。他刚才拉粑粑了，还一屁股坐在屎橛子上了，咯咯咯。娜仁花说得喜笑颜开。

那也不该拿井水浇啊？会冻坏他的！

可那天，阿爸不是就这么给小哈拉哥哥浇井水洗的吗？

哈拉哥哥是大孩子了，经得起井水浇，不怕凉！快把弟弟领屋里去吧，我给他找衣服穿！

弄完巴特桑，把吉雅放进摇篮里绑上，吩咐娜仁花晃摇篮哄睡。

再把托雅放在炕上，和巴特桑滚耍在一起。他两个能玩到一起，不用人管。然后，阿伦开始张罗大家的中午饭，熬苞米面糊糊。

傍晚，小哈拉来了。干爹不在家，他是来陪额嬷的，担心她夜里害怕，做个伴儿壮胆。他笑嘻嘻地告诉阿伦，现在满村都在议论我那个野蛮堂叔夺奶头的笑话呢，大家开他的玩笑说，吉雅吃的奶水是他的那份儿，所以急了，才把额嬷给赶走的！

哈哈，真的？真有趣！阿伦忍不住笑起来。村民对事情有自己的判断，有自己的奚落方式。嘲讽，玩笑，编段子也是一种生活中发泄的武器。

这时，小哈拉突然从衣服四个口袋中的一个里，掏出一小玻璃瓶，里边装着满满的白色液体。冲阿伦晃了晃。

额嬷，你看这是啥？

啥？阿伦好奇，端详瓶子。里边装的不会是白石灰泡的水，烧杀虱子用的吧？

你说啥呀，额嬷，这是羊奶子，母羊奶子！听说你到处给吉雅找奶吃，我就偷偷挤了一瓶母羊奶，你给小吉雅煮开了喂吧，生喝会拉稀的！

小哈拉很是得意地炫耀，感觉自命不凡的样子。

啊？原来是羊奶呀？你也太胆大了吧？

阿伦赶紧把瓶子接过去，放在鼻子下闻了闻，还真是羊奶，高兴又为难地说道，你这孩子，往后不许你这么胡干了！万一被别人发现，你这羊倌儿就别想当了。

我是躲在野外树毛子里挤的，别人看不见！放心吧，额嬷。隔三岔五，我就给你搞一瓶来！小哈拉拍胸脯，作保证。

得，得，下次决不许你再这么干，送来我也不要。阿伦严肃地告诉他。又说，我们必须要学会正大光明地做事，自己的问题，通过正当途径自己来解决。你这种冒险会惹祸的，偷挤生产队的羊奶偷薅羊毛，这都是犯错误的事！

小哈拉听后心里不太高兴，不服气，感觉额嬷这人有些较劲，过分矫情。正大光明，正当途径，有吗？不是都被人家给堵死了吗？被人家给赶出来了不是？被人家挤得无路可走了不是？要饭还嫌馊，会饿死自己的。小哈拉有自己的一套生存哲学，在恶劣环境中摸爬滚打后形成的准则，独立的生存准则。

躺在帐篷里，小哈拉望着黑暗的棚顶在想，如果是有本事的干爹在，他会怎么说呢？不会是跟额嬷一样太正经的说辞吧？最后他想到了一个鬼主意，在额嬷不注意时，趁自己帮助晃摇篮时给吉雅偷偷喂羊奶，事先把羊奶煮好了再带来。这样出事也是他的，跟额嬷无关。虽然他不知道“我不入地狱，谁入地狱”这词儿，但他已决定要这么做了，心里说，我不干，谁干？

在各种胡思瞎想和纷乱思绪中，小哈拉渐渐入睡了。

梦中，干爹厄日格泰正冲他大喊，干得好，米妮-乎——我儿子——

星星，月亮，照在帐篷上，照着他的光屁股，照着他的混沌梦境。

三

罕乌拉山主峰罕·敖日格勒顶上，山风在凉丝丝地吹拂。

空山无人，亘古寂寥。唯有那只鹞鹰，蒙古人称其为“伊烈”的猛禽，飞落在中间那颗大圆石上，静静注视着下边的动静。那里，正马鸣、狗吠、娃娃哭，好不热闹。鹞鹰是血腥猛禽，闻着血味儿如蜜蜂发现花朵一样着迷，不愿离开，尤其对死尸和农家小鸡，更是格外喜爱有兴趣。

这只鹞鹰，也许饿极了，想要不管不顾地去袭击那个吐血后一动不动的“尸体”。它，很自信若闪电般一击，能叼到一口肉，撕下来吞咽。它跃跃欲试，就要开始俯冲攻击了。

正当此时，从山顶另一侧传来一个浑厚的嗓音，放歌而来。

高举大青旗，

怀志烁天地，

反抗不当奴，

起义歼仇敌！

保家护草原，

盟旗团结起，

唤醒沉睡者，

真理筑社稷！

这是当年日本鬼子最初入侵草原时，一位笔名叫哈丰阿的革命者写的歌词“青旗歌”，在东部蒙古草原百姓当中，十分流行。尤其在文化知识界，颇受欢迎并纷纷传诵，他们还办了抗日地下刊物，名字就叫《青旗》。

一位头戴草帽、手牵灰毛驴的老者，缓步走上来。他身穿紫色长衫，脚步稳健，手执藤杖，见鹞鹰飞冲而下立即捡一粒石子儿撇了出去。

“当”的一下，石子儿正好击中鹞鹰的脑袋，身子趔趄了一下。

善哉，善哉，你走吧，此人还没死，不是天葬品，你去别处清理死尸吧！

不僧不俗的老者，冲仓皇飞逃的鹞鹰打趣道。

然后，他来到躺在地上的昏迷者身旁。于是，马停止了嘶鸣，狗停止了狂叫，娃儿停止了哭泣，都静静地注视老者。他们的目光都含满乞求，纷纷表达，救救我们的主人吧，救救我的阿爸吧，他是世界上最好的主人，最好的阿爸了！

老者不慌不忙，先向北侧的石屋祭坛合掌鞠躬，尽了礼仪，然后蹲在地上，开始料理昏迷中的厄日格泰。先把他的身体摆得平正些，让其脑袋枕在自己腿上，从身上药袋里拿出一粒红色小丸，喂进他的嘴里，接着往他的头部、手背穴位行银针，再往他的鼻子里熏艾蒿香。

片刻后，那昏迷者厄日格泰嗽儿的一声，吐出一口黑血，那是堵住他心口的一股要命的黑血，然后，人终于醒过来了。

他翻身坐起，茫然四顾。用迷蒙的目光呆呆地看四周，那神情似乎还处在混沌状态，没有完全清醒。轻声嗫嚅，问道，我在哪里？我这是怎么了？

老者又给他喂了一粒黑色药丸。

渐渐，他神志清醒过来，盯住老者，你是谁——你是——啊——

厄日格泰终于认出来了，一把攥住老者的手，失声大叫，你是葛根活佛？阿尔山寺的葛根活佛？老人家，你怎么会在这里？

老者吟吟笑曰，风吹过草原，草籽儿会飞遍天下，鸿雁飞过高空，歌声会留在大地！老喇嘛如今，乃是奈伦旗哈日根艾勒生产队的和圣·塔亚是也！

葛根活佛话音朗朗，银须飘飘，一副仙风道骨的模样。

原来您老人家就是和圣·塔亚？厄日格泰一时被搞糊涂了。救苦救难的和圣·塔亚，原来就是您老活佛扮演的呀？苍天啊，大地呀！

厄日格泰摇动着老活佛的手，喜极而泣，小孩子般地呜呜哭将起来。他乡遇故知？非也，他乡遇恩人。那只猎犬阿尔斯兰，也突然扑过来，在活佛的膝前撒欢儿。老活佛安抚狗说，你干的不赖，很称职呢。

怎么？阿尔斯兰也认识你？

它是我从小养大的纯种蒙古犬，为了护送你们安全到达目的地，才把它留在西拉木伦河岸上，恭候你们的。其实那会儿我也在附近，呵呵。和圣·塔亚如此解释。

原来，老活佛一直在暗中帮着我们哪！

是，也不完全是，我也有我要做的事情。老活佛的语气变得严肃。

打“右派”运动刚开始，有人故意举报陷害阿伦，我就感到很奇怪，知道此事不能善了。还发现，背后似乎有黑手在推动此事，我心里更是不解，为什么呢？哪儿来的这么大仇恨？加上早先有故人委托过我一件事需要查清，于是我就先期离开阿尔山医院，南下了。

说完，老活佛的目光，远远遥望着东北方向，天的那边是阿尔山寺。他的原籍就在奈伦旗，从小在这里的奈伦庙出家，十五岁赴西藏深造藏蒙医学，获得很高学位，后被佛界派到呼伦盟阿尔山寺主持蒙藏医学研究工作。阿尔山寺并非纯粹的烧香之庙，而是一处喇嘛教的医学研究部门，在佛教界地位很高。

难怪他们说你老人家告老还乡了，辞职了——

厄日格泰依然有很多疑惑，看着老活佛那张神秘莫测的脸，欲言又止。

是啊，我的老家就在这里，在哈日根艾勒村。我告老还乡，先回到这里落脚，然后就云游四方——老活佛的话，显然意味深长。

看来，我和阿伦能来哈日根艾勒落户当社员，也不是偶然的。

也许是吧。世上的所有偶然，其实都是必然。我们的命运，有时被某种无形的手在操弄，身不由己。我们能做的，只是在这人世旋涡里如何借用趋势，办一些能办的事情，做些力所能及的事情，这就阿弥陀佛了。

老活佛说得高深莫测，然后无语。厄日格泰咂摸半天他说的话。

一直在旁默默观察的博尔忽，好奇地盯着老活佛，悄悄问厄日格泰，阿爸，这位白胡子爷爷是谁呀？刚才他在你脑袋上身上乱扎一气大钢针，就把你给救活了，太有本事了！

儿子，他就是传说中的和圣·塔亚。他是这世界上，最有本事的一个人，我想本事能超过他的，当今世上没有几个！

你也不行？

我也不行。厄日格泰摇摇脑袋。

和圣·塔亚这名字是什么意思呀？好怪怪的。博尔忽又问。

这个——阿爸也不知道。厄日格泰抬起头问老活佛，真的，老活佛，这和圣·塔亚是什么意思呀？汉不汉，蒙古不蒙古的，啥词儿啊？

老活佛忍不住笑了，慢慢开口道，说起来我自己也感到奇怪，这是哈日根艾勒村的老百姓送给我的尊号。你也知道，蒙古人对耄耋老人都不会直接称呼名字，而是另起个尊称。我想这是个混合名词儿，和圣应该是和尚的变音，因为我当过喇嘛也就是和尚了，塔亚是对岁数很大老人的普遍称呼，可能也是太爷的变化音。现在村里，知道我原名叫葛根的人，没有几个了，也就剩下云敦等几个岁数大一点的老人了。

起个尊称，还这么绕，哈日根艾勒人还是很有创造性的嘛。这下我终于弄懂了！厄日格泰不禁感叹，笑了笑。又问，老人家你跟云敦书记很熟吗？

他比我小不少，我出家前他是我家一个——跟屁虫。

葛根老活佛咽下了差点说出口的真正言语。这又令厄日格泰心中疑惑，但不好意思一再追问人家的隐私。

老活佛发现，在脚边的草丛里有个东西在闪烁，发出幽幽的光泽。他目光锐利，伸手捡起来看，那是一枚铜纽扣。顿时暗暗吃惊，捏在手指尖里朝着太阳光细细端详。正面磨损的很光滑，上面的五角星几乎消失不见，背面的穿线小孔被压平，也失去实际的纽扣用处。这是一枚已经坏掉的铜纽扣。

这枚纽扣，怎么会在这里？老活佛怔住，问道。

这是我刚才从那边小石屋里掏出来的。我自己也不清楚为何去伸手摸小石屋里边，也不知道为什么见到它之后，勾起我脑海深处的一幕奇怪的情景，受到刺激——

什么奇怪的情景？老活佛追问。

一个模糊不清的场面，我就在此山顶这里，被一群日本兵包围了，日本兵后边躲站着一个我认识的人、一个左手有六指的人——我一见那人，突然大怒，大骂一句就吐血，昏过去了——

厄日格泰慢慢回忆刚才发生的事情。

老活佛暗暗吃惊，一时沉吟不语，思考着什么。片刻后，他从袖子里又拿出一枚同样的铜纽扣，递给厄日格泰看。边说，当年，阿伦高娃把你从河边乱石滩救回来之后，我给你做手术时，这枚铜纽扣是从你胸口那儿掉下来的，因为你失去记忆，我一直替你保存着。现在你已经看到，有两枚铜纽扣摆在这里，能回想起点什么了吗？

厄日格泰一时愕然，端详着那两枚铜纽扣，极力回想着什么。晃晃脑袋，揪自己头发，可还是枉然，显得十分痛苦的样子。老活佛一见他这个状态，赶紧制止他说，算了孩子，不要折磨自己了，我大约猜到这枚铜纽扣的来历了，放心吧，会搞清楚的！

老活佛阻止厄日格泰继续回忆，安抚他。

片刻后，他脸色郑重地告诉厄日格泰，不瞒你说，我手里还有一枚同样的铜纽扣，那是我的一个故人临终前托付给我的。她告诉我，铜纽扣一共有四枚，让我一定要替她找到另三枚铜纽扣，尤其是要找到一个身上已没有铜纽扣的人，就是那个六指！她说，六指就是出卖另三个持有铜纽扣的人，出卖组织的人！

组织？什么组织？厄日格泰一脸茫然。

可能是当时地下党的什么小分队之类的吧。

那么说，老人家你也是组织的人吗？

我不是，我不是组织的人。但当时，我在阿尔山寺当住持时，那里倒是一些抗战故人的联络点，那里也掩护过一些组织的高层人士，以躲避日本人和伪满警察的搜捕。但我嘛，还真不是你们组织的人，我就是个纯粹的大喇嘛，一个懂医学的小活佛。

那么，我是组织的人吗？

看来是的，不然不会把你拉到乱石滩上枪毙掉！可你福大命大，遇到傻乎乎到处瞎跑的阿伦高娃，好好地活到现在。老活佛说着忍不住笑了。

厄日格泰自己也跟着笑了，自嘲说，我还真是福大命大，当时好像就硬撑着不死，单等着阿伦来救似的，缘分啊！

老活佛看着他又恢复往日风采、心情变好多，心里稍稍放松下来，舒了一口气。为了暗中照顾他这个当初的重伤员，脑子里留有子弹的人，至今尚不知自己是“革命者”的革命者能够好好活下去，他老活佛可是费了多少心血啊！几乎动用自己所有社会人脉和财富，倾尽医学本领，从开头到如今一直在默默呵护着，暗暗奉献着，而从不明言，神龙见首不见尾。他是阿伦夫妇的真正大恩人，济世大菩萨。

然而，老活佛的使命远未结束。故人所托，尚未完成。人海茫茫世况如烟，虽已知道四枚铜纽扣的故事，但至今还未捕捉到六指踪影，如泥牛入海毫无消息，此事想想便如蚂蚁般啃着他心灵。如今，年岁渐高，时不我待，必须不辞辛劳继续去大海里捞针才行，即便跑断腿也不能有辱使命，这才对故人有个交代。

厄日格泰望着老活佛那张苍老的脸，忍不住心疼。一个六十多岁的老人家，骑着毛驴四处奔波，从呼伦草原到这里奈伦沙坨子，追寻十多年来不放弃，多么了不起！这让厄日格泰内心中充满感慨和感动。

老人家，你可千万要保重啊！厄日格泰轻轻低语。

放心吧，老衲我能顶得住。你玩儿过俄罗斯套娃吗，我做的这活儿就像玩儿套娃，一层层剥离，等着瞧吧。但你可要好好记住，今天出现在你脑海里的那个人，躲在日本鬼子后边的那个人，若在生活中遇见他，你可千万不要惊动他。

为什么？

他会倒打一耙，也许会把你变成叛徒的！就像把你的老婆变成“右派”一样。好了，我该下山了。

吩咐完这些，这位和圣·塔亚终于完成了秘密此行的任务，和厄日格泰告别。临走前，又想起了一件事，回过头说，顺便告诉你吧，在罕乌拉山的西南边有一片榆树林，你躲进去里边待上三天看看，会有所发现的，我说的是狼迹。

无所不知的葛根老活佛，和圣·塔亚，朗朗一笑，这回真的牵着他的坐骑灰毛驴，下山而去。嘴里依然哼着那首《青旗歌》，放歌而去。如一阵清风，吹过山巅。很快，不见踪影。

厄日格泰感慨万端。站在那里，朝着他消失的迷蒙山巅，呆呆望了半天。

手里握着老活佛留给他的原属自己的那枚铜纽扣，又陷入无头无尾的苦苦追忆中无法自拔。如一头落进无底深渊的困兽一样，痛苦地自问，我是谁？我来自何方？我为什么活得如此痛苦？究竟谁把我推进了这个无底深渊，至今无法解脱？

他黯然神伤，心情落寞，神态萧索。突然对一切了无兴趣，感到活着没什么劲儿。牵上马，让儿子博尔忽骑在马背上，慢慢下山。孑然独行。阳光把他的身影投在地上，那个黑影拉长了，变形了，时而被树影撕裂了，时而被云彩遮盖了，时而被草丛吸收后虚幻了，再显现时又完全变成另一个模样，人非人，鬼非鬼。

他继续鼓起勇气向前赶路，为排解心中苦闷，他突然大声号唱起一首古歌《天之风》来。

天上的风，无常；
地上的路，不平；
人生的苦，无极；
娘生的肉体短暂，无法永恒——
人世间，又无长生不老药。
只好，独自上路，向前，向前——

其实，这已经不是《天之风》原歌词了，这是他即兴创作，填的新词，发泄心情。

号叫一阵，胡乱唱了一段，他的心情居然好了许多，变爽了些。是啊，活着，就得向前，明天依然有阳光。为了解开迷惑他折磨他半生的那个谜，他还必须好好活着，继续向前，绝不可当懦夫逃避，那样做不是真正的男人，不是厄日格泰自己。

马背上默默观察着他的博尔忽，这时忽然开口说，阿爸，没关系，别着急！等我长大了，帮你找到那个大坏蛋！还有，带你去大医院，从你脑袋里挖出那粒臭子弹，让阿爸能回想起过去的一切！

听到此话，好汉厄日格泰顿时眼里涌出热泪，吻了下儿子的头。

啊，我还拥有你们！我还有五个、不、六个孩子！我已经是世界上最富有的人了，何必伤心！啊朋友，假如生活欺骗了你，不要悲伤，不要心急，忧郁的日子里需要镇静，相信吧，快乐的日子将会来临。啊朋友，何必为生活烦恼，勇敢去面对，人生的苦恼自然就消失，一切疑团迎刃而解！

这又是他创造性地再度发挥了普希金的原诗。也不清楚自己为什么会记得老普的这首诗句，也不清楚何时读到的普希金。难道他去过苏俄吗？

下山之后，厄日格泰按照老活佛和圣·塔亚的指点，在山的西南麓榆树林里，挖了一个秘密地窨子，像原始人一般躲在里边，日夜守候了三天。

他，终于发现了那拨儿野狼群的秘密巢穴。

在一处山坳的隐蔽溶洞里，夜里出出进进大约有二三十头狼。这是少有的现象，这么多只狼，组成一个大群团活动，在草原沙地上是很少有的。显然，人类自然界的大灾难，已经逼得它们也抱团取暖，一起逃避生存灾难，躲进这个秘密深穴里来了。这里，一可躲避人类的追杀，二可方便储存食物，等于办起了一个狼群大食堂。苦难面前，动物也有自己的生存秘诀，生存绝招。

人和兽，活得都不容易。生命各族群在艰难地繁衍生息。

厄日格泰达到了目的，立刻悄悄撤离，打马回家。

四

此时此刻，阿伦高娃也正跋涉在自己选择的泥泞路上，挣扎向前，并未退缩。

丈夫厄日格泰进罕乌拉山已有三天。阿伦一早忙着家里的活儿，喂饱了三个大的，见小吉雅又把刚喂的稀粥化作稀屎拉出来，在炕上哭泣时，她又犯愁嘀咕，可怜的孩子，额吉去哪里给你找奶喂呀？你的小肚肚咋就存不住粮食呢？

正这时候，干儿子小哈拉过来了。

他刚下夜班，看见吉雅在哭泣阿伦额嬷正收拾粑粑，走过去拿出一张纸条子说，额嬷，你看这是啥？

纸条子呗？你学会抽烟了？阿伦条件反射，丈夫成天找旧报纸旧课本，撕成条条卷烟抽，已习以为常。

不是，一抽烟我就呛，我这烟筒不好使，倒灶。我这个纸条上嘛，有字儿，额嬷你看看，我上小学也就三年，字儿认不全。小哈拉诡秘一笑，有些神道道。

阿伦感到好奇了，接过那张纸条看。上边歪歪扭扭竖写着两行蒙古文字：俄日根艾勒村，桑吉玛，多尔娜；三家子村，韶列乎，萨玛嘎，白棠花；塔本村，扎娜，玛荣——

念到这里，阿伦放下纸条，眼睛瞪着干儿子，呵斥他，什么乱七八糟的，写的都是女孩子名字吧？难道都是你相中的姑娘吗？这么多，你娶的过来吗？

哇嘎嘎——小哈拉忍不住拍掌大笑，四肢乱颤着说，额嬷，不是的，你误会了！这些人都不是女孩子了，都是生过娃子的妈，有的生过六七个了都！我可不敢娶她们，会活吞了我不可！

啊？生过娃子的妈？这到底咋回事？你记录这些女人的名字做什么？谁给你写的？

告诉你吧，额嬷，这些妇女可都是刚生娃有奶水的女人，哺乳期的妈妈们！额嬷可以每天或隔两天，背着吉雅去求她们喂奶！都是蒙古女人，人心是肉长的，喂一两次不会拒绝的。这样轮流哺乳，吉雅小妹妹就可吃百家奶长大喽！

小哈拉在那里连比画带说，兴奋得口沫四溅。

这边的阿伦却已经双眼湿润，心在颤抖，忍不住一把抱住干儿子小哈拉亲他的头。

额嬷，你咋了？是不是我又做错了什么吗？这些名字，是我抽空跑两天附近村庄，才问出来的。我求巴鲁大叔写在纸上，就是怕忘了，他小学毕业，会写俩字儿。巴鲁大叔还说，西村俄日根艾勒那个叫桑吉玛的女人，是他亲戚，只要说出他的名字她肯定会给喂奶的——

阿伦轻轻拍着小哈拉的肩膀，低声说，儿子，你做得好，非常好，这个主意真不错，过去只盯着本村忘了外村。这下好，一下子开拓了这么多喂奶的路径，附近还有这么多有奶的母亲们！额嬷这是高兴啊——

那额嬷，今天你就先去西村吧，离这儿很近，我留在家看着他们几个。你就背着吉雅一个人去，把托雅留在家里，这样能走得快些。小哈拉催促起来。

阿伦没想到，干儿子小哈拉这邋遢鬼，这么快长大成熟，想事儿周到还很聪明，点子也多。这令困顿中的阿伦甚感欣慰，跑外村寻母奶，虽然会麻烦些，会辛苦，那有什么，只要给小吉雅隔两三天能喂饱一次母乳，让孩子健康成长，所有付出都是值得的。

于是，她把家交给小哈拉，背着小吉雅立刻向西村出发。

路虽然不远，但有点小麻烦，就是出哈日根艾勒村后，先要蹚过那条养息牧河。好在河水很浅，只没过小腿，酷热的初夏时节还很凉爽舒服。

俄日根艾勒，顾名思义，是土崖上的村庄。沿着另一条叫锡伯河的小河北岸，稀稀拉拉地散落居住，就如一头懒牛边走边拉的粪便，这儿一堆，那儿一块，散乱不整齐。阿伦背着吉雅，手里拿着一根拄棍，以防备村狗咬人，大胆走进了这个陌生的村庄。对这个村的名字，其实也并不陌生，两个养子娜仁花巴特桑的事情就发生在这里，至今一想象那个血腥场面，身上就不寒而栗。

向人打听了几次，终于来到那位名叫桑吉玛的哺乳期女人家门口。

叫了几次门，半天才懒洋洋走出来一个年轻妇女。披头散发，趿拉着布鞋，怀里抱着一个婴儿。

谁呀？又来要债的吧？人都死了，要什么债，上阎王爷那儿找秃子去吧！

那个女人没好气，吵吵咧咧的，一见是来了一个抱孩子的女人，穿着干净体面像城里人，便很好奇地打量着阿伦，问道，你是——？

不好意思，我是东村新来的社员，我叫阿伦高娃。是巴鲁大哥介绍来的。阿伦赶紧自我介绍，谦和地微笑。

噢，是巴鲁表哥叫你来的呀？听说过你们，叫什么左——左、派？

“右派”。

啊对，“右派”，咱们也搞不清“左”还是“右”，反正就是受排挤下放的！快进屋，进屋。巴鲁表哥是我娘家人里对我最好，最心疼我的一个哥哥了。

桑吉玛的态度立刻大变，阿伦的那颗悬着的心也稍稍放了下来。

屋里凌乱不堪，脏兮兮，简直像个猪圈，不像过日子的样子。

桑吉玛显得无所谓，撇着嘴说，家里很乱，很埋汰，你可别嫌弃啊——

没关系没关系，不过，怎么弄成这样啊，不想过了？阿伦忍不住奇怪。

可不，不想过了咋地——自打孩子爹关秃子死后，这家就黄了，完了，不想过了——桑吉玛说着，眼圈就红。

孩子爹？关秃子？这让阿伦似乎想起了什么。

巴鲁哥没跟你讲过吗？前些日子睡人家老婆被叉死的，就是我家男人，那个死鬼秃子！呜呜——桑吉玛忍不住抹眼泪。

阿伦惊愕，心里有些埋怨，怎么会这样？小哈拉巴鲁为啥事先不告诉这情况？难道担心我知道了就不敢来了吗？事已至此她顾不上许多，赶紧站起来道歉说，对不起，来之前我并不知道你的遭遇，巴鲁大哥也没有跟我讲，不好意思，我不该来打搅你的，对不起，我先走了——

阿伦匆匆说着，就要离开，还把带来的那包曾经送过玛尼的油果子，顺手放在炕桌上。

先别走啊，等我给你的女娃喂完奶再走吧！巴鲁哥昨晚让人捎过话了，我知道你为啥来的！那个桑吉玛突然这样说，把自己孩子往炕上一扔，不由分说抱过去阿伦怀里的吉雅，就开始给她喂奶。这下，让阿伦愣住了，心里感动不已，真如小哈拉所说的，哺乳期的蒙古女人，心都是肉长的，都有一种天生的母爱，无论自己处在什么样的不幸处境。包括协日斯的老婆玛尼，也曾大方地为吉雅敞开过胸怀。这一点上都是好女人。

阿伦趁她喂奶之际，开始帮她收拾屋子，规整乱七八糟的杂物。地角堆着一堆婴孩的尿布粑粑裤子，她捡起来放进盆里就洗开了。桑吉玛怎么嚷嚷也拦不住，瞪大了眼珠看着这个不同一般的“右派”还是“左派”的女人。心想，城里来的女人，原来也有这样勤快的呀？

一个在喂奶，一个在洗涮，炕上那个婴孩已被绑进摇篮里，睡着了。两个女人就家长里短地聊起来。据桑吉玛讲，她男人秃子名叫关柱儿，自己刚嫁过来时还算马马虎虎能过日子，后来学会推牌九赌博，欠下了一屁股债。尤其跟那个风骚女人海棠花儿有了一腿之后，更是成天不着家，变成了二流子。她的心早已凉透，他是自己作死的，其实她并不怎么为那个死鬼伤心，只是犯愁往后的日子怎么熬下去。一个年轻寡妇，丈夫的名声又那么坏——说着说着，桑吉玛又掉起眼泪来。

阿伦安抚她，鼓励她，她这么年轻，身体健康，怕啥？丈夫名声不好跟她有啥关系？重要的是她自己要振作起来，要好好活下去，挺起腰杆活下去。还有，为了自己的孩子，更得要勇敢面对现实，不能现在这样破罐破摔，混日子了！

阿伦的一席话，顿时点醒了桑吉玛那混沌的脑子，点亮了她那颗一时蒙昧的心。她的生活勇气，重新被点燃了起来，脸上有了明朗的笑容。她一再邀请阿伦，只要想给吉雅喂奶就过来，实在不行她就带着孩子过去，到阿伦的“套卜”上给吉雅喂奶，她的奶足够喂两个孩子。这下把阿伦给高兴坏了。生活就是这样，只要你努力了，付出了，向前迈步了，往往就柳暗花明又一村，会出现希望的田野。

喂完了奶，临出来时，桑吉玛还从房后菜园子摘了几棵菜让阿伦带走，又从鸡窝里掏了两个鸡蛋给她。然后，抱着孩子一直把她送到村口。二人成了好姐妹，嬉嬉笑笑，约好明天或后天去阿伦的“套卜”上做客，看一看。

正这时，天上突然下起了雨，稀里哗啦地，两人赶紧又跑回桑吉玛家躲雨。笑逐颜开，都忘记了各自的不幸。

等到下午，雨停之后，阿伦才离开桑吉玛家回去。

中午两人还下了一锅荞面疙瘩汤吃，美滋滋的。

阿伦哼着歌，心情愉快地回家了。

可世事往往祸兮福所倚，福兮祸所伏。

一场人生之劫，正在前方悄悄等候着阿伦的到来。

五

习习的荒野之风，不时把坨野上的奇尔玛花、葦斯莱花、萨日朗花，还有艾蒿、野麻、麻黄草、沙巴嘎蒿的混合香气、杂气、苦味、甜味，一阵阵地吹过来，有一股子醉人心肺的味道。初夏的太阳煴火般慢晒着，田地原野十分寂静。蝈蝈们晒透了明翅，趴在摇曳的红柳叶子上玩儿命地聒噪；有成群的蚂蚱呼啸而过，一片片地落下，一片片地起飞，越是荒年这些蝗虫越发泛滥。那会儿土地上还没开始施用农药化肥，昆虫们的天地十分迷人，格外欢闹。再过些年就不同了，人类就顾不上昆虫们的感受了，如美国女作家蕾切尔·卡逊《寂静的春天》里描述的那样，这里将变成“寂静”的春天，鸟儿没了，昆虫死光了，除草剂也消灭了除农作物以外的所有青草杂草，使得大地没有了色彩，变得一片“寂静”，死般寂静。那时，唯有人类如蝗虫一样泛滥着，忙忙碌碌地争吃靠农药化肥和转基因催高产的粮物，变异之后的人们还不亦乐乎，相互斗得死去活来。倘若，原野上没有了蝈蝈，没有了昆虫，没有了小鸟，没有了生命的万象欢闹，这地球还是人类原先那个地球吗？不是了，已是个冰冷的机器人的游戏场，变异的世界，了无乐趣的死亡世界。

阿伦高娃抱着女儿，走在此时尚未衰败的原野上，额头上浸出细汗。手臂有些发酸，想把孩子换到后背上去，可小吉雅在她怀里睡着了，小腿肚还一抽一抽的，显然吃饱了母乳后安稳地沉睡。阿伦只好继续抱着，找个土坎坐下来歇口气。等候的无聊中，回想起刚才跟小寡妇桑吉玛在一起的美好一天，不由得笑了，心里琢磨着明天或后天当桑吉玛来串门时，给她做个什么好吃的呢？菜窝窝头？挂面还有半包，那就给她吃了吧。

想着愉快的事情，心情也舒朗了许多，然后起身继续赶路。孩子们的阿爸出去三天了，今天该回来，必须早些赶回家准备晚饭。她不由得加快了脚步。

来到村西的养息牧河边。她忽然发现，河里涨水了。一场不期而至的雨，却把这条常年少水的河给灌满了，浑黄的水在呼啦啦地流淌，如唱着愉快的歌谣。

阿伦站在岸边迟疑，一时拿不定主意，等一会儿水少了些再过河，还是现在就下河。她看看西边的天，太阳刚从云彩里露出头来，离地面还有一丈高，很快就要黄昏了。不能再等了，目测一下河水，水深顶多到大腿根，把孩子扎在后背上，手里拄着棍过河应该问题不大。于是，她咬咬牙，壮着胆子就要下河道。

后背上的吉雅睡醒了，阿伦的脊梁骨那儿一阵湿热，显然这丫头撒尿了。她心里笑，怎么像小羊羔似的，见水就撒尿？她顾不上吉雅的尿了，顺着渡口往下迈开腿，下到河水里试了试，雨后的河水变得很凉，有些冰脚。她再把裤腿往上挽了挽，拄着棍子向前探水，一步一步前进。

有个讨饭的老叫花子，这时出现在后边岸上，也准备过河。他摘下头上的破草帽扇着汗，从后边喊道，喂，先别过河！喂——

不知阿伦没听清，还是不想回头，依然不管不顾地往前行进。

那个老叫花子站在那里摇头，自语，不知深浅呢，还不了解这条沙漠河的脾气哟！一下雨，它就变成一条陷阱河，你可要当心了！

老叫花子索性坐在岸上，拿出一个没烟嘴的光杆烟袋锅子，抽起烟来。饶有兴趣地看着阿伦如何过河，会发生什么。显然他是个颇有生活经验的老乞丐。

阿伦继续小心翼翼地前进，河水变深了，已经淹没膝盖。她稍有些担心，背上的吉雅开始哭泣，让她心乱，赶紧哄女儿不要哭不要怕。

水变深还是次要的，问题在河底的那个黏性泥底。

河床里的底子有黄泥浆，平时水少时是个干硬的底子，驴蹄踩上去都嘎噔嘎噔发响，可一旦下了雨来水淹过那里，那些黄泥滩便被泡软成稀稀的泥浆，深不见底，吸力还很大，一脚踩进去想拔出来可费周折。现在，那泡透的黄泥浆不露声色，如硬底般平滑地闷在水底下，上边的水层如脏水般浑浊不清，瞧不见水底下的情况。此时的水面上，在阳光下闪射出迷人的反光折霞，足具欺骗性和隐蔽性，整条河好似一个专等着吸人骨髓的妖妇。不知情者，以为河水安全无虞，那肯定会上当受骗了。

老乞丐开始兴致勃勃地观望，等候不听劝的那个女人陷进泥潭里挣扎，看她的倒霉样。反正自己警告过了，是她自己寻着倒霉的。自认为人世上很倒霉的老乞丐，看见别人比他还倒霉，将受罪受苦，觉得很开心，是一种享受，一种惬意快乐之事。

果然，阿伦又走了十多米，便陷进河底黄泥里去了。拔出左脚，右脚陷进去，右脚好不容易拔出来，可左脚又陷进去，后来手脚并用赶紧往回爬，才逃离泥潭。身上衣裤已湿，吓坏的吉雅在哭泣，她趴在岸上惊骇无比地回头看那魔鬼似的河。

嘎嘎嘎，嘎嘎嘎——

老乞丐大笑，拍腿拍手，手舞足蹈四肢乱颤，如喝了一壶老酒般陶醉。

口里还挖苦道，不听老人言，吃亏在眼前啊！

阿伦冲他翻了翻白眼，没理他。看别人倒霉而幸灾乐祸，发出笑声的人，肯定没好心肠，她已经见识过不少，理会他们等于抬高了他们的变异心态，何况是一个要饭的。老乞丐自以为，倒霉的女人会向他请教如何过河、何时过河合适，可人家那颗高傲的头颅再没有朝他转过来看，脸色冷冰，目光拒人以千里。他有些尴尬，索然无趣。只好收起心情，也变得冷漠。

阿伦静静地坐在那里，哄着孩子，把湿透的衣裤拧了拧，擦去上边的泥浆污垢。她又朝西望了一眼，太阳红红地挂在地平线上，即将落下。她心里更着急了，不能再等候了，她就不信过不去这条黄泥河。歇够，养足了精神，她再次下到河里去。似乎跟这条河铆上了劲儿，一副不服输的样子，那个老乞丐没敢再劝阻她。这个女人的疯劲头，让他心里打怵了。

这回阿伦学乖了一些，小心翼翼地，一边试探着踩实了才下脚，然后再挪动后边的脚，半天才能拔出后边的脚。走得非常缓慢，半天时间还没走出半条河，不过还没陷进去，只是跋涉得很费力，其实那泥潭还没超过她的腿根。要是到了河床中心那一带，又不知如何遭罪了。

已经跋涉到这里，前边再泥泞，再不可知，也必须向前了。她永远不会选择后退，即便面对刀山火海，也从不知后退。自小就脾气固执刚硬，似乎觉得这条泥河在欺负她这陌生人。她坚韧而不屈不挠，继续跋涉起来。稀泥已淹没到大腿根了，她一边安抚后背上的女儿不哭不害怕，一边咬牙瞪眼珠一点一点蹭着向前推进。到了这会儿已经迈不动腿了，她想起小时候在呼伦草原深雪上平卧滑行的玩耍方法，那样人的身体就不易陷下去。真理来自生活。于是她也索性半平卧在浑稠的泥面之上，四肢并用地朝前爬行，果然好使。双臂双手向前伸展抓挠，再拉动后边的身子，伸缩双腿朝后蹬踢泥浆，相似蛙泳动作，也好似一只蚯蚓在泥地里拱动，同时，她千方百计地不让背上的女儿落进泥浆里。现在已经抵达河的中心地带，稀泥的面积变得更宽，如果在浅滩上能踩着一两处硬底儿的话会变得好一些，可在河中心地带连巴掌大的硬底儿都没有，全是深不可测的泥潭。好在她现在是平卧爬行，身体接触泥潭的面积大了些，不易沉下去，可不知这种局面还能支撑多久。

老乞丐从这边岸上幽幽地观看着，心想，这女人果然不凡，也不笨，趴在上边爬行是绝妙的好主意。看来人的所有生存希望，全是被逼出来的。想起自己，他何尝不是如此呢。

此时他心里也很疑惑，她干吗这么急着过河呢？难道有男人在等她吗？看她这种不要命的情形，肯定是了。一想到这层次，就启发出对那事儿的想象力，顿时吱吱乐得像只老鼠般快活。

额、额、吉、吉——后背上的女儿吉雅突然呢喃开口，这是她第一次说出“额吉”这单词儿，这让在脏泥上艰难爬行的阿伦高兴坏了。因为她暗暗担心过，这孩子已一岁该咿呀学语了，可小吉雅除了哭一直不说话，别是个哑巴孩子吧？这下她放心了，愉快答应一声“哎，好女儿”。同时，她爬得更来劲了，浑身充满了劲头，喜不自胜，心里不断说，我女儿会说话了，她不是哑巴孩儿！

吃、吃——咂——咂——吉雅又吐出一句单词，然后咯咯笑起来。

长生天啊，我丫头一说话就一串儿！都会说出吃咂咂了，哈哈。真是个小吃货呀！阿伦心里更加乐个不停，就说，可惜，额吉的咂咂挤不出奶水来，现在成了泥咂咂了。明天吧，等桑吉玛阿姨过来，就给你吃咂咂——

毕竟是女人，阿伦开始筋疲力尽，趴在泥面上歇半天才能往前拱一点。整个人体的前胸、面部、腿脚和双臂双手，都被一层黑灰色的泥浆包裹着，已成泥猴儿，唯有后背靠她头脖的女儿吉雅那里还没沾到泥浆，干净一些。裹在阿伦身上的衣服浸涂泥浆后，变得如披着一层铠甲般沉重，从沾满泥浆的嘴巴那里，不断地扑哧扑哧吐出灌进嘴里的泥水，而徐徐向前爬动时全然像个怪物，像个外星人，又像一头泥坑里拱泥的笨拙的猪猡。

老乞丐此时看得心惊肉跳，站起来伸长了脖子朝前观摩，心里不停叨咕，这个女人可真是，干吗跟自己过不去呢？这么死心眼，你看看，爬不动了吧——是的，爬不动了，爬不动了——

阿伦的确爬不动了，浑身无力，有些昏厥，眼前的东西似乎都在转，迷迷糊糊的，周围一片漆黑——

额、额、吉……吃、咂咂……

后背上的小吉雅，又完整地连起来吐词儿，学语。

阿伦的头脑登时又激灵一下，有些清醒过来，似乎有了动力。在她的泥脸上也想挤出笑容来，可那是个很艰难的事情，只是在嘴里喃喃低语，好，吃、吃，咂咂——

小吉雅又哧哧咯咯笑出声来，一时成为继续激励母亲的口号，让她重新抖擞起精神，使出最后的气力向前爬行，一米，两米，三米——

阿伦的泥手，艰难地往前张了张，抓了抓。然后，她的身子开始往下陷落，渐渐滑入泥潭，她极力做出最后的挣扎，想保持平衡，保持平卧的姿势，可显然身上没有一点力气了，拔不出正被往下吸入的下半个身子。慢慢地，那稀泥快淹到她脖子下巴处，这时的她拼了最后的力气，把后脖子上的女儿吉雅举在头顶上，高高地举在头顶上，发出微弱的声音在呼喊，救救我的女儿，救救我的女儿吧！长生天啊，快来救救我的女儿吧——

可长天无语，大地沉默。

这时，突然有一名骑者飞驰而来。从东岸，风驰电掣而来。

挺住！老婆，我来了！坚持住！我来了——

厄日格泰大声呼喊，如风如电的迅疾，拿出一根长攀绳，把一头拴在马鞍子上，自己拉着另一头，扑通一声跳进泥水里来，噼里扑通疯了般地扑过来。转眼间游爬到阿伦身边，伸出手一把捞起正在沉没的老婆，紧紧抱在胸前连女儿一起紧紧抱住。

然后，他回头冲黑鬃马一声大喝，拉起！黑子！

训练有素的战马黑子，一声嘶鸣，四蹄奋争，拉着绳子朝前猛虎般跑动起来。

噌——唰——

泥浆四射！那黑乎乎的泥水往两边分开飞溅，拉出一条深沟，厄日格泰如一条凶猛的泥鲸，气势如翻江倒海，直直向前冲去。他一手攥住绳子，一手抱紧老婆孩子，被牵拉着朝岸上而去，犹如一把利剑劈泥斩浆气势如虹，如一把大斧子开山劈崖，势不可挡，一泻千里！

战马长啸，河水呜咽，空中有雷声。

天地为之震颤，四野为之倾倒。风停止了吹拂，鸟儿停止了啼叫。

老厄，当家的，你终于赶来了哈——阿伦的脚落在岸上，苦笑着说，她有些虚脱。

赶来了，这都不是个事儿！厄日格泰如一铁塑泥将军，豪迈地挥挥手。

我就知道你会来的——阿伦有些昏迷。

当然。谁也别想把我们分开！

阎王爷也不行？

阎王爷也不行！

阿伦把那张糊满泥浆的脸，贴在那个门板一样宽厚的胸膛上，如依着一座山。

阿、阿——爸、爸——

小吉雅又咯咯笑着，学语，吐话说。

是的，你的阿爸，你们的阿爸！

阿伦自豪地宣布。

然后，人昏过去了。

第六章　九足鹰旗下聚集

以露为饮，以涎为食；以风为骑，以剑为友；

摆海子阵，打凿穿战，来如天坠，去如电逝；

江山可破，鹰旗可落；不要贪图酒色，勿忘社稷之事；不要空谈，要埋头实干——

征服疆场是勇士的欢乐所在，

洒血荒原是骑手光荣的归宿。

——引自《成吉思汗训辞》

一

西岸上，看到这一幕，那个老乞丐惊呆了，吓傻了。

天降神将啊，居然把她给救出去了！

他简直不敢相信自己的眼睛，不敢相信所看到的是真的。发生的事情竟如此迅雷不及掩耳般的疯狂！

该着啊，老天不绝这个女人的命，命硬啊！

救出她的那个黑马骑士，究竟是什么人？何方神圣？好娴熟的骑术，还备着猎人常用的长索攀绳，一匹黑鬃战马又那么训练有素，如一匹神骏。这身本事，救助如作战，迅捷老到，这可是常人所不具备的军人素养。那个老乞丐似乎陷入深深的困惑，不得其解。难道，自己似曾相识，过去在哪里见识过此人吗？可自己一个老乞丐，走南闯北吃天下，走的都是底层路线，怎么可能与此等高人相识呢？不可能的。他的灰白色老杂毛头，如拨浪鼓般晃了晃。认为自己的疑惑，很可笑，很荒唐。他又掏出那个光杆无烟嘴的烟袋锅子，装了烟叶子抽起来，吧嗒吧嗒地吸，喀儿喀儿咳嗽，吐浓痰。搞得自己很是脏兮兮，下三滥的样子。

歇够了，瞅了瞅那河，涨水正在消退。

该老子过河喽，轻轻松松渡乌江！

乌江在哪儿，他可能也不清楚，说说词儿而已。

把烟袋锅子往破鞋帮子上磕了磕，别进腰里，老乞丐开始挽裤腿儿，露出麻秆儿似的瘦长细腿，哼哼唧唧下河了。

临近黄昏，日光已消退，河水变得比较凉，一时冷浸得他直龇牙咧嘴。

还是老奸巨猾，目测好浅水处，准确判断着踩踏硬实的底部，真的是轻轻松松渡着河。河水一退潮，刚才还吸人的泥浆滩全都裸露出来，慢慢变干发硬，水分已经渗入到深层处，表面浮水又流走干净，眨眼间由吸人髓的妖婆变为纯朴可爱的少女。大自然的变幻，就是如此奇妙，无法预测。

河东岸，此时也出现了一位银须老者身影。

他似乎本想过河，可一见河里涨过水，水流太浑浊，便放弃渡河的打算。刚要转身离去，就发现了那个渡河而来的老乞丐。见那人岁数虽不轻，却十分敏捷地这儿跳那儿跨，尽选些硬底子的浅水处过河，此老者便暗暗钦佩。心想，该老汉有两下子，对这条河的脾性还很熟悉嘛。

于是，银须老者饶有兴趣地驻足观看，闲着也闲着。或许，什么地方引起了他的好奇吧，这也备不住。小鸡不撒尿，都有它的道道。

老乞丐在轻巧地渡河。

银须者在悠悠地瞧景。

老乞丐几乎已抵达岸边了，太平无事，一切如他算计好的样子。

笑嘻嘻地要迈过最后一片浅水处，离岸也就十米远。但，出事了。

百密一疏。人一得意，就会出事。世事往往会出你意料，趁你不备。

他踏进的那一浅水处，看起来浅其实不浅，原来是早先一个挖沙的坑。生产队社员们干的，盖房子砌墙头需要细沙，挖出的大坑如今却如浅水般被掩盖了，成了伪装。鬼使神差，人算不如天算，竟把老滑头的老乞丐引进了此大坑，要命的大坑。千算万算，就是没算到都到岸边了，还埋伏着这么一个陷阱。真是喝了西北风，塞牙了。

扑通！一声闷响，老乞丐一脚踩空，沿着坑边叽里咕噜往下滑落而去。

Eqigen-qin-taolagai！老乞丐只来得及咒骂出这句。国骂是操娘，他的骂是弄爹，意思是干老爹的头！颇有独特性，创造性。

骂爹的老乞丐，继续往下陷落，那可是两三米深的泥坑，且滑一阵子的。他在挣扎，泥水里手舞足蹈，一脸的得意霎时间变成一脸的惊恐，伸手想抓岸边的任何东西，草棵子植物之类的。可光秃秃的沙河滩，哪儿来的稻草供他来抓哟。

看得出老乞丐还不会水，泥水里乱扑腾着，几经沉浮，几经折腾，嘴里灌进多口臭烘烘的泥水。平时水浅的时候，那里是猪拱泥鸭拉屎的乐园，味道是多样的，丰富而充足的。

救、救命、救命啊——

一边嘴里喝泥浆，一边绝望地发出喊叫。

他坚持不住了，泥浆已淹过他的脖子，淹过他的头颅。一顶旧草帽漂在水面上，看不见了人头颅，从泥水里冒出几个泡泡，又冒出几个泡泡。而泥浆上面，只伸出一双手在抓挠，挥动，挣扎——

这时，他那只正挣扎的手里，突然抓到了一根树条子。

从岸上，伸过来一根长长的黄柳条子，被他抓到了。

救命的稻草，终于出现。老乞丐紧紧抓住这根长柳条，被人拉上岸来。

瘫在岸上，躺着，老乞丐嘴里一边吐脏水，同时也吐出一句话来，你早该出手的——

显然，他走在河里时就发现了这边岸上的银须老者。

噢？还嫌我救你晚了呀？是不是要我把你再推下去，然后学会救得快溜点啊？你的要求蛮高的嘛！

银须老者忍不住笑了，并不为意对方的无礼，又说，你们行里有一句话，要饭还嫌馊，看来说的就是你了，哈哈哈。

歇够了气儿，老乞丐翻身坐起，转身就向银须老者下跪，磕头说，老要饭的在这里磕头了，感谢老人家的救命大恩！

我已经不稀罕什么感谢了，留着下次用在别人身上吧！反正四处讨饭，少不了感谢施舍者的恩惠，省着点用吧。

银须老者背起手，神情显得不屑，转身就离开。

老乞丐被挖苦疼了，不好意思了。赶紧拦在他前边，颇有诚意地恳求说，老人家原谅我的冒昧，老要饭的不会说话，等我下河里冲洗一下身上的臭泥。再洗洗手，过来后给你老人家敬一袋烟，表示我的谢意！稍等一下，马上就来！

老乞丐转身便去河里洗涮身上污垢。

银须老者见他这情况，也站住了。倒不是想接受他的敬烟，而是突然感觉这个老叫花子，颇有点意思，出尔反尔，心情变化很快。谈吐也不完全像个很底层的纯叫花子，思虑不同一般。于是，银须老者就不走了，站在那里，背着手等他回来听其说什么。

老叫花子洗涮干净，回来了，一摸腰带，那杆无烟嘴烟袋锅子却不见了。他尴尬地冲银须老者笑了笑，就说，烟袋锅子掉水坑里了，敬不成烟了，嘿嘿。

我也不会抽烟，你不必在意礼节，坐下来说说话吧。

两个人就坐在河岸土崖上，说话。

从哪里来呀？银须老者随便打问一句。

一个叫花子天天东走西讨，夜里寻个狗窝鸡笼，要不就是老墙根下打盹儿等天亮。老恩人，你说我从哪里来的呢？

老乞丐的回答，又有点噎人的味道。一般讨饭的都是低声下气，甚至摇尾乞怜的样儿，可这个老叫花子身上怎么总是有股戾气呢？难道是遭人白眼太多，造成心理障碍，总想与人抬杠吗？

银须老者打量着他，笑了笑，仍然不与他计较，只是想把聊天继续下去。不然他真是瞎耽误工夫了，证明自己的判断也出岔子了。于是，他这样说道，你说的也对，吃百家饭，居无定所，我理解。但要饭的未必都睡鸡笼狗窝吧，我们出家人里，也有不少游僧，叫“巴达尔钦－喇嘛”，跟你们一样吃百家饭，四处游走看世界，但他们从来不会去睡你说的这种地方。

看来，老恩人是出家人喽？老叫花子反问。

没错，我就是这边哈日根艾勒村人，过去是个老喇嘛，现在没有喇嘛了，是个老社员。他们管我叫和圣·塔亚。

和圣·塔亚？这名字还真奇妙，莫非你就是儿时就出家的那位葛根喇嘛？老叫花子认真打量起和圣·塔亚。

噢？你还知道我的俗家名字？不简单！葛根活佛笑起来。

是啊。在奈伦旗这地方，老人中谁不知道葛根活佛这一响亮的名号呀？我老要饭的走南闯北，当然听的事儿就多了。

看来你也是咱们奈伦旗的人喽？和圣·塔亚又顺着他的话问一句。

这——可被你问着了，我这人要饭的年头长了，还真不记得自己是哪里人了。呵呵。哪里人，对我来说没啥意思，不重要了，现如今，哪里能够讨到吃的，我就是哪里人，哪里就是我的故乡。嘎嘎嘎。

那么说，肯定也不记得自己叫啥名字了，是吧？

哦，是的，是的，小时候有过名字，都忘到天边去了。别人都管我叫老要饭的。这名字，也很响亮，当然比不上老活佛响亮。

到了这会儿，和圣·塔亚才真正感觉到，这个老叫花子绝对不简单，非凡人之辈，深藏不露，说话也滴水不漏。可他为何要当一个真的叫花子呢？为何把自己包裹得密不透风，如此严实呢？

和圣·塔亚已知道，从他嘴里不可能讨问到其真实身世了，再耗下去意义也不大。心想，自己何必一时心急呢？反正知道有这么个深藏不露的老叫花子存在，就足矣。往后的日子还长着呢。

他看了看西边正在燃烧的晚霞，站了起来说，天不早了，你也该赶路了，老衲也该回家念经了。

不当喇嘛，还念经？老叫花子打趣。

怎么能不念呢，那是我活下去的理念，根本。当过喇嘛，宣扬善念，也不是什么丢人的事情。人不能把自己做过的事情，一抹撒全给忘掉吧，其实也忘不掉的，即便换了行头也不可能忘掉的。

和圣·塔亚不动声色地温柔一击。

可那个老叫花子脸上毫无表情，对他的话无动于衷，甚至有一种麻木的神色。

和圣·塔亚暗暗思忖，他这是装傻到极致，还是如假包换的真叫花子？

他心中再次有些疑惑。

老叫花子如一木头人似的，继续坐在河岸上，没有起来。他侧过头看了看真要走的和圣·塔亚，眼神里甚至流露出一丝挽留之意。也许，活着太寂寞，与他对话的人太少，有些寂寞难耐吧。好不容遇到一个相互聊了这么多话的人，有点舍不得让他走。

和圣·塔亚可没闲心陪他玩儿。他转身朝东北方向走去，刚才已经听到阿伦高娃过河时遇到了麻烦，想去看看。也该跟这苦命孩子相认了，到时候了。

只听老叫花子从他后边喊一句，活佛大人，救命大恩没齿难忘，老要饭的会每天为你烧香的！

老要饭的，就别说假话了！下次别再自以为是就好，要是再掉坑了！就没有人救你喽！

不会再掉了，放心吧。恩人走好！

和圣·塔亚头也不回地走了。

老叫花子感到很孤独。

喃喃自语，这些正经人，都嫌弃我。难道我的为人，真的那么差吗？

他继续坐在那里。待了很久，很久，似乎掉入一个无法自拔的什么久远的回忆之中。咀嚼往日什么事，尤其不堪回首之事，咀嚼起来也是个很痛苦的过程。

西边的晚霞终于彻底消失，暮色黄昏中，夜的帷幕徐徐降落。

天完全黑了。暗夜降临，看不见人和物了。远处只闻狗吠声。

老叫花子等到这会儿，才懒洋洋地起身，朝哈日根艾勒村走去。哈日根之意是老杏树根，他对此“根”可是太了解了。一切只为把“根”留住不是。

悄无声息，如一幽灵，如一鬼魂。

他究竟是谁？为何进哈日根艾勒村，又去了谁的家？

这个谜，会有人揭开吗？

恰巧，有一个人，刚从他走进的那一家里走出来，碰见了。

这个老叫花子，又喝西北风塞牙了。不顺心的事，总是伴随着他，倒霉的命运如影随形般跟着他，几乎一辈子都流年不利。让他无可奈何，喊地地不灵。

撞见他的人是羊倌小哈拉。

二

一个黑影蹑手蹑脚闪进院里来，差点撞在小哈拉身上，吓他一跳。

他是被堂叔协日斯喊来，询问厄日格泰侦察狼迹回来有无收获，他便推说尚不知情况后匆匆跑出来的。他要赶紧去请和圣·塔亚，给阿伦额嬷瞧病，人虽然捡了一条命回来，但在冰冷的泥潭里折腾太久，已处在昏迷状态。

撞见了鬼影一般，小哈拉满心疑惑。冷不丁打了个照面，那人只顾低着头闪开身子，不说话，黑咕隆咚中匆匆往里走。没看清脸，只闻到一股臭烘烘腐烂脏泥的气味儿，直冲鼻子。

谁呢？黑灯瞎火神神秘秘往里闯，若在平时，他肯定会转身回屋里看个究竟。今天有事就作罢，顾不上他这鬼影了。

和圣·塔亚的家锁着门，黑乎乎的。小哈拉顿足着急，这老人家总是看不着影子，又跑哪里去了呢？他只好又噔噔跑回北坨子，去报信儿。没想到，当他赶回去时，却见和圣·塔亚已经不请自来，正在油灯下给阿伦额嬷号脉瞧病。他顿时咧开嘴乐了，庆幸阿伦额嬷这下有救了。

不尽然。

和圣·塔亚号完脉，摇摇头说，情况不妙啊！

是冻感冒了吗？厄日格泰急问。

好像比那个还严重。可能是急性肺炎。也许泥浆或者冷水，呛进肺子里了。老活佛脸色变得严峻。

那咋办好？厄日格泰一听更急了。

送旗医院吧，我这儿也没有西药，没有盘尼西林青霉素，熬草药效果慢会耽误的。一向沉稳的和圣·塔亚也变得忧心忡忡。

阿伦从昏迷中半醒过来，认出了葛根老活佛，苍白的脸上堆满惊喜，艰难地说话。你、这、老活佛——怎么会躲在这里？

还不是为了你这个小逃奴？呵呵，别起来，躺着，我的事儿以后慢慢告诉你。而你的状况，现在有些不妙呢，丫头！

死不了吧——有你在——阿伦浑浑噩噩，半醒半昏。

厄日格泰赶紧跟老活佛商量送医院的事儿。

我不去医院——我住院了，孩子们咋办——阿伦开始发高烧，两个脸蛋涨得红红的，嘴巴却发白发干，双眼无神，浑身打着哆嗦。她有气无力地央求老活佛，老菩萨，好不容易见到你了，又在你身边了，你又想把我推走啊？这点小病对你算什么呀……

阿伦姑娘，请原谅，这回老衲真的没辙了，只能送你去住院治疗，这事儿马虎不得！老活佛说得很坚决，毫无回旋余地。

可孩子们咋办呀？阿伦转过脸看了看炕上的孩子们，他们一个个大眼瞪小眼地瞅着额吉。小的在低声哭泣，大的则脸色惊恐，看看和圣·塔亚看看额吉，一个一个都吓坏了。

你的这些孩子嘛，我来照顾就是。老活佛说。

你也没有奶……阿伦逗他一句，无力地露出一丝苦笑，咳嗽起来。

没有奶不碍事，找个有奶的过来就是。叫珊丹先过来帮着看孩子，我去替她站柜台好了。

没有奶的老活佛，还是有招儿。听了老活佛的这话，阿伦无语，知道事情很严重了，不能再抵制去医院了。

厄日格泰握着妻子的手，劝她，就听老人家的吧，这么多年，我可是头一次见老爷子这么着急，这么坚决。看来，这场病来得不轻，还真不能马虎。

见无所畏惧的丈夫也如此焦灼不安，阿伦随即点点头。

说走就走，片刻也不能耽误，病来如山倒，尤其急性肺炎，不小心就要人命的。老活佛先给阿伦下了三粒救命丸护住心脉，才让她动身走。

本想从村里找个勒勒车什么的，被厄日格泰挥手否决了。

他牵来黑鬃马，套上马鞍子，再用棉被把阿伦裹得里三层外三层严严实实，然后抱着妻子上了马，连夜飞奔旗医院。

星垂平野阔，月升大山斜。马蹄踏破黄沙坨，一骑如风下夜关。

当厄日格泰风风火火深夜急敲医院大门时，阿伦高娃已经陷入深度昏迷。

急诊室抢救的医生说，再晚个把小时，人可能救不活了。还说，幸亏有高人先喂了三粒蒙藏金丸，护住了心脉，留住宝贵的抢救时间。

满头大汗的厄日格泰，六神无主来回转磨磨，在医院的黑暗走廊里，蹲在地上独自流泪。都怪自己丢下阿伦和孩子们，去找什么狼穴，让老婆一人承受生活压力遭受如此劫难，他挥拳头捶打白墙壁，犹如一头愤怒的野兽，接着又捶自己那颗留有子弹的脑袋，深陷痛苦的自责中，不能自拔。

暗夜里，他坐在医院门口台阶上，一直到天亮，一眼不眨地瞅着妻子病房的窗户。医生们切开阿伦的气管，吸出呛进肺腔的脏污，清洗消毒，人终于活过来，暂时转危为安。但仍然处在昏迷之中，高烧未退，在重症病房还不能见人。

厄日格泰听到妻子被救活了，蹲在墙角里呜呜号哭起来，像个小孩子一样。

第二天，和圣·塔亚过来了。后来，听到消息的嘎拉森站长、巡警乌立塔、旗人事科格日勒科长等居然都过来看望阿伦，消息传得很快。格科长送来不少营养品，称阿伦独自领养四个孤儿的事迹传开之后，大家都表示赞扬和钦佩，我们对善良的好人应该多加关心是必须的。

第四天，哈日根艾勒生产队书记队长，倒也来了。

但他二人前来，不完全是看望病人。他们是来找厄日格泰，谈事儿的。

两个人把厄日格泰叫到医院院子里的水池边，说话。

那座水池，其实叫作水池也不确切，里边根本无水，只有两条水泥雕塑的鲤鱼，做着跳龙门状。那个样子也是僵硬而干巴巴，一年四季日日夜夜一动不动，偶尔上边落些麻雀留下白色粪便，如果不被后来的“文革”中红卫兵砸毁了它，肯定能永恒地杵在那里。

协日斯队长开口就问，厄日格泰社员，听说你找到狼穴啦？

厄日格泰一听就火了。对病重的妻子一句问候没有，开口就问狼穴，如此冷冰冰无情，还真拿她当阶级敌人对待，不问死活了是吧？厄日格泰瞧了瞧他那张不阴不阳的黄脸，强压住怒火，没说话，没理睬，扭头就走人。

喂，问你话呢！怎么不说话就走啊？找到狼穴没有啊？

被晾在一边的协日斯不高兴了，伤自尊了，大声问道。

谁告诉你爷去找狼穴了？厄日格泰停下脚，反问。他此时想起小哈拉告诉的这小子前日辱骂阿伦的事儿，怒火又升上来，决定搒搒他，出口恶气。

那你这三天干啥去了？

上山看鸟儿。

什么？看鸟儿？

对，鸟人，看鸟人！跟现在一样！

你这是什么话？绕着弯骂人吧？

骂鸟人，不是骂人。你是鸟人吗？

当然我不是！协日斯马上感觉不对了，提高声音训斥道，厄日格泰社员，你严肃点，你要告诉我，你到底找到狼穴没有？你要告诉我！

凭什么告诉你？

我是你的生产队长！

也不是爷我选出来的，待着去吧，少在老子面前嘚瑟、装逼！

厄日格泰一脸鄙视，又扭头就走人。

他想了下，回头又补一句道，即便是告诉了你，也没用的！

为啥没用？啥叫没用？

就是告诉了你，那狼你打不了的，你也不是打狼的人！打骂社员欺负女人，还差不多！爷在伺候病人，没工夫跟你这儿闲磨牙逗鸟儿玩儿，少来惹我！

厄日格泰说完，转身走进住院部的门，头也没回。他还是忍住了火气，适可而止，没有过分辱骂他。

协日斯站在那里气得浑身哆嗦，七窍生烟，欲想追过去理论，却被一旁的一直没有说话的云敦书记给拦住了。他绷住笑劝他，协队长，先别这么急嘛，我们不是来吵架的，你这脾气呀，一点不讲究方式方法，唉。

你讲究，那刚才为什么不说话呀？协日斯回过头来呛老书记，毫不客气。

你容我说话了吗？

我也没有捂住你的嘴！

你倒是想捂来着！

两人嚷嚷起来。气头上的协日斯队长一脸骄横，对老支书不留一点面子，扭头就往外走。还甩下一句话，公社那边喊我去开会呢，我先走了！

那你去吧，旗委的巴书记也找我谈话呢。

云敦书记不示弱，也从协日斯身后来了这么一句。

协日斯听后，愣了一下后想，吹吧你。依旧气咻咻地负气而走。

自打取消村里食堂的问题上，二人发生冲突之后，矛盾一直没有缓和，基本上公开化了。按照村里社员的话说，尿不到一壶了，各唱各的调，各拉各的套了。

阿伦高娃住院期间，西村的小寡妇桑吉玛和本村的珊丹琪琪格联手接管了她的家和孩子们。这都是老活佛和圣·塔亚安排的结果，出面整合了喂奶资源和家政事务，保证阿伦不在的时候家还是家的样子，孩子们还是孩子样子，有奶吃有饭喂，有热炕头睡觉。

这让阿伦很是欣慰，无比感激。

丈夫厄日格泰日夜守护在她的身边，一心一意照顾着她。他偶尔也抽空回畜群看看，指点巴鲁和小哈拉防狼袭击，保证牲口的安全。这是他的工作责任。不过自打在他手下吃过大亏之后，那对儿狡猾的公母狼倒是没敢再觊觎他们的牲口。一物降一物，人兽都如此，欺软怕硬，一次灭绝了其骨子里的胆气之后再也不敢轻易回头。这世间，人兽同理。

这天医院里，突然变得热闹了。

一辆马车赶进了医院大门，停在那座干水池子边上。

从车上跳下来一群孩子，叽叽哇哇拥向阿伦的病房，顾不上看那两条石鱼跳龙门雕塑。珊丹琪琪格赶着供销社的马车，载来阿伦的五个孩子，还有第六个小哈拉，外加西村寡妇桑吉玛抱着自己娃。一大帮人叽叽喳喳热热闹闹拥进屋里，大呼小叫，孩童们嘻嘻哈哈，大人们不亦乐乎，一时间阿伦的病房成了欢闹的海洋。

这下阿伦乐坏了，张开双臂欢迎孩子们。只是还不能大声说话，喉管切开后刀口尚未完全愈合，她只能用手比画，拿眼睛和脸上表情说话。她的双眼已经湿润，嘴巴里喃喃低语，额吉想死你们了，想死你们了——

娜仁花、博尔忽扑在她身上哭，巴特桑和托雅有些腼腆地一边一个趴在额吉身上，悄悄问，额吉，你怎么了？你干吗待在这里呀？她们说你不要我们了？真的吗？

阿伦微笑着，比画着问，谁说的呀？真坏！

巴特桑指了指桑吉玛，这个阿姨说的，她说要是不听话，额吉就不要我们，她带走我们！

阿伦假装生气，惊讶地比画着表达，是吗？那你们听话了吗？

巴特桑、娜仁花、博尔忽一起点头，连懵懵懂懂的托雅也跟着点头。

一旁的桑吉玛更是乐开了花，告诉阿伦，我一说这话呀，小崽子们可听话了，哭的不哭了，闹的不闹了，一个个变成阿姨的乖乖小羊羔！咯咯咯。

这时，珊丹把怀里抱着的小吉雅，送进阿伦的怀里说，快抱抱你的小宝贝吧，快吸干我的奶了都，连我儿子的那份儿也都抢了。

桑吉玛也插言说，可不嘛，吸我的也是，吸得那个狠道道的呀，一咬住奶头子就不松口，从她小嘴里拔出奶头子那才费劲呢！

阿伦抱住小吉雅，忍不住掉眼泪，滚烫的泪水哗哗地往下流。她把脸贴在女儿的头上，亲着，吻着，抚摸着。她用低低的喑哑嗓子嗫嚅，呼恒，你真有福气呀，有两个这么好的额吉轮流给你喂奶，苦命的孩子啊，你真有福气——

阿伦的默默啜泣，感染了在场的所有人，病房里一片宁静。

桑吉玛、珊丹赶紧解释说，我们愿意给小吉雅喂奶吃，都喜欢她，刚才是开玩笑的，你不要当真——

这时，小吉雅伸出小手，摸了摸阿伦脸上的泪水，哧哧笑。

吃——咂咂——她又吐出这三个字来。

这下，屋里人都“哄”地乐开了。

亲热一阵，待够了之后，厄日格泰叫小哈拉带着大点的娜仁花、博尔忽、巴特桑先出去，到院子里玩儿，小病房里太挤得慌。随后，他自己也抱着托雅走出来，屋里只留下三个女人，让桑吉玛和珊丹对阿论讲东家长西家短地聊天儿开心。三个女人一台戏。

厄日格泰很庆幸自己老婆交上了这两个女人做朋友，都很善良，又都经历过磨难，能说得来。他走到外边发现，几个孩子都跳进那个浅浅的干水池子里玩耍。小哈拉则坐在水池子边上，看着他们。

只见娜仁花仰头端详着那两条石鱼，问博尔忽，小赤佬，你知道这两条鱼，为啥挂在半空中吗？

不知道。博尔忽晃晃脑袋。

你没在桑哈的幼儿园里，听老师讲过鲤鱼跳龙门吗？

没有？龙门是啥？好好的鱼，干吗跳那个龙门呀？龙门是在空中吗？

博尔忽抬起双眼，寻找空中那个龙门。

傻瓜，龙门不在那里！

不在这儿，那鱼还跳什么呀？找死呀，吊在半空中！

你真笨，龙门是——娜仁花发现她也不知道龙门在哪里，但还是讲起故事的核心内容教育小赤佬，告诉你吧，老师说过，鲤鱼只要跳过龙门，就会变成一条龙的！

变成一条龙？那又怎么样？都不是鱼了！有啥高兴的？这个博尔忽也是个小杠头。

你这傻瓜，笨猪！当了龙之后，就能荣华富贵，要什么有什么——

要什么有什么？能给一匹战马吗？像咱家的黑子一样的战马！

你要战马做什么？

跟咱阿爸救额吉一样，救你呀，你要是落水，我也能那样救你了！

博尔忽脱口而说，童言无忌，随性而已。可稍懂事的娜仁花，脸微红，斥责他，救你个大头啊！谁叫你救我呀？你哪有咱阿爸的那本事呀！

那我就不跳那个龙门了，够累人的，你看它多辛苦！一年四季吊在那里，上不上下不下的。博尔忽忽然觉得跳龙门很无趣，很无聊，是很累人的一件事情。

娜仁花却鼓励他，阿拉看侬还是跳一哈吧，当了龙，听说还能当皇帝，皇帝都是玉皇大帝的龙子龙孙，都是龙变的！那更厉害了哟！

皇帝是男的吧？博尔忽歪着头问。

当然是男的。

那跳的鲤鱼是母的咋办？

那就当皇后呗！

娜仁花绷不住咯咯笑起来。

这边的一直听他俩对话的厄日格泰，还有小哈拉，也都忍不住捧腹大笑，前仰后合的。感觉女孩子想象力丰富，男孩子却总是一副理想很丰满现实很骨感的样子。

男孩小赤佬博尔忽，还在上下端详那两条半空中的水泥制石鱼，自语，我是跳呢，跳呢，还是跳呢？

突然又觉得这事儿蛮重要，因为娜仁花要他跳，他一时苦恼不已。

要不，跳一下？他自问。

三

阿伦高娃在旗医院住了一个月，匆忙出院。

身体还没有完全好利索，但实在住不起了，已经欠了一屁股的债。

孩子们最高兴了，欢天喜地欢迎额吉的归来。

阿伦发现，“套卜”的家那儿有变化了。门前房后弄出了两片菜畦子，茄子苗、辣椒秧、小葱、萝卜、黄瓜、白菜、洋柿子——样样俱全，绿油油、水汪汪，很快就要开花结果了。这是能干的珊丹和小寡妇桑吉玛的劳动杰作。闲着也是闲着，劳动妇女，姐妹开荒，帮助朋友解决了吃菜大问题，二人很得意地以此成果迎接阿伦的归来。

住惯了这里野外的“套卜”，桑吉玛都不愿意回西村了。没办法，那个破家还得回去打理照看，死鬼丈夫的婆家人已经催好几回了，毕竟人家孙子在她手上。她眼泪汪汪地跟阿伦告别，答应两三天来一次喂奶，帮她来干家务活儿，叮嘱阿伦千万不要逞能干活儿，累着了自己。

另一位姐妹珊丹快人快语，只撂下一句话就走人。

供销社来红糖了，我叫小哈拉捎一斤过来，能补血 genne！

genne 是蒙古话口语尾部加强词。厄日格泰从后边追问一句，来酒了吗？

来了，要本儿！你有本儿吗？

我有本儿啦 xiu！你回去换岗，让老活佛把酒也捎过来吧！正好请老爷子过来一趟，给孩子妈再号号脉。

谁付酒钱呀？珊丹问。

先赊账吧，下月还！

又是赊账，好吧，看在我阿伦姐的面上给你再赊一回！

随着，珊丹把自己的娃崽往胳肢窝里一掖，挥挥手就走了。飒爽得令人想起《水浒传》里的孙二娘顾大嫂。

阿伦用沙哑的嗓音，低声对丈夫说，下月拿啥还呀？都欠一屁股债了。

虱子多了不咬。老婆不要着急，我有办法还就是。替我们还债的，马上就出现了，你就放心等着吧。厄日格泰向阿伦挤挤眼，神道道地如此安抚。

阿伦半信半疑，摇了摇头，嘲讽他，等着天上掉馅饼吧！

天上掉馅饼的事，还真有。等三天以后吧！

厄日格泰言之凿凿。弄得阿伦很疑惑，心说，除非你是会借东风的孔明大叔。

那位珊丹琪琪格，这会儿胳肢窝里掖着孩子赶回供销社时，替他站柜台的和圣·塔亚，正坐在柜台后边的一张老椅子上呼呼睡大觉。巴音经理看见她回来，手指放在嘴边，嘘了一声，告诉她，太叔爷爷睡觉呢，别吵醒他。

这回清楚了，和圣·塔亚为何能随便调用珊丹如丫鬟，人家是亲戚，辈分还挺高的。从巴音对老爷子的毕恭毕敬态度来看，关系还不一般。

正此时，从外边风风火火跑进小哈拉来，喊一嗓子，打酒！

小点儿声行不？我不聋！

巴音低声训斥小哈拉，又问，给谁打酒啊？小屁孩儿打什么酒？

我堂叔呗，除了他还能是谁！小哈拉没好气，接着嘟囔，他就知道驴一样使唤我，屁事儿都喊我跑腿！

本儿呢？

小哈拉掏出一个巴掌大的黄本儿，皱皱巴巴，递给巴音。

这本儿上的份儿酒，已经划过了，不能再打了。巴音说着，把本儿又扔给小哈拉。

那挂账吧。小哈拉说。

挂账？协日斯队长可是已经挂了七八次账了，你瞧瞧那黑板。巴音朝门口努努嘴。

门口一侧白墙上，挂着一块小黑板，上边一行一行写满了赊账者的名单。二喇嘛一斤高末儿、巴愣子一斤盐、黑姑娘妈一团线（黑色）、协日斯队长三斤酒（其中一斤挂在小哈拉名下）五包烟（大生产）一盒扑克（花色）一盒蜡、阿民小队长两斤旱烟一根笤帚、桑布小队长三个黑瓷碗一个铁锅——挂账的大多还是村干部，协日斯是赊账最多的一个。

小哈拉认出自己的名字，嚷嚷道，这上边怎么还有我的名字？我啥时候赊过你们的账啦？

那是你那位堂叔借你名字用的。挂账超标，他说先写在你的名头下。你名头响亮哪！巴音哧哧笑。

奥即高！小哈拉骂出一句蒙古语的鸡巴。

奶奶的，他就知道坑人！先不管他了，巴叔叔，我的好大叔求求你了，这酒快打给我得了！这酒今天非打不可呀，他说，打不来酒就收拾我，那我的羊倌也就干到头了，救救我吧巴大爷！小哈拉说得可怜巴巴，快要哭般地哀求。

这么严重？巴音瞧着小哈拉的样子，不像是说谎。

就是这么严重，骗你是小狗！小哈拉发誓赌咒。

这时柜台后边有人说话，谁呀？吵吵把火的，不让人好好睡觉！

从那里站起来和圣·塔亚，伸着懒腰，乜斜着眼睛看小哈拉，问道，协日斯队长家来了什么贵客（qie）？都把你这小犊子逼成这个熊样儿！

哇，活佛爷爷在这儿哪？不好意思，吵醒你老人家了。小哈拉放低声音悄悄说，不瞒您老活佛说，真的来贵客了！住我叔叔家快一个月了都！对，就是阿伦额嬷出事那天晚上，偷偷溜进去的，说是什么亲戚 genne！

老活佛突然回想起了那个傍晚的事儿来，心里琢磨着问小哈拉，怎么叫偷偷溜进去的，你看见啥了，说说看！

就是怪怪的，身上还恶臭恶臭，都不敢看人，好像不想让人发现他进了我堂叔家。黑灯瞎火地鬼鬼祟祟溜进来，都差点撞到爷的身上！

你以前没见过这个人吗，小爷？

从来没有！也从没听说过我堂叔还有这么个鬼鬼祟祟的亲戚！

小哈拉的说辞，更引起了老活佛的怀疑。一时陷入思考。

是不是你那个跑走的阿爸，突然回来了？珊丹从旁问一句。

拉倒吧，那时候我再小，也能记得亲爹的模样。小哈拉撇嘴。

我知道他是谁了，就是那个老要饭的，老叫花子。我还奇怪呢，那天晚上这个叫花子好像也进了咱村，突然就消失不见了，无声无息，像人间蒸发了一样。我还琢磨咋回事呢，原来住进队长家了！哈哈，这个老要饭的，够神！

老活佛拍掌而笑。

那他肯定不是要饭的，装的！珊丹又快人快语。

着！答对了，装的！那他为何要装呢？这个谜，就需要解开了。

老活佛抚须微笑。然后，附在巴音的耳边，嘀咕几句话。巴音频频点头。又吩咐小哈拉，你如果能把那人跟你堂叔说的话，一字不落地告诉我，这酒我替你打了。

这事儿好办，就是我听不到，一问我堂婶儿全清楚！

你婶儿不是讨厌你吗？珊丹笑。

自打我变干净以后，她不赶我了。呵呵，还是我阿伦额嬷改变了我！

小哈拉打上酒挂了账，欢天喜地转身跑走了。

和圣·塔亚冲他后边摇摇头。珊丹也在那里自语，被你阿伦额嬷改变的人何止是你一人哟。老活佛笑而不语，带着珊丹拿给他的一包红糖一瓶散酒，还有一个什么罐头，就去了北坨子阿伦家。晚上，他和厄日格泰在夜光下对酌，说了很多话。

三天之后。时光如流水般快。

厄日格泰预言的那个“天上馅饼”，果然就砸下来了。

厄日格泰他想躲都躲不掉，直直砸在他的头顶上，还带响的，啪嚓！

那天，东方刚蒙蒙亮，厄日格泰放夜马回来，双脚布靴子和裤腿儿被早霜打得湿漉漉的，正这时候有一帮人来拜访他了。云敦书记，协日斯大队长，阿民等几个小队长，一起毕恭毕敬前呼后拥着一个什么领导，来到他的“套卜”门口。

云敦书记朝厄日格泰热情地打招呼说，厄日格泰社员，正好碰见你，太好了！

又出啥事儿了？啥情况？这阵势，这么多人，我家没失火呀！

厄日格泰一见协日斯在场，心就烦。说话不冷不热。

云敦书记赶紧解释说，请不要介意老厄同志，来的人是多了点哈，主要是有一件很重要的事，需要跟你商量沟通一下。我先给你介绍一下，这位是咱哈尔高公社占布拉社长，这位是公社的昂嘎秘书。

厄日格泰听后稍有诧异，把手往裤子上蹭了蹭，礼节性寒暄，握握手。

此时协日斯从一旁提高嗓门说道，厄日格泰社员，还不快把公社领导请进屋里去，坐一坐喝喝茶呀？

厄日格泰一听就来气了。

屋里全是妇女小孩，还没起床，我老婆还在养病，你们几个大男人进去干什么？闻臭屁味儿啊？领导们不是都愿意坐田间地头吗，有事儿就坐外边说事儿吧！厄日格泰见不得协日斯居高临下摆谱儿的样子，冷冷回答。在场的那些人一个个抿嘴哂笑。

你、你这是什么话？协日斯又伤了自尊，提高嗓门。

我咋了，谁的裤裆没扎紧又把你给露出来了？哪儿都想吱嘴，比你大的官儿不也都在这儿戳着呢嘛！

厄日格泰扭头就走开，不再理睬他们，去井边打水洗手洗脚，又往菜畦子里浇起水来。那里茄子紫，小葱绿，辣椒秧子正在开白花。

协日斯被说急了，还想跟过来斗嘴训话。

这时那位公社社长占布拉，冷冷地朝协日斯发话了。

协日斯同志，我们不是来吵架的，是来求人家的，你怎么这个样子嘛！？居高临下开口就训人，吵吵嚷嚷，你真以为队长是个什么官儿呀？不像话！人家说的对嘛，屋里全是小孩女人，他老婆又有病，我们这么多男人怎么进得去？说话怎么不走走脑子呀，啊？你先退下吧，别再插嘴了！

协日斯这下被训蔫巴了，像一棵霜打的草耷拉着脑袋，退到一边去。

厄日格泰一旁听着挺解气。觉得这位领导说话不走板儿，显得还正派。于是转身从旁边帐篷里拿出两个小马扎，请他坐下。跟来的那些人有的站，有的往地上坐，围在周围。

厄日格泰同志，咱们开门见山吧。

占布拉社长清清嗓子开口说，现在，咱们公社的狼害很严重了，不瞒你说极其严重。这你知道的吧？

厄日格泰点点头。一想就是这事儿，早料到了，倒觉得他们来得有些迟了。

据占布拉社长介绍，全公社八九个村庄，村村都遭受了野狼袭击，损失严重。芒哈村的五只羊羔被叼走，咬死三只大羊被拖走了；俄日根艾勒的六只猪羔子不见了；塔本村咬死两只牛犊掏了肚子；下石碑村狼都进了鸡窝咬鸡了，这是狐狸才干的事儿，过去从来没有过的事儿——

这群狼，疯了，来了一支发疯的狼群啊！占布拉社长感叹，摇头。

还有更邪乎的呢，云敦书记接过话茬，继续介绍。听说大西北的额勒森苏木（公社），狼都进攻活人了！两个七八岁小女孩放学回来，遭受狼袭击，一个被咬死一个吓疯了。三家子公社，野外找牛的老汉看见，有条大狼用尾巴赶着一只半大羊在跑，另一条瘸腿儿的狼在压阵殿后！瞧瞧，多能耐，多狡猾！好比一支战斗小队，有主攻有佯攻有掩护！

看来那贼货的伤腿儿，好利索了！厄日格泰抽着烟喷云吐雾，说一句。

你知道这对儿狼？占布拉问。

袭击我们村畜群的，就是这对儿公母狼。公狼的那条腿，就是被我连环夹给弄瘸的！厄日格泰笑了笑，眼神幽幽。

厄日格泰同志，我早就听说你是个斗狼杀狼的高手，现在全公社就你们村损失小啊！我还听说你单人独马去摸过狼窝，所以，我们才来找你商量的，呵呵。

占布拉社长搓搓手，一脸笑容，态度很是诚恳。

我一个人能干啥呀，难道其他村庄的人，没出去踅摸过狼吗？

听说也有几个有尿儿的出去过，云敦书记接过话来回答他。下锡伯村有个不错的猎手叫包罕岱，藏在羊群边打伏击，拿砂枪刚瞄上一只狼，另一只突然袭击了他，咬伤他的手腕，幸亏他还有把砍刀才击退了狼，捡一条命回来。

叫包罕岱？厄日格泰似乎想起了什么，眯起眼睛，缄默，没再说话。

厄日格泰同志，情况就这些了。我们公社决定，准备搞一次围猎，你有什么想法，有什么好建议？你是个很有经验的猎人，说说看！

占布拉社长笑呵呵盯着厄日格泰的脸，满怀希望。

那我说了啊，你可不要介意。

大胆说，没关系嘛。

凭你们灭不了这拨儿狼！厄日格泰说得干脆。

占布拉社长顿时愕然，呆住了。

那位闲不住的协日斯，又想从人群后边出头插话，被旁边的昂嘎秘书愣给摁住了，提醒他闭嘴少说话。

厄日格泰同志，我没明白你的意思，请你能不能再具体点讲讲吗？

占布拉回过神来，保持住平和谦逊的态度，提出请求。看得出，他还是颇有肚量的基层干部。

厄日格泰低头抽着烟，黑黑的烟雾从他嘴和鼻子里滚滚而出。

他抬起眼睛看着西北的罕乌拉山方向，慢慢说出一番话来。

社长领导，先不要误会我刚才的话，我并不是看不起你们。真以为搞一次围猎就能灭掉狼吗？围猎就那么容易搞吗？你们当中谁组织过围猎？这里是半农半牧地区，人比野物多，基本都没有打猎经验，更没有打狼经验。你可知道，狼是野兽中最狡猾最凶残的动物，胆量方面超过人类，一般人是斗不过它的。百姓手里又没有先进的猎枪火器，就拿砍刀棒子砂枪铁砂子儿，跑去斗狡猾的狼群吗？告诉你吧，不小心会被狼吃掉，反受其害！再说了，现在这狼害已经不是光咱们一个哈儿高公社的事儿了，早已覆盖到全旗的整个北半部，牵涉到五六个公社了！所以我说，凭咱们灭不了这拨儿狼，你们在这边打，它就跑到那边去了，几个公社，好几百公里面积，你上哪儿打狼去？

在场众人终于听懂了他的意思，纷纷点头。

那按你的意思，怎么做才好？狼，是非灭不可的！

占布拉社长态度坚定，挥了挥拳头。

我的意见是，真想灭狼，那你们赶紧向旗政府汇报，让旗政府出面组织，调动整个北半部几个公社的力量，联合围猎！这样做，也许才会有一半儿的成功把握，这还得看组织的怎么样了。我也可以告诉你们，我是去摸过狼穴，但现在还不能说出具体情况，传出去会引起一些冒失鬼去惹狼，不仅惊动狼群，还会害了他。

现场一片静默，谁也不敢出头胡乱说话了。占布拉社长和大家，到这时才感觉到事情远比自己想象得严重，可能更可怕。他们也已看出，厄日格泰这人绝非是一个无的放矢、说些虚妄之词的人。他说出的这番道理，谁也无法反驳。

厄日格泰站起来，对占布拉社长说，今天就说到这儿吧，我还得打个盹儿，放夜马熬了一整宿呢。

厄日格泰伸了个懒腰，哈欠连天，转身钻进旁边的帐篷里睡觉去了。

占布拉社长对着那个蓝色小帐篷，暗暗说一句，真是个高人啊！

然后，他立刻动身，带着云敦、协日斯等人，如上回直奔奈伦塔拉旗镇而去。他们要再度找旗政府汇报，争取促成全旗统一行动的灭狼方案。

一行人行色匆匆走了。外边顿时安静。鸦雀无声。

厄日格泰躺在帐篷里自语，就得让你们的正主儿现身出来才行。

翻过身，很快鼾声大作，如滚雷轰鸣。

四

当家的，怎么把掉下来的馅饼，给放走啦？

阿伦进帐篷给厄日格泰送一壶刚熬的新奶茶，推醒他说。

厄日格泰揉了揉眼睛问，你刚才说什么？

我是说，你怎么放走了馅儿饼？

馅儿饼？噢，我是在等待更大的馅饼掉下来。

胃口真大！难道还真有更大的馅儿饼，要噼里噗噜从天上掉下来？

阿伦那嘶哑的嗓子里，忍不住哧哧笑着揶揄。

有啊，当然还有更大的！要不我扎这么大的一只草船干什么？东风已借来，草船已扎好，就等曹丞相的驾到啊！厄日格泰哼哼唧唧吐小曲儿，我本是卧龙岗散淡的人，凭阴阳如反掌保定乾坤——

阿伦听着更是乐不止，破嗓子还唱京剧呢，要是我呀，见好就收，先吃下小馅儿饼再说！别弄到最后，鸡也飞了，蛋也打了啊！

老婆，你就等着瞧好啵！这次狼害，并非只是一两头狼的危害，是一大群狼出现在这里，将会有一场少有的人狼大战！这事儿一般人干不了，我掂量着都心里打怵！所以我才说，小馅儿饼不管用。再说，来了大馅儿饼，才可好办事啊，不然谁替我们还大债呀？

真有你的，你比狼还狡猾，真是个能谋事儿的爷！阿伦夸赞丈夫。

也就是你哥我这爷们，才有这胆量，有这本事，想去打这拨儿狼！这是长生天的选择，无法回避！放眼哈日根艾勒，放眼奈伦旗，除了我还真没有别的人敢接这活儿，他们真不行，不是小看他们！

厄日格泰说得豪迈，端起奶茶碗，哧噜哧噜地吹茶，畅饮。随手抓一把炒米放进嘴里，嘎嘣嘎嘣地嚼。脸颊咬肌那里，一鼓凸一扭横的，黑紫色脸上出现了铁般的刚毅，对，没有别的，只有刚毅。

小赤佬博尔忽跑进来，钻进厄日格泰的腋下，笑嘻嘻问，阿爸，娜仁花偷偷说，你们正在商量着烙馅儿饼吃，额吉要烙小的，说你要烙大的，真的吗？

这下阿伦和厄日格泰笑翻了天，前仰后合，肚子都笑疼了。

厄日格泰抱住博尔忽的小脑袋，问他，那你是愿意要大的，还是想要小的呀？

当然要大的！大的过瘾，长劲儿！

那好，阿爸这就给你烙大馅儿饼去！

厄日格泰翻身而起，腋下掖着小赤佬，猫着腰走到外边去。

帐篷外的辽阔原野，正被中午的太阳火辣辣地炙烤，一片灰蒙蒙。大地上涌动着蜃气，蒸腾出迷蒙的幻景，正无边无际地向前伸展变幻，令人意乱情迷。

果然不出所料，“大馅儿饼”适时出现了。

小溪边畜栏那里，来了一位神秘骑者。

奇怪的是，后边还跟着一辆草绿色吉普车。显然，这是一位更大级别的官爷，还爱骑马，他手下不放心备一辆吉普车后边跟随。厄日格泰默默注视着他。那个官爷骑着马绕畜栏走了一圈，细细地观察经厄日格泰重新加固修葺过的围栏，再看看随风响动的两个铜铃，还有四个傲然挺立的草人勇士。然后，在厄日格泰使计连环夹的栏门口处下了马，蹲在那里再认真地查看，用心地琢磨。

他皱眉凝思，嘴里忍不住称赞，果然是高手！

厄日格泰慢慢踱着步，走到围栏那里，跟来者打招呼。

是哪位大领导亲临现场呀？在琢磨狼的事儿吧？

那领导直起身子，转过头来，一看到厄日格泰便愣怔了一下，随即脱口而出，你是德、德——欲言又止。

德？什么德？看来领导认错人了吧？我叫厄日格泰，是这里的马倌！

听到厄日格泰的解释，那位领导再度上下打量着他，这才晃晃脑袋自语，看来是我认错人了——你跟我一个故人有点像，但显然不是，不是——

领导摆了摆手，想赶走什么似的。

你的故人也是个马倌吗？厄日格泰逗了一句。

不是，他是个战士，革命者！

领导显然对厄日格泰的玩笑不太感冒，觉得神圣东西不该被轻慢。

对不起。但当马倌，也不一定很低下呀，就现在吧，你大领导还不是跑到这里来，找马倌问灭狼计不是？

这话一下子把那位领导给说愣住了，如一记闷棍击醒了他。

他再次抬起头来，端详厄日格泰，转而发出爽朗大笑，厉害，厉害，说得好！我说错了，行行出英雄，你这马倌，更是了不起，是打狼英雄！保护人民财产的英雄！我要向你学习！

领导伸出手，跟厄日格泰握手，致意，性格很是开朗爽快，不拘泥于小事儿，颇有容人大度的领导作风。

我叫额尔敦扎布，现担任奈伦旗的旗长职务。你说对了，今天我就是特意来拜访你，讨教灭狼计的。

额旗长？原来是额旗长！早知道您的大名，感谢您当初帮助了我们！

厄日格泰这下手足无措了，赶紧道歉，不好意思，刚才的话冒犯了，还请您包涵。早先听说您去了党校不在旗里，谁想到这会儿出现在这里呢！嘿嘿——

我是在党校，可这狼祸闹得人心惶惶的，把我又提前放回来了。这不，还没到旗里就顺道拐弯，先到你这里来看看，讨教讨教。

那位额旗长正在说话时，从旗镇子那边又匆匆赶来一辆小车。下来的是旗政府办公室主任。他向额旗长报告，北部五个公社苏木的书记社长还有遭狼祸严重的村干部们，全体正往这边赶来，在路上。

好，好。晚上，我们就在这里召开现场联席会议，但不管饭，各带干粮。张主任你布置一下会场吧，就在这畜栏旁边挺好，先参观，后听厄日格泰同志介绍打狼经验！

厄日格泰一听慌了，忙摆手，表示自己打狼可以，讲话不行。

额旗长笑呵呵安慰他，不必担心，就讲讲那次白天和晚上，你是如何斗败公母狼，吓得它们再也不敢靠近这里的！实话实说嘛！

一听这个，厄日格泰碍于面子不好意思拒绝了，再推辞就显得矫情。他模棱两可点点头，随即邀请额旗长去家里坐一坐，喝口热奶茶，现在离开会时间还早。额旗长先是推辞，不想打扰家人，后来一想，跟阿伦有一面之交，听说还在养病，应该去看望一下。于是，他就跟着厄日格泰上去了，去看看他们的那个沙坡上的“套卜”窝棚之家。

阿伦高娃一见额旗长来，顿时慌了，忙不迭地收拾杂乱的炕头，放小桌子敬奶茶，上奶疙瘩炒米等茶点。奶疙瘩是牛倌巴鲁悄悄熬制的奶制品，他还经常送些偷偷挤的牛奶过来，为小吉雅救急用。小吉雅的确有福气，吃多家奶，还受到多头奶牛多只奶羊帮忙，不健康成长也难。

额旗长代表政府感谢阿伦收养四个孤儿，表现出草原女人的大爱母爱之心，令人钦佩，伸大拇指称赞。他如果知道了第五个也是孤儿，而且在什么情况下相救收养的，更不知他做何感想了。说起来，当初奈伦旗政府接收几十名孤儿，也都是经他亲手安排，遵照上级内部指示悄悄落实消化的。由于当时考虑到国内外政治形势，此事不宜过多宣扬，怕带来各种负面影响，所以此事办得很低调，一切都经内部层层落实，外界和社会上知道实际情况的并不多，更很少上报纸新闻。跟现在不同，大张旗鼓，时代的需要每个阶段都有不一样表现，不一样的考量。

土炕上，已经会爬走的小吉雅，从炕那头唰唰爬过来，揪住额旗长的衣袖学语，阿、爸。

额旗长高兴了，立刻抱起她，笑呵呵说，对，是阿爸！我见过你，当时像个小猫崽子，这两三月长这么大啦？还挺胖！我听说，你额吉养你养的好辛苦哟，还差点丢了命！

阿伦不好意思，红了脸说，这事都传到领导耳朵里啦？我太丢人了——

不丢人，大家都夸你是英雄母亲呢！都怪我事儿太多，关心你们不够。

旗长，你对我们的帮助已经很大了，我们非常感激你。领导事儿多，不必再费心，我们自己能行的。再说了，一个母亲保护自己的孩子，那是应该做的，没什么可好炫耀的，千万别说什么英雄，羞死我了。

阿伦的这番表述，差点砸了当家的厄日格泰好事，废掉了正在往下摔落的“大馅儿饼”。正当厄日格泰在一边着急时，秘书走进来报告，与会人员正在陆续抵达，会场地址也布置差不多了，请旗长过去看看吧！

额旗长这才放下抱着的孩子，嘴里说，我这个临时阿爸要去开会喽！冲着你这叫一声阿爸，阿爸就赏你个红包包，十块钱！这可是我五分之一的工资哟！

说着就掏钱放在炕上，阿伦都来不及阻拦。当她醒过腔，拿起钱追出去时，额旗长挥挥手说，你丫头都认我这阿爸了，你还钱是想拒绝吗？拒绝也晚了，我都答应了，哈哈哈——

阿伦站在那里跺脚，摇头苦笑。

厄日格泰说，真是个爽快人，好大的馅儿饼啊！十块钱也不少了！

落在后边的旗长秘书问，什么馅儿饼？

阿伦顿时笑弯了腰，在那里浑身颤抖。

厄日格泰拉着那个秘书就走，嘴说，改日哥给你烙个大馅儿饼吃！走，咱们先看看会场去！

一场奇特的现场会，一个奇特的地点，在马圈旁，布置停当。

小溪在一边叮咚流淌，马粪味道在四周冉冉升腾，晚风送来附近草花芬芳，喜鹊乌鸦夜莺在树上阵阵鸣唱，好一副现实和浪漫相谐成趣的场面！显然，这位旗长额尔敦扎布，是个有创造性的，很务实又不拘小节的领导干部。他只追求效率，办事雷厉风行，有股在革命战火中锻炼出来的指挥官作风。在解放战争中，他当过东蒙骑一师和后来四野骑兵旅的团长，再赴朝鲜战场作战负过伤。最初还是个赴苏学习的小布尔乔亚知识青年，崇拜苏俄红色作家作品，读高尔基的《母亲》，读《钢铁是怎样炼成的》，充满文学情怀，也梦想过当一名作家，可谁承想，后来却当了一名领导干部。在风云时代，理想和现实常常相悖，身不由己，个人的选择只能服从革命的需要。

背靠马圈，一扇木板架放在树墩子上当会桌儿，挂铜铃的高杆上吊悬一盏汽灯，呲呲响着闪烁出白惨惨的光芒，照耀着前面席地而坐的各位公社社长书记和村干部们。盘腿而坐的三四十名基层干部，黑压压一片，抽烟的抽烟，啃窝头的啃窝头，喝水的喝水，有人大大咧咧放个屁引起一片哄堂大笑，直骂屁者是驴，应圈进对面马圈里才对。农村干部粗憨，爱开玩笑，个个都是段子手。尤其一些妇女干部，有的比男人还骚，浑不论，不然会被那些粗野爷们儿活吞了不可。

正值一轮皓月升上来，额尔敦扎布旗长举起烟袋锅子，敲了敲头顶上的铜铃，拿起一个大喇叭筒宣布开会。他主持会也不拖泥带水，简要讲了几句眼下狼祸严重，先请各公社代表讲讲各自遭狼祸的具体情况，如数据、人还是牲口、白天还是黑夜、风和日丽还是刮风下雨、独狼还是群狼、大狼还是小狼、如何遭袭击的细节等等，越具体越好。显然，军人出身的旗长，想要摸清狼群的活动规律、活动范围。他也不让发言者费事儿到前边来，就地站在原址拿喇叭筒讲，秘书在汽灯下伏木板做记录。

旗长的要求看似简单，讲述清楚却不那么容易。有些公社领导工作不深入不扎实，掌握情况表面化，浮皮潦草，说不清具体数据和细节，马上被打断换人讲，再不行叫第一线的村代表站起来补充或说清楚。这下大家感觉到老旗长要动真格的了，再马虎瞎对付乌纱帽将不保，要出事，他们可清楚这位“额王爷”的老辣作风和铁面无私。

每个公社都介绍汇总一遍之后，额旗长最后推出今晚的主角——哈日根艾勒生产队新马倌厄日格泰。他说，大家可能都听说了，这场狼祸频发时期，唯有这里击退了野狼入侵，你看看这牲口圈，修葺的都像个要塞了，几乎是固若金汤！他用一根铜头“蛮契克”救了同伴，还巧妙运用连环夹，把最凶恶的一只公狼给搞成瘸腿狼了。他的名字叫厄日格泰，有胆有识，跟他的名字一样，人如其名，是个“男人”！现在，请他来讲讲自己的打狼经验，给大家做介绍吧，大家欢迎！

一直躲站在人群最后边的厄日格泰，有点不好意思，这个场面让他有些打怵，拼命摆手。额旗长索性自己走过去，拉着他的手走到前面来，把喇叭筒塞到他手里。

讲吧。

讲过了，大家都知道，还重复？

就让你重复，这些各公社头头还不大清楚！

好吧好吧，那重复吧。这事儿不是我一个人干的，我还有两个伙伴儿，牛倌巴鲁羊倌哈拉，是我们三个合伙儿干的，请他俩也上来呗。

厄日格泰木讷着，好似一个交代问题的犯案人。

什么巴鲁、哈拉的，快过来吧！人来了吗？额旗长站起来张望。

来啦，来啦！随着话音，从牲口圈门内侧跑出来两个“鬼人”。脸上涂着黑锅灰，身上披着插满野草的麻袋片，头上套着四楞八叉的鹿角，手里还提着长柄铁叉子和大板斧。

额旗长一见就乐了，下边众人也哈哈大笑。

你俩就是巴鲁、哈拉?

我们就是。他是牛倌巴鲁叔叔，我是羊倌小哈喇子！吓到你了吧？狼，见到我们也打怵，害怕，躲着走！

小哈拉一激动搂不住嘴巴，把自己说成了小哈喇子，从此这个绰号传遍全旗南北，妇孺皆知了。

小哈喇子？有意思，那你们俩藏在牲口圈里干什么呢？化装演戏吗?

不是，我们在等着伏击要来偷袭的狼呢！厄大爸算计好，瘸腿狼今晚可能又要来，结果——是你们来了，呵呵。那物儿一旦落入陷阱，落进连环夹里吧，我们就出来拿叉子叉它，拿斧子砍它，没个跑！

哇，厉害，厉害！这扮相，倒真像武松景阳冈打虎时，在山上遇到的那拨儿村中猎民啊！

我们就照着那样子描的，嘿嘿。旁边一直没说话的巴鲁突然插言，更是把大家伙儿给逗乐了，哄笑不止。

额旗长转向默默偷笑的厄日格泰说，好啦，你的牛倌羊倌凑齐了，马倌同志，言归正传吧。

厄日格泰说，那天狼先袭击牛倌的母牛，又一起追的公狼，让巴鲁先讲一下吧。他就把喇叭筒塞给了巴鲁。牛倌没料到，尴尬了，吓住了，吭哧半天，转身就慌不择路地逃走。小哈拉见状，发现干爹在发急，他立即拿过喇叭筒，抖着声音开讲，这事儿我最清楚，我都参与干了，我替牛倌大叔说吧——

小哈拉，变成小哈喇子，不是白白变的，他把那天厄日格泰“蛮契克”击打公狼到夜里设陷阱捉狼，再如何黑夜辨声追击搭伴儿逃窜的公母狼等等，讲得绘声绘色，毕竟亲历过，活灵活现。顿时引起在场众人的一片热烈掌声。

讲得不赖，你这小哈喇子也不简单啊，有胆有识！额旗长拍手夸赞，然后转向厄日格泰，好了，又轮到你了，马倌同志！接下来，你不必再重复打狼的经历了，我们都知道了，你就说说自己的灭狼方案吧！我已经知道，你去罕乌拉山侦察过狼窝，我也能猜到你是一位出色的猎手，我敢说你心中已经琢磨好了一个完整的灭狼方案。是不是？别兜圈子了，说说吧！

额旗长再次把喇叭筒递给马倌同志。

厄日格泰的手在微微颤抖，咳嗽了一声，低声问，真说呀？

说，男人就是战士，战士就要有担当。说！这是命令！

厄日格泰这时握喇叭筒的手不再颤抖了，变得有力量，胆气上来了。

好吧，服从命令就是。我嘛，确实具有一定的打狼经验，在原先呼盟阿尔山草原参加过多次围猎狼群活动，曾经受到过嘉奖。一个月前，我也确实出去侦察过狼窝，也知道大狼穴在哪里，知道有多少只狼在这一带活动。当然，如果能让我组织训练一支围猎队，本人也有把握能消灭了这拨儿凶恶的大狼群——

厄日格泰说到这里，停顿了一下，环视台下。

太好了，我们真找对人了！厄日格泰同志，快接着讲！有啥想法都讲出来！

额旗长握紧拳头，兴奋起来，催促厄日格泰。

好吧，那我就讲。如果真想让我干的话，先冒昧了，我有几个条件，如果领导答应了，我就干！

噢？什么条件，讲讲看。额旗长有些疑惑，出乎意料。

第一，大家都知道，我妻子是个下放教育的“右派”，我是“右派”家属，我们有个一岁的小女儿，到今天在这里落不上户口。在阿尔山那边出生时，因各种原因导致没有出生证明，到这里也不给落户，我恳求过村里的协日斯队长，只要他开个介绍信就能落户的简单事儿，他就不答应，我女儿现在还是一个黑户。希望额旗长帮助解决，让我女儿成为一个合法公民，一个正常的光明正大的小社员，一朵祖国的小花朵。第二个条件，为了养活我们一岁的小女儿，我妻子受尽磨难，因当初难产患病她身上没有奶，来了这里四处求人喂奶，善良的珊丹琪琪格喂过奶，协日斯队长老婆正在喂奶的时候，咱们的大队长同志生生从孩子嘴里拔掉了他老婆的奶头，还羞辱我和老婆，这个先不说他了。我妻子渡河去西村找寡妇桑吉玛妇女喂奶回来时，掉进河里深泥潭差点丢了性命，去医院做了切喉管清洗肺子手术，住了一个月医院，我们现在欠了一屁股债，旗医院天天催着交款，我希望额旗长给出面解决一下这笔债务。第三个条件，我妻子现在身体有病，不能劳动挣工分养活自己，又额外收养了四个来自南方的孤儿，现在我们生活实在是太困难了，我妻子在阿尔山医院时是一位出色的护士和助产士，希望政府给她一个适当的工作去做，或者给一些生活上的补助吧。好了，我的条件就这些——

厄日格泰结束了这番讲话，放下喇叭筒走到一边的黑暗中去。蹲在那里大口喘气，默默地落泪。也许他感到说出这些话很耻辱，尤其以此打狼为要挟，更是感到自己很低劣很无耻。但他实在没有别的办法了，走投无路了，像是一头受伤严重的困兽，为了生存为了老婆孩子们，只能如此一搏，无所顾忌了，所有罪名恶名由他来承担吧！

会场里，霎时间如死一般的寂静。人们屏住呼吸，大气不出。谁也没有料到他说出的条件，竟是这样的，此人遭遇的困境竟如此让人动容，惊心！有妇女干部在暗暗落泪，男人们在轻轻叹气。夜风在呜咽，夜莺在哀婉啼鸣。

额尔敦扎布旗长，坐在呲呲作响的汽灯下半天无语，未吭声，如一尊铜雕塑一动不动。脸色绷紧，显得严峻，甚至一股压不住的怒火在他胸中燃烧。

他拍案而起，掷地有声地宣布，厄日格泰同志，你的三个条件，由我负责解决吧！解决不了，我这旗长也不用干了！

他掠下自己的帽子，狠狠摔在前边木板上。

厄日格泰听后从黑暗中慢慢走出来，来到额旗长前边，扑通一声跪下了。

从他背后的黑暗中，又跑出来羊倌小哈拉牛倌巴鲁，也跟随着跪在那里。

接着，又走出来抱着吉雅背着托雅领着博尔忽娜仁花的阿伦高娃，踉踉跄跄，也齐齐跪在那里。没有言语，没有叫嚷，只有默默的泪水，那是感恩的眼泪，一群弱者才有的感恩的眼泪。只有这样的眼泪，才这般无声，才这般令人窒息，令人心痛。

郎朗月光，茫茫世界，生存是一件多么艰难的事情啊！

甚至在一些人这里，生存已经成了一件很羞耻的事情！这样跪着的弱者，受侮辱与受损害的，在这残酷的世界上还有很多很多，除了这般耻辱的下跪，他们还有什么其他自救之法呢？

没有，只有一声叹息。

而已。

五

临近黎明，现场会才告一段落。

公社干部们哈欠连天，东倒西歪，一个个都睁不开眼睛。

东方发白时候，哈日根艾勒村的云敦书记和供销社巴音经理，连夜杀了两只羊，熬了热乎乎的羊肉骨头汤，趁着黎明的曙色赶着马车送来了。额旗长拍着云敦的肩膀说，送来的很及时啊，这羊嘛，狼吃得，要杀狼的我们更吃得！

云敦说，这是供销社巴音同志花钱买的羊，马车也是人家的！

额旗长抬眼看了看巴音，你这位供销社同志很有眼光嘛，会做事！我以为是咱旗办公室张主任安排的呢！

巴音赶紧说，是张主任吩咐办的，他去镇上给大家拉帐篷去了，他说喝完羊汤让大伙儿进帐篷打个盹儿，睡会儿觉，天亮后再接着开会。

Taarjie na！干得对着呢！办公室主任就得干这样的事儿！

随着旗长的话音，张主任的三顶大帐篷也运到了，七手八脚在小溪边上扎帐篷，里边的地上铺上一层毡子皮子防潮。一个帐篷能挤睡十多个人，三个帐篷大家都能住下了。吃喝了热乎乎羊肉汤，困意袭上来，人们都跑进大帐篷抢窝儿睡。额旗长拒绝了阿伦两口子邀请去家里睡，跟大家一起挤在一个帐篷里和衣而眠，很快鼾声大起，旁边的人纷纷捂耳朵。多年的戎马生涯，锻炼的他在雪地上都能睡出汗来。

也就勉强睡了三四个钟头，马圈杆子上的铜铃又被额旗长当当敲响了。

现场联席会议继续。大家讨论，争论，辩论，各抒已见，啜饮着阿伦赶煮的一锅一锅热奶茶。白天的阳光下，女主人显得消瘦，面色苍白，但脸上洋溢着开朗的笑容，颇具美丽的蒙古女人风采，也丝毫看不出受过磨难的悲怜苦相。她带着两个大孩子娜仁花、博尔忽，还有那个干儿子小哈喇子，热情地给大家倒茶、递碗、送湿毛巾擦手。大家都不相信，不禁都问，这么一个善良能干为人和蔼的年轻女人，怎么会是“右派”呢？是不是哪儿出了问题？

现场会，临近中午终于统一了想法，做出决议。

旗政府马上组织一支围猎队，专门打狼。总指挥，由旗长额尔敦扎布亲自担任，旗北部五个公社苏木的社长苏木达则担任副总指挥。特别一条是，聘请哈日根艾勒生产队的马倌厄日格泰，出任这支围猎队的队长，先决条件是由额旗长出面解决他本人提出的三项要求。围猎队由五个小分队组成，有关五家公社苏木各出二十名精干猎人，尽量带来各自的猎犬，组成各自的小分队，统一由队长厄日格泰带队训练十天，然后再展开具体的围猎行动。

会散了，多数人返回自己岗位，留下总指挥副总指挥六个人，继续与围猎队长厄日格泰讨论具体训练和行动计划。

厄日格泰早已做了准备，当着大家拿出一份写好的文字方案，给大家先念，后传。方案很细致，还很独特。如下：

人员：每个分队二十名队员，必须严格挑选，马术精湛，会使用砍刀、会投掷“蛮契克”，必须是勇敢有胆识的男性中青年。分队长由各公社苏木自己选拔任命。

器械：砍刀、“蛮契克”、铁夹、铁叉、粗绳索网等为主，基本不准使用火器，围猎时火器容易伤到自己人，分队长可配备一杆砂枪火铳，但不到万不得已决不许开枪。

训练：地址须选一处可容纳百人的野外草地，住帐篷集中训练十天。政府负责后勤以及器械准备，马匹要由各公社自己配备。训练地址，就可选在厄日格泰家后边小溪旁草地上，有水源，饮马做饭都方便，离旗镇也近些。

厄日格泰的方案，比较完美，没什么可挑剔的，不愧是有经验的老猎手。甚至有一种军事部署、军人训练和作战的感觉，绝非一般猎手所能及。早先这一带也不是没搞过所谓围猎，那可是一盘散沙，各走各的路，各干各的事儿，为争夺一只野鸡厮打，甚至有一位在树毛子里蹲坑解手的妇女，被人当猎物拿砂枪扫得一屁股铁砂子儿，闹出过大笑话。

厄日格泰同志，你的方案很有军人作风啊，是不是过去当过兵呀？

额旗长拍手赞叹，随口就问。

当过兵？也许？我也不清楚。厄日格泰表情懵懂。

自己的事儿，当没当过兵都不清楚？额旗长奇怪，以为对方在敷衍他。

真不太清楚，额旗长。我脑子里留有一颗子弹，很多年了，过去的事儿都忘记了，记不太清了——

原来是这样！怎么回事？额旗长愕然，出乎意料。

先不说这些了，老早年的事了。咱们还是接着讨论吧！我还有一个新建议没写进去，后来才想到的。厄日格泰不愿把那些旧事又翻出来，给大家絮叨一遍，赶紧把话题转移过来。

额旗长看了看他，没再说话，人家的私事继续追问有些不合适。

他们几个人是坐在小溪边一棵树下开的小会，外边风和日丽，潺潺流淌的溪水送来阵阵清爽气息，令人心旷神怡。有一只硕大的鹰隼，从西北罕乌拉山那里飞来，逗留在这条小溪的上空。翅膀上有午后的斜阳闪烁，愈发显得矫健，俊美，随之发出一声凄厉的啼啸，咻——嘎——

厄日格泰抬头仰望那只鹰，笑了，心说，你来的还真及时，有灵犀呢。

大家看见了吧，那只鹰，我就说说这鹰的事情。

厄日格泰清了清嗓子，接着说。

鹰，在百鸟中是最有灵性的猛禽，北方游牧部落中信奉雄鹰为部族神灵的很多，古老的萨满法师中也有不少拜敬鹰为附体主神，驱邪、问卜、治病，传达某种天神的旨意。大家也可能知道，成吉思汗的战旗就是九足鹰旗。

在座的有人“哦”了一声，感觉新奇，竖起耳朵。额旗长也饶有兴趣地听着，咬着短烟袋的铜嘴，微笑着等待下文。过去富人的烟袋嘴都是玉石、玛瑙、水晶、琥珀什么的，那会儿王公贵族就讲究好马、好犬、好鼻烟壶，养鹰、养摔跤手、养淑雅漂亮的女人。另外就是，手端一把镶着玉石玛瑙烟袋嘴的红木杆金铜锅大烟袋。如今的旗长，就是过去的王爷，可这位额王爷的烟袋嘴实在太普通，是个铜嘴儿，太一般了，那是村民巴鲁他们用的一般东西。

厄日格泰把目光从额旗长的烟袋锅上移开，继续讲述想说的话。

我说成吉思汗的战旗是鹰旗，是有历史根据的。我在阿尔山寺时曾读到过一本史料书叫《成吉思汗训辞》，里边记载有这么几句：

可能有一天
斡难河水倒退
布尔罕山破碎
九足鹰旗落地
汗的宝座让位
虽然得了汗位
如果巩固不牢
江山可破
鹰旗可落

这是大汗劝诫贪图酒色物欲享受的儿孙们说的训辞，这其中就两处提到了九足鹰旗。在这部大汗训辞里，儿孙中的二王子窝阔台率先表态说：让鹰旗永远飘扬，让蓝天永远纯净，让土地永远洁白，让牧场永远碧绿，让疆土永远完整——以此表达决心，深得大汗赞许，窝阔台后来继承汗位，当了可汗。他的誓词中，也再次提到了鹰旗。

大家静静坐着，被他的引经据典折服，有滋有味地听着他的讲话。

我再举一些事例，请大家再耐心点。我查了一下，崇拜鹰的不只是我们蒙古人，不光是成吉思汗，还有俄国沙皇的国会是双头鹰，意大利罗马帝国军旗也是，美国国徽是白头海雕，日耳曼帝国法西斯标志也是一只鹰，另有阿尔巴尼亚、南斯拉夫、罗马尼亚、伊拉克、叙利亚、也门、奥地利、波兰、阿联酋、捷克、利比亚、厄瓜多尔、哥伦比亚、巴拿马、南非、埃及等国都以鹰为国旗或国徽标志，墨西哥更绝，国旗是一只落在仙人掌上的食蛇鹰。我一直在想，人类为何如此崇尚鹰呢？也许是因为，人类有梦想，却没有翅膀，很想自由地飞翔，神或上帝却忘了给他们装一双丰满的羽翼。故而，选择禽类中的鹰为膜拜的对象，寄托意念，以此让梦想插上鹰翅飞一飞。而这种理想的预先飞翔，对人类本身的进化来说是绝对有必要的，会起到引擎作用，不断促进革新。

这下那几人听得如醍醐灌顶，大长知识，并在钦佩中纷纷去想，这个脑子里有子弹的家伙、女“右派”男家属，到底是什么来头？怎么知道的这么多？什么都有一套，谁说“刘项原来不读书”？真是个少见的人才啊！

厄日格泰同志，谢谢你给我们上了一堂很生动的有关鹰的课，普及了一次鹰的知识，获益匪浅。但我冒昧问一下，你讲鹰的目的是什么呢？

额旗长敲了敲烟袋锅子，微笑着打问。

好，我这就说说我的想法，说鹰的用意。

厄日格泰微笑，喝了一口已经变凉的奶茶，接着讲下去。

我建议，咱们围猎队做一面战旗，就是九足鹰旗！这次要搞大型围猎，实际上就是一场规模不小的战斗，据我侦察狼穴后掌握的情况，罕乌拉山一带已经活动着至少二三十只野狼，而且都非常凶残狡猾，个头都很大。如果我的判断没错的话，这拨儿狼不是咱本地个别的小沙狼。它们应该是从大西北青海甘肃那边逃窜而来的野狼群、藏狼群，显然那边的自然灾情更严重，环境严酷导致这拨儿狼群无法在那里生存，于是长途迁徙，逃窜进入了我们的罕乌拉山一带。这边野兔野鼠山鸡之类小动物多，还有众多农牧业人口的家畜供它们偷袭抢劫。所以，这次我们必须认真对待，马虎不得，要比作战还要像作战，要树立威风，提高战斗力。因此，做一面战旗是非常必要的，战斗团队要有个团队的样子，哪能没有自己的独特的战旗呢？当初成吉思汗也是用九足鹰旗，指挥年轻士兵围剿狼群，提高战斗素养的。另外嘛，五个小分队，也要做一面小旗，分五种颜色，在荒野上以便辨识，互相不容易搞混。在围猎时，每个小队的任务还要各有侧重点，需要挥舞旗帜来协调行动，这一点，过两天训练开始后再布置吧。好，我就讲到这里，供大家讨论决策，耽误大家时间了。

终于说完，厄日格泰往木墩子上一坐，大口喘气，额头上都浸出了汗珠。本公社的占布拉社长给他倒了碗热茶，他接过后慢慢啜饮。

静默片刻，额尔敦扎布旗长站起来鼓掌，几个公社头头也都站起来为厄日格泰鼓掌。厄日格泰显得有点不好意思。

厄日格泰同志，谢谢你想得这么周到，这么全面！好，我赞成！打出一面团队的战旗，就做一面专打猎用的九足鹰旗吧！

那几位也鼓掌，表示赞同。

这时那只小溪上空的鹰，飞得很低，清清的溪水衬托着它的雄姿。它似乎发现了岸边的什么草兔老鼠水蛇之类的猎物，俯冲而去。

额旗长颇有兴趣地看着那只鹰，问厄日格泰，老厄，鹰这猛禽只有两条腿，怎么说成是九足呢？多出了七条腿，不明白。

噢，额旗长理解上有误，九足不是指九条腿，而是指九个爪子！

九个爪子？明白了，不对不对，据我知道鹰是两条腿八个爪子，一腿四爪，前三后一。额旗长又提出疑问，也是个很认真的人。

厄日格泰笑了笑，继续回答他。

是这样的，蒙古人还有后来的满洲人，都愿意豢养大猎鹰海东青，又叫矛隼、鹘鹰、海青，它是隼属猛禽中最大的一种。据说海东青中有一种神奇的品种，叫作“玉爪儿雄库鲁”，意思是天上飞得最高最快的鸟，万鹰之神。能捉狼狐，敢攻击人，性情刚毅激猛，力大如千钧击石，俯冲如闪电雷鸣。传说，这种“玉爪儿雄库鲁”，就是长着九个爪子，有条腿上长有五个爪子。所以成吉思汗才借用九足神鹰，做了帝国的战旗。

噢，原来是这样，长见识了。额旗长点点头。

又是一阵掌声。求贤若渴的额尔敦扎布旗长，终于找到了真正有用的人才。

他心中喜滋滋地想，有了这位能将，消灭这股狼群，何以忧之，有何难哉？

六

通往北坨子的沙路上，大步走着珊丹琪琪格。

一边的腋下夹着几块布料，一边的腋下依然掖着她的娃仔，走得匆忙。那娃仔伸出小手在悄悄拽拉妈妈的丰乳，想勾过来塞进自己的嘴里，只是那奶房还不够弹性能够勾到他的嘴里去。这情景令人想起民间一笑话，说有位北方农妇背着小仔割庄稼，后背小仔哭叫着要吃奶，她随手掏出大奶子从肩头往后一甩，说吃吧。啊，劳动者的奶房，就如此神奇，就如此硕大而富有弹性，她们就这样创造了世界，哺养了人类，不服伟大不行。

当珊丹匆匆赶到时，阿伦和桑吉玛俩姐妹正在等候她。

珊丹把娃儿往炕上一扔，那娃儿就跟巴特桑、托雅等滚耍在一起。

珊丹再把炕上杂物拨拉到一边，就把腋下的一块大蓝色布料和另五种颜色布料摊开来，展放在俩姐妹前面。那俩女性的眼睛顿时亮了。

我的佛爷，真漂亮啊！

瞅瞅，这块蓝料子还是绸缎子哎！

三个女人一台戏，就这么上演了。她们要赶制战旗，三天内绣织六面旌旗，一个大五个小。阿伦把一张不知从哪里找到的九爪鹰的图案，往那面蓝色绸缎上比画起来，一边对珊丹说，真没想到，你们供销社还卖这么高档的面料！

哪儿啊，我是央求巴哥，特意跑了一趟穆格敦，沈阳！这等好面料，连旗镇上都没有，姐姐！

哇，珊丹你真行，我咋就碰不上一个好男人呢？比起你们俩，就我惨啊！桑吉玛噘嘴装苦。

阿伦安慰她，别着急，你心中的好男人会出现的，耐心等着吧！

听你的没错，等，就像河边的水鸟儿“长脖老等”，我就不信等不来一条傻鱼！

那俩姐妹一听哈哈大乐，争着要看她的脖子够不够长。

桑吉玛撸胳膊挽袖，拿起了裁布大剪子。显然，三个人里她是“大剪”。

姐姐，你绣过旗子吗？珊丹问她。

绣过鞋帮上的花儿，绣过小娃兜兜上的图，绣得比真花儿真图还漂亮呢！绣旗不算个事儿！桑吉玛咯咯乐，信誓旦旦。

珊丹是在担心你，糟践了穆格敦来的好绸缎！

糟践了，再下一趟穆格敦就是，咱们姐儿仨一起下！

烟花三月下扬州！对，一起下穆格敦的大馆子，猪肉炖粉条子可劲儿造！

阿伦说完，跟两个姐妹笑翻在一起。那边的娜仁花、博尔忽为首的七个孩子，停止打闹，都往这边张望三个妈妈，以为出了什么事儿。

就这么开始了，三个蒙古女人绣打狼战旗，绣九足鹰旗。

这情景，就算不是史无前例，也算是历史罕见。她们的嘴里还哼着歌谣，《阿如－杭盖山》《达亚波尔》《西书梅林》，还有《社会主义好》，当唱到“帝国主义夹着尾巴逃跑了”的时候，她们再度笑翻了天。

厄日格泰不放心女人们，额旗长也不放心，都几次过来瞧瞧，进行督导。

五天之后，大小六面九足鹰旗，插在小溪岸边六座营帐的顶上，迎风飘扬。蓝天下，绿草上，迎着旭日红霞，这情景煞是好看而独特。

接着，一百名精选出来的猎手，也如期前来报到，聚集在九足鹰旗下。

为期十天的围猎队训练，按计划开始了。

初夏的小溪草原，一片浓绿，水草丰美，迎来了这支特殊的人马，特殊的队伍。总指挥额尔敦扎布，骑着红色战马伫立在高坡上，手里高举蓝色鹰旗，抬眼巡视百名猎手。只见蓝色旗面上绣的那只大猎鹰海东青，铁喙、黑翅、白腹，九根玉爪子伸张如铁钩，双翅张开如铁扇，锐眼射寒光，威风凛凛，栩栩如生。坡下，骑马肃立五个方队，每个方队前由小队长举着各自的队旗，分红、黄、青、白、紫五色，旗面上也绣着九爪鹰图，旗穗子在风中哗啦啦地飘荡，每支小队还另有几只凶猛的猎犬跟随。在阳光下，五支打狼队尽显祖先的英勇风貌、新社会红色社员的精神风采，气势如虎，威震山河。

额旗长先致辞动员，然后向大家介绍队长厄日格泰，朝右方招了招手。

也许他早已名声在外，将见到本人的骑士们都伸长了脖子看，怀着新奇。

厄日格泰骑着他的“阿吉日嘎”黑鬃马，手握铜头“蛮契克”，从五十米外飞驰而来。奔至猎队前，一勒马嚼子那黑鬃马一声长嘶，直挺挺站立在后两腿上，前两蹄子在空中斩剁两下才落下。那匹马训练有素，矫健而雄猛。

厄队长头戴一顶蓝色八角帽，身穿一身蓝色旧军装，帽子上绣的红五星格外显眼。这身装束是他被日本人拉去河滩枪毙时的服装，阿伦给他保留至今，洗涮缝补干净之后，今天又特意穿在身上。

穿军装，向大家行军礼，右手指并拢举在额前。

额尔敦扎布暗暗吃惊，这兄弟果然是当过兵，还是自己队伍的兵，好啊！

厄队长行完军礼，开口第一句话就是，现在检查大家的马匹、马具、骑术！

他下马，把马缰套在鞍子上让马跟在后边，自己空手走到队伍前，挨个儿先查看马匹有无病态老不老，再查看马鞍马镫马肚带牢不牢结实不结实，然后让猎手骑上马跑一圈回来，看他骑术如何。

他绷着脸，毫不客气淘汰了三匹马、几座马鞍子，还有两个骑手。换马、换鞍子、换人。他铁面无私。严厉告知大家，打狼如打仗，纪律如钢铁，不能拿生命开玩笑，你们一时瞎对付事儿，可连累的是整个团队，连累的是大家！恶狼不会对你客气，不会对你嘴下留情！闹不好就出人命！

猎手们适才感觉到这队长不白给，够狠，有两下子，心弦都一下子绷紧了。这些人也都是各村的基干民兵出身，不是吃素的，都有一定的军事训练基础。

整理了马匹等，再检查了一遍猎手们的"蛮契克"、砍刀铁叉子等武器。

然后，开始了正经八百的队伍训练。

他把五支队伍分五类侧重点，红旗队武器主要为"蛮契克"，黄旗队为砍刀，青旗队铁叉，白旗队铁夹，紫旗队为拖网。具体战术是，把狼群从山林或狼穴中轰赶出来之后，先往埋设铁夹的路径那里驱逐，五支铁骑队伍纵马追赶时红队先投掷"蛮契克"布鲁，若有被击倒的狼，砍刀队和铁叉队立马赶上去砍杀叉死。另外再布置，第五支拖网队则四人四骑分两边拖着粗皮绳加铁链的长拖网，从狼的正面或后面追击，一下子把狼兜进网里，由后边跟随的铁叉队立刻叉狼，一次不宜兜进多狼，一两条就可，多了容易遭反噬。

五支队伍，就照这个方案，开始日夜训练。

根据出现的情况，又把投掷“蛮契克”臂力好的调换集中在一起，稍稍打乱原公社所属。侧重点也多花点时间放在拖网队训练，这活儿需要骑术好，马匹好，马鞍子好，因为解放双手靠双腿膝盖指挥马匹前进或后退，左或右拐弯。这需要更年轻敏捷的好猎手，四个人配合默契达到无比熟练，为确保安全再配备铁叉砍刀队的人员跟随后边，一起行动，若遭到狼反噬可及时救助。

小溪草原上，一时间杀声震天，烈马奔驰猛犬纵跃，一片热闹景象。

总指挥额旗长和他的五位副总们，日夜跟随着围猎队出行，看得都心惊肉跳，纷纷夸赞厄队长真是一位神奇的好指挥员，好猎手，技战术如此精湛而奇特，根据实际情况该想的都想到了，可以说是完美无缺的灭狼技战术。

十天的训练很快结束，虽然还有不足，但不能再等了，这几天又发生恶狼袭击事件。总指挥额尔敦扎布一声令下，围猎队随即拉出去，开始行动。

旌旗招展，浩浩荡荡，队伍直奔罕乌拉山一带。

之前，经厄日格泰建议后，额旗长已动用政府职能，在罕乌拉山那一带也做了些部署。首先彻底清理在围猎地区活动的无关人员，各公社苏木发出通告管辖好各村百姓不得擅自进入猎区，另请旗武装部三名武装干事攀登到罕乌拉山顶峰，等围猎队进入阵地后，将鸣枪惊吓活动在山里的狼兽们往山外逃窜，并在罕乌拉山的东、西、南、北四个方向，也出动附近四个公社苏木各一百名精干男人，占据各自位置敲锣打鼓放鞭炮，只留下西南方向那边一个口子，惊吓驱赶狼群往那个方向逃窜。

罕乌拉山西南边，一座长有矮灌丛的小山岗上，飘扬着蔚蓝色的九足鹰旗。大旗下面勒马伫立着额尔敦扎布和厄日格泰两人。清晨的太阳正从东方冉冉升起，万里无云，朗朗晴空，正是围猎的好时机。狼永远是草原上农牧民的天敌，千万年来人类一直如此消灭着狼群，为保卫牛羊牲口以及人之生存而与狼搏斗过来的，从未有过弱智伪文化者所说那般的什么崇拜什么图腾。狼，从来就是天敌，千万年来未曾改变过。

放眼望去，几路人马已潜伏在围猎区，埋设铁夹，拖网静候。五色鹰旗在荒野上闪没。远古以来，围猎活动是游牧部落的祖传习俗，以通过围猎剿灭狡诈凶恶的狼群，来练习年轻男儿们的胆识、骑术、勇气、战技，为他们将来建功立业打好基础，这是十分必要的成长经历和人生历练。

这场大游戏的组织者厄日格泰，稳坐马背上如一尊铁塔，凝望苍茫的原野似乎进入了某种梦幻般的远古战场，也好像回想起了失去的某些记忆片段。一双鹰隼锐目，乜斜，瞥一眼隐藏狼穴的那一小峡谷，心里又想起那天在山顶昏迷时脑子里出现的那一幕情景。于是暗暗思谋，等解决完这拨儿狼，是否也该去挖掘一下自己大脑中隐藏的那个秘密了？

蓝帽上的红五星，在阳光下显得格外鲜亮，紫铜色的脸庞上沉淀坚毅，扎着皮腰带别着铜头“蛮契克”，更像是一位传说中的勇士。猎狗阿尔斯兰在前后左右跳跃，伸出红红的舌头尖利的犬牙，只等主人的一声令下。主人在沉吟，用舌头咂出声响，示意爱犬少安毋躁。

时辰已到，额旗长从腰上拔出信号枪，朝着罕乌拉山顶峰方向发射出红黄两色信号弹。唰唰——两条曳光弹划破天际，在高空中呈现出美丽的双色弧线，悬在天穹。随着，从罕乌拉山顶处传出清脆激烈的步枪声，一发接一发，震耳欲聋，整个山野为之震荡。接着，从山的四个方向，又传出一阵阵敲锣打鼓声，鞭炮齐鸣，好大的喧嚣动静，似乎欲把茫茫旷野掀翻个底儿朝天。

果然见效。先是从山林里纷纷飞逃出长翅膀的野禽如鹰鸟、山鸡、斑鸠、鹌鹑等等，接着地面上逃窜出野猪、狐狸、獐子、狍子，四散而逃，玩儿命飞奔。最后一拨儿奔窜出来的，就是两三只、四五只的狼。它们果然不像其他动物禽类那般慌不择路地瞎窜，而是目的非常明确地朝西南方向奔来，逃进那片茂密的黄榆林一带不见踪影。

厄日格泰在马背上静静地观察，猎犬阿尔斯兰又在跃跃欲试，厄日格泰轻轻安抚爱犬，安静点，狮子，安静点，马上有你玩儿的！

额旗长问道，怎么只看到几只狼啊？

厄日格泰回答，狼是白天休息，夜里活动，它们是黑夜里的窃贼！估计这会儿，大部分狼都躲在秘穴里睡眠，养精蓄锐吧！

额旗长点点头称，有道理。他们继续耐心等候了半个时辰。

此时，厄日格泰向额旗长行军礼，请示。

总指挥同志，时候差不多了，请允许我下去指挥作战，去杀狼！

好，出发吧！去杀狼！

额尔敦扎布豪迈下令，随后举起鹰旗，庄严地交给厄日格泰。身后的五位副总指挥也纷纷朝他敬礼。

猎狼勇士厄日格泰，高举战旗，挥舞“蛮契克”，一声大喊：

奥——热——乌拉，冲啊！

他纵马奔驰，如一股铁旋风，向前冲卷而去。后边跟随着打狼铁骑队，挥舞砍刀和铁叉子，分两翼掩杀呐喊，有几头仓皇的獐子狍子迎面相遇却不予理睬它们，弄得獐子狍子很不解，人类这是怎么了？怎么放过自己了？扭过头就撒腿狂奔而去，都来不及感谢不杀之恩。

猎手舞刀，意不在獐狍，而在狼头，今天它们不是他们的菜。

厄日格泰发现，另有两三只狼并没有躲进洞穴里，而是从斜岔路上悄悄外逃。他立刻迎过去，把战旗交给随他左右的副旗手巴鲁，自己纵战马去截断狼的逃路。只见黑鬃马四蹄如风，旋即赶到，只见“蛮契克”一闪，一槌猛击狼头，那狼顿时瘫软，随后赶来的猎手一铁叉将其叉死，都没来得及惨叫。旷野上，小树林和灌木丛里，在五面战旗指挥下围猎队纷纷追杀散逃的狼只，把它们往洞穴方向追赶。

厄日格泰在马背上蓝色鹰旗一挥，直指那片黄榆林方向。

于是，听从旗语指令，五路人马齐齐杀向那片黄榆林。

厄日格泰带队，沿一条只有狼迹的小径纵深搜索，根据早先留下的树干上的标记，他很快找到了那个极其隐秘的溶洞狼穴的入口处。下马伏在洞口往里查看，溶洞里边黑咕隆咚，隐隐约约可见崎岖拐弯，散发出来一阵阵阴冷之气，不知里边有多深。按常识判断，这种溶洞地形复杂，可小可大，不好贸然进里边打狼，容易出事。厄日格泰也不是这么设计的，显然他早已胸有成竹。他安排砍刀队和铁叉队守住洞口，以防狼只出逃，然后指挥铁夹队在洞穴口外埋设连环铁夹，再挥手招来巴鲁耳语几句。只见巴鲁转身跑走，片刻后，他与另两个同村猎手阿民等推来了两勒勒车干草、树叶和半干半湿的沙巴嘎蒿子，这是早就准备好掩藏在附近的备用物质。

厄日格泰指挥着，把干草、树叶、沙蒿子统统倾倒进洞穴里去。这下，万事俱备，只欠一把火点燃它。

厄日格泰一挥手，下令道，巴鲁，点火，熏狼！

得哩，熏狼！

只见巴鲁哧啦一声划着火柴，很快点燃了那堆半干半湿的干草堆，不起明火只冒出浓烟来，一团团浓浓烟气被外边的风徐徐吹进洞穴里去。

围观的众人纷纷鼓掌，称赞这招儿够绝。这也是老祖宗的“熏狼之术”。

厄日格泰命令大家后退，拖网队做好准备，在铁夹阵外围等候，当狼只窜逃而出时一一套住它们。在远处，再派出一支“蛮契克”队巡逻，以防有漏网的狼只逃脱。

点燃在洞口的浓烟，慢慢变得又浓又烈了，尤其那堆沙巴嘎蒿子直冒烟不起火，冒出黄黄的浓烟熏得人都流眼泪，靠近不得。溶洞本身吸风，加上外边的峡谷风力往里猛灌，一股股黑黄色的烟气就滚滚卷进洞里去。没过多久，从浓烟弥漫的洞穴里传出来动静了，野狼们开始被烟呛得受不了了，纷纷咳嗽，喘不过气，传出一阵阵的嗷嗷吼叫声，吭哧呻吟声。

狗日的，受不了了吧？熏死你们！还不出来！

巴鲁在那里手舞足蹈，狂叫狂喊。他手里握一杆铁叉子，站在拖网队旁边，准备叉狼。厄日格泰骑在马上，手握“蛮契克”，带领猎手们就在近处严阵以待。

不一会儿，随着一阵“扑棱棱”的响动，从洞口烟雾中飞蹿出无数的蝙蝠来，叽喳乱叫！这些蝙蝠黑压压汹涌如潮，有些被浓烟中的火苗燎着了肉翅膀，掉进燃着的蒿草中，烧得它们“吱吱”乱叫乱扑腾。而多数黑蝙蝠从溶洞里飞腾而出，有的随黑烟往上飞，有的脱离烟柱往旁边飞，密密麻麻又星星点点，然而今天天气好，白晃晃的太阳光很强，一向怕光而夜间活动的这动物，没飞多远又纷纷往下掉落，有的寻找黑影摔在地上，露出两排细密而白白的毒牙，冲近处的人龇牙咧嘴，十分可怖。

“噌，噌！”

这时有两只灰狼，不顾一切从洞口里蹿跳而出。

有一只向前跳出两步便落进连环夹里，早被一旁的巴鲁等猎手挥起铁叉一阵猛扎，惨叫而死，黑血汩汩地流淌满地。另一只狡猾，踩着那只狼的身体一跃几丈远，刚要再蹿跳飞跃早被大网死死罩住了，啪嚓落地，又是一阵铁叉猛戳猛扎，一命呜呼。

紧接着，从那黑烟滚滚的洞穴里，一下子拥出二三十只大小狼来。它们已经不管死活地往外窜了，似乎觉得与其被熏死不如逃窜试一试。狼狐属于最怕火最怕烟熏的兽类，而人类又何尝不是如此呢？发明了烟火，又惧火，这是通病。

厄日格泰手一挥下令，行动！围歼开始！

慌乱出逃的群狼，有的落夹，有的侥幸逃脱，窜过黄榆林，因树林中也有当当敲锣声，只剩下往荒野上狂奔这一条路可选择。

厄日格泰率领五支围猎队，迅速分路追击。他等候的就是这种大场面，决战开始，勇士们已经忍耐很久了。

战旗挥动，铁骑呼啸，猎犬飞跑，真正彰显出古老的狼奔豕突大场面景色。五支队伍渐渐把这拨儿狼群合围在大包围圈里，拖网的拖网，挥铁器的挥铁器，再远点外围还有四乡五邻的锣鼓一阵阵喧天敲响，还伴着鞭炮齐鸣，决不让恶狼漏出一个去。走投无路，被逼急的狼群，露出本性，凶残地回头撕咬靠近它们的猎手们。

头狼是一条铁灰色的个头很大的凶猛之兽，它带领族群开始玩命，寻机逃出包围圈，张着血盆大口吓退逼近的猎狼者。它不愧是一位老练的首领，十分恼怒眼下遭遇的局势，不理解这一带一向温驯的科尔沁农牧人中，怎么会冒出这么一个够狠的高手来，陷自己于绝境，如此令它绝望？它，绝不会放弃的，从祁连山下一路奔杀寻觅到这里刚安顿下来，容易吗？有吃有喝有洞穴有暖窝，岂能轻易放弃？它在冷静地窥伺，已经观察到围猎的五支队伍中，最可怕的是拖网队，最弱一些的是“蛮契克”队，不是铁器，还容易躲避，不至于一击毙命。于是它选择那个方向突围。只见狡猾的铁头灰狼，带领群狼疯狂冲向“蛮契克”队方阵，直逼为首的小队长，高高跃起扑向他。它也似乎知道擒贼先擒王这个道理。受到攻击的那个人，就是夜里独自伏击过狼的猎手宝罕岱。他还是颇有胆气，脸上毫无惧色，稳坐马背双脚奋力蹬住马镫，挥起手中的铜头“蛮契克”击打头狼。头狼凶狂，张嘴便一口咬住他的“蛮契克”铜弯头，一时争执不下。趁这时机，它的母狼从另一侧偷袭过来，一跃而起，合击宝罕岱。千钧一发之际，有两根“蛮契克”呼啸而来。一个击中头狼，一个击中母狼，两只狼同时“嗷儿”一声惨叫，就地一滚，拔腿逃窜。击中头狼的“蛮契克”，是来自厄日格泰，击中母狼的是总指挥额尔敦扎布旗长。这位新“王爷”忍不住手痒，不减当年勇，亲自下到战场来投身到灭狼战阵中。毕竟是戎马一生，行伍出身，这对他来说只是小儿科。宝罕岱感谢二人相救，额旗长认出来，此人当年在他手下当过兵去过朝鲜战场，是一位复转军人。额旗长向他伸大拇哥，表扬他。厄日格泰瞅着他也眼熟，只是想不起来。

挨一棍子的头狼，忍住疼痛逃了几步，发现厄日格泰手中的“蛮契克”已落地还未及捡拾，而且前边已有堵截的猎手出现，索性返身扑向厄日格泰。狡猾的它也已经发现，此人才是主要对手，那个够狠的家伙，自己真正的对手。这时的厄日格泰，早已把腰间的蒙古刀拔出来握在手中，毫不慌张，就等着头狼扑来之际一刀割了它的喉咙。寒光一闪，高高跃起的头狼见势不妙，毕竟老辣也是身经百战，生生收住身子就地一滚，居然直接从他的坐骑黑鬃马的腹下钻了出去。

这个狡猾的家伙，应变能力竟如此迅速！

没想到，转瞬间头狼化被动为主动，瞅准空隙逃出包围圈去了。

只见它，飞一般的四肢纵跃，草尖上如蜻蜓点水，死命奔向小峡谷那边的丛林处逃遁，于电光石火之间。

头狼逃出去啦！猎手们大声高呼。

这下，激怒了厄日格泰，他彻底被激怒了！该死的东西，居然羞辱他，竟敢从自己马肚下逃出去了，他岂能咽得下这口气！立刻掉转马头，两腿一夹马肚，一声怒喝哪里逃！便如一支箭射了出去。

同时，从他嘴里响出一声尖利的口哨。那只猎犬阿尔斯兰，一听号令也像一支箭飞了出去，风一样迅疾追赶头狼。一马一犬，如风如电，紧追不舍。猎犬阿尔斯兰十分敏捷聪慧，它迂回捷径，去截断狼的逃路，从一座沙包侧畔绕过去正好赶上头狼。那头狼，没想到突然冒出这么一个猎犬，跟其主人一样可怕，会坏事儿。它不想与其缠斗，不想浪费宝贵的逃跑时机，扭头便拐向另一侧。阿尔斯兰可不想放走它，窜上去就一口咬住了头狼的后腿。狼无奈，回过身就跟阿尔斯兰撕咬在一起，顿时狗叫狼吼，情形惨烈，掉落一团团狗毛狼毛，扬起一片片尘沙遮天蔽日。

主人厄日格泰拍马赶到，阿尔斯兰果然为他成功拦截，争取到了宝贵时间。那狼一见不好，放弃狗，依旧夺路逃命。可已经迟了，来不及了，赶到的厄日格泰从马背上一侧身，下俯右臂，伸手就一把薅住了狼尾巴，拖起来就向前纵马狂奔。头狼身体被拖在地上，唰唰地滚蹦，几次想抬头张嘴咬那只手，可是马奔跑太快，根本没有着力的机会，只是发出急促的嗷儿嗷儿吼叫，弄得七荤八素灵魂出窍。地上被狼爪子抓出两条豁沟，草木断裂，扬起尘土石子儿抛向两边。厄日格泰见前方有一块岩石，只见他一声大吼“嘿”的一下，拎起那只头狼身体，就往那块岩石上狠狠砸下去。

嘭，扑哧！

一声闷响，头狼的头颅被击撞在鼓凸的岩石上。脑浆迸裂而出，绿的红的血液向四处飞溅。厄日格泰“吁”一声勒住马，掉转头跑回来，再次拎狼体猛烈摔打在那块岩石上，这下，那头狼彻底地一命呜呼！

Eqigenqin-taolagai！去你爹的头！

厄日格泰把狼尸体狠狠丢扔在地上。狼的腿爪子在抽搐，血肉模糊，龇牙咧嘴，双眼未闭仍然不服气的样子，情形十分可怖。

厄日格泰傲然屹立在马背上，一脸的蔑视，鄙夷。

正这时，那只母狼赶来了，血红了眼睛，凶狂地扑向厄日格泰。

小心！有人发出警告。

随着“砰”的一声枪响，那只偷袭的母狼倒在地上，一枪毙命。

额尔敦扎布旗长飞马而来，手里举着一把五四手枪。那会儿每位旗长都秘配一把手枪，一般不需用，除非特殊情况。

看着地上的母狼身体，厄日格泰笑了。

早知你有手枪，我何必这么费事儿？

你不是有规定，猎场上不许用火器嘛！

那你为啥用啦？

紧急情况例外。

就不怕误伤了我？我脑子里已经有一颗了。厄日格泰说完又笑。

三十米距离，要是打不上一只活体，我这骑兵团长不是白干了？你怎么一句感谢话都没有啊？

额旗长翻白眼。

谢谢王爷救命之恩！晚上摆杀狼宴吧！

厄日格泰笑笑，转身而去，去打扫战场。

谁出钱啊？旗长从其身后喊。

当然是你的旗府啦！狼肉我出！

啊，真可谓：

旷野上，大风起兮云飞扬。

真性情，大漠勇士下夕烟。

第七章　博尔忽和娜仁花

一个人知道自己为什么而活着，

就可以忍受任何一种艰难。

没有可怕的深度，

就没有美丽的水面。

——德国·尼采

一

狼穴，溶洞口，摆着二十七具狼尸体。

厄日格泰带着十名好猎手，举火把走进洞里，进行搜索。

溶洞纵深大约有五六十米长，左拐右绕，阴冷阴冷。之前灌进来的熏狼烟雾依旧在弥漫，未曾完全散尽，呼吸起来还是呛人。他们拿着火把和铁器，捂着嘴巴，小心翼翼前进，丝毫不敢大意。脚下到处是狼粪，烂草，皮毛，骸骨，动禽残肢断腿，这些东西腐烂之后散发出一股股恶臭气味，闻着令人呕吐。

里边除了主洞，还有大小不等的侧洞和小坑窝做巢穴。他们发现，在极深处藏有两处结着冰柱的极寒涵洞，里边居然储存着如小山般的动物飞禽肉体。这令他们无比惊愕。有野鹿，黄羊，獐子狍子，兔子山鸡，更多的还是人类的牛羊猪等家畜肉类，有整块的，有零散的，堆在那里都好好的，看着触目惊心，匪夷所思。

天啊，这里是狼群的食品冻库啊！够它们吃一两年的了！巴鲁惊呼。

看得出，它们也在为度过大饥荒做准备。厄日格泰忍不住摇头。

可惜，被我们全窝端了！不过，这头狼王也成精了，还真深谋远虑呢，它这狼王国不比人的差！巴鲁拨拉着那些动禽肉类感叹。

有些地方远超过人类了，人现在有肉吃吗？它们差的只是不会说话而已！有人说道。

幸亏不会说话！它们要是会说话，没有咱人类啥事了！巴鲁一脸的庆幸感觉。

就是会说话，照样灭它！厄日格泰接过话茬，掷地有声。

他们举着火把继续搜索。半个多钟头之后，结束搜索，里边再没有发现活狼存在。但是，细心的厄日格泰瞅见，溶洞斜上方有一小天窗似的小口子，经查看好像新撞开的口子。这是怎么回事呢？顿时，厄日格泰心中萌生出一丝疑惑。

走到外边来，他向洞口抽烟等候的总指挥额旗长汇报搜索的情况。

额旗长十分惊讶狼的储存食物，亲自到里边查看，随他进洞的五个副总指挥，也个个目瞪口呆，摸额惊呼，姥姥的，日子过得可比我们丰盛多了啊！大饥荒，我们都在吃糠咽菜，它们倒是顿顿大鱼大肉，天天过年！

额旗长下令，让人把这些肉品统统搬到外边去，叫来检疫人员检查，挑选出人可食的部分，经消毒后分发给围猎队猎手们，也算是一种奖励吧。狼吃得，人亦吃得。猎手们一片欢呼，肉这个荤腥，他们都已经忘记那个味道了。

周围五个公社苏木的百姓们，纷纷赶来了。骑马，骑驴，赶车，徒步，三五成群，男男女女老少皆出动，纷纷前来，参观罕乌拉山西南黄榆林中的狼巢穴和战利品狼尸体。猎手中的屠夫们，正在剥狼皮，剔骨取肉，为晚上的杀狼宴做准备。看热闹的人群中，出现了小哈拉和博尔忽的身影，俩人是合骑着和圣·塔亚的灰毛驴赶来的，这都是博尔忽哭闹的结果，额吉那匹小红马正在揣驹不让碰。小赤佬滑下驴背就跑向阿爸，去摸那些摊开的狼皮，问这问那，兴奋又好奇。

危害生灵已久的这拨儿恶狼，倾巢覆灭，百姓大快人心，前来的人们都恨不得上去咬一口狼，以牙还牙，以血还血。大家都把钦佩的目光投向那位传奇英雄厄日格泰队长身上，可人家这时远远躲在一边，正在查看那个狼穴小天窗外的落脚点。

他闷闷不乐，并没有多少兴奋。一丝忧虑已经明显挂在他的脸上。

他翻看所有被灭的狼尸体，经仔细确认后发现，并没有发现老对手那条瘸腿狼的尸体！加上那一可疑的小天窗口子，以及在外边遗留的痕迹，他怀疑，这个狡诈的家伙很有可能是漏网了，趁人不备逃出去了。也许还不止它自己，有可能还有它的伙伴年轻的母狼。这就又埋下隐患了，为此次的剿狼大捷留下了一丝遗憾。看来，他与它还要继续较量一番了，事情尚未结束。他皱起眉头，暗暗冷笑。他暂时并没向旗长汇报此事，先不必扫了人家兴头。还是由自己来跟它“私了”吧。

他抬眼望东北方向的罕乌拉山，若有所思。找到它们，需要费一番心思了。

从黄榆林中的一个土坡那儿，突然传出博尔忽与小哈拉的吵嚷声，好像发现了什么。原来，好动的博尔忽追逐蚂蚱跑到那个土坡下，见那里有一个被草叶树枝遮盖严密的小土洞，追的蚂蚱钻到里边不见了。这时听见里边传出哽哽唧唧的小狗崽哼哼声，他轻轻拨开草叶树枝，于是发现了浅浅小洞里藏着两只小狗崽！小哈拉也跑来了，博尔忽嘴里喊着小狗，小狗，伸手便抱出两只小狗崽。小哈拉也抱一只，俩人很开心，戏耍起来。

小狗！小狗！阿爸，我捡到小狗狗啦！

博尔忽站在那里，把一只小狗举在头顶上，炫耀，大声叫嚷。

厄日格泰一听，大喊一声不好，便飞般跑过来，一看果然是两三个月大的小狼崽！

他立马喊来巴鲁、宝罕岱等十几个猎手，在周围搜索。附近并没有发现大狼的踪迹。回来再看那个小土洞，很浅，也就一米深，并不是狼穴，显然大狼临逃走时不便携带，匆忙把小崽子暂时藏匿在这里的。

厄日格泰立刻想到了那条瘸腿狼，两只狼崽肯定是它和母狼遗留的。额旗长也过来询问出了啥事儿，他只好告诉有可能逃脱一对儿公母狼，孩子无意中发现了被它们藏匿的两只小狼崽。

额旗长很惊讶，拍了拍他的肩膀说，看来，还不能马上解除你的队长职务，任务还没有结束，革命尚未成功，你这队长还继续除恶务尽啊！

组建的围猎队不能再耽误生产了，这事儿就交给我吧，由我一个人去干掉就行！厄日格泰握着拳头说。

额旗长看了看他坚毅的神色，点点头，好吧，那你自己干吧，相信你的本事，需要帮助的话就开口！

他走过去，摸了摸抱在两个孩子怀里的小狼崽。

狼崽咋办？

杀！留着也是祸害、后患！

厄日格泰冷冷地挥下手。

不！阿爸，不能杀它！多可怜呀，它这么小，还在吃奶呢！

博尔忽趴在小狼崽身上，用身体护住它。期期艾艾，一副心慈手软的样子。

那你想怎么着啊？厄日格泰虎着脸问他。

求求阿爸，别杀它，让我收养它吧，它也是个孤儿……

一听此话，在旁的人们脸色陡变。联想到这个孩子的身世，都不说话了，似乎也都表现出某种同情之意来。大家都静静看着厄日格泰。

不，它并不是孤儿，它的父母狼，还活着呢！

厄日格泰铁青着脸色，态度严肃，郑重告诉博尔忽。狼崽的父母漏网逃走了，是从狼穴里的小天窗逃走的，可能就是那只瘸腿狼！它们比头狼还要狡诈，叼着小崽子跑路容易暴露，又跑不快，所以临时把小崽藏匿在土洞里，准备天黑后接走。如果不是你追蚂蚱发现了狼崽，它们的计划就肯定成功了！

听了此话，众人纷纷点头，感叹。

小哈拉！你有“蛮契克”吗？厄日格泰大声问。

阿巴嘎，我没有“蛮契克”……小哈拉回答。

厄日格泰拔出自己腰带上铜头“蛮契克”，朝小哈拉扔过去。

小哈拉，我命令你，把“蛮契克”捡起来，举在头上！

干吗呀？大爸！小哈拉听话，就把“蛮契克”举在头上。

好了，你现在把“蛮契克”再举高点，就往怀里的小狼崽天灵盖上，猛击三下，击碎了它！

厄日格泰态度威严，黑下脸，如此下令。

小哈拉“啊”地失声，身上抖了一下。

这也出乎在场众人的意料，都愕然。但谁也不敢出声，屏住呼吸。四周静悄悄，似乎风也停止了吹动。人们都在注视小哈拉的脸，看他怎么做。

厄、大爸，这……小哈拉犹豫，额上浸出冷汗。

怎么？你想违抗我这围猎队长的指令吗？

厄日格泰眼睛一瞪，目光如刀，毫不留情地喝问。

那、我……我击碎它就是……

小哈拉喃喃说话，快要哭了。他闭上眼睛，挥起铜头“蛮契克”狠狠往狼崽头上砸下去。一下，两下，三下。狼崽头颅顿时被击得粉碎，流了一地红红的血和白白脑浆混合液体。也溅了小哈拉一脸。只见他丢下手中的“蛮契克”，委顿在地上，目光呆呆地瞅着那具狼崽尸体在地上瑟瑟抽搐。

厄日格泰这时又开口，语气依旧很冷，表扬干儿子。

好样的小哈拉！杀了这只狼崽，你已经成为草原上的真正小爷们儿，是个男人了！你要记住，你是个羊倌儿，今天打死的是你明天的敌人，吃你羊的敌人！你一定要明白，狼，本性决定永远养不熟，养不成你的朋友，不会像狗一样，所以才叫白眼儿狼。半年之后，只要它的牙长全长得尖利了，第一个咬的就是你的喉咙！它会偷偷袭击你！我一位朋友小时候也养过一只受伤的秃耳朵小狼崽，一年后它逃走了，有天夜里两只狼袭击了他的羊群。它们也不吃肉，把几十只羊的肚子全都豁开撕烂，所有羊羔的脖子都一口咬断，他发现，就是那只逃走的秃耳朵狼干的！我朋友从没想到，狼会这么邪恶，其实，这就是狼性！在草原上，狼，永远是牧民的生存天敌，你心慈手软，它对人类可从未这么想过，认为人类是它们的天敌，从骨子里仇恨人类，这种仇恨已经延续了千万年了！今天你放走它，等一两年之后，就这只狼崽子也许会咬烂你小哈拉放的所有羊的肚子！因为它对你的情况环境更熟悉，更了解，更容易得手！记住吧，我的孩子！

厄日格泰迎风而立，铮铮说出的这番话，震撼着在场所有人的心灵。

不要给你的敌人留下一丝缓气儿的机会！这是厄日格泰在心中默默说下的另半段话语，也是在提醒自己。

只见他这时转过脸来，冷冷面对自己的养子博尔忽。

那孩子仍然怀里护着狼崽儿，正在那里瑟瑟发抖。

轮到你了，博尔忽！小哈拉，把“蛮契克”递给你弟弟吧！

小哈拉木木地站起来，走过去把那柄“蛮契克”递给博尔忽。

我不要！我不要杀它！我要养活它！

博尔忽大喊着，突然从地上爬起来，眼里浸满泪水，抱起小狼崽就往树林子方向跑去。

不好！回来！不要瞎跑，快拦住他！

厄日格泰捡起地上的“蛮契克”，拔腿就追过去。

额尔敦扎布旗长此时也似乎意识到了什么，拔出手枪也从后边跑过去。

果然，当博尔忽踉踉跄跄刚跑出三四十米远，从树林中的一个小坑处堆满的厚树叶下边，一跃而起两只狼来。它们咆哮着，直朝抱自己小崽跑的博尔忽扑过去，张开血盆大口，凶猛又狂烈。博尔忽一见，登时吓瘫在哪里。尽管这样，他依然抱着那狼崽不松手。这个熊孩子，真的要命。

“嗖——”一声，有支“蛮契克”飞来，击倒了高高跃起的瘸腿狼。

接着一声枪响，打中了另一只母狼。母狼就地一滚，拖着受伤的腿就逃，要钻进密林中去。再一次枪响，母狼又中弹，扑通一下落地，这回抽搐着四肢渐渐死去。第二枪要命，直接击中了心脏部位。

瘸腿狼一看不好，呜—— 一声痛苦嚎叫，转身逃进旁边的密林中去，顷刻间消失不见。

额旗长举枪跑去察看母狼死没死，厄日格泰捡起“蛮契克”也跑过去。那母狼正在咽气，一双眼睛凶狠地鼓凸着，血红血红，空洞地瞪着天空，含满不屈和怨怒。显然它死不瞑目。

博尔忽怀里的那只小狼崽，这时挣脱开来，踉踉跄跄爬过来。在众目睽睽之下，它扑在狼妈妈的怀里哽哽哭啼着，寻找到一只奶头咕叽咕叽吮吸起来。那一排奶头上沾满鲜血，黑红黑红。那是死亡之奶，带血之奶，也是小狼崽对母狼的最后死亡之吻。人与狼的搏杀，竟如此惨烈。在场所有人目睹着这一幕，无不动容，唏嘘不已。

厄日格泰咬咬牙，铁了心肠，再次举起手中的“蛮契克”。

不承想，那个固执的熊孩子博尔忽又跑过来，扑在小狼崽身上。用身体护住了它。回头瞪着阿爸，哭嚷着叫，砸吧，连我一起砸吧！

厄日格泰愣住了。举在半空中的“蛮契克”，砸不下去了。

他的手在微微颤抖，似乎心也在颤抖。眼中似有泪光闪动。他可能没想到，自己收养的这个孤儿小赤佬博尔忽，居然如此心地善良，仁慈有爱心，宁可自己挨砸也要保护小狼崽，很有勇气和担当。这让厄日格泰那颗钢铁般的心，终于软下来，下不去手了。心想，眼下的这小狼崽，其实何罪之有？等它长大了，再处理也不迟，算球了。

他默默地把“蛮契克”往腰里一别，一手抱起博尔忽，一手拎起那狼崽，转身就走。

好吧，把狼崽带回去，跟你一起养吧！

周围响起一片掌声，欢呼声，喊乌拉声。

二

杀狼宴，设在围猎队营地，在露天篝火中开始。

夜幕降临时，小溪草原顿时热闹起来。

一百名勇敢的猎手，在两排长条桌两侧就座，桌子不够长有的干脆就地而坐。

主桌上坐着总指挥和五位副总指挥，还有队长厄日格泰。

不少附近老百姓闻讯而来，一是参观晒挂在篱笆上的狼皮，二是期望着能否讨得一口狼肉吃。据说狼肉能治不少病，比如哮喘、支气管炎等，还能壮阳，尤其传闻对男人早泄不举等有较好的疗效。

二十八具大狼肉加上一只小狼崽，支起几个大锅炖煮。狼肉臊腥得很，肉又很坚硬，土厨师巴鲁和来帮厨的阿伦、桑吉玛、珊丹等人往锅里加了很多可去邪味的野葱野蒜老姜黄芪等材料，用杏树疙瘩火慢慢炖。其实他们从傍晚很早就开始折腾了，就这样也等得猎手们馋饥难忍直流口水。那些围观的民众，也一起帮着流哈喇子。等待中拿小哈喇子开涮。

狼肉香味，渐渐飘满溪边夜空。月上树梢的时候，坚硬的狼肉终于被搞熟了。

总能看准时机的供销社巴音经理，赶着马车又来了。车上载着一大坛散酒，是六十五度奈伦烧锅。酒香飘出几里远，这下引起一片欢呼声，猎手们纷纷找碗，有人抱住巴音就亲啃，还往他嘴里塞半生不熟的狼肉。

总指挥额尔敦扎布旗长站起来，敲敲碗边让大家安静，并示意围猎队队长厄日格泰主持杀狼宴仪式。

这次他也不推辞，拔起蒙古刀，从头狼额头上片下一小块肉来，举在额前念念有词，敬长生天、敬长生地、敬祖先，然后把肉抛向草原上的高空，飞向远处。接着宣布杀狼宴纪律，不许喝酒闹事，不许吵骂打架，谁违令就拿“蛮契克”抡三下，赶出会场，他了解同胞们的脾气。百名猎手也都知道他的厉害，铁面无私，纷纷应诺不敢造次。

随后，他看一眼来围观的百姓们，正在个个流着口水可怜巴巴地望着他们，便问大家，可否匀出一只狼送给他们分着吃，大家当然也举手赞同，他们不是狼，不能吃独食。这事儿，就交给巴鲁和小哈拉去办了。

额尔敦旗长愈发欣赏厄日格泰的办事得体，持仁爱之心，带头为他鼓掌。

然后，厄日格泰请总指挥额旗长讲两句。他也不推辞，站起来就开讲。

草原上的勇士们，我为你们骄傲！你们勇敢无畏，齐心协力剿灭了这股二十八只恶狼，为草原除害，保卫了我们的生命财产，可喜可贺！旗政府要给每个参战猎手颁发“打狼英雄”奖章奖旗，挂红花，在旗里隆重召开表彰大会！第二，我在这里隆重宣布，当初咱们的围猎队队长厄日格泰同志提出的三项条件，我已经全给落实了，他们的小姑娘吉雅明天就可以落户口，旗医院也已经免除了他妻子阿伦高娃的所有住院医疗费！另外，我们还跟旗妇联和妇幼保健站商量决定，就在他们的家“套卜”窝棚这里，办一个小型妇幼救助站，就由阿伦高娃医生负责管理！

这下全会场沸腾了！

掌声、欢呼声响成一片。猎手们衷心拥戴的队长，终于有了好的结果，大家从内心里为他高兴。人世间，还是好人有好报，这才是正道。

厄日格泰没有想到喜事突然降落，这些日子忙活得他已经忘记了这码事儿。此时他激动得说不出话来，忍不住伏案抹眼泪，然后站起来给旗长鞠躬，给大家鞠躬，举起大碗给大家敬酒。

气氛热烈，杀狼庆功宴进入高潮，猎手们开始大碗喝酒大快朵颐狼肉了。

博尔忽跑来坐在阿爸的怀里，还抱着那只狼崽。厄日格泰直摇头。旁边的额旗长说，这小巴拉，是个人物，将来准能出息！

厄日格泰摩挲着博尔忽一头黄发，逼他喝了一碗酸马奶“契科”，那是有点酒味道的饮品，酷暑夏季最能清火清热。那小赤佬早已忘记白天的不快，咕嘟咕嘟喝下半碗“契科”，一边抹嘴一边撒着娇，朝阿爸索要他腰上的那把蒙古刀。

厄日格泰毫不犹豫，解下蒙古刀，大方地赏赐了他。

你要蒙古刀干什么？厄日格泰问他。

博尔忽拍一下小狼崽脑袋说，它长大真要是成了恶狼，我就拿这把蒙古刀解决了它！

这令厄日格泰和额旗长很意外，都没有想到这小家伙会说出这番话来，不由得点点头。

你小子，还是能分得清是非的嘛，你要记住今天说的话哟！厄日格泰鼓励他。

阿爸，你真把这柄心爱的蒙古刀送给我呀？博尔忽歪着脑袋问。

这还有假？比起我们祖先们的慷慨大方，我这不算什么。据说，成吉思汗的儿子窝阔台可汗在世时，更是仁爱好施，广播恩惠，他的宫廷几乎成了普天下的庇护所避难地。在赏赐财物方面，更是慷慨大方，甚至把来自帝国远近各地的礼品，常常不经司账登录就散发一空，几乎没有人得不到赐物离开的，也没有讨赏者从他嘴里听见不的。有一次在猎场上，农人献给他三个西瓜，他身上一时没有可赏赐的东西，索性把皇后耳边的两颗珍珠摘下赏给了那个人。皇后说，此人不知珍珠的昂贵，不如让他明天到宫里去领些钱物得了。可汗却说，他是个穷人，生活艰难，等不到明天的！

周围人听后，频频点头，鼓掌。

小巴拉，你就放心拿着阿爸的蒙古刀吧，比起皇后的珍珠耳环，那不算个什么好东西哟！猎手们逗博尔忽。

厄日格泰讲了这段历史典故，突然有些伤感起来，轻轻长叹。

他继续教育养子说，博尔忽，你已经有了我们昔日英雄的名字博尔忽，如今又获得了阿爸送你的蒙古刀，已经算是草原上的小蒙古男人了！你可要记住，牢牢记住我们祖先的楷模风范，做人要厚道，对亲朋要厚爱，对兄弟姐妹和民众同胞们，更要厚德仁爱！要做一个对社会对国家有贡献有担当的男人！

说完这几句话，他端起面前的一碗酒，一饮而尽。

热闹的酒宴，顿时一片安静肃穆，鸦雀无声。

大家似乎也都思考着什么。

长夜漫漫，人世漫漫。活着的后人们是应该思考些什么了。

杀狼宴后的第三天，阿伦的窝棚这里，开始动工了。镇上来了几个工人，挨着窝棚盖了三间砖房，置办大小床铺等用品，并在门口挂起鲜亮的牌子：阿伦高娃妇幼救助站。与此同时，还把原先的“套卜”窝棚推翻，在原址上重新盖了三间新土房，这里一下子焕然一新了。

阿伦搂着丈夫的腰，撒娇般说，当家的搞来的这张馅儿饼，好大哟，我吃撑了都！

是吗？知足就好。咱们还是遇着好官儿了，下放的环境也算不错，善良的人居多——厄日格泰摸一下老婆挂满幸福的脸蛋，然后若有所思，眺望着远处天际，不无忧虑继续说，往后，咱们更得加倍努力才成，操持好孩子们的事儿，不能出现一点纰漏。内地的灾情正在蔓延，我想也许会继续转来些灾难孤儿的，咱们要做好迎接准备。额旗长临走时说，咱这边旱情也日益严重了，形势不容乐观啊——

知道了，当家的，放心吧，咱仨姐妹能行的。阿伦轻轻说。嘴里轻叹，唉，这世道真是不消停啊！

不久，阿伦高娃妇幼救助站正式开业上班。

经站长阿伦推荐考核，正式聘请桑吉玛为专职护理工，珊丹为兼职半个护工。三个人均由村里给记工分，旗里发放少量的补助金。三个女人一台戏，就这样开场了。她们已经与嘎拉森站长约好，旗站那里再接来孤儿，遇到分送困难有残障什么的，都可往她们这里送来，一概不拒，全部接收抚养救助，培养成人。

日子，就像坡下的小溪般流淌起来。后来人们索性把那条无名小溪称作阿伦小溪，阿伦之意是纯洁明净，很贴切。生活逐渐走上正轨，唯一让厄日格泰挂心的事儿，就是那只侥幸逃逸的瘸腿狼。他并没有忘记当初的承诺，在牧马之余多次出去寻猎过，但始终没有收获，那个狡猾的野物，像空气般蒸发了，毫无踪影没有任何痕迹。也许远遁，也许遭他一记棒子，受伤不轻，藏匿在哪里深穴中舔舐伤口。

但他相信，它会来的，尤其它的小崽子还在他这里。

有几次放夜马时，他好像发现远处闪过一对绿光。追踪过去一看，却没有任何痕迹。他怀疑自己是不是太多疑了？但他凭着经验，丝毫不敢放松警惕。

他愈发觉得当初宽容博尔忽留养狼崽，也许遗下了祸根，自己的一念之仁也许是做错了。他把想法告诉阿伦之后，她也产生了担心，立即规定博尔忽不许带着狼崽去外边玩儿，更不许跑到野外去。而在家里，对小狼崽最敌视的，莫过于猎犬阿尔斯兰了，一见狼崽就狂吠着追咬，拦都拦不住。只好把它俩分开养，都拴上了绳子。

终于熬过炎热的夏天，科尔沁沙地草原进入秋天了。

天高云淡，苍茫的原野愈加辽阔起来，满目呈现绿中带黄的镶金边荒野。那些在原野上开了一夏天的鲜艳百花，有的开始枯萎，有的在结果，有的在绽放枝头末尾的花骨朵，那是它们最后的微笑。唯有野秋菊，依然很灿烂，炫耀着这季节属于它们，伙同白色芦苇花和火绒花在清风中摇荡，安抚着诗人们伤感的心。坨野景色起伏回旋，随着地势体现出另类的曲线美，壮阔中有层次感，神秘中让你产生出连绵的遐想。这一切，让马背上的厄日格泰深感亲切，不由得心动，忍不住问自己，这里的秋日景色，为何如此熟悉？难道这里是童年的故乡不成？

他又晃了晃自己那颗有子弹的脑袋。最近以来，一想要回忆些往事，脑子里就阵阵发疼。都不敢多想，只能立即回避。

阿伦高娃和厄日格泰夫妇来到哈日根艾勒当社员，转眼间已有半年多时间，此时节，随着国内大灾荒逐渐严重，外边的国际局势也在悄然发生变化。“北极熊”趁机勒索讨债，雪上加霜，双方的吵骂嗓门逐渐变高，论战开始变得激烈，开始白热化；而这时台湾那边，蒋介石也不安分，蠢蠢欲动，乘机叫嚷要反攻大陆。

这一天，公社发来通知，调厄日格泰前去公社报到。接到通知吓一跳，一打听才知，请他去是给全公社基干民兵训练营当训练官，时间约两个月。阿伦悄悄问丈夫，是不是要打仗了？丈夫回答说，老毛子，永远不要相信他们，什么都可能发生，老蒋嘛，蛋球事！备战备荒为人民嘛。

你好像很了解老毛子，感觉打过交道似的！阿伦笑起来，逗他。

是吗？你这样认为吗？对呀，我怎么了解他们的——他又陷入一片迷茫。

算了算了，别又折腾你那脑袋了！阿伦说着，赶紧给丈夫准备行囊。

厄日格泰临走时，一再嘱咐阿伦管好博尔忽和娜仁花，他已经发现两个小家伙用上海话嘀咕好几次悄悄话了，两个娃子都够精的盯紧点。另外就是，在外屋地拴好狼崽，千万不能放出去，必须严加看管，小狼崽正在长大会咬人了。他不放心，又找来巴鲁，让他想办法把这个祸害悄悄处理算了，养在家里毕竟不是个事儿。巴鲁问博尔忽不干咋办？他想了一下说，会玩儿腻的，新鲜劲儿一过也不会天天抱着了，你看着办吧。

巴鲁点点头。等厄日格泰走后，他来几次家里，发现根本没有机会下手，博尔忽和娜仁花几乎跟小狼崽黏在一起。弄得浑身都是狼毛，有一次还把狼崽抱到炕上，巴特桑、托雅们也跟狼崽打滚嬉闹在一起，已经开始长乳牙的狼崽还咬伤了托雅。额吉阿伦很生气，拍了一巴掌博尔忽，叫来巴鲁扔掉狼崽。

博尔忽认错，拼命哭叫，抱住小狼崽不撒手。

阿伦无奈。巴鲁一看，这样下去的确不行，狼性难改，再过些时日，这狼崽儿不可能是孩子们的玩物了，必须想出妥善的办法处理才行。

你有啥好法子吗？又能让博尔忽接受。阿伦问他。

我来想想，这样吧，这事儿就交给我吧，你去忙活救护站的事情。听说你们站已经接收了五六个新来的孤儿，够你们忙的！

巴鲁劝走了阿伦。她的确忙得不可开交。她也索性把此事交给巴鲁处理，自己就返回救护站，忙活去了。

旁边的小哈拉问巴鲁，为啥支开了阿伦额嬷她？

让她掺和进来，肯定搞不成。

你还真有啥妙计呀？

有是有一个法子，那是个传说，也不是传说，是一个本子上的记录，可以试一试。巴鲁说着，回想起早年的一件奇特事情。

土改时候，从村里大户大巴彦——那顺巴特家里抄家抄出过一本祖传秘本什么的，上边记载着一个叫《驯狼为犬术》秘招儿，很神奇。当时巴鲁是一位民兵，跟大家一起好奇，抢着看，也没当个事。只觉得那会儿的大家族，王公贵族府里，什么宝贝都有，这个秘诀那个秘方的。《驯狼为犬术》秘招儿，应该是根据古代的另一招数演化而来。早先那会儿，古代北方据说是蒙古人祖先匈奴人或柔然部称霸时期，各部族间战争很多，把抓到的敌方战俘一律当奴隶使用。据传，东胡人中有一种防备战俘逃走或暴动的秘法，那就是制造“傻奴”，也称“莽胡达”。这种傻奴，会失去原先的记忆，除了主子谁也不认，只会傻乎乎地干活，一心一意为主子服务，听从主子的指令，也不知道反抗。那么，如何制造傻奴——“莽胡达”的呢？用一种特殊的头套叫“xi-ri”犀日或犀利，给抓来的年轻俘虏的头上强行套戴，不可摘下。先是把俘虏的头发剃个精光，不留一丝头发根，然后把刚屠宰的一匹骆驼的滚烫的脖颈皮剥下来，切成片，趁着还冒热气紧紧地粘贴在那个奴隶剃光的秃头上。奴隶的手脚被绑动弹不得，那个热乎乎滚烫又黏度很强的骆驼颈皮紧紧箍在光头上，慢慢变干缩紧，而且变得坚韧如铁皮，死死箍住人的脑袋慢慢缩小缩窄，这还不够，里边光头上再长出新一茬儿头发，可头发又无法突破外边那层坚韧铁箍，却在生命张力的顽强拱顶下反而倒长过来，一根根深深扎进人的脑壳里去。这就叫戴“xi-ri”犀日。遭受这种傻化进程的战俘，有的无法忍受会死亡，一些身体坚强的会活下来，但他的大脑慢慢受损，智力降低，神经断裂，彻底变傻变弱智，会忘记所有记忆，就变成一个真正傻奴“莽胡达”，一个对主人永远忠心耿耿、忘记自己过去只会劳动的奴隶。

大巴彦家的秘本里记录的是，把这一戴“xi-ri”犀日秘诀移用在狼崽身上，培养出一只绝对服从主人永不背叛，又保留勇猛凶狠本性的狼犬，看家护院，还可驱用打猎或战场上御敌。据秘本记载，他们家族早先曾制造出这样一条“莽胡达”狼犬，为家族建功立业，猎场上所向无敌。有一点跟古代不同的是，他们拿来箍脑袋的“xi-ri”犀日，并非骆驼脖颈皮，而是用了公牛的热“固遮”及牛的热脾胃，在伸缩弹性和强度方面，比骆驼颈皮还厉害，更有效。

小哈拉听完，忍不住拍掌感叹，天哪！人间竟有这等的怪绝招数啊？王公贵族玩得真是见鬼了！那么，巴鲁大叔，你想套用这招儿对付博尔忽的狼崽吗？

眼下就剩下这么一招儿，可以试一试了，要不只能给它抹脖子！

那么干，博尔忽会跟你拼命，惹出事的！小哈拉摇头。

那也只能先这么干了，你干爹交代过！

巴鲁说完，迈着大步，义无反顾地去找博尔忽。

当他赶到时，博尔忽正在跟狼崽玩耍，人都快变成一只小狼崽了，学着龇牙咧嘴，表现出一股邪性的劲头。巴鲁心里纳闷，这小巴拉，越来越邪门了，这样下去，他也非变成一只狼崽不可！

巴鲁走过去搂住博尔忽，笑着问他，博尔忽，你这么喜欢这狼崽，它马上就要长成大狼了，你咋办呀？

长成大狼，怕啥？我也接着养它！

长成大狼会咬人的，会变成凶恶的坏狼的！

那我就——拿阿爸送的这把蒙古刀杀了它！博尔忽拿出不离身的那把蒙古刀，挥了挥。

狼崽子一旦长大，你想杀也杀不了的，你咋办呀？再说了，你马上就要上学了，也会长大的，到时候总不能抱着狼崽去上学吧？嗯？

博尔忽被问住了，忽闪着一双眼睛，问巴鲁，大伯伯，你有什么办法吗？可不可以让狼崽不再长大了？

办法倒是有一个，可以试一试的，但你得听我的话才行。我判断，这办法一旦成功，这只狼崽就是长大了，也不会成为一只恶狼，还永远听你的话，永远对你忠贞不渝，你说东它绝不会往西的！

哇，真的呀？太好了，伯伯！你快帮我弄，快帮我弄！博尔忽高兴了，一个劲儿摇晃巴鲁的胳膊，一副不能再等的样子。弄得巴鲁心里生出狐疑，这个小机灵鬼，为何心情这样迫切，这样急不可耐？真是有点奇怪了。

等等，等等，博尔忽，你干吗这么着急呀？巴鲁盯着博尔忽问。

我有用，我有用，快让它变成听我话的狼吧，求求你了伯伯！

你想有啥用途啊？

这个嘛，等你弄完了再告诉你——现在告诉你也成，就是想吓唬吓唬娜仁花那个贱蹄子，她老跟我争狼崽玩，狼崽要是对我忠诚，我就不怕她抢了！

博尔忽如此解释，显然不是真话。

巴鲁点点头，好像也有道理，他没有再往深里追究。心里说，一个小屁孩儿，由他去吧，没有啥多想的。

于是，他跟博尔忽约好，把小狼崽暂时带到他的窝棚上，由他养些日子，进行调理，改造它的狼性。博尔忽也可以随时过去看看，但必须让小哈拉带着来，以保证路上安全。

二人就这样击掌约定，伸手指拉钩。

巴鲁顺利把狼崽带走，回到自己放牛的窝棚，开始操作起来。

他喊来小哈拉帮忙，一起搭建一个小台架子，再制作一个木笼绑牢在台子上，离地面约有三四尺高。然后，用牛皮绳把狼崽子捆得牢牢的，关进笼子里去，再把它与笼子连绑一起，只露出脑袋在笼子外头。

好了，爷爷给你剃个漂亮的秃瓢儿啊！等着！

巴鲁把借来的那把剃头刀，磨得贼亮贼亮，举在阳光下端详一番。怕狼崽叫唤，让小哈拉给它小尖嘴套上一个铁丝笼子，张不开，叫不出声。那天村里正好要杀一只犍牛，往公社民兵训练营送肉，屠牛场地就设在狼崽笼旁边，好让屠夫当即把滚热的牛“固遮”递到巴鲁的手上来。

一切就绪，无所不能的巴鲁开始“唰唰”地给小狼崽剃头，黑灰色狼崽头毛掉落一地。狼崽在他的咔嚓咔嚓刀声中不停地呻吟，哽哽唧唧，很不习惯人类给它剃头。它的哭泣挣扎，并未让横下心的巴鲁心软停手，嘴里直说，乖点，小宝贝，要是不给你剃头戴头套，你的小命肯定是保不住的！谁叫你投狼胎的，最不招人类待见了，下次换换娘胎吧！

转眼间，一个光秃秃的狼崽头，在明亮的阳光下闪亮。刀快，手艺好，头部青皮上连一丝发根都看不出来，巴掌大的椭圆形葫芦瓢怪怪地耷拉在笼子外头，远看还真像是一颗挂在那里的青葫芦。

好了！喂，朗屠夫！快把热固遮递给我！他朝侧旁喊一嗓子。

得咧！来了，接着！那位膀大腰圆的大胡子朗屠夫，就手把刚从牛的胸腔里取出的热固遮，递放到巴鲁的手上。

巴鲁清掉“固遮”里的杂物，迅速套在狼崽光头上，用手紧紧捂住。黏黏糊糊的那个圆袋状热固遮，死死黏贴在上边。活似套了一顶游泳帽，特殊的游泳帽，阳光下冒着热气的滚烫的游泳帽。巴鲁再用准备好的细皮绳，从固遮的下沿穿孔紧紧系在狼崽的下巴颏儿上，使其更加牢固不会脱落。这下，套戴“xi–ri”犀日的工程完成了，一个狼崽“莽胡达”顺利制造成功。

巴鲁拍拍手，得意地欣赏起自己的杰作，点点头，显得十分满意。而那个可怜的狼崽就开始遭罪了，被滚热的“固遮”箍得紧紧的头颅那里感到无比难受，它的身体在笼子里不停地扭动，挣扎，一双眼睛也鼓胀地要喷裂而出，布满红血丝的眼睛里流出泪水，张不开的嘴巴里发出一阵阵痛苦的呻吟，哀鸣，期期艾艾，令人不忍心看一眼。

你真狠，巴鲁大叔！

小哈拉看不下去，转身跑走。

今天我不狠，明天它比我更狠！它会追着你的屁股咬你，咬你的羊！你懂个锤子，你个贼哈喇子，奥鸡高！

巴鲁从他后边发怒，叱骂鸡巴，也不知他这是生自己的气，还是生小哈拉的气。或者就是无端地来气，发泄。

狼崽"莽胡达"的受罪生活，还要延续些日子。

它脑瓜顶上的"xi–ri"犀日头套，还必须在炽烈的太阳下暴晒几天，让牛固遮萎缩的快些，更紧一些，而且变得坚韧又干硬。这几天，还不能给狼崽"莽胡达"提供吃喝，半死不活地萎靡在那里，渐渐放弃挣扎，放弃呻吟，使其大脑日益变得迟钝呆滞，处于浑浑噩噩的状态。

这几天，巴鲁也很辛苦，抱着砂枪日夜守护在周围，不让任何人靠近。第三天开始，他喊来西边"套卜"的博尔忽，让他亲手给狼崽开始喂水喝，塞给吃的，是一些剁碎的老鼠肉什么的。这是让博尔忽独自接触绝望中的狼崽，施以恩惠，以此培养狼崽"莽胡达"对他的依赖感，以及跟他的独特关系，使其只认他是唯一的主人，对他产生绝对好感，产生简单又绝对的感恩思绪。开始时，博尔忽都不相信自己的眼睛，自己心爱的狼崽怎么被这个恶魔般大叔折腾成这等模样？后来听他解释之后，也默默接受这个现状了，只要狼崽长大后不变成恶狼，不被大人杀掉，眼下暂时受点罪也就无所谓了。

狼崽"莽胡达"一直挂在外边笼子里，巴鲁多日来也未曾合眼。他担心，狼崽的低声呻吟声，会招来它的父狼，谁知那个还没死的瘸腿狼这会儿潜伏在哪里。他每个夜晚，砂枪不离手守在笼子旁，一会儿敲铜锣，一会儿放鞭炮二踢脚炮仗，威慑驱赶想象中的那只瘸腿狼。外人不明所以，都以为这个老牛倌发疯了，魔怔了，野鬼附体了。

可巴鲁此时心中之苦谁人能知？他如此对待小狼崽，心里也不落忍，不断地隐隐自责。这完全是为了实现厄日格泰的嘱托，不得已而为之，也是唯一的两全其美的选择了，只是他那颗有限的大脑智慧已经超常发挥，从未有过如此创造性杰作。

半个多月之后，他手牵着狼崽“莽胡达”，来到阿伦的家里，把它送还给主人。

阿伦一见这变成鬼样子头戴“xi-ri”犀日的狼崽，吓了一跳，瞠目结舌。

我的佛爷啊，巴鲁大哥，你把它弄成啥东西啦？

报告阿伦站长，这是狼崽“莽胡达”！你们的忠诚的新仆人，狼崽“莽胡达”咻！

巴鲁直挺挺站在那里，搓手，嘿嘿干笑。

三

最高兴的人是博尔忽了。

他抱住小狼崽就亲热，也不管它已变成怪模怪样的“莽胡达”，他早已接受了它的这一新相貌、新形象，觉得它独一无二，天下无双。他只热盼着，变成“莽胡达”的狼崽快点长大，成长为他的忠实奴仆，指哪儿打哪儿，所向无敌。而此时那个“莽胡达”小狼崽，表现得更为奇特，出乎大家的意料，一见博尔忽如见了亲人见到父母狼一般，扑进他的怀里撒娇，舔他的手，舔他的脸，眼里别无其他，痴痴呆呆懵懵懂懂，对一旁的原先也很熟的娜仁花却没看见一样，熟视无睹。娜仁花想伸手摸它一把，不小心触碰到了头套，那狼崽登时痛苦地哽哽呻吟着，歪过脖颈躲在博尔忽的身后，显得惊恐无比的样子，回头瞪着娜仁花，已经不认识她了。

它这是怎么啦？见我像见了鬼一样？娜仁花感到奇怪，十分不解。

告诉你娜仁花，它就怕别人摸它的头部，触碰它的头套！记住啊，以后谁也别去碰它了，急了它会咬人的！巴鲁站在一旁解释，认真叮咛。

巴鲁大哥，你施了什么魔法，让它变成这样的鬼样？它的胆子也变小了，不像原来那么凶了，真奇怪！阿伦眼中充满疑惑，追问巴鲁。

我只是用了一种土办法，还用些草药，给它头上配了一顶小皮帽子而已……传说这能改变它的凶恶的狼性。巴鲁搓搓手笑呵呵解释，神道道的，也没有深讲。同时伸手摁住想插嘴的小哈拉。

真的呀？如果像你说的那太好了！只要能改变它的凶恶狼性，戴个皮头套也没啥嘛，还挺特别的蛮好看！要不然呀，孩子爸一回来肯定要收拾它，小命就难保了。巴鲁大哥，你可是救了它的一条小命呢！

阿伦拍手称赞，指着狼崽说，你看它现在多乖，快成小猫了！

这才是刚开始，越长大越会明显，越会变好的，应该是这样……巴鲁终于松下一口气，看着那只对他没有啥好眼神的狼“莽胡达”，如此说道。

小哈拉一见这个样子，也不再说什么了，心态也随着改变。毕竟保住小狼崽性命，确实是一件好事，已经如此自己何必又多嘴呢。

其间，厄日格泰从公社训练营回来过一趟。一是不放心小狼崽，二是马上就要秋季开学，回来跟阿伦商量让娜仁花和博尔忽两个孩子上学的事情，提醒妻子抓紧两人的蒙古语学习。同时嘱咐妻子，找机会问清楚两个小家伙用上海话私下嘀咕些什么，他是个细心的人，不能放过生活中的任何异常、一些蛛丝马迹。

他一见小狼崽头上戴着奇怪的头套，顿时乐了。听了阿伦的解释，感到此事有些蹊跷，他是个见多识广的人，从来没听说过此类土方招数、秘诀什么的。在他返回公社的路上，绕个弯去找巴鲁聊了聊。巴鲁当然对他就不再隐瞒了，把整个情况从头到尾一五一十地给他讲述了一遍。

那叫“xi–ri”，犀日头套？大家族祖传秘技，这么邪乎？真有这种东西吗？

你不信，问问村里其他老人，当时看到过的不光是我一个人！要不去问问和圣·塔亚，也许那个秘籍可能被他收藏了吧，就跟送给你的黄榆木摇篮一样。巴鲁站在那里发誓赌咒。

厄日格泰基本相信了他的话。但觉得这对小狼崽来说，有些残忍。

残忍？总比被你一刀割了咽喉，拿“蛮契克”砸了天灵盖强吧？我这么做，起码它不用丧命了，你说残忍？哼……巴鲁别过头去，一脸的不服气。

厄日格泰被噎得顿时无语，有些尴尬。

他只好默认这种既成事实的现状，这时也不能改变什么，不如放一段看看。倘若真是有效，能改变小狼崽的本性，岂不是一件好事善事？于是他拍了拍好朋友的肩膀，从怀里掏出一瓶酒，扔给他，哈哈笑着骑上马就飞驰而去。

巴鲁手上掂了掂酒瓶，脸上笑开花，自语，这还差不多！酒是有了，可拿什么下酒呢？一会儿去查一下野外放的夹子，看看有没有倒霉的兔子野鸡送上门来的？

他笑呵呵，转身走回自己的破窝棚。

突然发现，他的小土炕上盘腿坐着一个女人。破衣烂衫，脏兮兮，一头乱发半遮着脸上的点点大麻子坑，小时候出水痘没治好的痕迹，弄得那脸很丑陋，埋汰不堪。巴鲁登时吓了一大跳。

啊？萨杜尔！你、你、怎么在这里？你不是逃走了吗，有人说你死在外头了！

巴鲁惊讶得目瞪口呆，如见了鬼一般心惊肉跳。

死你个头啊！我活得好好的，你吐这傻逼鬼话，咒老娘呀？萨杜尔骂骂咧咧，眼一横，又神道道地说开来，给你送酒的那个人，我认识他——

什么？你认识厄日格泰？怎么可能呢！

他们的那个最小的丫头，是我送给他们的……

什么、什么？小吉雅是你送给他们的？胡说八道！你肯定又在说疯话了，人家那丫头是从他们阿尔山老家带过来的，都有出生证明，也在这里落户了，怎么可能是你送的呢！完全是胡诌八咧，扯鸡巴蛋！巴鲁大笑，不信她的随口瞎扯。

就是我送给他们的，你们都被骗了！她是我当初领养的女儿！哼，我得把女儿要回来……萨杜尔身上有一股酒味儿，说话颠三倒四。原来她把巴鲁藏在破箱子里的半瓶酒，找出来给干掉了。气得巴鲁直跺脚。他看着她那疯疯癫癫酒气熏天的样子，更是不相信她扯淡的鬼话连篇。

滚！你快给我滚！偷喝老子的酒就算了，还满嘴瞎话！我警告你，闭上你的臭嘴！你从政府那里领养了孤儿，也领了政府的补贴，结果带着孤儿突然失踪了，逃跑了！我问你，是不是你把那孩子给卖掉了，换酒喝了？现在还诬赖人家的合法小孩，说成是你的，你想找死呀？谁能证明你说的话，啊？自己领养的孤儿不见了，政府早晚跟你算账，跟你要孩子的，你咋办？会让你去蹲大牢，臭娘们！快给我滚吧！省得我去派出所告发你，说私自带政府孤儿逃走的人犯就在我这里！让警察来抓你！

巴鲁发怒，一顿痛骂，毫不客气地驱逐那个疯女人。因自己最敬重最钦佩的好朋友一家，无端受到这个疯女人侮辱胡说八道而心里非常生气，铁青着脸，再不走就要揍她一顿的样子，凶巴巴的架势很是吓人。

那个女人这下感到害怕了。她知道弄丢政府孤儿事儿不小，罪责难逃，也无法证明自己所说的话是真话，弄不好反而变成诬陷罪，何况当时她被发现时正要捂死那个孩子。她越想越害怕，不寒而栗，她真的很怕去坐牢。于是，只见她一跃而起，趿拉着一双破鞋，匆匆跑出屋去，转眼不见了踪影。

你给我滚远点！有多远，滚多远！叫我再次看到你，马上抓你送派出所！巴鲁从她后边大声喊叫，气咻咻的，还从地上捡块土坷垃撇过去，差点砸着她扭动的屁股。

这时和圣·塔亚骑着毛驴出现了。自称路过这一带，发现这个女人的踪影就跟过来看看。老人家夸赞巴鲁，你做得对，这种胡乱咬人的疯子，就得这样对付她，不必客气，下次再来你马上送派出所就是。

她说的话，不会是真的吧？巴鲁问和圣·塔亚一句。

你说呢？和圣·塔亚意味深长地反问，你希望小吉雅是这个疯女人的女儿吗？

奥鸡高！天打五雷轰！谁这么认为，天打五雷轰！

这不结了，还瞎担心什么？好好喝你的酒吧！老朽走了！

留下喝两口吧！巴鲁挽留。

没那个福气哟，酒是无法穿肠过了！

和圣·塔亚骑上他的灰毛驴走了，嘴里哼着一缕古曲，悠闲自得，逍遥如仙。好一副看尽江河东逝水，送夕阳无数，万事都在他心中的模样。

四

公元一九六〇年九月一日。这是秋季开学的日子。

阿伦高娃和厄日格泰的两个孩子娜仁花和博尔忽，要上学了。在两口子一再抓紧辅导下，俩孩子的蒙古语口语基本过关，会话交流已无大碍，上学正逢时机。

这一天大早，厄日格泰骑上黑鬃骏马，前边抱着博尔忽，阿伦高娃骑着枣红马，前边抱着娜仁花，向南边的村小学出发了。上学第一天，夫妻俩欢欢喜喜亲自送孩子去学校。两个娃穿戴一新，博尔忽一身蓝色蒙古袍，娜仁花一身绿色蒙古袍，背着书包，一脸阳光，洋溢着无比的喜悦之情。

他们的后边，跟随着阿尔斯兰和狼崽“莽胡达”。自打头戴“犀日”套之后，两个家伙之间倒是变得亲密，阿尔斯兰对狼崽不再排斥，不像过去那般横眉冷对了。狼崽“莽胡达”已经会跑，虽然速度不快，有些懵懂踉跄，但几乎寸步不离地跟随在博尔忽的马旁边，一旦看不见小主人就哽哽唧唧地叫唤。怕它跑丢，出于某种担心吧，厄日格泰拿根长绳子拴住它，牵在一边走。

八华里沙坨子路，在他们马头前方延伸，如一根长长的看不到边际的绳子在牵着他们走。秋天早上的露水，在正变黄的草木叶子上撒下一层白霜，看上去很美，如天女散下的雪白色珍珠粉涂抹在上边一样。然而，一经马蹄人足踏过去，那层白霜顿时消失不见，只留下一行黑色的湿痕，再等一会儿待太阳升高，白霜就会全然消失，去无踪，荡然无存。真可谓，譬如朝露是也，人生如早上露水般短暂，曹操老翁的伤感是大家的共同感觉。

坐落在村东北边的几排土房，就是村里全日制小学，旗杆上红旗飘扬，广播里正播放着《社会主义好》，歌声热烈而激越，十分提神。老同学，新学生，三三两两，纷纷拥进学校门里去，吵吵闹闹中互相追逐耍闹，彰显出生命的朝气蓬勃。新同学一般都显得生涩，胆怯，好奇，看什么都新鲜，见那些老同学胸前飘扬着红领巾，眼里流露出无限的羡慕，直感觉上学真好。

厄日格泰和阿伦在校门口下马，把两个孩子交给门口迎接新生的班主任和校长吉木图，特意沟通几句孩子的特殊身份，希望多一些关照。毕竟语言尚未完全熟练，还希望对孩子身世尽量保密，以免同学间发生歧视什么的。

吉校长和班主任满口答应，也知他们两口子已是家喻户晓的人物，口碑甚好，校方当然很尊重他们的要求。

厄日格泰一再表示谢意，阿伦亲了亲孩子们，才把他们放进校园里去。

博尔忽刚要跑走，便听见狼崽“莽胡达”的哽哽哼唧声音，他回过头招招手喊道，过来，狗狗！那狼“莽胡达”便欢跳着跑过去，却被校长拦住了，口称这可不行，学校不许带着狗上学。厄日格泰也笑着，把拴狗的绳子往回抻拉。

奇怪了，那狼崽“莽胡达”死活不听话，就不回来，四个爪子搓在地上拉出了一条痕迹。它狺狺吠嘶，期期艾艾，眼睛里涌满祈求和恐惧之色，那感觉只要离开小主人它就活不下去了。厄日格泰有些恼怒，一个狼崽子，怎么变成这等窝囊样子了？巴鲁施了什么魔法，果然这么灵吗？真是对主人忠诚到片刻也不能离开吗？他就不信那个邪了！厄日格泰心里有些来劲，恼怒。

狗狗，跟我走！厄日格泰有些发狠，调转马头拉着牵绳就走。

狼崽“莽胡达”虽然还幼小，但此时变得异常固执，表现出除了小主人外谁的命令也不听的倔巴劲儿。它的小身子往后捎着，蹲坐在四腿上拱着脊梁骨，被脖子上拴绳“唰唰”地拉着走，嘴巴里还不停地发出呻吟哽叫声，哀求着，沙土上冒起一道尘烟儿。

那边的博尔忽一见这情况，丢下书包就跑过来了。他抱住那可怜的狼崽“莽胡达”不松手，哭嚷起来。放开它，阿爸！你快勒死它了，快放开它吧！

厄日格泰拉不动拴绳了，停下马来，回头瞪着儿子。

博尔忽，你想干什么？你真想带着它上学吗？厄日格泰口气很冰冷。

我、我……可它离不开我……你看它多可怜呀！博尔忽支支吾吾。

那你说，这事儿咋办吧？学校不许带着它上学，你要带着它，成何体统啊？厄日格泰耐下心来，和这位小倔巴儿子掰扯道理。

那、那、我……就不上学了，在家里陪着它！它真的离不开我的！

小赤佬博尔忽突然竟如此说，抱起狼崽“莽胡达”就往家的方向回走。

厄日格泰和阿伦顿时愣住了，谁都没想到这孩子会说出这般话来，宁可放弃上学也要陪着这个该死的狼崽子。这是哪儿来的一股邪性劲儿啊？难道他也被巴鲁下了迷药不成？旁边的吉校长还有新班主任，都不解地摇起了头，惊愕地看着这一幕，还从来没遇到过这样任性的新生。

厄日格泰看了看妻子阿伦，两人有些为难了。打不得，拍不得，一个领养的异地孤儿，对他太狠了于心不忍，太纵容也不可，如何是好？

阿伦蹲下来，面对博尔忽那眼泪巴巴的脸，态度放温和，轻声问他，好孩子，你真想为了陪它，放弃宝贵的上学机会吗？

博尔忽毫不犹豫，点点头。

阿伦再次惊讶。她又问，你可想好了，娜仁花就要上学了，学文化学知识，要比你更优秀了，你甘心比她落后吗？

博尔忽回头看看娜仁花，想了想，还是点了点头。

阿伦无奈地苦笑，也感到很奇怪，小声追问他，那你告诉我，你为什么这样做，为什么为一个野狼崽做出这么大的牺牲？甘愿放弃自己的上学机会，为什么呢？

我、我、担心它……离开我以后，不听我话了，对我不忠诚了……

那你为什么，非要让它对你忠诚，时时刻刻听你话呢？它毕竟是个野狼崽子呀！

我有用……我、有用……想让它长大以后，永远保护我……

有阿爸额吉保护你，这样还不够吗？

不够的，有的事情，你们也帮不上忙的……再说，你们也会变老的……

这话说得令阿伦身上一阵战栗，这么小的孩子，怎么心机如此之深呢？他身上究竟隐藏着什么样一个心结？她有些后悔，这半年来太忙于其他事情，跟他的交流谈心太少了。今天才知道，他的内心世界尚未向他们完全敞开，阿伦深深责怪自己有些疏忽了。

不能再逼这个孩子了，她回头看了看丈夫，这样说。

厄日格泰已经听见了母子俩的对话，沉吟片刻，回过头看了看校长。

吉校长，对不起了，我们的儿子博尔忽，先不上学了，你们就把我们闺女娜仁花领进去吧！

厄日格泰又从马背上俯下身子，一把抱起博尔忽说，好吧儿子，我们尊重你的选择，就不上学了，咱们先回家再说吧！

博尔忽顿时破涕为笑，在马背上抱住阿爸的脖子撒娇说，真是我的好阿爸！

那位吉校长一时怔住了，甚至感到奇怪。这一对“右派”两口子，怎么能这样娇惯孩子，百依百顺地纵容呢？为一个小狗崽，居然让孩子放弃上学，这不是笑话吗？当时他还不清楚，那还是一只野狼崽子。校长总觉得这事不可理喻，好好的一个适龄孩子放弃入学，又觉得挺可惜的。他思考了一下，回头又跟那位班主任耳语一番，然后又走回到厄日格泰马头前边，询问博尔忽。

你叫什么名字呀，小朋友？

博尔忽。是一位古代英雄的名字！

真棒，将来你也一定会成为一名英雄的。老师问你哈，你不想上学，就是因为你的这只小狗狗，不能带在身边吗？

博尔忽用力地点点头。

老师问你，你喜欢的这狗狗，会咬人吗？凶不凶呀？

一点不凶，更不会咬人，乖着呢！只要我不说话，它会一动不动待在一个地方，一天不带动的。博尔忽极力表扬狼崽，眉飞色舞。

他万一咬同学们咋办呢？

我不会让它咬人的，它听我的话。你们要是担心，我就给它嘴巴上戴上笼子！

笼子？校长没懂。

娜仁花，我的书包！

他这才想起丢在那边的书包。娜仁花噔噔跑过来了，把早已捡在手里的那个书包递给博尔忽。只见他从书包里掏出个东西，朝校长晃了晃。

看看，这就是我狗狗的嘴笼子！

博尔忽显然早有准备，那是早先巴鲁用过的拿细铁丝编织套住狼崽嘴巴的笼子，一个铁口罩，今天居然被他带来了，这个机灵鬼。

噢，不错，有了这个，还真咬不到人了哈！那好吧，你先下马来，跟老师走吧，牵上你的狗狗。那位吉校长态度和蔼，微笑着，说着就把博尔忽从马背上抱了下来。

老师，你同意我带狗狗上学啦？博尔忽顿时高兴了，落地就蹦跳起来。

是啊，同意啦！咱们先试试两天，如果你的狗狗真的很老实，不咬人，不乱叫，就允许你带它上学！吉校长表现出十分宽宏大量，微笑着拍拍手。

厄日格泰和阿伦见这情形很惊讶，没想到这位校长如此大度、开明，竟然答应了博尔忽的无理要求。俩人赶紧走上前，向他表示谢意，一再说抱歉，因为自己的孩子太任性，破坏了学校的规矩。

校长说，规矩是人定的嘛，耽误孩子学业毕竟不好，能通融就通融了，让孩子带两天看看。关键是让孩子把狗狗管好，别惹出什么事就行。看着这狗狗的样子，还蛮乖的，显得老实听话，应该会没事的吧。

吉校长回过头对博尔忽说，走吧，孩子，牵上你的宝贝狗狗，咱们去参加入学仪式吧！

于是，博尔忽脸上笑开了花，蹦蹦跳跳，跟在校长和班主任老师后边，牵着狼崽"莽胡达"，欢天喜地走进校园里去了。那只狼"莽胡达"也跟着小主人蹦跶撒欢，掩饰不住欢乐的样子，着实敦笨可爱，如一只憨态可掬的小熊猫。

一个新生牵着一只野狼崽上学，这也算是创造了一个奇迹，创造了历史。

面对这一神奇的场面，厄日格泰夫妇站在那里好一顿困惑，感觉匪夷所思。

两口子深深觉得，事情有些过分了，不合常理，不属于正常发展状态。这个小鬼头博尔忽，居然他得逞了，达到目的了，半小时之前打死都不相信的事情，就这么变成真的了。这世上事，还真是只有你想不到的，却没有做不到的。

走吧。厄日格泰说。

走吧。阿伦说。

好吧，走，回家。俩人一起说。

翻身上马，调转马头，回头看一眼正传出朗朗读书声的学校，俩人就慢慢抖着缰绳回家去。心里有一种空落落的感觉，也不知这样是好事，还是坏事，反正有些怪怪的。他们的上海来的养子，居然带着狼崽上学了，你说荒唐，可就是荒唐成了，有啥理可讲，存在就是合理。不是沪上牧云，而是校园牧狼也。这是一个浪漫的世界，这是一个现实的世界，这是一个饥饿的世界，这是一个吃饱撑的的世界，这是一个荒诞的世界，这是一个仁慈的世界，这是他们两口子完全不理解的世界，这是好世界，这是坏世界，这是大千世界，这是……老狄更斯都无语了，如果他活着。

留在身后的那座村小学，顿时热闹了。

消息开始时是封闭的，但还是不胫而走。

同学们先是悄悄耳语，后风一样传遍全校。

每当课间的时候，新生二班门口聚集一些学生窥伺，老师轰都轰不走。他们满怀新奇地偷窥，二班教室最后一排那一张单桌，瞧见博尔忽同学的脚边趴着他那嘴上戴笼套的狗狗。它龟缩在桌子底下，一动不动，微闭双眼，不叫不吠，小小不大的头上还戴着一顶奇特的皮帽子，嘴上又套着一个铁笼子，无比的怪异，又显得无比老实，一见有人窥伺更表现出胆怯、害怕，直往小主人双腿间紧缩身子，不敢抬头伸头。

十天半个月过去了，博尔忽的狗狗从未惹出过麻烦。老老实实跟着主人来，老老实实跟着主人走，因在家里时就洗浴干净也没有散发出异味。过了些日子，大家也就见怪不怪了，熟久生厌，校园里其他新鲜事多了去了，无人再关注它了。只有本班同学，却把博尔忽的狗狗当成宝贝，甚至当作本班的骄傲宠物，每天有人从家里偷偷带些食物喂它吃，博尔忽拦都拦不住。但是，即便同学们表现出多大的热情多大的讨好，那狗狗却不领情，非常冷漠，正眼都不带瞧一眼的，对他们送来的食物闻都不闻，看都不看。

狼崽“莽胡达”对小主人的忠诚，始终如一，世上罕见。

博尔忽狗狗的表现，深得吉校长的满意，觉得自己当初的判断没有错，就这样一来二去，本是先试试看的，这一试就一个学期过去了。校长每天都过来巡视一遍，见小狗狗趴在博尔忽桌下乖得像小猫，微闭着眼似睡非睡，他就放心地背着手走。他也没有料到，班里同学们竟如此喜欢这只小怪物，甚至大大提高了班里的出勤率，逃课的也少了很多，小同学们也不在意狗狗的冷漠，对别人不理不睬，木呆呆地像跟屁虫随在博尔忽后边，寸步不离。同学们觉得这很正常，不忠不义的狗养着何用？人类最讨厌的就是背叛，这是来自骨子里的性情意识。

跨年春天，一九六一年，第二学期开始了。

博尔忽和娜仁花都长了一岁，狼崽“莽胡达”也长成一条大狗狗了。令人吃惊的是，它依然跟往常一样，老实巴交懵懵懂懂，一心一意顺从小主人指令，一会儿替他咬来书包，一会儿叼来帽子，完全按照巴鲁当初设计的样子发展。阿伦两口子深陷迷惑中，觉得不可思议，古人发明的这招数实在太超乎想象，违背天理，违背狼性，更违背达尔文氏阁下的进化论。

新学期开始不久，那一天放学回来的路上，大班里有个凶巴巴男孩叫克尔楞的，带几个顽童拦住了博尔忽和娜仁花。嘴里齐声喊叫“夷日根·舍色，夷日根·舍色”，挑衅他俩，起哄，笑闹。

博尔忽感到受了侮辱，放下书包就冲大男孩克尔楞扑过去，俩人厮打在一起。博尔忽才满七岁半，哪里是十多岁孩子的对手，很快被揍得鼻青脸肿，嘴角挂出血丝。娜仁花吓得哭叫起来。

突然，“嗯儿”的一声响，一直老实巴交待在一边的狼崽“莽胡达”，这时猛地扑上去了。刹那间，它张嘴就狠狠咬住克尔楞的屁股，摁倒在地上，撕烂了裤子咬下来一块屁股肉，血龇糊拉的。幸亏有个老师看见，跑过来从狗狗嘴下救出了克尔楞，这才没出大事。

那狼崽“莽胡达”的嘴套，一般一出校门就被博尔忽摘下来，以便它自由呼吸自由活动嘴巴。没料到，今天为保护受欺负的小主人，它毫不犹豫扑上去了。更没想到的是，被它咬伤的克尔楞竟是生产队长协日斯的另一个亲侄子。

博尔忽登时感到，这下闯祸了。

惹下麻烦之后，回家路上他默默无语，闪动着一双委屈又愤怒的目光，眼角含着泪水。走着走着，他一屁股坐在路边的土坎上，让娜仁花自己先回家，他要一个人独自坐一会儿。形影不离的狼崽“莽胡达”陪伴着他，围在他身边嗅嗅转转，不离不弃，哽哽哼叫着安抚小主人。

娜仁花此时心里也很愤怒和委屈，无端受人奚落欺负，默默流着泪水，心里很感激狼狗狗在危难之际相救博尔忽。但惹出了麻烦，也替博尔忽担心，想了想，有狼崽“莽胡达”保护着博尔忽，让他待在这里先冷静冷静也好。于是她就没太在意，丢下他急急忙忙跑回家里去，向大人报告发生的事情。

当阿伦大吃一惊闻讯赶来时，博尔忽不见了。

跟他的狼狗狗“莽胡达”一道，消失不见了。

这下出大事了。阿伦的脑袋“嗡”的一下，差点晕倒。

五

阿伦额吉吓坏了。

她喊着，叫着，赶紧在周围寻找，往沙坨子里搜索，急得快发疯了。

丈夫厄日格泰闻讯赶来，骑着马，去更远处搜寻。巴鲁小哈拉以及不少村民，也加入了搜寻的队伍。在村北那片大沙坨子里，到处是人影绰绰。博尔忽、狼崽“莽胡达”的脚印，直往东北方向的沙坨子深处走去了。天已傍晚，视线变得模糊，更多的百姓听说后在云敦书记带领下也出来寻找，打着火把，齐喊“博尔忽，博尔忽”的声音此起彼伏。协日斯队长带着挨狗咬的侄子克尔楞过来，本是气势汹汹来问罪的，一见小孩丢失，知道有他侄子一份原因，不敢再吵闹了，悄悄缩回去了。

那片沙坨子，被人们如拿篦子梳头一样，梳理了一遍。几乎连耗子洞也没有放过。可令大家奇怪的是，博尔忽和他的狼崽，就那么凭空消失了，如空气中蒸发了一样，无影无踪地消失了。

娜仁花一直跟随在阿伦额吉身后，眼泪汪汪地走在黑茫茫沙坨子里。

她突然站住了，想起了什么，脱口而出，额吉，我知道他去哪里了！

啊？你知道？快说呀！阿伦急问。

他肯定去火车站了！娜仁花说。

火车站？他去火车站干什么？阿伦感到莫名其妙，满脸的疑惑。

他、他、有一次偷偷跟我说过，他要逃回上海一次……再回来……

阿伦更是听糊涂了，摸不着头脑，大声追问娜仁花，你不要再吞吞吐吐了！到这会儿了，还藏着掖着，再不说就出大事了，懂吗？博尔忽会有危险的！

娜仁花这才抹着眼泪，吐露一桩秘密来。

原来，小赤佬并不是孤儿，在上海有亲爹也有后娘。在他五岁时，他那个做小买卖的亲爹外边有了小姘头，愣把他亲娘给赶出家门，他娘一气之下投了黄浦江。他亲爹就把那个姘头娶进家里来，还生了个儿子，从此小赤佬受到百般虐待，经常遭到亲爹的毒打，最后在其小老婆怂恿下，把小赤佬一脚踹出家门！从此，小赤佬才流浪街头，无家可归，最后昏倒在孤儿院门口……

原来是这样的呀！

阿伦惊叹，接着忙问，然后呢？他为什么还要逃回上海呢？

他说过，长大了一定要回到上海，向他的阿爹还有那个恶毒后娘报仇！自从有了狼崽“莽胡达”之后，他觉得，自己的复仇计划可以提前实施，忠诚的狼“莽胡达”能帮他的忙了……

什么什么？他早就谋划了带狼“莽胡达”去上海？实施报仇计划？我的天啊！这简直是疯了，疯了！

阿伦听到博尔忽这一匪夷所思的秘密，简直惊呆了，快疯掉了。

她赶紧挥手喊来在不远处的丈夫厄日格泰，立即把这情况告诉了他。

厄日格泰一听，更是火冒三丈，气得直跺脚，嘴里骂出一句，该死的小赤佬！简直是个小疯子！胡闹！

他立刻喊来巴鲁、小哈拉，大声吩咐，快！咱去火车站！都找错方向了，他是沿着大路去火车站了，难怪坨子里找不到他的脚印儿！

他和巴鲁立刻骑上马，飞奔奈伦镇火车站。留下小哈拉通知大伙儿先回家，等候他们的消息，黑灯瞎火的不要再折腾大家了。

然而，当他们赶到火车站时，还是扑空了。

火车站候车室空空荡荡，不见博尔忽的人影。找遍站台和火车道附近，也都看不到他和狼“莽胡达”的踪影。火车站工作人员都摇头，称没见到过他说的带狗狗的小男孩。这里一天就一趟客车，第二天早上才抵达这里，一到晚上这里锁门也不会有人来。

厄日格泰又被搞糊涂了，气蒙了，这个昏了头的小东西，到底躲哪儿去了？

苍天啊，大地啊，快救救我的儿子吧！他大汗淋漓站在那道亮晶晶的铁轨上，狼一样吼叫。这撕心裂肺的咆哮，在空荡荡的火车站上传荡，回响。

天地一齐沉默，无声无语。唯有风在道口呼啸，乌鸦在树上盘旋，装满木材的列车货厢轰隆隆飞驰而过，震耳欲聋。他的狂叫狂啸，顷刻间被吞没得无声无息。

他蹲在铁轨上，忍不住落泪。

精神委顿，抱着头，那颗有子弹的脑袋又针刺般疼痛起来。

其实，娜仁花说得并没有错，博尔忽开始时确实想去火车站的，后来发生了变化。

厄日格泰往车站追寻的方向，还是错了。

博尔忽的走向，不是朝东南火车站，正好相反，是朝西北的罕乌拉山。

那会儿，博尔忽独自坐在路边，小脑子里不停地转动，琢磨，最后做出决定：出走，或叫逃走。回上海！现在就带着狼“莽胡达”回上海！向那一对邪恶的人报仇，为妈妈为自己报仇，这是他活着和要长大的唯一理由。这个仇恨的种子，深深扎在他的小小心灵里，已经生根开花，不达目的决不罢休。他不能再等下去了，必须抓紧实施复仇计划，刻不容缓。至于上学，办完这事回来再上不迟。

他“噌”地站起来，喊上狼“莽胡达”，直奔奈伦镇方向走去。

当初，他们这些孤儿就是在那里下的火车，清楚记得火车站在哪里。现在就去那里上火车，回上海，不让上就沿着铁轨走，走也走到上海去。被仇恨的种子拱着一股邪火，他的那颗幼稚的心灵完全被蒙昧吞噬，不顾一切了，咬着牙走起来。天近黄昏，大沙坨子里的路开始模糊不清，正当他发蒙之际，迎面走来一位老爷爷。穿的破衣烂衫，手里握着个打狗棍，秃头上戴着草帽，胡子拉碴的嘴巴上叼一根无烟嘴烟袋锅，慢悠悠地迈着方步子，还哼着小曲儿。

爷爷，请问火车站怎么走呀？博尔忽怯生生问路。

爷爷？我有那么老吗？我比你那个养父大不了多少岁的，只是显老而已！

老乞丐停下脚步，打量着博尔忽，微笑着反诘。

你认识我阿爸？博尔忽顿时高兴了。

当然认识，还不是一般的认识。大名鼎鼎的打狼英雄，谁不认识他呀？

那太好了，爷爷，嗯，大伯伯，麻烦你告诉我，火车站怎么走啊？

你去火车站干什么呀？天就要黑了！

我要上火车，回上海……

回上海？你原来是上海来的孤儿呀？是不是挨打了想跑，是吧？老乞丐瞅着他嘴角有血丝，心里颇有些奇怪。

不是，我回上海办事，办完事还要回来的……

办事？多大个人呀，还要办事！哈哈哈，笑死我了，告诉我办啥事儿吧？

博尔忽欲言又止，还是闭上嘴不说话了。片刻后说，如果伯伯不告诉我，我还是去问别人好了……

博尔忽转身要走，老乞丐突然感觉这小巴拉有故事，身上有秘密，他立刻改变了主意。

小朋友，那我还是告诉你火车站怎么走吧，你走反了！老乞丐满脸堆起笑容，转瞬间变得像一位老天使，拦住了博尔忽，态度热乎乎得烫人。

真的？太好了，伯伯！怎么走？快告诉我！

正好我也要去火车站，你就跟我走吧！

老乞丐向周围看了看，友好地牵上博尔忽的手，就往西北方向走去，后来见小家伙走路费劲，又很慢，索性疼爱如父背上他赶路。身后方已经出现了寻找的人影，传来呼叫声，他悄悄嘱咐博尔忽，不要出声，一旦被人发现追上来，就回不成上海了。

博尔忽很听话，大气不敢出。心里还想着幸亏遇见了这位好心的老伯伯，不然肯定被抓回去，复仇计划将泡汤，不知又要拖多久了。

老乞丐走得很隐蔽，显然他对这片茫茫坨野如对自己身上的虱子一样熟悉，几乎每个存水的洼滩，每块长有野果的土坡，好像都一清二楚。他才是真正野外生存的高手，这种藏匿于野外，小隐隐于林的日子，他已经熬过十多年了。无名无姓如野人，躲避外边人世，隐姓埋名，好似一匹孤狼般流浪在大漠荒山之间，他早已经淬炼成老妖精了。

这都怪运气不好所致，本是一艘顺风顺水出港口的小船突遭暴风骤雨，哪里是归宿哪里是港湾，他已经不清楚了。能做的只是拼尽所剩气力，周旋，挣扎，躲藏而已。他知道，自己已经被老天抛弃了，被命运踢开了，曾经的短暂好日子已经远去了。剩下的，只是如一头困兽，找一处黑暗角落啃自己脚丫子，咀嚼着痛苦熬下去，度一天算一天。唯一庆幸的是，到现在为止，他还活着，还活着，老天爷你还是眷顾了我这老乞丐！

眼下巧遇的这个迷了心窍的小崽子，或许能给他带来些快慰吗？也许从他嘴里打探出那位打狼英雄的更多情况，这还是可以的，争取让他变成一枚有用的小棋子，何乐而不为？最次也可以把他训练成一个丐帮子弟，弄成个残疾，变为自己的讨饭小助手，也是个不错的结局嘛。

想着，想着，他忍不住嘿嘿笑了。

后背上的博尔忽正在打盹，累了一天已经疲惫不堪，被他猫头鹰般的笑声弄醒了。揉着眼睛问，老伯伯，咱们到了吗？

快啦，快啦！

火车站咋就这么远啊？走了这么久还不到呢？

火车站搬家了，咱们要去的是新火车站。马上就到了，你接着睡吧。

这位“仁慈”的老伯伯，真是下功夫了，还有股子毅力，背着一个大男孩儿在沙坨荒野上跋涉着，吃力地迈着步，这个精神头不服不行。

在他们身后，始终跟随着那只狼“莽胡达”，默默地，不叫不哼，不离不弃地紧紧跟随着。它不时抬头望一眼小主人，眼神呆呆的，面色懵懵的，只要小主人不说话它任何反应都没有。它头上的“犀日”越来越紧了，死死箍着，那颗小脑袋日益变小了。新长出的头发茬儿，一根根倒扎进头皮和骨头里，渗透到脑子深处，使它痛苦无比，不时发出呻吟哭泣，撕心裂肺的嚎叫。尤其可怕的是，这个铁箍般的“犀日”已与它的脑袋连成一体，黏粘成不可分割的一整块东西了。随着时间的推移，使得这可怜的小狼日趋变得简单、机械、愚钝，只保留着极低动物的智商。但身体倒是长得愈发的壮硕威猛，跟它的胆小、怯懦形成可笑的反比。

不知睡了多久，博尔忽醒来时，他们终于抵达了。时间已经是后半夜。

到了吗，伯伯？博尔忽从老乞丐后背上滑下来。

到了，到了。老乞丐拍拍手，黑暗中在摸索着什么。

怎么这么黑呀？这里是火车站吗？停电了呀？我啥都看不见，伯伯。

这里是我住的土窑洞，不是火车站。他们说，火车站又搬家了。

又搬家了？火车站怎么像块砖头似的，说搬就搬呀？

老乞丐嘎嘎乐了，哧啦一声划着火柴，点燃了挂在洞壁上的一盏油灯。

博尔忽发现，这里果然是一个土窑洞，四周是凸凹不平得硬硬黄土壁，感到阴森森的。但布置得很好，像个家，有土炕草铺，有小箱柜、锅碗瓢盆，地上还挖出了一个小坑灶，上边坐着铜水壶。博尔忽看着四周，想起之前进去过的罕乌拉山西南的狼穴溶洞，便问老乞丐，老伯伯，这里也是狼洞吗？

以前是的，狼被我赶走了，被我这头老狼占据了。老乞丐哈着腰往小坑灶里点火烧水。

那我们也是在罕乌拉山里吗？博尔忽问。

不不，已经不是那个方向了，离那儿更远一些。老乞丐看了看博尔忽，发现小家伙还很精明。

那我们，什么时候去火车站呀，伯伯？

明天等天亮以后吧，我出去打听打听，我们先在这里睡一宿。好不好啊？

好吧，你这家也蛮不错的嘛，住一宿也没关系的。伯伯，我饿了！

博尔忽抱住趴在脚边的狼崽“莽胡达”，小手在明显地发抖。他似乎意识到，自己已经不知落入什么人手里了，唯有这个小狼还能给他壮胆。他强作镇静坐着。

这就给你熬粥喝吧，你还挺会让人伺候的嘛。老乞丐说。

是你主动背我来的，伯伯，也不是我求你的嘛，嘻嘻。

嗬，嘴巴还挺硬！看来我请来了一个小祖宗哎。

我今年才七岁半，当不了那么大的祖宗。

好家伙，还占上我的便宜了！幸亏是七岁半，再加个七岁半，该你卖我喽！

伯伯，你是想卖了我吗？博尔忽冷不丁来了这么一句。

老乞丐身上激灵一下，回头盯着看博尔忽。眼神阴冷如刀。

你真是一个机灵鬼，还多疑。我卖你有啥用？想多了，小家伙！

老乞丐赶紧打消博尔忽的疑虑，在那里强作笑容。

卖也可以的，伯伯。就卖给火车站，要不直接卖给上海吧，正好让我去办事！

老乞丐听了这话忍不住笑了，摇了摇头，问他，小鬼头，你老说去上海办事，到底要办什么大事啊？

杀人！算是大事儿吧？

什么？杀人？老乞丐愣住了，这下惊愕得目瞪口呆。

杀人？我的小祖宗，你要杀什么人？这话都敢说？杀谁？老乞丐几乎喊起来了。

杀我那狼心狗肺的亲爹，还有杀他那个毒蛇一样的女人，他的后老婆！

老乞丐不寒而栗。见到一个才七岁半的男孩，眼睛里闪烁着两道狼一样的毒光，语气冰冷如刀子，老乞丐几乎不相信自己的眼睛。这么小的屁孩儿，居然怀有这么大的野心和决心，还狠心，积攒了这么深的仇恨和狠劲儿，天不怕地不怕的样子，老乞丐活这么大可是头一次遇到见识到。他突然感觉，自己请来了一个小魔头！换作别的一般孩子，跟着一个陌生人来到这么一个野外老狼洞，肯定是早就吓尿了，哭哭唧唧吓瘫喊爹喊娘了，可你看这小祖宗却泰然自若，安之若素，毫不在乎，一副既来之则安之的样子，简直如到了姥姥家一样自在舒坦。老乞丐心里愈发地发毛，不自在了，不安了，琢磨着这事儿怎么处理才好，打发走呢还是继续留用呢？这是个问题，大问题。

老乞丐一时陷入无端的烦恼之中。

六

那么，这个时候，外边的情况如何了呢？

当厄日格泰疯了一般骑马赶回村庄来时，半路上遇见了正骑驴赶路的和圣·塔亚。巧了。两个人各自下马下驴，寒暄。

喂，厄日格泰社员，我想跟你借个东西！老活佛开口就说。

借东西？借什么呀，老人家！厄日格泰一时没听懂。

你把猎犬阿尔斯兰借我用一下，可以吗？

老人家需要，唤过去就是，本来就是您老的爱犬嘛。

厄日格泰苦笑，冲那只始终跟随在身后的阿尔斯兰吹声口哨，吩咐道，狮子，快跟着老主人去吧！老人家可能有事要办！

说对喽！和圣·塔亚冲阿尔斯兰招了招手，又从背包里拿出一块窝窝头喂给它吃。阿尔斯兰摇着尾巴，跟老主人亲昵无比，头拱着老人的膝盖间。

跟我走吧，听话啊，狮子！

和圣·塔亚重新骑上灰毛驴，喊上阿尔斯兰，直奔西北的罕乌拉山的方向走去。不一会儿，只见老活佛拿出个什么东西让阿尔斯兰闻了闻，于是那狗马上往地下嗅嗅觅觅，走走停停，在前边带路慢跑而去。

厄日格泰愣住了，站在那里看着，摇头，不明所以。

见老人家什么都没有说，只能等着看了。他也猜到肯定跟博尔忽失踪有关，不然老人家不会轻易出手的。他调转马头，先回家看看，跟阿伦商量下一步怎么办。这一夜如果还找不回来，那就得报警了，天亮再组织力量继续寻找，不可失去黄金七十二小时，也就三天的宝贵时间。

咱们再回到老乞丐的窑洞里。

喝了粥，博尔忽安心睡过去了，还打出小呼噜来。

小鬼头，心真大，居然还能睡得着。老乞丐犯着心思，在一边翻来覆去睡不着。洞外，天渐渐亮了。早起的鸟儿在叫，还是那只讨厌的杜鹃，总是一大早啼叫个没完没了，似乎永远处在求偶状态，单身的日子真难熬，难怪人们称之为啼血杜鹃。他伸了个懒腰，走出洞外去解手。

外边一片大雾，把整个长长土峡谷笼罩得白茫茫，迷迷蒙蒙的，瞧不见十米外景物。一只老鹰，从高空突然飞落到峡谷里来，显得如一只小蜜蜂，成了小黑点，很快不见。远古开天辟地时，平地裂开两半，赫然划开这条莽莽苍苍百里大谷壑，云蒸雾罩，走不到跟前来决不会发现脚下竟然还藏着如此一条神奇的大峡谷。七千万年前的第三纪造山运动，使地壳受强力挤压皱褶隆起并形成了绵亘山脉，这里也因地壳断裂而下陷形成如此奇特的谷壑，千百种各类多样植物齐齐陷落谷内。于是在这长长百里峡谷里，形成独特的湿润气候，使得这些原始植物繁衍生息，到如今依然繁茂无比，森林密布，藏进来十万大军都找不到其踪迹。一股股白气徐徐升腾，隐约可闻谷底水声哗然，神秘，神奇，大自然鬼斧神工真是不可思议。早先，这里是土匪胡子做窝儿的好地方，听说起义英雄嘎达梅林都曾在这里掩藏踪迹，训练义军，休养生息过一段时间。

老百姓管这条峡谷叫 qionghelin-gao（琼忽勒谷壑），位于科尔沁沙地西南部。

老乞丐欣赏着自己藏身的巢穴，以及眼前的这条神秘峡谷，一边撒尿，一边得意地抖抖手里攥着的水枪。一条花蛇，正从脚边爬过，吓他一跳。树上有只黄鹂鸟在鸣啼，潺潺流淌的谷底小溪两旁长满南方热带雨林才有的黄菠萝等名贵树草，本地原始柞木——蒙古栎，更是远近闻名。老乞丐想起自己当年何等威风，曾带领皇军大量砍伐过这里的蒙古栎，为修筑郑通铁路做枕木，又运回日本本土做战略物资筹备。对这里，他老乞丐可是太熟悉，太喜爱，太有感情了。

喂，你撒尿的时间可真够长哒！

身后传出一声幽幽的嗓音，突如其来，吓他一哆嗦。

蓦然回首，只见和圣·塔亚牵着灰毛驴站在那白雾迷茫处，抚须而笑。

老乞丐转身就要逃进旁边的密林里，和圣·塔亚又发声了。

不要着急走嘛，都是老朋友了！见到救命恩人，不说话就想逃走，多没礼貌啊！都找到你的老窝这儿来了，你还能躲到哪里去呢？

老恩人，光临寒舍，蓬荜生辉……

别、别，别发酸了，你又不是诗人。现在你肯定在想，我老喇嘛怎么会找到这里来的呢？差哪儿了呀？其实你哪儿也没差，只是我这条猎狗阿尔斯兰，太聪明，鼻子太灵敏了，不枉我从小精心训练它，是纯种蒙古警犬的后代！和圣·塔亚亲昵摩挲着阿尔斯兰的脖子，表情轻松，干脆坐在旁边的一个木墩子上。然后继续对老乞丐说，你也坐下来呗，咱们聊聊，拉拉家常，如何？

聊聊？拉家常？你是个名声在外的高人老活佛，跟我一个四海为家，满世界要饭的老叫花子有什么聊的呢？是吧，老恩人？

老乞丐依旧站在原地丝毫不放松，眼神很警惕，随时拔脚就消失的样子。

有的聊，且有的聊哪。其实你也并非四海为家，昨晚才从一个人家的温暖的炕上走出来的，是吧？我一直在好奇，你跟他这一家，究竟是什么关系呢？和圣·塔亚依然笑眯眯，和蔼可亲的样子。

原来让老恩人给看到了呀？我只能说，去那家要饭了，没毛病吧？老乞丐心里好一阵惊讶，稳住神，打哈哈。

有毛病的。这饭，一讨就这么多天，都讹上人家啦！那家也是，对你仁慈得都让人感动，想掉眼泪都，呵呵。

和圣·塔亚的话，句句似软刀子，挖苦得老乞丐半晌无语。只见他脸色尴尬，回答说，老恩人调查得还很详细嘛！不过应该这样想想，那家肯定是欠下了老要饭的很多债，才这样的，是吧？不过嘛，这是我跟那家的私事儿，老恩人为啥这般费心思呢？就为这个，大老远找到这里来的吗？

老乞丐一边解释，一边反问。此时他已经觉得回避不是办法，定下神来开始对碰。他没有想到对方已经了解到不少自己的信息，令他很疑惑，老喇嘛为何这样做？有什么用意？究竟掌握了多少？这些是必须搞清楚的。他索性也蹲在原地，就在他那尿泡旁，开始跟和圣·塔亚周旋，试探。如一只狡诈的老狼。

老衲为何找到这里来，费劲巴力，赶了一夜的路，当然是有几个重要的原因了。其中最重要的还是，老衲想跟你讨教一些事情，还望你不吝赐教！

不吝赐教？哈哈，念经的人真是麻烦，文绉绉的，跟一个讨饭的讨教什么呢？我讨饭，你讨教，找错了人吧？

没有找错，应该是正合适。这十多年来，老衲承接一位已故友人的重托，一直在寻找某个人的下落，也许你可能知道点什么的……

噢？老要饭的走遍东西南北，倒是见识过不少人，说说看，不过不要抱太大希望，我熟悉的都是走咱们这行的，乞丐帮，下九流！嘎嘎嘎。

六指！和圣·塔亚突然脱口而说，你的绰号叫六指！

老乞丐身上激灵一下，出现了一丝不易察觉的颤抖，不过这只是转瞬间的事，很快又恢复了镇定的笑容。

六指？什么六指？我可是从来没有听说过！等等，等等，难道老恩人怀疑我是你说的那个六指吗？老乞丐呵呵干笑，把双手举在空中晃了晃，说道，我的两只手，都是五指，娘生的都很正常，不是六指！你仔细看看都是五指吧，不多不少，五指！

尽管雾蒙蒙，老活佛的眼睛确实看到每只手都是五个指头，不多不少。他点点头，稍有些遗憾，甚至有些失望。但他始终没有放弃心中的那丝怀疑，沉吟片刻后又开口说话。

我倒是真的产生过一丝想法，你是不是我在寻找的那个六指？看来是老衲判断错了，抱歉！和圣·塔亚很坦诚，也拿话安抚住他，继续笑吟吟打量着他，用念经般温和滋润的嗓音朗朗说着话。

没有关系的，我这老乞丐，被人误会已经习惯了！你是我的救命恩人，误会几次都没有关系，这都不算个事儿！

果然，老乞丐的那颗心安定下来了，装出十分大度的样子，摆摆手。

那么，既然我们解除误会了，老衲接着给你讲一段故事吧，这故事还是挺有意思的。愿意听吗？和圣·塔亚慢悠悠地问他，那意思是如果想听就讲，不想听也无所谓，就不讲，那个样子好像暗示着反正这故事跟他老乞丐没有多少关系。这倒反而引起了老乞丐的好奇，想听了。

我老乞丐当然愿意听了，无聊的时间很漫长，正好听故事打发嘛。

和圣·塔亚那时心里有些奇怪，这个诡计多端的家伙，为什么不担心洞里藏着的小家伙呢？难道他……一想不可能，这种人不会蠢到会杀一个无辜的小孩子。看来那孩子被折腾一夜，肯定在酣睡，不会很快醒来。

你真是一个好听众呢。那我讲了哈。老活佛清了清嗓子。

大概二十多年前吧，东北抗联李兆麟将军派出四名年轻的革命者赴苏联学习军事及情报业务，在远东的赤塔市一所红军学校里深造。被选派的这四名共产党人，都是蒙古族或达斡尔人，目的是发挥他们民族语言特长，回来后计划打进以蒙古人为主体的伪满骑兵部队里去，完成潜伏任务。后来，果真在抗战最困难时期这四名革命军人接受共产国际派遣和李将军批准，秘密回到伪满洲国，通过各种关系顺利打入伪满骑兵师里，担任要职，潜伏下来。这个名叫“蓝斑人”的四人小组组长，就是刚才讲的那个六指，他的化名叫浩凡。四人中，还有一位女性，名叫雅茹，她还是六指浩凡的亲表妹。

听到这里，老乞丐的脸上有些不自在了，幸亏白白淡淡的雾气正好替他掩盖了陡变的脸色。他一动不动，继续认真听下去，像一位好学生，聚精会神。

和圣·塔亚默默望着远处，继续慢悠悠地讲述他的故事。

“蓝斑人”小组中，最年轻的一位战士，名叫德力戈，担任了伪满野战骑兵师少校参谋，很快直接参加了诺门罕战役前线战斗，他为朱可夫将军率领的苏蒙红军和李兆麟将军攻打外围齐齐哈尔嫩江大桥，提供了最宝贵的情报，立下奇功。他在前线战场还组织伪满骑兵师第五团哗变，带领部分起义人员直接投奔了苏蒙红军。1945 年光复前夕，他从苏联那边又被派回伪满洲国内潜伏，搜集情报，后来“蓝斑人”内出了叛徒，他奉命前去接头地点罕乌拉山顶跟化名扎布的副组长见面时，就被日本人逮捕了。当时从抓捕他的日本宪兵队里，看见了一个人影，就是叛徒六指浩凡。六指指使日本人，把德力戈拉到阿尔山温泉日本特高课秘密基地，严刑审讯，后在哈拉哈河乱石滩上处决了他。一排残暴的枪声之后，德力戈倒在血泊之中……

听到这里，老乞丐身上又出现了一丝不易察觉的战栗。装作被故事吸引住的样子，一字不落地倾听着。并不说话。

和圣·塔亚深深叹口气，一脸悲怆之色。陷入片刻的沉默。

你知道吗，事情也很巧，这位抗日英雄德力戈出生在布顿哈日根屯，就是咱们现在的哈日根艾勒村。他是该村一位大户人家的公子，十六七岁时被送到穆格顿就是现在的沈阳市蒙旗师范读书，受到当时校长、革命党人郭道甫等人的影响，从此走上了革命道路，一条不归之路……

这时，那个老乞丐忽然忍不住问一句，敢问老活佛，这位德力戈英雄，真的死了吗？死了真可惜啊……

和圣·塔亚似乎猜到他会关心此事，询问这问题，抬头审视着老乞丐的脸色，慢慢回答他。

死了，还是活着？这真是个问题！你是希望他活着，还是死了呢？

这跟我有屁关系？八竿子打不着！老乞丐断然说。

是啊，真的八竿子打不着？还是打得着？这个，老衲还是知道的。听说日本人的那一排子弹打烂了德力戈的脑袋和身体，恐怕就是活过来，也很少有人认得他喽。听说，那个六指做贼心虚，第二天还特意派人去收尸，就发现少了这个德力戈的尸体。不知真假。好吧，先不说他了……

和圣·塔亚看着旁边吃草的灰毛驴，又拍了拍趴在脚边的阿尔斯兰，故事讲得很慢。好像有意为之，不想一股脑儿都甩出来，似乎摸准了听故事的人心理，不听完故事结局，不会轻易就离开，跟吸鸦片一个道理，最后一口很重要最过瘾。

咱们再说说那位女共产党吧！不瞒你说，老衲当时在阿尔山寺当住持，本人虽然不是革命党人，身在三界外，但我那小寺庙里确实前后掩护过不少抗日爱国人士，有共产党的，也有国民党的，还有无党无派纯抗日的义士们。那位女革命者雅茹，携带发报设备从满洲里独自入境后，第一站就选择在老衲阿尔山寺落脚，原因是她的已经牺牲的丈夫是我的一个亲戚，在抗联里当一名指挥官，后来战死在长白山雪地里。丈夫牺牲后，雅茹把唯一的四岁女儿寄放在海拉尔一个亲戚家里，自己投身抗日战场出生入死。在牺牲前，她是伪满骑兵第七团一名上尉干事电报员，驻防地就在我的阿尔山寺附近。有一次，她成功破译日本海拉尔特务机关长猪口三藏一封密电，那是从苏军一位地位很高的叛变者丹巴耶夫大校那里，发给猪口三藏的，他把自己掌握的“蓝斑人”四人小组潜伏名单当作了投名状。这位丹巴耶夫原是苏军远东“克格勃”机关领导人，遭到苏联“肃反”清洗后投奔了日本人。猪口三藏如获至宝，日本特高课一直在苦苦查找诺门罕战役期间盗取大量军事情报的这个“蓝斑人”，这下好了，终于破获了。他们秘密逮捕的第一个人，就是潜伏在新京伪满洲国军政部的高官浩凡少将，经不起酷刑的浩凡很快叛变，供出其他三人。可他光知道电报员表妹雅茹的联络方式，其他二人各有任务，定期接头，一时尚不清楚那二人在哪里。截获情报的雅茹，刚要去通知潜伏在科尔沁的德力戈，就被她表哥浩凡率先截住了，做劝降工作。浩凡想得挺美，称说他是为表妹着想，他自以为能够策反说服雅茹也叛变。雅茹假装考虑，与他周旋几日，趁机偷出六指的那枚铜纽扣暗中交给了我，替她送出六指变节的情报。啊，这可是老衲一生中干的最漂亮的一件事了，想想就感到自豪！最后，雅茹严厉拒绝表哥劝降，大骂他懦夫。在她牺牲前我去监狱探访，她委托了我两件事：一是找到她托放在亲戚家的女儿，照顾好她；二是交给我她自己的铜纽扣和六指的铜纽扣，让我联系组织，一定要除掉叛徒六指浩凡！铜纽扣是他们“蓝斑人”的身份证明，秘密代号。

和圣·塔亚这会儿在手掌上翻弄着两枚铜纽扣，闪闪发光，颇有意味地盯着老乞丐，问他，你见过吗，这个铜纽扣？

我上哪儿见去，真逗，老恩人是不是又在琢磨我就是那个六指了吧？老乞丐以攻为守，反问道。

不是，不是，不是那个意思。我问过很多人，都说这是苏联红军的军服纽扣，上边刻着五角星。四人小组“蓝斑人”每人有一枚，可惜，世道乱糟糟，赶跑日寇后国共又打起来，东北天天拉锯战，时局混乱敌我分不清，我始终没有找齐所有铜纽扣的持有者，也没有找到那个六指，把这枚属于他的铜纽扣还给他！唉，人海茫茫，世道混沌啊。我委托很多熟人，打听过那位当了日本宪兵队红人的六指，也毫无收获，日本投降后他就地消失了，无踪无影。我想过，他是不是跟日本人跑到东洋去了？一想不可能，日本军人逃跑前，都狠到处决掉自己亲人，屠杀光了自己的老婆孩子，怎么可能多余带一条狗回日本呢？唯有两种可能，一是被日本人处理掉了，敢杀光自己老婆孩子的日军不会留下一条狗继续活下去的，那太便宜他了；二是，跟你一样当乞丐四海为家，居无定所，关里关外满世界流浪，以此躲避仇人追查，偷偷苟活，哈哈哈……

和圣·塔亚终于结束了这一漫长而又很神奇的曲折故事，朗朗大笑。

只见老乞丐有些尴尬地晃动脑袋，摆手说道，老恩人，你总是拿老要饭的开涮，逗闷子！其实，依我看，那个六指活着的可能性不大，想逃出日本鬼子的魔掌，谈何容易？老恩人找了这么多年，都没成功，到现在了还不死心呀？

不死心啊，不死心！故人之托，岂可遗忘！事情总得有个了结，活不见人，死不见尸，这不是见鬼了吗？好啦，此事先搁下，热闹的事儿总会过去，留下的只是惨淡的现实，还有惆怅的心绪。下边该说说，老衲为啥会找到这里来的另一个原因了……

还没等和圣·塔亚把话说完，从那侧的土窑洞里走出来了博尔忽，迷迷瞪瞪揉着眼睛，嘴里喊着，老伯伯，老伯伯，你在哪里呀？我们该去找火车站了！

这下，老乞丐的脸色“唰”的一下变了，白了，绿了，灰了。

和圣·塔亚拍手大乐，银须飘逸，嘴里招呼道，娃儿啊，我还没进去找呢，你怎么自己跑出来了？

那意思是在说，剧情不应该是这样的，你剧透啦！

正这时，从另一侧树丛里，也走出来厄日格泰和巴鲁等人。厄日格泰一把抱住博尔忽，高兴坏了，眼泪汪汪地亲着儿子小脸蛋。

阿爸，你还真找到我了呀？我去一趟上海办完事，就会回来的，你哭什么呀？那个老伯伯准备带我去火车站呢！博尔忽回过头去，手指着老乞丐。

老乞丐一听这话，立刻掩盖自己的慌张，顺着话说道，是啊是啊，昨晚天黑，怕这孩子孤零零一人会迷路出事，我才把他带到这里来睡一夜，今天准备送他回去的！

厄日格泰把博尔忽交给小哈拉，自己朝老乞丐走过去，一边冷冷地问他，是这样的吗？你可真是一个大善人啊，带着我儿子跑了一夜这么远的路，藏到这么个深山密林大沟壑里！你这巢穴，可比狼穴还秘密，更难找哟！如果不是阿尔斯兰带路，恐怕我们一百年也不会找到这里来的，哇哇！火车站，那个火车站，是你建在这条沟里的吗？

你别过来！别过来！我说的是真话，我也不知道他是你的儿子，不带到这里来，深更半夜的，我能带他到哪里去呀？一个老叫花子，老乞丐……

老乞丐一边解释，一边往后躲着，脚下一滑，突然往后摔落下去了。原来他身后是一条很深的土崖沟，当厄日格泰跑过去一瞅，下边早不见了人影，从灌木丛和土沟中冒着阵阵白雾和冷气，阴森森的。

不知是人意，还是天意，这个狡猾的老乞丐，再次从人们视野中消失掉。如一条脱网的鱼，逃逸了。

故事还得继续下去。

第八章　大饥荒中的三个额吉

饥饿的时候，蒺藜钩子都是软的。
饥渴的时候，碱水尿水都是甜的。

——引自《成吉思汗训辞》

苦难，才是真正的生命摇篮；
艰辛，才是让人飞扬的翅膀。

——郭尔罗斯・雪波

一

你就那么想报仇吗？

是，就想报仇。

你就那么恨亲爹，还有那个继母？

是，就恨。她不是我什么继母。

那怎么办呢？你的复仇计划看来没法进行了。

我还会逃走的，只要狼崽“莽胡达”还在。

如果你还想走，阿爸不拦你，不必逃走。

真的呀？

真的，不骗你。不过嘛，你先要想好几件事。

哪几件？

第一，火车上不让带狗，你怎么办？第二，如果走着回上海，你知道上海离这儿有多远吗？

不知道。有多远？

我估算了一下，大约有三千五百公里。按你年龄走路，每天也就十公里左右，那你就得走上三百五十天才能到达上海，这还得每天不停地走才行。

啊？走一年呀？

是啊，差不多一年。这还得你一路上有吃有喝，不生病，每天都走着才行。

这还真有点困难……

第三件，如果半路上再遇见老乞丐那样的人怎么办？那种人现在多得是，眼下这样大饥荒年，哪儿都走着要饭的、流浪的、偷窃的、抢劫的等等乱七八糟的烂人。你一个七岁半的小孩子，如何对付他们？也许他们会给你下安眠药迷倒，再弄成畸形残废什么的，帮他们上街乞讨骗人。

我会放狼狗狗咬他们！

他们也同样会迷倒你的狼狗狗，这很容易，不会留给它咬人的机会的！

这、这、就困难了……

博尔忽身上一阵战栗，终于感到这一路真的会困难重重，风险太大。

爷儿俩是坐在家后边北坡上，望着那片苍苍茫茫的坨野说着话。马群在下边小溪草滩上吃草。狼“莽胡达”安安静静趴在博尔忽身边，呆萌萌的一双眼睛默默注视着远处的原野，似乎在追想什么。难道它尚存留一丝丝忆念，能想象起父狼母狼模样，以及洞穴中的欢乐时光吗？或是什么思虑全无，只是处在这种永远懵懵懂懂发呆的傻乎乎样子？

厄日格泰伸手摩挲了一下狼狗狗脊背，心里说，可怜的东西，你也成了跟我一样的丢失记忆的同类，我能想象到你的说不出的甚至感觉不到的苦痛。这种苦痛，烙刻在脑海最深处的隐秘角落，偶尔被什么刺激之后才闪电般显现，又转瞬即逝，都来不及痛苦。这才是最恐怖的，犹如掉落在无边的黑洞里独自挣扎，苦苦地挣扎，看不到头，也看不到尾……

当厄日格泰的手掌触摸到狼狗狗后背时，他明显感觉到一阵战栗穿过它的整个脊梁骨，在毛皮上如电波般划过去，那是来自它骨子里的一种恐惧，也许这就是所有生灵对战神或者杀神冥冥中产生的惊恐吧。这一点令厄日格泰自己也没有料到，兀自苦笑，难道他真的有那么可怕吗？

他把儿子博尔忽揽进怀里，亲了亲他那黄黄的头发。

小赤佬，要不这样行不行，让阿爸来帮你报仇！

什么？你说什么？你帮我报仇？博尔忽睁大了眼睛，仰头看阿爸的脸，很是意外的样子。

这有啥好奇怪的，难道你不相信阿爸有这本事吗？

我相信，我一百个相信阿爸的本事！但这怎么可能呢？

当然有可能，我儿子的事就是我的事嘛。但得有个条件。

就怕这个但！说说看，什么蛋？博尔忽自己说完乐了。

等你再长大一些之后，咱们再一起去办这个事儿，去复仇。现在你还太小。

长大一些是什么时候啊？

俗话说，君子报仇十年不晚，就等到十年后吧！

十年太漫长啦！

这十年嘛，你就当成学习报仇本领的十年，积攒力量做准备的十年。到了那会儿，你已经是一个十七八岁的堂堂男子汉，干什么都可以了！还有老爸帮忙出手，那些报仇什么的，都是小菜，不算个事儿！

博尔忽顿时陷入了严肃的思考。小脸蛋上神色凝聚，眼睛不眨。最后想明白了，就点点头。

好，阿爸说得对，就等十年！那会儿我还正是大男人了，干什么都不怕了！

一言为定！

一言为定！

厄日格泰和儿子，击掌为誓，定下十年之约。

好了，谈完了这件事，咱们再谈下一件吧。

还有下一件啊？

儿子，你可是逃学三天了，这么早厌学这可不好！为了掌握报仇的本领，明天开始，你还得去上学不可，把落下的课让娜仁花赶紧帮你补一补。

好吧，其实我特别想上学，竖着写的蒙古文特别好看，每个字都站立着，好像都是挺拔的树一样，也像站立着的男人！只是……我讨厌再见到那个克尔楞，再骂我夷日根·舍色，咋办呀？我会忍不住又放狼狗狗咬他的！

这的确是个问题。嗯，这事儿，就交给阿爸吧。我下午就去学校，帮你扫除这个障碍！这帮烂崽子，欺负我儿子可不行，他们才是茅舍色，就是坏种、孬种！

好啊，好啊！那我明天就去上学！

博尔忽搂住阿爸的脖子就亲了一口，狠狠地。

你咬我呀，小坏蛋！

博尔忽从他阿爸怀里挣脱开逃走，蹦蹦跳跳回家去了，后边跑着跟屁虫狼“莽胡达”，一步不离。

厄日格泰从他后边摇摇头，终于露出笑容。这小魔头，终于被他拴住，松下一口气，心里很高兴。十年之约，到时候，再拴住他个十年二十年的，一直到彻底放弃为止。他深深觉得自己辛辛苦苦养护的儿子，倘若只为这种狭隘的复仇之心而活着，那太失败了，儿子的人生也太失败了。他应该更阳光地生活，无忧无虑成长，长大了为社会为国家做出自己的那份贡献，建设更美好的新生活，这才是正路，不枉自己辛辛苦苦收养他培养他。他们这一代人，绝不能再像自己和阿伦一样，遭受莫须有的罪名和痛苦生活，他们必须迎接一个更好的时代，更好的社会才对。

他卷一颗大烟炮，慢慢抽起来，眯细眼睛眺望着远处。蓝色的烟雾袅袅飞绕在他头顶上，半倚着提坎身子斜躺着，沉浸在自己也不清楚的什么思绪中，神驰意往。那形态，活似一尊卧狮的雕像，静止而威猛，远远看着令人生畏。

下午，他去见了吉木图校长，进行沟通，谈话。

获知校方已经严厉处分克尔楞等几个惹事学生，不会再发生类似事件时，他才放下心来，一再表达感谢之意。

接着，他又骑马去了一趟公社，见社长占布拉。特意汇报了自己收养的孤儿被人变相绑架的事情，以及那个老乞丐的可疑身世，还有经常出入协日斯队长家的情况。他这是作为一名合法的人民公社社员，向上级组织做正当汇报，请求组织上帮助查清这件事情的背后真相，隐藏着什么内幕。

占布拉社长当然很尊重厄日格泰，也很重视他反映的这一特殊情况。

送走厄日格泰之后，占布拉立即召来公社党委组织委员，一起商量。

第二天，哈日根艾勒大队长协日斯，被召唤到公社来谈话。

占布拉和组织委员，跟协日斯隔着桌子面对面坐着，给他倒了一杯水。

占布拉脸色颇为严肃，先开口说，协日斯队长，请你过来是我们想了解一些情况，还希望你如实向组织讲清楚。

嚯，这么严肃？占社长请讲，问什么说什么，我绝不会藏着掖着。

协日斯喝一口水，平静一下心态。

听说你有个侄子叫克尔楞，前几日带人辱骂厄日格泰和阿伦收养的孤儿，还把人给打了，有这事吗？

有、有，那小子整个是浑小子一个，有时连我都骂呢！学校差点开除他，给警告处分了，我也臭骂了一通，差点抽鞭子！

那就好，这些孩子是政府收养的南方孤儿，受“三年严重困难”影响，那边的孤儿院都揭不开锅了，因此国家领导人才找咱们自治区乌主席协商，接收到草原上来养育的，我们应该把他们当作宝贝，跟自己孩子一样爱护才对，更不能歧视啊！作为一名村政府干部，共产党员，你应该懂得这些道理吧？

懂，懂，哪能不懂呢？当初也说过，这是爱的工程，国家任务什么的。

你懂就好，千万不要忘记。听说这个孩子，跟你侄子打架那天晚上，还被人骗到很远的琼虎勒峡谷里去了，像是绑架了整整一夜，差点出了大事儿。有人说，那个欺骗绑架孩子的是一个老乞丐，无名无姓四处流浪的老乞丐，你知道这事儿吗？协日斯同志。

这、这、我……

不要这、那、我我了，协日斯同志！你应该向组织坦诚些才对，刚才你不说过吗，绝不藏着掖着！占布拉提高嗓门，威严地敲了敲桌子。

这下，协日斯的额头上冒出了冷汗。

好好，我坦诚。其实那个老乞丐吧，是我的一个远房叔叔，前一段病了，没地方可去，我就收留他住了一段时间……

那现在他人在哪里？

人？我不知道啊！那天傍晚离开我家以后，再也没有回来过……

真的吗？你不知道在哪里能找到他？

真不知道，社长。一个叫花子，把要饭当成一辈子正事儿的人，满世界走，我上哪里知道去？居无定所，草原荒漠，城镇村庄，哪儿都是他瞎走的地方，我真不知道从哪里能找到他，社长领导啊！何况也不是什么实在亲戚，我收留他，只是出于可怜而已，真没有更深的瓜葛，他就是把我家当成了车马店随来随走的！

协日斯像拨浪鼓一般摇晃着他的脑袋，几句话把自己跟老乞丐撇清了关系，划开了界限，也掐断了他这边的唯一线索。

占布拉社长似乎没有料到会得到这样的回答，一时不知道相信好，还是不相信好，侧过头与那位组织委员交流了一下目光，嘀咕几句。

好吧，我们会进一步调查清楚他究竟是何方人士，什么身份，躲在哪里。你先回去吧，有消息立即向组织汇报就是，你可千万不要忘记了自己的身份，自己的立场！

从来把组织的话当作万能的占布拉社长他们，有时候就是不明白，待在组织里的一些人就是没把组织当作万能的什么，常常背叛组织，欺骗组织，腐蚀组织，甚至干些毁了某地组织的大坏事。

协日斯队长走出公社大门的时候，差点被门槛绊倒，一阵踉跄，但他的嘴角挂着一丝不易察觉的冷笑。心里说，让我坦诚？那不是拿杀猪刀刮猪毛一样嘛，我还活不活了？

他如一只侥幸的脱兔，匆匆离去。

也如一条鱼，溜走，水上只是起了个小泡泡而已。

二

历史，不觉间进入一九六二年。

大饥荒，统称“三年严重困难”，准确时间是哪年到哪年，各种资料说法不够统一。有说一九五九至一九六一，有说一九六〇至一九六二，原因大概是灾害自一九五九年发端，延续到一九六二年有些地方人们还在挨饿，仍然在大饥荒中苦苦挣扎生存的缘故吧。

南方孤儿接入草原收养，是从一九六〇年开始的，陆陆续续到一九六二年。人数据不完全统计，起码不低于三千人。牧民称他们是“南方飞来的小鸿雁”，草原敞开博大的胸怀，其实那时段草原自己也在挨着饿，熬着苦日子。但承诺，必须兑现。那是时任主席乌兰夫对周恩来和康克清做出的庄严承诺。

阿伦高娃的妇幼救助站，已经先后接收二十七名孩子，体检、抚养、观察一阶段之后，再找到合适的人家分送出去，由温暖的家庭收养。她们的工作，就是为旗里嘎拉森站长那里分忧解难。但随着大饥荒的延续，这项工作也变得非常艰难，忙坏累苦救助站的三名额吉——阿伦高娃、桑吉玛、珊丹琪琪格她们。

阿伦高娃先期收养的五个孩子，依然由他们自己抚养，留在身边如亲生儿女。

茫茫的科尔沁大地，跟随东北大旱情，因地缘相接也处在水深火热的大饥荒之中。横穿草原的西拉木伦河断流了，乌力吉木仁河无水了，霍林河、养息牧河流淌着蛤蟆尿般的一点水，奈曼西湖、莫力庙水库、沙坨里的千百个小水泡子统统干涸，有些村庄种地颗粒无收，牲口大量死亡，哀鸿遍野。作为大粮仓的科尔沁，干热的风吹来的都是哭泣声和哀叹的气息，蒙古高原东部大草原也遭遇了百年不遇的大饥荒。

人们为了留一口气生存下去，饥饿的目光都投向了苍茫的荒野。挖野菜，撸树叶，扒树皮，捉老鼠，刨挖可食黏土，甚至捡牛马粪便挑出未消化的谷物颗粒来熬粥。活着，比什么都重要，只要能活着食用什么都可以。

村里的鸡狗猪都杀光了，生产队的牛羊除了耕牛其他的也都宰杀吃光。有人夜里想偷袭厄日格泰的猎犬阿尔斯兰，要宰了吃肉，惊恐的那条狗疯狂逃进荒野没有再回来。主人厄日格泰也清楚，只有躲进大荒野中它才有活路。饿疯了的人们，也把眼睛对准了博尔忽的狼崽“莽胡达”，可是别看它平时迷迷糊糊的，一旦有人不怀好意接近它，立刻狼一样凶猛地扑过去，往死里撕咬他们，从此再也没有人敢惦记它了。

这一天大早，娜仁花揉着眼睛从炕上醒来，发现桑吉玛额吉正背口袋挎土篮子往外走，于是说，二娘，我也跟你一块去！

你不上学啦？桑吉玛站住了，回头问。

学校提前放假了，让学生帮助家人挖野菜，还不知道什么时候复课呢！我也陪你去挖野菜吧，二娘！

那还是先问你大额吉吧，她点头才行。桑吉玛犹豫了一下回答。

这时，阿伦额吉刚从旁边的救护站过来，听了后说，好啊，正好能帮上你的忙，让博尔忽也跟着去吧，带上“莽胡达”，可以保护你们野外安全！

就这样，桑吉玛二娘带着娜仁花和博尔忽，去荒野沙坨子了。自打大饥荒严重以来，上边拨来的救助粮物基本断顿，生存问题主要靠自己想办法解决。三名额吉，每天轮流去野地撸树叶挖野菜，一麻袋一麻袋扛回来，混合在有限的粮物里熬粥喝。救助站上还有十来个孩子没有分送出去，如此大灾难更无人接收孤儿了，必须自己想尽一切办法养活孩子们，这是她们的使命。

她们迈过坡下基本干涸的阿伦小溪，向北方一步步走进野坨子里去。

近处的榆树，惨不忍睹。大夏天的应该枝叶繁茂，绿色葱茏，可现在那些榆树都已成白秃秃的光杆，绿叶全被撸干净，连树皮也被扒光，赤身裸体地在干烈的热风中抖擞。同类树木中遭此荼毒的，还有不多的桑葚树、野枣树、野杏树等。生长在低洼滩上的野韭菜，野葱，野蒜头，还有土坡上和沟沟坎坎里的 nueli-naogao（茴茴菜）、aribie-naogao（茜苜菇菜）、halagai-naogao（螯麻菜），几乎连根拔光了，而这些野菜以往村里只是喂猪而已，现在已成最珍贵的食品。坨野上，现在只剩下些有毒的醉马草，还有入药的麻黄草，以及艾蒿、沙巴嘎蒿、铁萱骨等牲口都不能吃的植物了。

桑吉玛领着两个娃，只好继续往深处坨子里走。

荒野上到处走动着饥饿的人们，影影绰绰，三三两两，挎篮子的，背口袋的，还有牵着毛驴的。一般都是妇女小孩和老头老太为多，青壮劳力还都在生产队里干活，为“亩产超万斤而奋战”，另外上边还抽走不少青年劳力当河工，去西北昭乌达盟修建劳民伤财的红山水库。历史证实，这个工程属于失败的工程，它截留了流入哲里木盟科尔沁草原的主干河流西拉木伦河、乌力吉木仁河等河流的水源，只是季节性地放水，导致广袤的科尔沁草原几乎水源干涸，植被退化，草原沙化，最终沦为联合国有名的世界十二大沙地之一科尔沁沙地。而且可悲的是，十年九旱的北方最不适宜修建水库，这座红山水库本身最后也因泉眼水源年头久后被风沙堵塞，干了沙底儿，没有一滴水了。所有的灾难，几乎都是自以为聪明的人类自己惹下的，因而遭受大自然的反噬性惩罚也是无情的，属于天谴。

他们走出很远，终于停留在一座坡下小洼滩上。

这里的沙坡根部，长着些茴茴菜、西苜菇菜，洼地上还可依稀看见野葱什么的，还有几棵榆树没有来得及被人撸光叶子，像是漏网分子，树上保留着些许绿色枝叶。地上长着不少扎脚的铁蒺藜，那也是宝贝，把蒺藜钩子晒干之后轧出里边的小籽儿，也可熬粥喝。桑吉玛这下高兴了。

孩子们，就在这里扎营吧！

好咧，二娘真会找，这里真不赖，物产挺丰富！

娜仁花拍手叫好，他们开始分头行动。个头儿高些的桑吉玛，去榆树下捋树叶，娜仁花拿铲子去挖野葱捡野菜，而博尔忽则去干更有趣的，找荤腥东西，抓跳兔。

沙坨子上有一种野鼠类小动物叫跳兔，蒙古语称作"阿勒格歹"，后两腿细长，前两腿小短，毛色如野兔子细尾巴却很长，全凭着后两条腿的弹跳，蹿跃着奔跑，形似澳洲袋鼠，速度飞快又机敏，一般狗都追不上。肉可食，有二三两肉，村童抓住后就地烤着吃。捉跳兔并非易事，在沙坡上，先找到它从洞内拱土掩藏好的小洞口，再拿铁锹挖，或让狗刨土，它还小狡猾，藏有准备逃跑的隐蔽小窗口，上边留着一层薄土，一旦被人从正面洞口挖得紧，它就从隐秘窗口破土而逃，一旦脱逃人是追不上的，孩童们就放狗疯追，掀起一片热闹欢乐的追逐场面。

博尔忽，你怎么会逮跳兔呢？一个小桑哈银！二娘桑吉玛颇为奇怪，逗趣问他。

这有啥难的，阿爸教会了我最简单的诀窍！博尔忽夸口。

他的办法是，寻觅到跳兔遮土的小入口后，不惊动它，先在它上方一两米处脚后跟踩土找到那个隐蔽小窗口，再把外衣长袖口系上一头套在窗口上，然后挖开正面洞口轰赶它，于是惊慌的跳兔直奔备好的小窗口一跃而出，正好落进长衣袖里面，活捉当俘虏。

你阿爸真厉害！狡猾狡猾的！桑吉玛忍不住笑。

于是博尔忽带着狼崽“莽胡达”，去逮跳兔了。

桑吉玛走到榆树下，踮起脚尖往口袋里捋树叶子，一边跟旁边挖野菜的娜仁花说着话。

闺女，你在上海那疙瘩呀，还有亲人吗？怎么去的孤儿院？

娜仁花一时犹豫，突然眼泪汪汪起来。

怎么了，闺女？桑吉玛回头问，见她伤心的样子，感到奇怪。

二娘，不瞒你说，我跟博尔忽一样，不完全是孤儿……

是吗？那你怎么去了孤儿院的？

我爸死得早，我妈妈是个捡破烂的，我有个弟弟已经饿死了，她担心我也会在家里饿死，就狠狠心把我赶出家门，变成街头小乞丐，四处流浪……

是这样啊，后来呢？

我乞讨时晕倒在一家孤儿院门口，就被好心的阿姨们收留了。

娜仁花说着，拿衣袖擦着眼泪，尽量忍住自己不哭出声。

唉，都是苦命的孩子啊……桑吉玛走过来，把娜仁花搂进自己怀里，抚摸着。安慰她说，不要难过了孩子，现在好了，你一下子有了我们三个额吉了！

是啊，老天仁慈，三个额吉比老天还仁慈，我长大后一定要用一生来报答你们的恩德！娜仁花目光里闪动着泪花，坚定地表态说。

懂事的孩子，有这份心就可以了，长大后你还要做很多事情呢！

娜仁花叹了口气，又喃喃嗫嚅，要是能找到我那可怜的捡破烂的妈妈，就好了……

这容易啊，等你长大后，就回一趟上海找到她就是了！

对，我一定回上海，找到妈妈，把她也接到这里来生活！这里多好啊，人都善良，那时候，我就有四个妈妈喽，一起养活你们！

桑吉玛摇头笑了，心里说，这丫头心地善良，是个知道感恩图报的好孩子，难得。

娜仁花，你和博尔忽正好相反，他是要回去报仇，你是要回去接妈妈过来养老，真有趣。唉，各有各的不幸遭遇，人的命怎么都这样呢？桑吉玛说着，突然也联想起自己的不幸，一时黯然神伤，默默擦拭湿润的眼角。

娜仁花听说过二娘的遭遇，此时心里也为她难过，不知说什么安慰才好。

两个人又继续挖野菜捋树叶，默默干着活儿。

几棵榆树的下边够得着的叶子，都被桑吉玛撸光了，就剩上头的了。她撸胳膊挽袖子，脱掉鞋子光脚爬上树，捋上边枝头上的绿叶子，显示出农牧区妇女什么都能干的风采，嘴里还哼着小曲。干着干着，树枝咔嚓一声断了，欢乐的桑吉玛二娘就掉落下来，啪叽一下趴在地上，摔个七荤八素吭哧半天起不来。

娜仁花赶紧把二娘搀扶着坐起来，歇了一会儿，桑吉玛说一声，没事儿，死不了，拍拍屁股起来又要爬树。娜仁花赶紧拦住说，二娘，我来爬吧，你先歇一会儿。

这时，那边的博尔忽看到后跑过来了，手里居然拎着五六个“阿勒格歹”，肉乎乎的，炫耀说，二娘，晚上咱们把跳兔剁碎了，跟野菜一起煮，可以喝肉粥汤了！

哇！咱家博尔忽真是个能干的小男人！好好，就熬肉粥汤，跳兔肉粥，这下咱们改善生活，有荤腥喽！

桑吉玛欢呼，腿脚一瘸一拐地要托举娜仁花往上爬树。可女孩子笨手笨脚，还是半天爬不上去。博尔忽见状，把弄死的那几只跳兔扔在地上，说一声，让我来，我来爬！

结果，他也爬不上去，几次都半截滑落下来。

只见二娘桑吉玛扶着树干往树下一蹲，招呼博尔忽道，来，踩上二娘的肩膀头，我把你顶上去！

博尔忽犹豫不动，看着二娘问，你行吗二娘？我可是挺沉的！

快溜点吧！毛孩子能有多沉？我都扛过二百斤的大麻袋包！

桑吉玛回头催促，那个博尔忽就笑嘻嘻地踩着二娘的肩膀头，真被顶上去了。

只见桑吉玛腰腿那儿颤颤巍巍，晃晃悠悠，显然刚才摔得不轻，也许伤到哪里了。但她咬着牙坚持，腿肚子那儿颤抖着，额头上流出汗珠往下淌，鬓角的一绺头发已被沾湿，随风飘逸，脸憋得通红通红，眼睛也鼓凸着。

啊，二娘桑吉玛，咬牙挺立的二娘桑吉玛，此时显得是那么漂亮，美丽！

娜仁花在一边眼里浸着泪水，看着她的这位比亲娘还亲的二娘，尽力忍着不哭出来。

啊，人世间，有了爱心，才能显出一个人的美丽风采来。

三

夕阳西下，该回家了，必须天黑前走出这茫茫沙坨子才行。

这里被称作“塔敏查干沙带”，意思是地狱之沙，属于八百里瀚海科尔沁沙地的边缘地带，由一座座沙包沙峰，一片片沙湾沙梁，半月沙，盆地沙，组成形态万状奇谲诡异的莫测领域。每到风季，黄沙便拉起遮天蔽日的灰黄帐幕，混沌一片，可雨后又安静得像熟睡的婴儿，清清晰晰，纹丝不动，峰是峰，坡是坡，一切又那么坦荡裸露，赤域千里。有时从盆地沙里捡到古陶古币，生锈的刀铁之类的，引起人们无尽的想象。

桑吉玛带着孩子们匆匆踏上回家的路。

他们沿着人或兽踩出的一条似路非路的痕迹，凭着记忆辨别沙包沙丘地形前行。显然，二娘桑吉玛从小走习惯了这片沙坨，好比爬行在沙地上的那些甲壳虫或蜥蜴一样地熟悉这里，熟悉环境。

半路上，他们碰见一位年迈的老“额嬷诃”，即老奶奶，也扛着一口袋野菜在赶路，旁边还走着一位老态龙钟的老爷爷，前边赶着一头驮着榆树叶子的毛驴。那个老太太深深地弯着腰，几乎形成九十度，脸庞被灰白色长发遮挡看不清，而那位爷爷的脸色就显得很可怕了，满脸都浮肿得如馒头，膨胀要炸裂开的样子，那颜色还黑绿黑绿的散发着暗光，眼睛则被挤成一条细缝，看不见眼孔。

老两口走得很慢。匆匆赶过去两个老人之后，娜仁花吐了吐舌头，问桑吉玛，二娘，那老爷爷的脸怎么了，真吓人呢！

那是吃野菜中毒了，孩子，有一种野菜 nueli–naogao（茴茴菜），吃多了就会变成这样，会中毒。唉。

那我今天捡的野菜，也有不少 nueli–naogao（茴茴菜）啊！

没事儿的，煮野菜时再放点粮食和盐就会没事儿，咱们还积存了些苞米面可以蒸菜窝头吃的，放心吧！

他们继续赶路了。桑吉玛后背上背着一口袋榆树叶子，娜仁花和博尔忽每人挎着装满野菜的土篮子，在大沙坨子里匆匆赶路。西边的那轮日头正在快速下落，他们几乎是在跟太阳赛跑，而在沙路上又走不快，都呼哧带喘的。他们的身影儿投在沙漠上变得很长，每座沙峰、沙包也都落下长长的黑影儿，太阳很快就要落下去了。小娜仁花抬眼看了一下西边，惊异地发现这时的落日变得那么漂亮壮观，卸去金色光环后显得火红而毛茸茸，下端已经触到地面，和沙漠连成一体，好比一面无边的金黄色毯子上浮腾着一个通红的绒球。无比娇柔地，小心翼翼地，被那面美丽的毯子包裹着，像是被多情的沙漠母亲哄着去睡眠。大漠一片宁谧，温馨，又是那样庄严肃穆地欢迎那位玩疲倦的孩儿缓缓归来，天空中和沙漠上还余留着一抹淡红，不肯散去。黄昏的暗影，悄悄地犹如一张丝绸织成的黑网般飘落下来。这时，娜仁花的心中突然萌生出想哭的感觉，双眼湿润，为那颗大漠落日。它尽管带走了光辉，但最后一刹那把希望之光和大自然之美注进了她的心田，使她永远难忘。

天完全黑了。依稀可见的小路，也彻底看不清了。大漠里，一片黑沉沉，远处有一只夜鸟在哀鸣，声音凄楚。传说有个姑娘在“塔敏查干”沙漠里迷路而死亡，灵魂就化作了那种鸟，夜夜哀鸣，那声音很像在说：带我出去！带我出去！

娜仁花和博尔忽心都突突的，担心在沙坨子里迷路，都不由自主地揪住二娘桑吉玛的衣襟。

孩子们，放心吧，不要害怕，有二娘在呢！二娘可是比你们还小的时候，就开始闯荡这里的沙坨子了，闭着眼睛都能走回家！

两个孩子这才放下心来。

娜仁花心中此时也有个异样的感觉，似乎最后一瞥那轮落日，已经把它永远留在自己心中了一样，不怎么惧怕四周的黑暗了。

也许为了安抚两个孩子，怕他们胆怯，二娘桑吉玛又开始和二人说话。

孩子们啊，阿伦额吉说过，人必须学会面对黑暗，习惯在黑暗里走路，黑暗里做事，黑暗里吃饭，学会在黑暗中生存。二娘有个不怕黑暗的办法，那就是心里记住一次最明亮的阳光，然后一旦黑夜里走路害怕了，遇到漆黑的夜晚了，就想想那个记忆中的最明亮的阳光，马上你就会心里亮堂了，敞亮了，不害怕了！想一想，阿伦额吉这话说得多好啊！一个人，心里只要存住一片光明，就不怕黑暗，在黑暗里也能够熬下去了！

二娘，我刚才就看到了那个最美丽亮堂的阳光了！娜仁花说。

我也看到了！博尔忽也说。

那就好，孩子们，我也看到了，那让我们记住那一轮美丽的太阳吧！

桑吉玛愉快地鼓励孩子们，一瘸一拐地走着路。后背上的野菜口袋如一小山包，鼓凸着，压得她腰弯得很低很低。如一坚韧跋涉的老牛在蹒跚走路。

人只要心中存有一片光明，便可面对一切黑暗。

两个孩子，深深记住了这一终生受用的浅显真理。

半夜里回到家以后，二娘桑吉玛就病倒了，第二天开始下不了炕。

原来，她从树上跌落，骨盆那块出现骨裂，她硬是忍着疼痛把孩子们带回了家。而且，第二天开始，她的脸上也出现了浮肿，黑绿黑绿的，鼓胀得如一颗绿冬瓜。

这下急坏了阿伦高娃。

脸上浮肿是吃茴茴菜（nueli-naogao）、茜苜菇菜（aribie-naogao）太多而中毒，但不应该呀，尽管野菜为主，但救助站每天发一个配粮窝窝头，不该出现这种情况的。

这时，已经快五岁的巴特桑向阿伦额吉举报说，额吉，二娘、她、她……

阿伦见他吞吞吐吐，鼓励他说，儿子，慢慢说，不着急，二娘她怎么了？

她把、把自己的窝窝头、都分给吉雅、托雅吃了，她们俩老喊着饿，伸手还要……

天哪！原来是这样的呀！阿伦失声。

她赶紧从箱子里拿出应急的一包挂面，煮熟了，连汤带面一起给她喂吃。半昏迷中的桑吉玛，张开嘴都困难，一点一点艰难地喂给她吃。为了不发出呻吟声，她的牙齿咬得铁紧，珊丹在一旁拿筷子撬开点缝儿，阿伦用汤匙慢慢喂她。

两天过去了，桑吉玛依然没有好转，给她也吃过些药，穴位针灸什么的，她还是处在半昏迷状态，脸色从绿黑反而渐渐变化成黑灰色，眼睛也睁不开了。

阿伦这下更慌了，六神无主，赶紧派小哈拉去请来了和圣·塔亚老活佛。

匆匆赶来的和圣·塔亚号脉、查眼睛、看舌头，登时惊呼道，不好，她中毒了，可能中了毒草，中了崩厄·乌布思的毒了！快送旗医院抢救，再晚就来不及了！

崩厄·乌布思是草原沙地上的一种毒性很大的野草，一棵草能放倒一头牛。显然，桑吉玛饥饿中在野外生吃野葱野蒜什么的时候，不小心嘴巴里混进了些许崩厄·乌布思的草叶碎末，于是中了毒，把自个儿放倒了。

在场众人都吓坏了，珊丹赶紧把供销社的马车赶来，几个人七手八脚把桑吉玛抬上车，飞快地往旗医院赶去。

幸亏没有过最关键的三天抢救期限，误吃毒草量并不大，人总算抢救过来了。阿伦让她继续住在医院，治疗臀部的骨裂。

一时间，二娘桑吉玛的病房又成了孩子们的乐园。

阿伦的五个孩子，加上自己的和珊丹的，七个孩子轮流亲她的正从绿冬瓜缓缓变红润如西红柿的脸。

二娘桑吉玛轮流抱着孩子们，眼睛湿润，用喑哑的嗓门低声说，二娘有了你们，真幸福……有了你们，我才从鬼门关转了一圈，跑回来的……那会儿，老听见你们在喊我，你们阿伦额吉珊丹额吉也在喊我，接着在一片黑暗中，出现了一道阳光，我就醒过来了……

二娘，我知道，那就是你和阿伦额吉讲的，心里只要存住一片光明，就不怕黑暗！娜仁花笑成一朵花，拍手说。

桑吉玛点点头，用含满泪水的眼睛看着旁边的阿伦和珊丹说，有你们做姐妹做朋友，真好，我太幸福了，你们就是我心中驱逐黑暗的光明！

那两个女人，同时俯下身子抱住桑吉玛。

她们的眼睛里都有泪光闪动，安慰着这位捡一条命回来的好姐妹。

难道我们不是你心中的光明吗？

巴鲁表哥大大咧咧说着话进来了，还带来了一瓶偷偷挤的生产队牛奶，后边跟着厄日格泰和小哈拉。

表哥来啦！你还想当光明哪，光腚吧你！桑吉玛说完咯咯笑。

房子里一片欢声笑语。

困境中的人们，自有他们的欢乐方式，以驱赶黑暗。

二娘桑吉玛勉强住了半个月医院，哭着喊着出院了。

四

日子，熬得愈发艰难了。

大人和孩子们脸上都是菜色，身体孱弱不堪，一阵风吹来就能刮走的样子。

离秋后收获那点儿勉强种植的一些粮物，尚有两三个月，如何熬过这段日子呢？生产队里也想尽了办法。他们把堆在 wuturimo（打谷场）上的苞谷棒子，就是剥光苞米粒后剩下当柴火烧的硬棒子，突然当作宝贝了，说是上边推广的。就是把这些干苞米棒子拿到碾道房，用石碾子轧碎后弄成面粉状，再用水煮成含有微量淀粉的糊糊饽饽，当口粮发给社员们充饥。

吃完这个新发明的所谓“淀粉饽饽”，人就是大便困难，拉不出屎来。每天早上，阿伦和桑吉玛给孩子们抠粑粑，拿一根银簪子，蹲在那里解放孩子们小屁屁，疏浚通道。有时候大人也遇到这种情况，只好自己来，拿一根棍子或手指自己解放自己，那种大便倒是一点不臭，很干净，不污染环境，有股棒子味儿。

苞米棒子吃光了，有人发明了蒺藜钩子籽儿晒干熬粥，还有类似什么苜蓿草籽儿、草木樨籽儿，于是满荒野上到处都是割蒺藜钩子或什么草的人群，有人索性拖着大铁耙子在草坨子上拉大耙。有人还发现了河床里有一层灰白色黏土，可以食用，人们又去疯挖抢吃养息牧河里的黏土，结果得肠梗阻后去医院手术。

这一天早上，厄日格泰从自己小帐篷里爬出来时发现，门口丢放着一只新鲜刚死的“朱日嘛”，这是生活在荒野上或田埂旁的一种野鼠，毛色发黄，个头比家贼灰老鼠大很多，专门吃地里的豆类或谷物庄稼，身上的肉比前边提到的跳兔“阿勒格歹”还多，能有四五两肉。厄日格泰心里奇怪，这块肥肉怎么跑这儿来牺牲了？他捡起来送到阿伦那里，做检疫若没毛病，就剁碎给孩子们熬肉汤喝倒不错。

令他诧异的是，第二天早上，他又发现了一只刚丢弃在门口的豆鼠子“朱日嘛”。他赶紧抬眼往四处踅摸，察看，发现有一个黑影正朝远处的坨野上跑走。他一眼便认出，是他的爱犬，失踪很久的阿尔斯兰！

厄日格泰拔腿就追过去，心想一定要把爱犬找回来，不能再让它在荒野上流浪了。他追出很远，阿尔斯兰的行为也挺奇怪，跑跑停停的，不是逃走，而是似乎引着主人跟它走。厄日格泰愈发纳闷。那狗终于停下来了，停在一处它自己挖了很深的豆鼠洞穴旁边。它见主人到来，摇着尾巴扑过来，拱在主人怀里撒娇，又在地上打滚撒欢。

然后，它跑到豆鼠洞口，回头冲主人汪汪地吠叫。

狮子，什么意思？你是想告诉我，这洞里还有“朱日嘛”吗？

阿尔斯兰摇着尾巴汪汪叫。

那我明白了，是有豆鼠在洞里！只是这洞太深，再往下，你没法刨土了，是这样吧？

阿尔斯兰又一阵吠叫，摇尾巴。

好吧，就让我帮你把它们一个个都挖出来！不过，没有铁锹不行！

厄日格泰见小哈拉已经从后边赶过来，立刻命他回去拿两把铁锹来，一起挖豆鼠子“朱日嘛”。小哈拉扭头就跑回去，很快取来两把铁锹，两人合力挖起那个豆鼠洞来。

豆鼠洞斜着往地下延伸了很深，已经挖开三米多深，俩人已经挖出了半间房子那么大的深坑。厄日格泰心里暗暗感到奇怪，长这么大，还头一次遇见打洞打这么深的豆鼠子，看来遇着鼠王或者老鼠精了。

终于挖到头了，只听见一阵吱吱唧唧乱嘶叫，一群大小豆鼠突然从大坑穴里逃窜而出，为首鼠王个头儿简直有猫一般大，四处夺路乱逃。厄日格泰眼疾手快，随即挥铁锹拍死了那个鼠王，接着跑出去追击剩下的豆鼠。

这时，小哈拉突然在后边惊叫起来。

阿爸哎，快看！你快来看啊！

厄日格泰放弃追逐，赶紧跑回来看。

登时，他目瞪口呆，揪着头发惊呼，粮食！天啊，粮食——

在小哈拉继续往下延伸挖开的又宽又深的洞穴里，堆满了白花花的粮食！有白白的苞米，有黄澄澄的谷子，红红的高粱米，还有黄豆黑豆土豆地瓜花生……五花八门，应有尽有，比生产队的仓库还丰富！

阿爸，我们挖到宝藏了！

是，挖到宝藏了！归功于狮子！是它把我们引到豆鼠王的粮库来啦！

天啊，这是它们多少年的积攒啊！真的成精了！小哈拉呻吟般地叫唤起来。

厄日格泰狂喜不已，嘴里一个劲儿念叨，我们有救了，孩子们有吃的了，我们有救啦——

他立刻派小哈拉赶紧回家拿两个大口袋来，装粮食，收走宝藏，自己留在这里守护。小哈拉一路飞跑，速去速归，跟他一起来的还有阿伦、巴鲁他们。

厄日格泰和巴鲁又把洞口挖得再大些，以便人下去装粮食。

他们迅速行动，一个人下去，拿簸箕、大盆往口袋里装满粮食，再举上来。

粮食居然装满了四个大口袋！

一个口袋大约能装一石粮一百斤，四口袋等于四石粮四百斤，戳在那里，令所有人瞠目结舌。这可是世间奇迹！

天啊！整整四石粮啊！

这是等于生产队一个大人两年的口粮！

这时，闻讯赶来了很多村民，饥饿的人们，目光像狼一样贪婪地盯住那四口袋粮食。人们纷纷伸出手，朝厄日格泰哀求，分给我们点吧，分给我们点吧……有人干脆扑通一声跪下了，可怜巴巴地哀求，咣咣地磕头。

厄日格泰一见这情况，感到不妙，这下不好办了，赶紧低声跟妻子阿伦商量几句。

于是他冲大家挥挥手说道，大家安静点，大家安静点，先听我说，这四口袋粮食是长生天垂怜我们，恩赐给我们大家的！放心，我们不会独吞的，俗话说，猎场上见者有份嘛！这样吧，我们救助站有十几个嗷嗷待哺的小孤儿要养活，而且是我们先发现的，所以，我们先留下五斗粮，也就是五十斤，剩余的三石五粮大约有三百五十斤，就全交给生产队，按人口分给大家吧！谁去把云敦书记或队干部们叫来吧！

这时从人群后边走出云敦书记，还有那位协日斯队长。

不用叫了，我们已经来了！老厄，你又办了一件大好事啊，这下救活了村里的不少人命呢！我们同意你的分配方案！

人群中响起一片掌声。

于是，厄日格泰和阿伦，扛着自己的那份五斗粮，先离开了那里。

云敦书记和协日斯立即喊来会计，抬来秤，就地按人头分粮。人人兴高采烈，感谢着“右派”一家，纷纷说老天饿不死瞎家雀。

很快，荒野上出现了众多的扛着铁锹挖豆鼠洞的人影，争先恐后，像打仗一样。听说也有所收获，但像厄日格泰这样挖出四石粮的情况，再也没有出现过。

奇迹，不可能天天都有。奇迹，也是留给有缘人。

五

困难的日子，还在继续。

村民们都眼巴巴地瞅着地里的那点儿庄稼，快点成熟，收割的日子快些到来。旱季无雨水，那点庄稼可是社员们精心伺候，一盆一桶地挑水浇灌，一天一天用汗水心血培植长大的。村里已经派出民兵巡逻组，日夜守护庄稼地，就这样还有人夜里胆敢钻进田里，偷青苞米，还没有完全成熟呢。逃跑时挨了砂枪子儿，就是那个老鼠胡子小陶革图，屁股被打烂，从血肉模糊的屁股上拣出来三十七粒铁砂子。

饥饿的人们快熬不下去了。传来各种各样的坏消息，中原某某地饿死了多少人什么的，说什么的都有，扰乱人心，引发加重了人们心里的恐慌。好在国人百姓都是顺民，听话老实大度，不闹事，宁可勒紧裤腰带，即便饿死多少人也吭哧着默默熬日子，等候转机，相信国家相信伟大领袖。他们咬紧牙关，和国家一起扛着这一场历史上罕见的艰难岁月。

好百姓啊！并不都是陈胜吴广、刘邦项羽、黄巢、宋江、洪秀全。

阿伦的救助站那儿，上边拨发的粮物已经断顿，生产队的各类淀粉也消耗光了，幸亏豆鼠洞提供五斗杂粮拌在野菜中维持了一个多月，可离新粮下来还得一个月之多。现在，已经到了生命的最关键时刻。

厄日格泰决定进山打猎，去罕乌拉山碰碰运气。实在不行，那就偷偷宰杀一匹自己所放马群里的一匹马。阿伦立刻否决了第二个方案，耕牛和马匹是不许杀的，这是法律规定，绝对不能碰。厄日格泰咬着牙关说，我去坐牢就是，也绝不能让孩子们饿肚子夭折了。

厄日格泰带着巴鲁和小哈拉，出发进山了。先去试试猎场运气，但愿有所收获，不至于空手回来杀马去坐牢。

珊丹的供销社里，连一块饼干、一个糖块之类食物都没有了，净堆着些不能啃的锅碗瓢盆、镰刀斧子、空瓶空罐之类的冰冷货物。这一天，她套上马车要去旗镇上看看，有无可能进点食品来，尽管希望很渺茫。巴音经理想拦住她，但知道拦不住，只好由她去了。

不出所料，旗联社总店连个锅巴都没有，没有任何食物可提供下边销售。

珊丹十分失望，重重叹气，只好调转马车，在空荡荡的街头怅然若失，持鞭呆立。此时突然想起，当她临出来时阿伦曾嘱咐过，去一趟嘎拉森站长那里看看，有无上边拨下的食物什么的。于是，她立刻赶起马车直奔那里。

院子里空荡荡，不见个人影，以往还能听得到婴儿啼哭孩童叫闹的动静，今天却静悄悄的。显然，这里已经没有了新转来的孤儿，原有的也已经分送完毕，倒显得这里冷冷清清。

珊丹把马车拴在大门口，自己大咧咧地径直奔向那间办公室而去，之前来过不少次，熟门熟路。她也没有敲门，直接推开门走进去，嘴里一边喊着，有人吗？有活气儿的没有？

办公桌后边坐着一位中年妇女，前边桌上放着一个透明大玻璃杯，刚冲好的乳白色奶粉正在冒热气，旁边还放着新打开口的一袋婴儿奶粉，还有一包婴儿饼干。那位妇女好像在进早餐。

宛丽昂嘎主任，你在喝什么呢？这么香啊？哇，你在冲婴儿奶粉喝哎！

珊丹大声嚷嚷着走过去。那位名字取自民歌“宛丽昂嘎”的女主任，顿时发慌，显然没有想到有这么个莽撞人闯进来，也不敲门。在慌乱中伸手想把那一袋奶粉和饼干划拉进抽屉里去，可是已经晚了。珊丹下手比她更快，一把抢过奶粉和饼干，拎在手上端详着，嘴里念出声：黑龙江完达山婴儿奶粉，上海婴儿饼干——

顿时，珊丹明白过来，提高了嗓门质问，宛丽主任，你怎么会有这么好的东西吃喝呀？奇怪，你是不是截留了发给孤儿们的食品啊？

不是！这是我自己花钱买的！你管着吗？给我出去！

宛丽恼羞成怒，往外轰赶珊丹，脸红脖子粗的。

你自己花钱买的？哪里有卖的？告诉我，我去买一车来！骗鬼吧你！我问你，上头有没有发食物给我们？啊？快告诉我！珊丹继续厉声质问。

没有！屁也没有！一块饼干都没有拨下来！

真的吗？你不说实话，好吧，我自己来找！

珊丹说动手就动手，撸胳膊挽袖子，抬脚就踹开了宛丽一头沉办公桌子的箱子，一伸手从里边拨拉出一堆袋装奶粉，足足有二三十袋子！珊丹哈哈大笑起来，嘴里大声喊着，你说没有？这是啥？是洗衣粉吗？是白石灰吗？啊？

她怒不可遏，接着要去撬开旁边的其他文件立柜。

宛丽被气疯了，大声嚷叫着骂道，快给我滚出去！你这强盗，土匪！野蛮的村妇，抢劫犯！我要报警了，让你马上去坐牢！

说着就拨电话。这个女人利令智昏，果然报警了，打完就后悔了，猛然醒悟，双手捂嘴。珊丹的目的也似乎在于此，把事情闹大，让有关部门出面，当场见证，不然她一个村民怎么能弄得住她？人家会转眼间把所有证物都消灭干净，还可能倒打一耙，让她跳海也洗不清。农民的小狡猾，她还是有的，足够能对付场面。

珊丹站在那里冲宛丽拍起手来，也停止了自己的搜查行动，大咧咧嘲笑怒斥。

宛丽昂嘎呀，宛丽昂嘎！你可真像歌词里唱的：俏丽的宛丽昂嘎绝非一般魂灵附体，她是天上三巫之一转世而来！哈哈哈，主任大姐，报警报的好啊！要不然，我还真不知道如何对付你了呢！

宛丽马上态度变了，一脸笑容求着说道，珊丹大妹子，这些东西你都拿走，都拿走好了！咱们私了，好不好？都是老熟人，老姐妹了，抬头不见低头见的，何必变成仇人呢，是不是啊？

我可不敢拿，我也不是贼，像你似的！孤儿们在下边都快饿死了，嗷嗷待哺，你却在这里造孽，截留孩子们的救命食品，竟干出这种伤天害理的罪孽事儿来，你简直不是人！猪狗不如！良心都被狗吃了！真是个混蛋！珊丹越骂越来气，浑身在哆嗦。

宛丽昂嘎一见不好，拔脚就跑，想夺门而逃。

珊丹早就料到这一步，一个箭步挡住她的去路，嘴里冷笑，还想跑路？想得美，没门儿！

宛丽伸手想把她推开，但她哪里是对手。珊丹越想越来气，抬起巴掌就给她一个大耳刮子，“啪——”，只见那个宛丽昂嘎趔趄了几下，娇生惯养的她哪里经得起珊丹这一巴掌，差点摔倒在地上。

正好这时警察乌立塔跑进来了，一见此情况，大喝一声，珊丹，你怎么乱打人呢？你在这儿抽什么疯，啊？

打人？老娘杀她的心都有！你看看她干的好事！我们收养的孤儿们都快饿死了，她倒好，截留孩子们的奶粉饼干自己偷吃！你看看她杯子里泡的奶粉，吃的饼干！还有被她截留、监守自盗的这些奶粉！你打开立柜再看看吧，我敢保证，还不知道藏着多少东西呢？

她把手里当证据拿着不放的奶粉和饼干，一股脑儿塞进乌立塔的怀里，义正词严说，我这是人赃俱获！抓的现行，看你咋办吧，大警察！我现在正式报案，举报揭露旗妇幼保健站办公室主任宛丽昂嘎监守自盗罪，截留孤儿食品罪！她罪大恶极，该拉出去枪毙！她的良心都喂狗吃了！

乌立塔这下瞠目结舌，傻眼了。他跟一起来的另一名警察交流目光，然后吩咐几句，那警察转身就跑走。很快，派出所所长、旗妇联主任等有关上级领导们陆续都赶到现场了。所有人都不敢相信自己的眼睛，惊愕又愤怒。

警察动手搜查宛丽的办公室，从几个柜子里查抄出小山般的各类食品，都是上边拨发下来救济孤儿们的食物，还都是高档食物，有饼干、奶粉、罐头、干奶酪、蜜饯、奶糖、蜂蜜——应有尽有，丰盛无比。警察们接着马不停蹄又去她家查抄，家里藏的堆的东西比办公室还多，在这三个大灾年里，这个大蠹虫，贪婪的恶妇，利用手中权力中饱私囊，吸血孤儿们的救命食物，竟如此腐化堕落伤天害理，令人发指，大家纷纷怒斥，有些闻讯而来的百姓都想揍她，上前踢两脚才解恨。

大家这时候突然想起来，她的领导、顶头上司嘎拉森站长，哪里去了？

原来之前，旗组织部门已调他去参加一个名称叫“四清工作队”的培训班，让他去学习。站里的工作，就由这位宛丽昂嘎主任代理主管，一手负责。难怪她独揽大权，无法无天，胆子变得这么大。

宛丽昂嘎被拘留审查，抓走了，后判了十五年徒刑。嘎拉森又被叫回来，收拾她遗留的烂摊子。旗妇联领导、旗政府纷纷表扬珊丹琪琪格敢斗丑恶现象的大无畏精神，夸赞她一脚踹出了一个大蠹虫。

珊丹琪琪格更是乐得合不拢嘴，因为她满载而归。

她的马车上，装满自己分到的应得战利品：孩子们的救命食品。她可是乐疯了。长鞭一甩，一路啪啪地发响，嘴巴里流淌出泉水般的歌声，所有会唱的歌都唱了几遍，后来逮什么号什么。“社会主义好”，几乎唱了一百遍，嗓子都喊哑了，眼泪在飞洒也懒得擦。马车在飞奔，歌声在飞扬，这个善良勇敢的年轻村妇，已经进入癫狂如疯的状态，路人见了躲得远远的，害怕被她的疯狂甩出去的鞭子给扫到脸上，那会火辣辣的疼。

快进哈日根艾勒村的时候，她多了个心眼儿，拿一块苫布遮盖好车上的战利品，以防被村民发现又从半路截和。她把马车直接赶到北坨子她们保健站门口，连自己供销社的门都没有进去，丝毫不耽搁。

一到门口，她山呼海啸般大叫，一般早先城门失火，才会有如此疯狂吵嚷。

姐姐们啊，孩子们啊，快出来呀！看三娘给你们带来啥宝贝啦！

姐妹们啊！天地良心啊！男人女人孩子们啊！你们快溜点啊！都尿炕了吗？

阿伦、桑吉玛、娜仁花、博尔忽——一大帮人，以为出了什么大事，纷纷从屋里拥出来。只见他们的三娘珊丹琪琪格，像一位母夜叉，叉腰站在马车上，一脚踏奶粉箱一脚踏饼干罐头箱，嘴里大叫道，瞧一瞧，看看啦，三娘带来的啥好宝贝！这箱是上海牌婴儿饼干，这箱是北京牌蜜饯罐头，这一箱是完达山牌婴儿奶粉！还有这一箱，都是雪白雪白的挂面啊！

她接着俯身拿起一袋奶粉，朝大家晃了晃，问道，你们知道啥叫奶粉吗？我长这么大也没见过，更别说吃过，但是早就听说世上有这么个宝贝，干牛奶！开水一冲就能喝，营养上等！这可是新鲜货呀，听说我国也是刚刚制造出来没几年，世界上最新鲜产品——干乳粉啊！

这下，马车周围掀起一片欢呼声，笑嚷声，大人小孩纷纷拥过来，抢着欣赏三娘夺来的那些战利品。

阿伦、桑吉玛目瞪口呆，傻站在那里了，简直不敢相信自己的眼睛。

他三娘，你去劫道了吗？抢劫啦？还是去盗窃国库了？你是母的锦毛鼠？

对！三娘我就去抢劫啦，姐妹们呀，真痛快呀！我就是母的锦毛鼠——白玉堂，不，珊丹琪琪格那个堂！杀了他片甲不留！哈哈哈——

接下来，珊丹就津津有味口沫四溅地讲述起自己无意间大闹恶妇巢穴的故事，如天方夜谭，如独闯虎穴，如狼口夺肉的一个惊天地泣鬼神的惊险经历。这下顿时引来那俩姐妹的疯狂了，又叫又喊，抱住她就亲，就啃，就眼泪哗哗地流。三人相拥在一起又哭又笑又跳，一起撒疯。

三个女人一台戏，一台疯戏。

三个草原额吉，轮流演绎着天地间最博大的一场戏，母爱慈情的大戏。

阿伦拿起一袋奶粉细细端详，她过去也只是听说，还没有见到过奶粉是什么样的，如今见到实物，感慨万端。如果早有这东西，自己当初也不会为女儿吉雅讨百家奶而差点丢了性命，受那么多苦了。

完达山奶粉，是最早由黑龙江红星集团于五十年代中期生产，这家企业是在苏联援助下建立的新中国第一家机械化乳品生产企业，即完达山乳品厂，生产出新中国最早的奶粉，被国家指定为军需奶粉，还出口东南亚和欧、亚、非等十多个国家和地区。

根据意大利人马可·波罗在游记中记述，元朝蒙古骑兵曾携带过一种奶粉食品，那是蒙古帝国的慧元大将对鲜奶进行巧妙的干燥处理，做成便于携带的粉末状奶粉，作为军需物资。长途行军时，便于携带，食用时取半磅左右放入随身携带的皮囊中，加入水挂在马背上通过奔跑时产生的震动，使其溶解成粥状而食用。作战时在马背上能迅速补充体力，所以蒙古骑兵才那样强悍，使敌人闻风丧胆，在长途行军和沙漠作战缺少粮草时，依靠这种方法能生存长达几个月之久。奶粉是来自蒙古人祖先的智慧和创造，现在造福于全人类。

据史料记载，一二一七年成吉思汗西征要穿越东西长八百八十公里、南北宽四百四十公里的可吉尔库姆沙漠时，为了解决军粮问题，当时的大将慧元是主管给养的后勤部大帅，发明了干乳粉，除此之外还创造了肉松的制作方法，更便于携带，为成吉思汗解决了穿越大漠的大难题。奶粉，不仅解决了当时以牛奶和肉类为主要食物的蒙古骑兵需求，也从根本上解放了妇女们的乳房，使人们随时随地喝上牛奶而不必牵着奶牛到处跑。奶粉是一项对世界具有杰出贡献的伟大发明，是人类智慧的具体体现。奶粉和肉松的出现，成就了蒙古铁骑一日千里的神速，堪称世界军事历史上最早的闪电战，创造了以少胜多、所向披靡的骑兵战绩，帮助成吉思汗创造了强大帝国，奠定了广袤版图，为打通亚欧大道、促进东西方文明的交流做出了不可磨灭的历史贡献。

三天后，进山打猎的厄日格泰他们也回来了。

他们的马背上驮着五只黄羊，这下高兴坏了阿伦高娃。

原来，他们穿过罕乌拉山，往更北寻猎时，邻近的蒙古国那边发生了草原大火，成群的黄羊逃到这边来了。那天他们恰巧遇到公社武装部长带两人也在那里狩猎，想解决公社机关食物问题。可惜的是，武装部长马背上的枪法不行，黄羊跑得飞快，一般猎手都打不中，于是厄日格泰就与部长做了交易，把枪交给他去打黄羊，打中三个其中一只归自己，两只归部长。

厄日格泰是神枪手，马背上更是百发百中。

打中十五只黄羊，驮回来了应得的五只。

巴鲁向阿伦告状说，厄头儿这人太老实，太笨，起码应该一半儿一半儿对分才合理吧，要是我的话，哼，他一我二！

厄日格泰嘲讽他说，你还真二！你这是想把那位小气的部长赶走！就是这样，他也不满意呢，好像便宜了我们多少似的！

没有你，他屌毛儿也闻不到，还打黄羊呢！那个臭枪法，怎么当上的武装部长天知道！巴鲁依然愤愤不平。小哈拉在旁边傻笑，黑不溜秋的像个野人。

知足吧，和则两利，吃亏有吃亏的好处！没有人家的枪支子弹，咱们也不是什么毛儿都闻不到吗？厄日格泰说着自己也乐了。

巴鲁挠挠头，咧嘴笑。

再说了，公社那儿张口的人多，让部长脸上也有光，没坏处，将来求他好办事。厄日格泰的思虑总是周全。

快进屋喝酒吧！你们这些臭男人，成天嘴里不干不净的！阿伦笑道。

还有酒啊？哪儿来的？天啊！厄日格泰惊呼，巴鲁摩拳擦掌。

这是人家三娘珊丹的战利品，还有许多许多的好东西呢！你就不必偷杀马了，快进屋说吧！

阿伦笑呵呵地把男人们推进屋里去。

第九章　暴风中摇曳的劲草

当大风暴卷过去之后，
你才会惊骇地发现，
活着的生命是多么珍贵而顽强。

——郭尔罗斯·雪波

一

沧海桑田，世道轮替，再大的苦难也总会有结束的那一天。

历史跨入一九六三年夏，中国大地终于缓过气来，渐渐恢复元气。如一头受伤的老虎，在山间林中休养生息一段，终于伤口愈合，虚弱的身体开始康复，想着慢慢到外边来舒展一下筋骨。

可它一不安分，一想运动运动，荒野上便不消停。

也许宛丽昂嘎这样监守自盗的腐败现象，在基层乡镇略显多了吧，开始引发出高层的要运动运动的想象力。

牧马人厄日格泰这一天正在溪边草滩放马，歪坐在那里，嘴中咬着一根芨芨草，正欣赏一匹刚出生的小马驹踉踉跄跄走路。这时，他身边出现了一位骑者。

嗬，咱们的围猎队长，马倌同志，好清闲啊！

那人下了马，声音朗朗打招呼。

厄日格泰抬头一看，笑开了。

旗王爷大人，什么风把您大驾给吹来了？

厄日格泰站起来，握手，寒暄。

额尔敦扎布旗长就地盘腿坐下，马裤下的青草柔软如坐在毡毯上，很舒服。

新下的马驹儿啊？

嗯哪，跟我的黑鬃马“阿吉日嘎”配的种。

好啊，又一匹好烈马出生了！我先订货了哈，不许转给他人，也不许骟它，而且还得你来帮我驯熟了它，这是旗政府征用！

遵命，王爷，小民照办就是。

厄日格泰拿出纸和烟，卷了一根大炮，递给额旗长。他也不嫌对方用口水沾的那根纸烟炮，点燃后有滋有味地吸着，吞吐着浓浓的干辣的烟气，感觉十分过瘾。厄日格泰则接过旗长递给他的那根短小铜嘴烟袋锅和烟荷包，装了一锅端起来，牙口上咬着那个铜烟嘴，那上边留有老旗长咬过千万遍的牙痕。嫌，和不嫌，都是心里的感觉，心洁则万物都洁，心污则万物皆污。

今年雨水还行啊，草长得不错！额旗长望着原野上满目绿色，款款而说。

是啊，下了几场透雨。这苦日子，总算熬过去了。厄日格泰点点头。

熬过去啦，熬过去啦！我们扛住了，不容易啊！额旗长也忍不住由衷感叹。

这三年来你这位王爷的压力可能最大，好像咱们旗里没有饿死的吧？

没有，我们还真没有一个饿死的！当然，也有几个饥饿引发病重而亡的，也可以记在大饥荒身上吧。额旗长说得很坦诚，又问厄日格泰，孩子们情况怎么样？救助站上还有孤儿吗？

站上现在已经没有孤儿了，年景好转，原有的十来个孩子年初已有人领养了。我们自己的五个孩子，个个生龙活虎，吃饱肚子后长得都挺欢实，像牛犊子。谢谢旗长关心。

厄日格泰心里好奇地盯着额旗长，忍不住问道，无事不登三宝殿，大王爷跑到小民这里，不会是来闲唠嗑儿的吧？直说吧，旗长，又有啥事儿？

好，本王爷就等着你开口问呢！的确有事儿。那就直说吧，本旗长还想请你出山——

又要打猎？

不，不，不打猎，比打猎更重要！

厄日格泰一时被吊起了胃口，盯着额旗长那张高深莫测的脸，揣摩着说，天下太平，刚喘过气来，又出啥幺蛾子事了？比打猎还重要？奇怪了——

也可以说打猎，另一种打猎，去打那些藏在人民中间的狼！

这么重要？这下令厄日格泰倒吸一口凉气，敏感地意识到了什么。

难道你们又要搞运动？去整人吗？他警惕地盯着额旗长那张脸。

这说哪儿去了？什么叫整人，运动是不假，但不是整人——

不不，这事儿可别找我！我们就是被运动给整下来的！

厄日格泰几乎叫起来，急忙摆摆手，声音很大。

哈哈，看把你给吓的！敏感得都十年怕井绳的样子！

何止十年，一百年！十八辈子都害怕！

那我问你，你恨不恨妇幼保健站宛丽昂嘎这样的蠹虫呢？连孤儿们的保命食物都敢吞，这样的人你恨不恨吧？额旗长目光锐利，盯住厄日格泰直问。

恨，当然恨啊！这还用说！

这不结了！告诉你，现在从农村到城镇，一些个城乡已经出现很多这样的蠹虫，把集体蠹空了，把人民财产吃没了，掏空了，该不该整顿他们？额旗长继续追问厄日格泰。

厄日格泰一时被问住了，摸了摸脑袋低语，真的有那么严重吗？

就这么严重！所以，上头明察秋毫，审时度势，组织力量——

得、得，上头哪次不是明察秋毫，哪次不是审时度势轰轰烈烈？

厄日格泰一听这些熟悉的词儿就反感，不客气地打断了旗长的话，说道，一听这些套词我就害怕，旗长大人，你就直说吧，这是个什么运动？叫我干啥吧？

好，那我直说，叫“四清运动”，要在全国城乡开展社会主义教育运动。运动内容是：清工分，清账目，清仓库，清财物。然后，逐渐引导并转化为：清思想，清政治，清组织，清经济。国家最高层领导亲自挂帅，数百万干部下乡下厂，开展这一场清扫运动，还要号召广大工人和农民参与进来，彻底清除隐藏在我们基层队伍中的各类蠹虫！

我的天啊！我的天啊！

厄日格泰一听脑袋都大了，揪着自己头发，连喊两声天啊。

又要大闹了，群众运动又要运动群众了——为什么老运动大伙儿呢？像我们上次围猎一样，组织个精干队伍，集中干不就得了吗！

我这不是正在组织精干队伍呢嘛，来找你出山，不就是为这个嘛！搞一次特殊的围猎！额旗长笑呵呵回答。

旗长，这样的围猎，我干不来！运动别人，真不是我的强项，被人运动倒是经历过，熬炼过。嘿嘿嘿，您放过我吧，本人还是放我的马好！

厄日格泰摆摆手，晃着脑袋，态度鲜明地坚辞拒绝。

你真不干？

不干，也干不来！厄日格泰脑袋晃得如拨浪鼓。

那好，我去请阿伦高娃出山，让她来帮我的忙吧。

啊？她是一名“右派”，被运动整下来的人哎！旗长，你别搞错了！

厄日格泰一听急了，嚷叫起来。

我没有搞错，她是被人冤枉的，我相信她是一位能干正直心地干净的好同志！我不会看错的。额旗长也态度鲜明而坚定。

她还有五个孩子要照顾，你就饶了她吧，旗长大人！

有五个孩子怕什么，我搞“土改运动”那会儿，队里有一位女同志，挑着扁担，前边筐里放一杆枪，后边筐里担着刚出生的娃儿，去斗地主老财们，为穷人分田分地去战斗呢！再说了，你们的孩子不是还有二娘三娘什么的照顾嘛，担心什么，你就安心放你的马群便是，顺便照顾五个娃！

额旗长脸上挂着开心的微笑，看着被逼到墙角的厄日格泰怎么回答。

厄日格泰如嚼了一口破了胆汁的鸡肝一般，一脸苦笑，摇头，一时无语。

你真狠，旗长，王爷！干吗盯上我们两口子不放呢？厄日格泰无奈地摊手。

我相信你们嘛，在我这里，让我放心又相信的人真不多。额旗长态度变得真诚。

那你又凭什么相信我们呢？我们俩又不是组织里的人，她是个下放“右派”，我是、我是一个甚至不知道自己是什么人的没有记忆的人——

额旗长一副胸有成竹的样子看着厄日格泰，依旧慢条斯理做出回答。

我相信人，当然自有标准。蒙古人有句谚语说：没往别人奶桶里插过手指头，没往别人马群里甩过套马杆。阿伦高娃来这里后的所有表现，都证明了她是什么人。至于你厄日格泰，也证明过了自己，何况又是从日本鬼子枪口下捡条命回来的人，肯定是我们组织里的同志嘛，这还能有错？

那未必，日本人也枪毙过不少国民党人呢，也许我是国民党呢？

哈哈哈，得了吧你，老厄同志！你以为自己是国民党吗？额旗长忍不住大笑，盯着他追问。

谁知道呢，一个忘记过去的人，什么都有可能——

厄日格泰抬起一双忧伤的眼睛，漠然地望着远处天际，那里正飘过一片云。脸上几丝惆怅，几丝落寞。幽幽的眼神，又那么深邃不可知。

额旗长默默注视着他，也似乎陷入了某种思索。对方的这个眼神，这一张似曾相识的脸庞，好像也引发了他过去曾经出现过的那种猜想。

厄日格泰同志，我问你，听说你当初头上脸上受严重枪伤之后，头脸部位做过一次较大的整容手术，是这样的吗？额旗长问，口气十分认真。

他们是跟我这样说的，老活佛后来把我送到海拉尔还是哈尔滨大医院，做过一次外科大手术，头脸都被子弹打碎了，不正骨不整容也不行啊，怎么啦？

手术以后，相貌跟以前有很大不同吗？额旗长继续问。

这我上哪儿知道去？以前长什么样，我也不记得，肯定是人非人鬼非鬼了呗！旗长问这是什么意思啊？厄日格泰打趣，笑起来问。

这个嘛，不瞒你说吧，尽管你可能做手术变化很大，但我每次见到你就想起一个人来，总觉得在哪里曾经见到过你。

他是你的什么人？

我的一个战友，已经牺牲的一个战友——

额旗长那张饱经风霜的脸，这时显得颇为悲怆，伤感，一时掩饰不住内心深处的那一掩藏了很久的痛苦。这个痛苦，在这漫长的岁月里时时冒出来，如毒蛇般咬噬着他的心，估计这一痛苦注定会伴随他一辈子，永世难以遗忘了。

旗长想多了吧，小民哪有那个福分哟，只是一个被命运抛弃、四处颠沛流离的倒霉蛋而已。好了，既然旗长这样看得起我们两口子，也不劳驾旗长去打扰我老婆了，还是我去当你的这个苦劳力吧！但有话在先啊，如果运动过分，超出我承受的底线，你就得让我回来才行！

厄日格泰最后答应了旗长的要求，知道自己拗不过这位“王爷”，他是看准了自己来的。但也提出了自己的条件，为自己留下了一条后路。

这点，我答应你，那咱们一言为定！明天你就去旗里的培训班报到，奈伦旗“四清工作队培训班”，就在旗党校大院里，管吃管住，一个星期改善一次伙食，提供两块肉吃！

额尔敦扎布拍拍屁股站起来，神情愉快，按了按厄日格泰的肩膀点点头，然后去牵马。那一脸得意的样子，比降服了一匹烈马还高兴。

去家里喝两盅再走吧！厄日格泰从他背后喊。

我可不敢喝，马上就铺开“四清运动”了，小心有人揭发你，还想乱请客！

我不怕！早就被运动过了，上过刀山，下过油锅，又没有记忆！把一切都忘掉，这才轻松呢，有时候，记忆是多余的！厄日格泰冲那个远去的背影喊完这几句，自己也愣在那里，发呆半天。

记忆，真是多余的吗？这么多年自己想不起来脑海深处的以往，是不是就因为觉得记忆是多余的而造成的呢？忘掉了过去，人真的才会轻松吗？若真的是这样，他倒宁愿保持现在的这个样子，倒是挺好的，没有太多苦恼，简简单单，照顾好老婆孩子，牧马一生，清静快乐，多好啊——

他独自站在那里，淡然一笑。一种十分天真的笑容，犹如孩童一般。

然而，往往是树欲静而风不止。

你想遗忘，有人偏偏不让你遗忘，逼着你想起来一切。

那时候你也只好面对。

谁能躲过命运中那个无法回避的劫数呢？

何况，社会一直都有某种运动之癖。

二

阿伦高娃的救助站，还在继续运转。

已经没有孤儿转来，她的救助站还能保留下来，原因是度过大饥荒之后，下边村庄牧村出现了很多患有大饥荒遗留症的妇女儿童。

如，贪吃症、胃肠疾症、恐饿症、心理扭曲症等等。有一村妇把分到的已经够吃的粮食统统藏匿起来，给孩子和丈夫吃的还是大饥荒时老样子，每天只配给一个窝窝头，天天熬野菜；还有一人则贪吃如疯子，狼吞虎咽十碗高粱米饭外加五个窝窝头，按百姓说法“paoleg-baoljie”，意思是患下“肠漏症”，最后送医院抢救，开刀清理塞满胃里膨胀无法消化的那些食物；还有一些大饥荒中出生的婴儿，普遍营养不良，引发各种疾病，随时送到救助站里救治。这里已经转化成几个村合办的“赤脚医生”医院，阿伦业已拿到合法的赤脚医生行医证，桑吉玛则从二娘阿姨转为护士兼助手，珊丹还是兼职，负责后勤保障的内外业务。

这一天，阿伦高娃被请去助产一位孕妇生孩子，弄得筋疲力尽。接生也成了她的一项业务，这还是她早先的主业，属于强项，渐渐她在接生方面更有了名气，好多产妇不去医院都奔她这里来，何况她这里又是基本上免费服务，公益性的。

这次助产的孕妇是小队长阿民的老婆，这女人没完没了地生孩子，结婚八年已经养下七个娃。阿伦刚来时阿民小队长帮助过自己，这几年关系还算不错，所以她也格外用心，一边打趣阿民这胎生下之后让老婆休养生息吧。麻烦的是，养过七个娃的他老婆，这次居然是横胎。阿伦怕有危险，亲自护送产妇去旗医院做剖宫产，这才松下一口气。

走出医院，她本想赶紧回家的，一看天还早，突然想起丈夫厄日格泰来。他来旗里参加培训已有两个月，一次也没有放他回家过，难道真的那么严格紧张，像犯人一样没有自由了吗?

她决定去探班，顺便把换下来的脏衣服带回去给洗一洗。

旗党校大院很大，空荡荡的，院子北侧有两栋房，院子中间是两个篮球场，靠近街道的有一栋房是职工宿舍。

没有门房，大门敞开，随便进出。整个大院居然看不见一个人影。

阿伦好生奇怪，走到院子北侧的两栋房子那里，挨个儿敲门。

终于，从院角的茅房里，走出一个驼背老汉来。

同志，你找谁呀？

大爷，问一下，这里培训班的学员们呢？都哪儿去了？

毕业了，都走啦！

毕业了？走哪儿去啦？

回家了呗！

可我那当家的没有回家呀？是都回家了吗？

这我上哪儿知道去，一个看院子打更老头儿，呵呵。

驼背老汉摇着头，回房去，住屋那里传出一个老太婆的喊叫声，似乎正在炒辣椒，一股呛嗓子辣味儿飘过来。

阿伦苦笑。想了一下，这事儿只能去政府询问才能清楚，于是她又抬脚走向镇子最西头的政府大院。她对那里可是印象很深，自己当社员的幸福生活就是从那里签发的。

熟门熟路，直接去敲了人事科格日勒科长的办公室。

有个中年男子，正坐在格科长原来的位子上看文件。

一问才知，格科长现在已经升任为组织部副部长，在最后一栋房那边办公。

终于找到格日勒部长了，依然是那么热情，宽怀温柔地微笑着。她告诉阿伦，四清培训班的学员们前两天出发去下边，开展摸底工作了，额旗长亲自带队，提前为入冬农闲后全面开展“四清运动”做准备，她自己也明天下去。

阿伦询问自己的丈夫具体去了什么地方。

格日勒部长告诉她，厄日格泰同志很能干，已经被任命为分队副队长，带队去了芒罕公社，他现在忙得很啊！

嘀，我丈夫又进步啦？

进步啦，进步啦！还不是一般的进步，已经成了额旗长最得意的一员干将呢！

阿伦忍不住笑了，显得很自信的样子，心说他当然会进步，这天底下，比他聪明能干的，还真找不出几个来。

这回开心了吧，阿伦，你一笑真好看！你们两口子可真般配呢！

格日勒的夸奖，弄得阿伦很不好意思，脸都红了。

阿伦告别格部长，离开政府大院出来。

独自走在街头上，她有些怅然若失。心里埋怨，这个老厄，临走前还不回家一趟，都忙成这样了？运动，运动，你那么积极干什么，自己没少让人运动过，何必那么投入？整人，当什么好事儿？你可千万不要脑子膨胀，进了太多的水！

阿伦是个敏感的人，心中怀着疑虑，慢慢走向前边一家百货商店，想给孩子们买点糖果什么的。忽然听见有人喊他，一看是三娘珊丹琪琪格，还赶着拉货的马车。这下她高兴了，不用走着回家有车坐了。

买完东西，两个姐妹赶着马车回家，路上叽叽呱呱唠起嗑儿。

见阿伦有心事闷闷不乐的样子，珊丹问她，是不是跟厄大哥拌嘴了？

拌个屁嘴！连面都没见着！阿伦愤愤，吐出一句粗话来。

珊丹吐了一下舌头，听完她说的情况后，开起玩笑来，哈哈，难怪这么不高兴，原来姐没见到老情郎呀！

老夫老妻的，见不见都无所谓了，只是有点担心呗——

怎么了，姐，你担心什么？

担心运动啊！阿伦长叹一口气，慢慢说道，百姓刚刚缓过气来，大饥荒的伤痛还在隐隐发作，又搞什么运动？哎，世上真是不消停啊！

姐姐，告诉我，这到底是个什么运动啊？大家也都在悄悄议论呢！

于是，阿伦就把自己知道的“四清运动”大概情况给她解释了一遍。

听完，珊丹的脸顿时变了，一吐而说，看来这个该死的运动，还跟我和巴音哥有关系呢！

阿伦也突然想到这一层，惊呼道，可不！供销社，正是这次重点清查的经济部门，天啊！

这可咋办呀，阿伦姐？珊丹一脸的紧张，勒马停下车。

别慌，身正不怕影子斜！回去告诉老巴经理，先把自己账目整理清楚，把货物盘点好，对账要明细些，抓紧把所有欠账追回来，做好一切准备就是。让他们查吧，咱们不怕！

阿伦这样安慰珊丹，拍拍她的肩膀。并一再嘱咐，一定要按照她的话去做，千万马虎不得，根据她的经验看，运动往往会整过头，也必须做好心理准备，要勇敢应对才行。

她们一路默默无语，各自想着心事，尤其珊丹有一种不祥的预感。心变得沉重。阿伦一再安慰她，最后说，还有自己人在“四清工作队”不是嘛，你厄大哥会心里有数的，不会冤枉好人，让她放心。

珊丹这才稍稍地心情安稳下来。

不确定的未来，开始深深困扰着两个苦难姐妹的心。

她们犹如两只鸟雀，预感到即将到来的风暴而心里惴惴不安。见路边的小草在风中摇曳，都觉得生存艰难。

岂不知，“四清运动”，还只是个预热而已。

运动啊运动，要命的运动。其实就是，东北话说的那个“作”。

作，念 zuo，平声。东北人对汉字的贡献，莫过于此一字——作。

寒冷的冬季，终于到来。人们开始“作”。

科尔沁大地大雪纷飞，寒鸦入山，走兽钻穴，牛马羊在棚里哆嗦，主人们则捂着厚厚棉衣皮衣，在四面透风的生产队里围着火炉开社员大会。

那会儿，社会上正风一样流行着一首歌曲《不忘阶级苦》，传遍大江南北，长城内外。

村妇联主任教唱大家，每个晚上开会前，农牧民们都眼含热泪饱含感情，齐声唱一遍这首歌曲，会议才开始进入正题。

天上布满星
月牙亮晶晶
生产队里开大会
诉苦把冤申

万恶的旧社会
穷人的血泪仇
千头万绪、千头万绪涌上了我的心
止不住的辛酸泪挂在胸

不忘那一年
爹爹病在床
地主逼他做长工
累得他吐血浆
瘦得皮包骨
病得脸发黄
地主逼债好像那活阎王
可怜我的爹爹把命丧

不忘那一年
北风刺骨凉
地主闯进我的家
狗腿子一大帮
说我们欠他的债
又说欠他的粮
强盗狠心抢走了我的娘
可怜我这孤儿漂流四方

不忘那一年
苦难没有头
走投无路入虎口
给地主去放牛
半夜就起身
回来落日头

地主鞭子抽得我鲜血流
可怜我这放牛娃向谁呼救

不忘阶级苦
牢记血泪仇
世世代代不忘本
永远跟党闹革命
不忘阶级苦
牢记血泪仇

经过很多年之后，查遍资料才知道，这首歌是辽宁丹东市文工队创作员作词作曲，一九六二年发表于《上海歌声》，并灌制唱片全国发行，很快风靡全国，红遍大江南北。

每个时代，都有每个时代的代表作品，迎合社会需要和民众心理。

在那个时代，运动岁月，自然也有那个时代的运动英雄和被运动的阶下囚。“四清运动”烈火，随着严冬的北风，开始慢慢引燃，这一年的腊月到春节，广袤的农村牧区是伴着呼啸的寒风，夜夜含泪唱着天上布满星度过的。然后新年一过，哈日根艾勒村，迎来了第一支“四清”工作队进村驻队。那天，村口敲锣打鼓夹道欢迎，就如当年欢迎土改工作队一样。

那天，阿伦和桑吉玛也被喊去，参加欢迎队伍。

当时她还有一丝丝担心，工作队里可别出现了丈夫老厄的身影。还好没有。桑吉玛抻她的衣服小声说，阿伦姐，没有大哥，放心了吧。

阿伦苦笑。

桑吉玛又说，你看看协日斯队长，脸都白了呢！

脸白？那是冻的！

那手哆嗦呢？

那也是冻的！

两个人笑弯了腰。赶紧悄悄离开欢迎队伍，回站上工作，还有病人在等候着她们照顾。

哈日根艾勒村第一个被“四清”的人，果然是协日斯大队长。从他出任大队长到今天，“大跃进”大炼钢铁，公社化大食堂，三年大饥荒救济粮款等等问题上，查出了大量的多吃多占以致贪污腐化行为。工作队带人查抄了他的家，居然从他家地窖里搜出了几麻袋窝窝头，都发了霉，近千斤粮物，还有好多粮票、粮油供应证、不少的人民币等等。

全村人目瞪口呆，都无法相信自己的眼睛。

工作队队长是公社社长占布拉亲自挂帅，立刻宣布，免去协日斯的大队长职务，先在村里停职检查，最后怎么处理，等运动结束后再做结论。他在村里积怨较多，社员中一片叫好声，拍手称快，觉得这可是没想到的大快人心事儿。

第二批重点清查对象是云敦书记、大队会计关其格，还有供销社经理巴音等。珊丹的预感果然应验，好在清者自清，平时工作谨慎，货物账目清晰，没有发现巴音贪污问题，只是些零碎事情如外边欠账未还之类，属于管理不严之责，人不久便恢复工作了。有人也私下揭露他与珊丹的关系不清不白的作风问题，被占布拉社长以那事与本次运动无关为由，驳回去了。

珊丹和她的巴音哥，相拥而泣。熬过这一劫，感到长生天保佑了他们。

老书记云敦少有点麻烦，毕竟当了多年书记，多吃多拿之类事沾了点，不过还好，没到犯罪程度。大队会计关其格就不同了，贪污问题几乎跟协日斯一样严重，甚至有过之而无不及。财权握在手里，管库管账，监守自盗，犯的事儿较大。清查完大队干部，接着清查生产小队，但毕竟是该村由大队经济核算，小队干部没啥经济问题，只不过记工分有些偏差或作假而已。

哈日根艾勒的“四清运动”，还是比较温和的，不涉及运动群众，与原先风传的不一样，百姓很快安定下心来。而对于揪出来协日斯、关其格两个蠹虫，都拍手称快，觉得运动终于干了件好事。

这一天夜晚，阿伦正在热炕头给娜仁花和博尔忽复习功课写作业，听见了门外传出一声长长的马嘶啼鸣。

是黑鬃马！你们的阿爸回来了！

阿伦大喊一声，滑下炕没穿鞋就跑出去。

果然是丈夫厄日格泰。

黑鬃马身上大汗淋漓，水洗了一样，鼻孔里喷着白汽，厄日格泰自己也是一头大汗，疲惫不堪，鞋和裤腿儿全是雪和泥浆，嘴巴胡子上挂着白霜，狗皮帽子捂得紧紧的。外边的夜里，现在已经零下三十度了。

阿伦忙问，出了啥事儿？怎么像个逃兵似的呀！

说对了老婆，就是逃兵！我是当了逃兵，逃回来的！老子不给他狗日的干了！

厄日格泰气呼呼，骂骂咧咧。他把马牵进棚里卸下鞍子，拿布毛巾给它擦汗，再给马背上盖了厚毯子往槽子里拌了草料，之后才相拥着等的快冻僵的妻子走进屋里去。

孩子们都挤在门口，等候着阿爸进屋。已经十一岁的大女儿娜仁花，十岁的大儿子博尔忽，还有七岁的巴特桑，六岁的托雅，五岁的吉雅，厄日格泰轮着亲孩子们的额头，抱起最小的宝贝女儿吉雅进屋。桑吉玛已经不在这里住，表哥巴鲁前年老婆突然病故，俩人已经搭帮过日子住到一起去了，准备天暖和了办个正式婚礼。冬天太冷，干儿子小哈拉也不住小帐篷，已经是十六七岁的大小伙子，夜里给救助站帮助打更就住在那边的一间小屋子，今晚被阿伦派出去给一位老年患者送药去了。

厄日格泰进屋，审视着自己的家和一帮孩子，十分满意点点头，终于露出久违的笑容，欣慰。他坐在热乎乎的炕炉子边上，博尔忽帮他拽下脚上大毡靴子，女儿娜仁花给他端来一盆热水烫脚，老婆阿伦给他捧上一碗热奶茶，这下他更像一位国王大人了。

啊，还是自己的家好啊！

厄日格泰不禁感慨。等孩子们散去，睡觉的睡觉，做作业的做作业之后，两口子围着火炉子小声说起话来。厄日格泰就把当“逃兵”的原因说给妻子听。原来，他带小分队去的芒罕公社一个嘎查（生产队）是一个纯牧业村，经查之后只有会计存在“四不清”问题，其他干部基本没多大事儿，后来负责那一片的旗领导额尔敦扎布被交流到邻旗指导工作去了，从旗里另外派来一位副书记旺钦代替他。这个旺钦一来就挑毛病，批评他“右倾”，只抓到一个小会计算什么，非得重新审查书记队长不可，而且办事也很“左”，自己直接审讯还用刑逼供。厄日格泰实在看不下去，两人吵了起来，他一怒之下撂挑子不干，连夜骑马回家，连行李也没有拿。

阿伦听后，有些担心了。

当家的，你就这么跑回来，不会有事吧？

能有啥事？尿不到一壶，干不到一起嘛！

不怕给你扣帽子无组织无纪律？

怕个屌！老子本来就不是组织里的人，硬被拽去拉磨的。

不怕他们来找你，处分你？

处分吧，本来就是最底层的社员，牧马人，跟当初西藏农奴差不多，还能把老子怎么样，开除出地球去？老子还有什么可失去的？屌毛儿也没有！反正我和额旗长早就有言在先，只要无法承受我就走人！这个工作队，我是打死也不去了，不掺和他们瞎鸡巴整人！

厄日格泰连连骂街，爆粗话，参加一段运动回来，人整个变了样子。情绪急躁，脾气变大，动不动就骂街，人整个被扭曲了的感觉。去打狼也没见过他这个样子的呀，运动改变人性。

阿伦心疼丈夫，摇了摇头，一边同情着安抚说，老厄，回来得对！我支持你，咱们不掺和他们胡乱整人！能把咱怎么样，光荣的“右派”家属公社社员，最底层的小草民！哼！

厄日格泰握起妻子那双温暖的手，点点头说，有你这话，我更放心了。歇两天，我去找额旗长反映一下那边情况吧。由着他们这么胡来，会出事的，那个嘎查的书记队长群众基础很好，社员很抱团，闹不好就把工作队赶走，若不走会动手打伤他们的，瞅着吧！

这时，从外面走进来小哈拉，手里捧着一碗热乎乎的荞麦面疙瘩汤。这下令阿伦两口子很惊讶，出乎意料，本来阿伦说完话就去给丈夫下面的，倒忘了。原来小哈拉送药回来，发现干爹已回家，没打搅他们说话，悄悄回自己屋里做了一碗疙瘩汤端过来。

厄日格泰甚是感动，瞅着变成大小伙子的干儿子，夸奖他，你小子真懂事了哈，有出息！好好，明年老爸给你张罗一个好媳妇！

这、这、我——

嗬，还执拗起来了嗨，咋了这是？以前不是天天哭着喊着要媳妇嘛，今天咋了这是？厄日格泰笑话他。

炕头那边正做作业的博尔忽，突然插话了，阿爸，他已经有喜欢的妞儿了！

喜欢的妞儿？嗬，出息了哈，谁呀？

他堂叔的小姨子，琴花儿！

啊？是她？人家不是在旗里读书呢吗？

别听博尔忽胡说，老爸，别信他的！

小哈拉登时脸红了，扭头跑出屋去，一边喊，老爸，我给黑子提一桶水饮饮，它该省过汗了！

好吧，饮完水，再牵着溜两圈！今天累坏它了！

好咧！

厄日格泰冲阿伦一乐，忍不住说，看样子，这小子还真掉入情网了呢！

什么情网，单相思罢了！琴花儿那丫头心气儿傲着呢，眼高过顶，正读高中，哪能看得上他这头穷酸孤犊子呀？

世界上的事儿，难说呀！当初你这大学生，还不是傻乎乎地嫁给了我这没有记忆的傻爷们儿？

哪儿跟哪儿啊，我现在还后悔着呢！阿伦假嗔，反击。

炕上传出博尔忽、娜仁花的拍掌声，还有哧哧笑声。

三

正在布局展开的“四清运动”，不觉间放缓了下来。

本计划将全面推动，村村清一遍的战略，似乎因上头政策有变而不像最初那般热情高涨了。奈伦旗在几个公社生产队试点一年多之后，进入一九六五年夏天基本上都停顿下来，尤其厄日格泰半途逃回的那个芒罕公社，牧民们甚至把那些成天白吃白喝无所事事的工作队全给赶跑了，有人还挨了打，运动不了了之。

整个社会刮的风已有些异样，下边的民众都不知上头发生了什么，而且开始出现老百姓看不懂的社论啊，评论啊，文章啊，弄得私底下各种舆论在悄悄传播。曾一度很热的“四清运动”所树立的典型“桃园经验”，好像上边也不让提了，偃旗息鼓。

厄日格泰和阿伦对这些倒是很少关心，他们早就对运动厌恶至极，最近一直忙活着孩子们的新学期开学的事情。尤其令他们欣喜的是，娜仁花和博尔忽双双考进旗镇中学要读初中，秋天一开学俩人就去镇上住校读书了。这令两口子高兴坏了，孩子们一天天茁壮成长，这比什么都重要，也是最让他们开心的事情。

厄日格泰这一晚，在草滩上放夜马。

他突然发现，远处草丛中似乎闪过一丝绿绿的光束。他身上激灵一下，好熟悉的绿光，五六年过去了，难道你还活着吗？老朋友！这些年你是怎么熬过来的，倒是没有再来骚扰过这边，没有来复仇，相安无事，本以为你远遁或者已经亡故，看来是我猜错了，你是狼中精灵，真正的狼王，你哪能那么轻易消失呢？即便你已经瘸腿，我相信你依然还有统治荒野的能力！可为什么，今天突然出现了？是来复仇，来向我挑战的吗？也不像啊，如果是来复仇的，你应该先放倒几只羊才对啊，可你并没有这么做，究竟为了什么突然现身？

厄日格泰在高坡上半卧着，一边抽烟，一时百思不得其解。望着那一束时隐时现的绿光，陷入沉思，不动声色地静静地观察，琢磨，同时做好应对的准备。

正这时，身后的家那边，突然传出狼狗狗“莽胡达”的一声长嚎。这只狼狗狗现在已经长成一头大公狼，个头儿也十分壮硕，甚至比一般狼还要大猛，那是饮食无忧又不运动不奔跑的结果。但它依旧是老样子懵懂怔怔，傻乎乎地成天围着小主人屁股转，还是说一不二，脑袋上的头套依旧不让人碰，头部还是那么小，巴掌那么大，跟它的硕大的身躯不成比例，一副怪怪的样子。

厄日格泰已经发现，近来有好几次听见狼“莽胡达”半夜里长嚎了。那声音，听上去虽然不那么凶狂和瘆人，但明显透着一股落寞、哀婉、孤独的气息。显然，它的内心里依然还有对荒野的渴望，对族群的怀恋，对失去的山野的思念。也许是深夜的黑暗，冥冥中唤醒了它那隐藏在脑海深处被抑制很久的某些欲望吧。这是它对荒野的呼唤。

厄日格泰觉得狼“莽胡达”很可怜，作为荒野上的竞争对手，它不该遭受这样的扼杀和折磨，作为猎手宁可面对面互相厮杀也不应该这样羞辱它，对，羞辱。改变其原来的荒野本性，等于扼杀了它的灵魂，这过于残忍，极不公正。他突然感觉，自己当初犯了一个多么大的错误啊！现在想起来，真的十分后悔当时纵容了博尔忽这孩子。

此时，他突然意识到，瘸腿老狼就是为它而来的！

也许就是狼“莽胡达”的身影，它在暗夜里常常哭嚎，引来了它的狼父吧？也许这个狼父压根儿就从未离开过这一带，一直悄悄潜伏在荒野上，暗中默默观察着落入人类手中的自己小崽子，以便伺机而动吧？厄日格泰相信，凭它孤傲倔强的性格，它不可能轻易放弃自己的孩子而远遁他乡的，它对子女的爱跟人类一样无私和真诚。也许这么多年它没有行动，正因为自己这只崽子的情况太特殊，太令它迷惑，无法理解，无法跟它用神秘的嚎叫来沟通，只好一直默默等待着，观察着。完全有可能，就是这一狼崽以奇特方式还活着的现况，还跟人类男孩亲密无间的异常情况，才使得老狼等到这会儿未出手的真正原因。或许，它已经不知道如何面对好了，不知道该怎么办才好。显然，它已经知道，现在这种情况下即使去找狼崽，也不可能带走它了，也许会反遭其反噬攻击。这也是当初巴鲁设计的另一种目的，绝对忠诚于新主人，说一不二，指哪儿打哪儿，它已经表演过对主人忠诚的那种场面了，倘若老狼唐突出现，博尔忽肯定会毫不犹豫地放它去咬死老狼的。早先那家大户曾培植过的狼“莽胡达”们，已经多次如此干过了，让狼族间骨肉相残，比人类的弓箭火枪还好使，最典型的以夷制夷之术。

黑夜里再度传出狼“莽胡达”那一声绵绵的长嚎。

厄日格泰吐掉嘴巴上的烟蒂，坐了起来。

这事儿，不能再继续下去了，该结束了。

他在心里果断做出了这样的决定。

第二天中午，厄日格泰叫住牵着狼“莽胡达”要出去的博尔忽。

儿子，上哪里玩儿去呀？

抓跳兔儿！只有这个，还能提起它的兴趣！博尔忽拍了拍狼“莽胡达”的后背。

怎么了？它有什么不对吗？厄日格泰问。

最近它老是白天发蔫儿，夜里来精神，还老叫，嚎得像哭似的。

噢，它是想家了，儿子。

想家？它哪儿来的家呀，这里就是它的家哎，老爸！博尔忽咯咯乐了。

不，它的家在荒野上，这里并不是它真正的家。这里的家是你塞给它的，别忘了儿子。厄日格泰一边说着，走过去仔细查看狼“莽胡达”的情况。看看眼神，看看牙口，按按腰部力量。狼“莽胡达”对老主人的摆弄无动于衷，随他折腾，并不反抗也不逃走。只是那双眼睛深处，似乎有一丝隐隐燃烧的绿光偶尔闪过。

博尔忽，阿爸问你，你就要去旗镇中学读书了，你走了，它怎么办呀？你可别又胡思乱想带着它去上学哟！厄日格泰认真问儿子。

博尔忽犹豫了，一时不知如何回答，带着它去上中学肯定是不可能的，回头看了看屋子里正热闹的弟弟妹妹们，马上有了主意，回答说，我交给巴特桑吧，让他照看就是！

儿子，它可是只听你的话，能跟巴特桑吗？

博尔忽被难住了，挠着头站在那里。支支吾吾。

厄日格泰蹲在儿子跟前，态度和蔼，问他，当初你坚持收养它的真正目的，就是想让它帮你报仇的，是吧？

博尔忽点了点头，默默承认。

那你现在，还想报仇吗？

这——博尔忽迟疑。

即便你还没有放弃报仇，也没有关系，阿爸不是答应过你，帮你报仇的嘛，凭阿爸的这身本事，想实现你的愿望，易如反掌，是不是？

博尔忽有力地点头，立刻回答，那是当然！咱阿爸是谁呀！

那好，阿爸现在跟你商量一件事，咱们是不是可以暂时让狼狗狗回家看一看呀？阿爸已经发现，它真的想家了。

阿爸的意思是说，放它回到荒野上去吗？

对呀，让它也回家看看嘛！

不行的，阿爸，它会饿死的！它离开我，在荒原上没法儿生活的！

那未必吧，我有办法让它还能在荒野上生活，独自生活，只要你同意。

真的吗？可是——

博尔忽的脸色登时变得十分难受的样子，一种万般不舍的痛苦突然袭上心头，低声嗫嚅着，阿爸，你真想放走它吗？呜呜呜——

博尔忽倏地抱起狼“莽胡达”，哭泣起来，那伤心无比的样子也令铁了心的厄日格泰一时动容，无语。他知道，五六年来，这个孩子跟狼狗狗相依为命，相互为伴相濡以沫，如一对亲兄弟，一天也离不开，如果真把它放走了，肯定难以承受这个打击，不小心会导致心理崩溃不可。

厄日格泰有些犹豫了，想了想，于是这样说，儿子，那这样吧，你先考虑一下，阿爸不会马上放它走的。即便是让它暂时回归荒野，如果你从镇上回家来，想念它了，还是可以把它召唤回来的！

啊？能这样吗？一听这个话，博尔忽顿时破涕为笑，立即嚷着问，真的还能召唤它回来吗？那可是太好了，真的太好了——

博尔忽高兴，就地蹦起来，抱着狼“莽胡达”转圈，那个懵懂“汉子”不明所以，只是拖着大尾巴龇着牙跟小主人转圈，舞跃，一副呆萌的样子还是那么可爱。哪儿像是个大尾巴狼啊，比家狗还像家狗，真是世间的奇物奇葩！

厄日格泰见儿子正在接受并消化他的提议，心里少许宽慰了些，随着年龄的增长孩子已经变得懂事，这让他很高兴，不枉自己六七年来为他们操劳辛苦。

他伸手抱住儿子亲了亲，发誓般说，儿子，我向毛主席保证，凭你和它这几年建立的个人感情，已经深深烙刻在它狼狗狗脑海里了，它不会轻易忘记的，放心吧！只要你回来以后，背着手荒原上走一走，嘴里一吹口哨，大声一喊：狼狗狗，狼“莽胡达”，你在哪里？我想你啦，快过来呀！那时候，它就会像一阵风一样跑出来，亲你的手！

啊？到那会儿，它还真的会认出我来吗？

当然，你看阿尔斯兰，它会忘记你吗？

不会，狗，永远认得家人！

你也是狼狗狗的家人啊，狼和狗都一样的，都有同样的灵性！

对呀，我就是狼狗狗的最最亲的家人嘛！它绝不会忘了我的，就像我永远不会忘了它一样！这下我放心了，阿爸说得真好，我相信你的话了，阿爸！

那就好，儿子，这事儿先说到这里吧，你先带它去玩儿吧！这两天野外玩儿小心着点，别走远！

知道了，老爸！

博尔忽蹦蹦跳跳，带着狼狗狗跑走了。

厄日格泰见小哈拉放羊回来，嘱咐他，这两天盯紧点博尔忽和狼“莽胡达”，也看好自己的羊群，瘸腿狼又出现了。

啊？小哈拉一听紧张了。

厄日格泰安抚他，不必害怕，那匹狼已经老了，不会轻易进攻人和牲口，估计它是在勉强活着吧，警惕点就是，也跟你的巴鲁大叔说一声。

知道了，那我得去盯着点博尔忽！小哈拉拔腿就走。

快回来吃午饭吧！你额嬷和二娘，今天烙馅儿饼！

给我留个五六张就行！

你倒是一点不客气哈！想累惨你的两个娘啊！这么多张嘴，两个娘还不得烙出个百八十张馅儿饼才够吃呀？天啊，轮到我早着呢！

厄日格泰摇了摇头笑，干脆转身回小帐篷，先睡一小觉再说吧。

夜晚，等孩子们都睡下之后，厄日格泰把老婆阿伦召唤到小帐篷里。两个人像年轻人一样亲昵一阵之后，厄日格泰就和妻子商量起白天的话题，就是放归狼“莽胡达”回归荒原的事情。

阿伦头枕在丈夫那宽宽的胸膛上，笑话他说，你真是一个操心的命呢。

人活着，就得操心，不然都成了狼“莽胡达”了不是，说说你的意见。

要我说呀，早就该放它走！一开始我就不怎么赞成，就是酒鬼巴鲁那个家伙，骗了我，开始起就搞鬼没让我知道！

说话注意点哟，马上要成你的二妹夫了！

阿伦一听扑哧笑了，可不嘛，这个妹夫呀，我还得考验考验他！

还考验啥啦，人家早就本来的熟米接着做成了熟饭，更烂熟！

这话又把阿伦逗得颠三倒四，咯咯大笑。

老婆，我问你，你有没有办法把狼狗狗的头套给取下来呢？

有点难度吧，死死镶嵌在头皮里，甚至都进到头骨里去了。你的意思是？

如果真的放它回归荒原，现在它这个样子肯定是活不过几天的。我想，如果能取下它的头套，它就没有紧箍咒了，也许能恢复一些它的荒野本性，唤醒原始的狼性野性，那它就可以在荒野上生活了。还有那个不甘心的老狼，它那个狼爸爸，就可以跟它相依为命，继续活在荒野上了。

哈，我的老厄，仁慈之心又勃发了哈！

阿伦拍巴掌，拿手指头点着丈夫的高额头，接着轻轻叹口气感慨道，说实话，那老狼境况着实够可怜的，家族灭亡，孤老在荒野上——听你说它还活着，已经找来了，我心里很不好受的。显然，狼兽的爱子之心也一点不亚于我们人类啊！

是啊，人类和它们，多少万年来，永远是说不清的关系，算不清的账！认真想来，世上万事都是此一时彼一时，也不能以现在的境界，否定以前的所言所行。每个阶段有每个阶段的社会规律和公德标准，还有现实的需要，世上不存在永恒不变的真理，人不能太言过其实。老祖宗传下来很多优秀文化，有一些已被我们摈弃了，当糟粕扔掉了，如人定胜天替代了敬畏自然，我们一直遵奉的遵守自然法则而生存的老传统，渐渐被淡忘，这可是个不太好的信号啊，我们不能失去天地自然的庇佑不是——

厄日格泰的眼神变得幽邃，心思忧虑重重。一旁的阿伦听出了些许的弦外之音，也陷入了某种思考。

哦，我亲爱的老厄先生，你的话，鞭辟入里，现在又有了萨满文化的精髓啊。不过嘛——我提醒你啊，还是谨言慎行吧，当心祸从口出，小心再当一次“右派”哟！

老婆，别搞错，我可不是“右派”，是个陪绑的“右派”家属哎！

那就更要当心变成货真价实的呀！

不会的，放心吧，我也就是给你说说而已！别的场合嘛，我也没有别的啥场合了，哈哈——厄日格泰咧嘴一笑，抛开话题。

阿伦摸了摸他的脑袋，调侃道，幸亏这颗脑子里还有颗子弹，不然啊——

不然怎么样？

不然，肯定是个大哲学家！还会从我这里跑掉，可怜的我，就没有大树可依靠喽！

是这个呀，那我抱着你一起跑就是！跟现在一样！

说着，厄日格泰抱起阿伦就往外走。

帐篷外，星空灿烂，正是满月之夜，银光泻地，大地呈现出动人的娇柔之美。

两口子顿时被这美丽的夜色震慑住了，立刻收住戏谑的笑声，唯恐打扰了如此仙境般的美丽夜晚。他们静静地相依而坐，享受美景，他们身上都有文学的浪漫、诗人的心性和气质，这也是他们能够走到一起，彼此相爱患难与共的主要原因。

孩子他爸，那天我偶然听见了娜仁花和博尔忽悄悄说的话，挺有趣的。

俩小鬼又说啥了？

博尔忽说，他长大以后有个最大的愿望一定要去实现。

什么愿望？

挣很多钱，然后带你去国外，把你脑袋里的那颗子弹挖出来，让你找回自己！

厄日格泰怦然心动，顿时感到热乎乎的，强抑制住自己的情绪，低声说一句，没想到这小赤佬还有着这样的心思，这小东西——嗯，娜仁花又说什么了？

娜仁花说，她最大的愿望就是，帮我找到我的那个失踪的妈妈——

阿伦说着就眼泪下来了，哀叹说，要找到我那个杳无音信的妈妈，谈何容易啊？清楚地记得，我四五岁那年她把我送到我那远亲家里，几乎把身上的所有钱都给了那家，临走时还说，将来肯定有一天当天下晴朗了，她就回来接走我——可等到今天了，也没有见到她来接我走，唉。恐怕我那可怜的妈妈早已经不在人世了，我都不知道她当时都忙些什么呢？这是我终生的遗憾，想想都心碎心痛——

听了这话厄日格泰把老婆紧紧搂进怀里，拥抱着，安抚着说，等孩子们再长大点，我和你一起去找她老人家，我想肯定能找到她的。有个人，也许会帮到咱们的。

谁？

和圣·塔亚，他是当年阿尔山一带的社会上层人物，关系面儿广，熟人多，他肯定会有办法打听到你妈妈的下落！

对呀！他是个活字典，活历史，我真的从来没有问过他老人家哎！

阿伦拍拍自己脑门，深感后悔。

第二天，阿伦就去找了和圣·塔亚。

倒不是询问母亲的下落，而是去商量给狼“莽胡达”取下头套的技术问题。

老活佛幽幽开口道，当初巴鲁借用那顺巴特家族的那个秘籍之事，我也是后来才听说的，那会儿也曾觉得不太合适，可又一想，如果真能改变狼的嗜血本性，放弃邪恶，未尝不是一件好事，一件善举。可现在一想，新的问题就跟着来了，人如何尊重其他动物种类的本性和尊严的问题，这是一个当今随着社会的进步人类面临的新课题、新觉悟。你家厄日格泰考虑得对，此一时彼一时，应该帮助它恢复原先的自我，放归荒野自然，这也是个极大的善，你们都有一颗佛心啊！

老活佛，您老这么说，那答应帮助我们啦？

老活佛点点头，指点她，我帮不上多大的忙，凭我的医学经验可以建议，现在只有把它送医院动手术才行，就是给它做一次头颅刮骨手术，彻底清除嵌进它头皮头骨里的牛固遮和倒长的毛发，恢复其头部的正常发育。这样也许会使它的大脑一部分恢复正常运转，但这需要一段恢复时期，心急不得，也不要抱太大的希望。已经造成的伤害，不是那么容易说排除就能排除的！

老活佛，您不愧是高人，让晚辈茅塞顿开！那我们就照着您老的意见去做手术。阿伦很高兴，临出来时随意提出了她母亲当年失踪的情况，问他能否提供些帮助。

老活佛抚须而乐，说，孩子，你这要求提的太晚了点啊，呵呵，没关系，我尽力帮助你就是。我正在调查一桩很大的历史遗留问题，也许跟你母亲还有关系，到那时候一切会水落石出的，你就再耐心等一等吧，已经等了这么多年。

尽管老活佛说的模棱两可，阿伦心里却高兴极了，心中立刻冉冉升起一丝希望，如东方地平线上突现的一道曙光。

三天后，抢在博尔忽上学之前，他们把狼“莽胡达”带去旗医院，进行麻醉，做了头部刮骨手术。第二天就出院，满头包裹着白色纱布，又成了另一种怪物。不过它的反应变得有些怪怪的，好像它发现自己的头部变轻松了许多。它不再像以往那样，耷拉着脑袋无精打采的样子了，眼睛有了些光泽，精神了许多，通常所说的“人模狗样”的狗样就显现出来了。

半个月之后，它身上出现了更明显的变化。那就是，夜里的长嚎更多了，更嘹亮了，更欢畅了，不时地想挣脱拴着的铁链子，想往外奔了。

厄日格泰带着儿子博尔忽，在一旁观察着狼“莽胡达”的这些变化，默默为它祝福。

儿子，该是放它走的时候了，后天你就去上学了。

好吧，阿爸，它变得这样欢实，我看着也心里特别高兴！我过去太自私了。

你能这么说，阿爸真高兴！儿子，你长大了，像个中学生的样子了。

第二天，他们一家人跟狼狗狗举行告别仪式，为它饯行。

给它炖了一只鸡，还有羊骨头，另外一盆粮谷稀饭。

然后，家里每个人都跟它拥抱一遍，亲了亲它，都眼泪汪汪的。

最后，博尔忽牵着它走向荒野。大家一直跟随着，送到很远的地方。

博尔忽含着热泪解开了狼“莽胡达”的绳索。

去吧，狼狗狗，回家去吧！阿爸说，你该回家了，我也说，你该回家了！谢谢你这几年陪伴我长大，真的谢谢你！假如没有你，这几年我都不知道如何熬过来——我会去看你的，在荒野上，你可要好好活着！

那狼“莽胡达”，一时有些茫然，想往前跑走，可又舍不得小主人，跑两步又跑回来，跑两步又跑回来，来回折腾好几次，依依不舍的样子令人动容。

这时，远处荒野上，传出一声凄厉刺耳的老狼嚎叫声。

顿时，狼“莽胡达”的双耳朵直立起来，身后的大尾巴也举挺得直直的，浑身在战栗，抖动，不安分地跳跃。它晃了晃已长出细毛的正在变大的脑袋，脑海深处的沉睡的记忆也似乎在苏醒，闪现，嗡嗡直响，如雷声滚过天空。

远处的狼嚎，再度响起。

狼“莽胡达”的样子，这会儿更是跃跃欲试了，它已经停止了跑回博尔忽身边的依恋行为，伫立在那里聚精会神地谛听远处老狼的呼唤，一声声的呼唤，啼血般的呼唤。

当狼嚎声第三次响起来时，狼“莽胡达”最后一次欢跳着跑回博尔忽身边，亲近无比地舔舔他的双手，甚至趴在他的肩膀上舔了舔他的脸蛋，然后，转过身去，头也不回地向着荒野狂奔而去，没再回头。

这回，从它嘴里也发出来一声真正的狼嚎，凶狂的，野性的，真正的狼性长嚎，传荡在天地之间。那是一个自由的声音，一个自由的灵魂在长嚎长鸣，在广袤的大地上久久回响。

博尔忽默默流下泪水，无声抽泣着，心痛如刀绞。他目不转睛地注视着那一渐渐远逝的身影，默默做着道别，似乎也在跟自己的童年道别。

厄日格泰走到儿子身边来，伸手揽过儿子那瘦小的身子，紧紧贴在自己胸前。抚摸着他那黄黄的头发，轻轻安慰他说，儿子，你今天做了一件很了不起的事情，真正男人应该做的事情。阿爸告诉你，有胸怀的男人，才能做大事情，今天你就是这样的男人！

阿爸，这都是你教我的，我长大一定做一个像你这样的男人！

厄日格泰低头亲吻儿子的额头。

心里说，做这样的男人，会很辛苦的。

但这话，他没有讲出来。

四

怕什么来什么。

“四清运动”的消停，其实是为了迎接更大的暴风骤雨。“文革”，不期而至。

红旗漫卷，红色海洋，红宝书，红卫兵，红色的洪流，红色的大批判——

大潮动，沉渣泛起。随着运动在农村牧区全面推开，哈日根艾勒的第一张大字报也应运而生。写大字报的人是原大队长协日斯，题目为“炮打四清运动司令部”，控诉自己是被栽赃陷害，是清白的，无辜的，整他的黑材料人证物证都是假的，捏造的，莫须有的，并将其全部推翻。

本来，“四清”，是个夹生饭，半道停止，弄出来的事情尚无结论，于是历史又被颠倒了过来，“四不清”这拨人摇身一变还都成了受害者，转眼成为“革命造反派”。他们煽风点火，成立哈日根艾勒第一支红卫兵组织“反潮流红色农民造反团”，司令是协日斯，副司令有两位，一个是阿民小队长，另一位是那位老鼠胡子小陶革图，另外还出现了一位高参叫浩日帆，对此人谁也不认识，神龙见首不见尾，好像从哪里来串联的高人，不是本村人。这个组织一经出现，先是进行夺权，把原先由“四清工作队”兼任的大队班子，统统废除掉，人被赶走，村里大权，重新落入造反司令协日斯手里。在那位幕后高参浩日帆的鼓动下，他们还与奈伦镇上其他“造反派”组织搞大联合，拉出了囊括全奈伦旗的“反潮流造反集团军”，一时风生水起，协日斯则被树为农民红卫兵代表，受迫害的英雄，成为全旗造反派的楷模。

奈伦旗时局，在混沌和混乱中跨入一九六七年。

此时，协日斯司令身边出现了一位女红卫兵小将，就是他的那位小姨子琴花儿。她现在是中学红卫兵的一名领袖，时势造英雄，姐夫小姨子抱团儿闹革命。他们联手，在哈日根艾勒村搞了全旗最大规模的一次批判大会，从旗里到公社的大大小小“走资派”“反动派”“黑帮分子”，统统被拉到哈日根艾勒来，搞了一场声势浩大的批斗大会。

那位神秘的黑高参浩日帆，也在这次大会上公开露面，大摇大摆坐在主席台上，不再藏着掖着了。此人身穿一套黄色旧军装，戴一顶无帽徽黄色军帽，胳膊上扎着好几道红色袖章，手里捧着红宝书，派头十足，俨然是一位运动领袖的气派。顿时，很多人认出来了，一片失声惊呼！

他就是那位老乞丐！

偶尔村街上出现，曾在协日斯家里住过的那个老乞丐！

人们大感意外，天啊，怎么会是他呀？！

真可谓人不可貌相，海水不可斗量。世事简直不可思议，大江大河泥沙俱下，也许小沟里的泥鳅都是金龙鱼，泛起的沉渣也许粒粒皆金沙！有人甚至在后悔，当初他要饭时多给一个窝头就好了。俗人大抵都如此，忍不住在想，往后见到乞丐尽量慷慨解囊，喂他一千人也不能放走一个，也许都是韩信或朱元璋。

和圣·塔亚骑着毛驴刚从外边回来，歪坐在驴背上，细细打量那位高高在上的老乞丐，幽幽地迸发出一阵呵呵笑声。

啊，老朋友，你终于耐不住寂寞，从水底的泥里拱出头来了哈！好，好，踏破铁鞋无觅处，省去老衲多少工夫！

老活佛在人群中看见了阿伦，正匆匆忙忙转来转去的，不知在找什么。

和圣·塔亚叫过来问她在找什么，她回答，找孩子，巴特桑这孩子跑来看热闹，一点不听话。

见她脸色不太好看，又问她出了什么事儿。

阿伦悄声告诉老活佛，有人已经给老厄贴大字报了，他去当了一阵子“四清”工作队分队长，惹下麻烦了。跟协日斯本来就关系不大好，唉。

不要担心，来麻烦，应着就是。沉住气，好好应对，不可气馁。

老活佛安慰她。阿伦这才稍稍宽心，继续找孩子去了。

批斗会结束后，协日斯特意把那些“走资派”“反动派”，一律扣留在本村关进牛棚，继续搞检举揭发，开批判会。

第二天，协日斯的司令部来了一位神秘的不速之客，自称要揭发一个重大的秘密事件。协日斯一见来人，有点惊讶，原来就是那位失踪多年的麻脸寡妇萨杜尔！

当时屋里，只有协日斯和副司令阿民在。那个女人声泪俱下，揭发说厄日格泰和他老婆阿伦夺走了自己的女儿！阿伦夫妇最小的女儿吉雅，就是她当初领养的孤儿，是她的孩子！是他们两口子造假，欺骗了政府，抢走了她的孩子！

协日斯拍案而起。狂喜得跳脚，揪住那个女人的脖领子喝问，这是真的吗？你说的是真的吗？快说，是真的吗？

那个女人发誓赌咒，有一句假话，天打五雷轰！

协日斯如获至宝，心花怒放。本来琢磨着如何整治那个老仇人才好，这下，这枚炮弹送来得太及时了！他立即命令副司令阿民，带三名“造反团”战士，去把厄日格泰两口子押来！老婆是“右派”，还没腾出手来收拾她呢，最难啃的就是这个丈夫厄日格泰，现在倒好，缺啥来啥，太好了。他冷笑着，摩拳擦掌，如一条就要扑向猎物的狼狗一样兴奋。他吩咐手下，好好安顿回村来的“红嫂”萨寡妇，让她先回家等候他的召唤，自己不会亏待她。

那位麻脸寡妇萨杜尔，离开协日斯那里之后，正兴高采烈往自己多年没回的家那边走去，村街上正好对头碰见匆匆赶路的巴鲁。她笑嘻嘻冲他打招呼，巴鲁一见她却见了鬼一样吓一跳。还没等问她回来干什么时，那个女人抢先嚷嚷起来，巴鲁大哥，今天老娘我可是发了，干了一件惊天动地的大事儿！我把那个事儿给告发了！

什么事啊？巴鲁一时没明白。

还能是啥事，就是那个我养女——

还没等她说完，巴鲁扑上来就捂住她的嘴巴，小声哄她说，姑奶奶，咱们不在这里说好吗？走走，去我“套卜”上吧，正好打了一只兔子锅里炖着呢！

一听炖兔子，饥肠辘辘的这个女人，顿时笑逐颜开。

太好啦！还是巴鲁大哥够意思，惦记我了吧？我现在外边跟一个男人姘居呢，但跟你办一次也是可以的，救济饥渴的穷人嘛，咯咯咯——

去、去、去！胡嘞嘞啥呢，老骚婆！

巴鲁推开贴上来的那女人，加快脚步往北坨子走去。萨杜尔撇撇嘴，因饿肚子缘故只好颠儿颠儿地跟在后边，紧倒腾着两个小短腿。

巴鲁的想法很简单。他知道吉雅那小丫头是厄头儿和阿伦的命根子，从巴鲁来说那丫头是不是厄头儿他们亲生的，都无所谓，他也不关心此事的真假。但决不可以因这个烂娘们儿的臭嘴巴，伤害了他们！尤其更不能伤害了吉雅那丫头，她根本不知道自己是不是孤儿，是不是被领养的，一旦知道了人会崩溃了不可，会出大事的。所以，巴鲁这耿直的汉子，只是想先稳住这个女人，尽一切办法封住她的嘴巴，哪怕让他倾家荡产收买她都可以。

他们终于赶回到巴鲁的“套卜”，萨杜尔如狗一样翕动鼻子，去闻那炖兔子的香味。可是屁味儿都没有，里里外外冷冷清清，连槽子里拴的马都饿着肚子，看见主人咴儿咴儿地嘶鸣。

兔子呢？你炖的兔子在哪里？

没有炖兔子。

你这狗日的，敢骗老娘！

萨杜尔扑上来，想挠他的脸。

巴鲁往后闪躲，嘴里一边说，只要收回你揭发的事儿，别说炖兔子，我给你杀羊，炖一只羊给你吃！

啊呸！老娘才不上你当呢！老娘非得要回我的养女不可，谁也别想阻拦我！我不信了就！萨杜尔气呼呼，怒火冲天，转身就要离开。

这时，突然传出“嗯儿——嗯儿——”的吓人声音。

这是狼或狗的低声哼哼，嗓子眼儿里的威慑性吼吟。随着那声，从房后窜出一条大狼狗来，两眼发红，拖着大尾巴，头部几乎是光着，但也已长出不少毛儿，形态怪怪的，个头儿大大的，像一头鬼兽！

狼“莽胡达”，是狼“莽胡达”出现了。

巴鲁拔腿就跑，他意识到放归荒野的狼“莽胡达”回来了，可不明白为什么会出现在这里？难道它恢复了一些记忆，回想起在这里曾经遭受过的魔鬼般折磨，刻骨铭心的折磨，重来故地？看样子，显然是来寻仇的，绝非是来答谢他的，狼哪有那种好心？眼下三十六计走为上计，咱们的巴鲁大哥拔腿就撩，就闪。

果然，狼“莽胡达”嗷儿一声叫，直向巴鲁扑过去，龇牙咧嘴，张着血盆大口，张牙舞爪。巴鲁吓坏了，一边躲闪，一边操起一把铁锹挥舞，根本抵挡不住，狼“莽胡达”太凶狂了。巴鲁知道斗不过它，只能逃离这里再说。于是飞速解开槽子上的马，翻身骑上，两腿一夹，往村子方向飞一样窜去。狼“莽胡达”岂能放弃，疯狂追出几百米，一看是进村的方向，那地方它太熟悉了，急忙收住脚步就地转了几圈，只好掉头跑回来，样子悻悻然。

但它怒气未消，嗷儿嗷儿咆哮着，发现留下来的那个女人正往北边荒野上逃去。狼“莽胡达”终于找到发泄的对象了，它拔腿就追过去。四肢如飞，狂猛无比，此时的它也已经清楚地记起来，就这个女人，当它被关在笼子里受折磨时，小主人几次偷偷送来食物放在笼子边上，昏迷中的它正要伸嘴咬吃，却被这个女人先下手，都给抢走了。如今已恢复些简单记忆的它，最先记起了恩人是谁，仇人是谁，所以，它来这里守候已经有半天了——

几天后，有一个荒野上寻找牲口的牧人发现，在一处无人的野地上走着一个疯疯癫癫的女人，披头散发，赤着双脚，身上伤痕累累，一双眼睛闪射着惊恐无比的光泽，嘴里不停地叨咕着，狼、狼——来了——狼、狼、来了——

那头狼“莽胡达”，为什么放过了她，没有咬死她，谁也说不清。后来这疯女人不知所终，不知去向，也没有人关心她死了还是活着。

当阿民带着三个人赶到北坨子时，那里只有厄日格泰在家，不见阿伦。其实阿民对阿伦怀有感恩之心，若不是她把他老婆送医院抢救及时，自己老婆和孩子可能双双殒命。他借坡下驴，也没有追问阿伦的去向，就带着厄日格泰一人回到司令部来，向协日斯复命。

厄日格泰直挺挺地站在那里，注视着协日斯司令，一副无所谓的超然样子。

请问协大司令，你把我这革命小群众押过来啥意思呀？想拉我入伙吗？

入伙？你可真敢想！你以为你是谁呀？

我？我根红苗正，被日本鬼子枪毙过一次的抗日战士，现在是哈日根艾勒的一名红色社员！这些够了吗？我是谁，这会儿知道了吧？协日斯司令！厄日格泰依旧微笑着，反唇相讥。

够啦！别老拿那个老掉牙的屁事儿给自己脸上贴金了，什么年月了！你现在身份是“四清”骨干，是运动对象，另一个身份是反动“右派”家属，革命的烈火很快会烧到你那个“右派”老婆身上的，接下来就开展清理阶级队伍！

协日斯的这几句话，终于把厄日格泰惹怒了。

协日斯，老子告诉你，如果你那股邪火真要烧到我老婆身上，那就等于你的末日到了！你以为别人不知道你的老底子吗？

什么老底子？别想威胁“革命造反派”，本司令不怕！

那天批判大会上，我可是瞧见了一个人，就是你那位黑高参！别看我脑子里留有日本人的子弹，但还是能想起一些事情的！你和他，究竟是什么关系？他还是个绑架犯！

厄日格泰冷冷地抛出这句话，如一把刀子。

你放屁！来人！

协日斯如一只被踩住尾巴的狼，气急败坏，回头问阿民，小陶副司令呢？他不是去找萨杜尔寡妇了吗？还不来？死哪儿去啦？

马上就到，司令，马上就到。阿民回答。

听见没有，厄日格泰，你别张狂！你们两口子抢夺别人女儿，欺诈欺骗政府落户，你俩的这一件犯罪行为，已经暴露了，被人告发了！那孩子的真正领养妈妈萨杜尔社员，这就过来跟你当面对质，你完蛋了厄日格泰！就这件事，本司令就可以把你们抓起来，送去判刑！

协日斯啪地拍一下桌子，声嘶力竭地威胁，横眉瞪眼。

一听这个，厄日格泰身上震颤了一下。心里说，该来的终于来了。但他依然不露声色，反驳他，你这是一派胡言！那我们就对质吧，看看那个把孩子弄丢或者贩卖儿童换钱的疯女人，怎么说吧！你还居然相信一个疯子的话？她才是杀孩子拐卖孩子的罪犯！

正这时候，那位小陶副司令呼哧带喘地跑进来了。

报告司令，那个女人、女人、萨杜尔寡妇不见了！找不见了！

啊？！怎么会没了呢？大活人能跑哪儿去？还不多派些人去找！快去！

协日斯顿时气疯了，狠狠踹了一脚小陶的屁股。

厄日格泰拍掌大乐，挖苦道，啊，你拜鬼，鬼就掉井了！哈哈哈！没事了吧，那我走了啊！

站住！现在还不能放你走，马上会找到萨杜尔寡妇的！阿民副司令，先把他关进牛棚里去吧！

阿民犹豫了一下，问一句，是跟那帮“走资派”“黑帮”们关在一起吗？

那还能关哪儿？难道关你家去吗？蠢货！

协日斯没有好气，逮谁骂谁。

厄日格泰见屋里站着三四个保镖，强行离开会有些麻烦，暂时还没这个必要。而且一想，牛棚里也关着老旗长额尔敦扎布和老社长占布拉等老领导，都是因为参加“四清运动”被协日斯趁机报私仇圈在这里的，自己借此机会正好去看看他们的情况，倒也不错。于是，他嘿嘿冷笑着随他们走出去，回头嬉笑一句，向你的黑高参叔叔问个好，他拐带政府孤儿我孩子的事儿，还有其他的事儿，我都没跟他算账呢！你们少嘚瑟！

一听此话，协日斯身上一阵战栗，脸色变暗。

五

牛棚设在原先的大食堂，那里早先就是牛棚。世事轮转总是这么讽刺，无常。

一排鸽子笼似的小隔间，大白天都黑乎乎的，散发出一阵阵牲口草料、粪尿、霉烂等浓烈气味，令人窒息。

厄日格泰被带进最里边的一间小屋。

还有谁关在这屋子里？他问阿民。

进去就知道了。阿民冲他诡秘一笑。

阿民副司令，拜托你给我老婆传个话，我暂时回不去家了，让她管好孩子们。

听到厄日格泰如此说话，从那个黑乎乎单间的最里角落那儿，传出一个声音。

真是顾家的好男人啊！自己关牛棚了，还惦记着老婆孩子！

厄日格泰一听这个熟悉的声音，马上转身过去，问候道，额旗长，原来你是这间棚子的主人啊！

是啊，你来得晚，往后只好给我倒尿盆了。老旗长额尔敦扎布颤颤巍巍走过来，身上有血迹，衣服褴褛，喀儿喀儿咳嗽着。厄日格泰赶紧扶住他。

老王爷，你没事儿吧？他们打你啦？

当了"资产阶级当权派"，挨两个腿脚是必然的，不碍事。协日斯这小子，出息了。他把你请进来干什么？这不是找死吗！惹上你，他就快了，呵呵——

额旗长笑起来，看了一眼还站在门口没走的阿民，问他，你是不是有东西要交给我呀？

是，老旗长，我二大爷让我把这个交给你。

阿民从衣服兜里掏出一个大信封，里边鼓鼓囊囊的，递到老旗长手上。

一旁的厄日格泰看着大惑不解，瞅瞅阿民，瞅瞅额旗长，问道，你们俩这是演的哪出戏？我怎么看不明白呢，阿民，谁是你的二大爷？

我二大爷就是和圣·塔亚呀，原来你不知道啊？阿民站在那里偷偷乐。

额旗长挥挥手让阿民赶紧离开这里，回头又对厄日格泰说，让我给你解释吧，先坐下来说话。天天撅屁股，我这老腰算是完了，直不起来了。

厄日格泰赶紧搀扶着老旗长，又回到最里边墙角坐下。

老厄同志，我跟你说吧，阿民是老活佛有意安排在协日斯身边的自己人，这小伙子表演天才还行，到现在还没露馅儿！

哇，和圣·塔亚，他真是老谋深算啊！

厄日格泰感叹，很开心的样子，挠了挠脑袋。

老旗长额尔敦扎布从侧面细细端详着厄日格泰的脸，久久盯视的那一双目光很是特别。

老德同志，你真的不认识我了吗？额旗长突然这么一问。

厄日格泰身上一阵战栗，侧过脸来看老旗长，反问他，谁是老德？我当然认识你呀，你不是额旗长吗？

老旗长登时无语，一声叹息，目光中的希冀一闪而没。片刻后说，我真的要发疯了，你怎么能不记得我呢？嗯？算啦，算啦，先不说这个。那我问你，你认识这个吧？

额旗长脱下一只鞋，从鞋跟里抠出一枚铜纽扣，递给厄日格泰看。

厄日格泰接过来，看了看说，这是一枚铜纽扣啊，我在罕乌拉山上小石屋里，也掏出过跟这一模一样的铜纽扣，交给了和圣·塔亚。他说，当年从我身上也掉下来过一样的铜纽扣。额旗长，你怎么会也有这个呀？

厄日格泰满腹疑惑地看着老旗长，一脸不解的样子。

我拥有这颗铜纽扣，自然有我的道理。早先，这样的铜纽扣一共有四枚，这是潜伏四人小组“蓝斑人”的联络证物。后来四人小组出了叛徒，投靠了日本鬼子，出卖了雅茹同志，出卖了德力戈同志，我是侥幸逃脱，多亏了德力戈同志提前发出警报。可他，发出警报时自己被鬼子抓走了——

你是说，我就是那位德力戈吗？我怎么一点也不记得呀——

因为你的头部受伤，留有子弹，丧失了记忆。

那么，那个叛徒，找到了吗？上次在罕乌拉山上，我摸到那一枚铜纽扣时，脑子里闪过一段记忆，有个躲在日本宪兵队的人，是我认识的人，他叫六指浩凡——厄日格泰此时极力回忆着，在大脑里一点一点进行搜索。

对，四人小组中的叛徒，就是他，六指浩凡！老旗长斩钉截铁，继续说下去，这些年，和圣·塔亚为完成雅茹同志的嘱托，在我的支持下一直在暗中做秘密调查，现在快接近目标了。他最近去了长春，当年伪满洲国的首都新京，在这次“文革”运动中很多保密档案都被公开了，可以查阅了，他老人家借此机会查到了诸多蛛丝马迹。估计这封信里装的就是那些资料的一部分吧。

说着，老旗长拆开了手中的那封信。里边装的都是从发黄的旧资料里拍摄下来的，有的是旧报上的老照片，在上边用红蓝笔做了标记。可以拼读出这样的信息：一、赤匪间谍组“蓝斑人”一号人物绰号六指，向皇军投诚归降；二、六指浩凡受到溥仪皇帝召见授勋；三、六指带领皇军抓捕共谍同伙雅茹、德力戈二匪，并予以枪毙，另一重要共谍扎布正在追捕中；四、有几张六指浩凡旧照可供辨认。

厄日格泰仔细端详着六指照片，向老旗长低语，这人就是那天在我脑子里闪现过的人，没错，就是他！不过，很奇怪，这个六指，我总觉得他跟另一个人有点相似——

谁？

就是那个老乞丐，协日斯的黑高参。

那就对了，应该是他，没错的。只是，有个问题，让人疑惑——

他手上没有六个手指头，是吧？

是啊，一是没有六个手指头，二是脸型虽然相似，可又不是完全的像。

这个好解释嘛，可以做整容手术改变原貌，也可以切掉那一个多余的第六指嘛。厄日格泰随口说出来，不假思索。

还是你厉害！其实老活佛也想到了这一层，他现在正在沈阳做调查，找他的做整容手术的有关证据。

沈阳？为什么是沈阳呢？

情况是这样的，日本战败投降以后，六指浩凡在沈阳隐藏了很久，那里他有个什么亲戚。我们判断，当年那种局面下有条件给他做整容手术的，也就沈阳的哪家大医院了。老活佛一回来，应该差不多有消息了，现在是到了我们反击这伙儿兴风作浪的真正阶级敌人的时候了！

老旗长有力地挥一下拳头，目光炯炯，闪射出锐利的寒光。

厄日格泰似乎还有一丝疑惑，问老旗长，那么说，上次我在罕山顶上摸到的那颗铜纽扣，就是属于揭露六指浩凡的证物，我去那里是给组织发出警报的，是吗？

是的，每颗铜纽扣芯儿里都有本人的代号，是雅茹同志跟六指周旋时，假装考虑他的建议，趁机偷出他的那枚纽扣，按约定找葛根活佛秘密通知的你，向组织发出了警讯。正因如此，六指恼羞成怒，放弃劝降雅茹，不顾亲情提前杀害了她！

厄日格泰默默无语，陷入沉思，不知在想着什么，眼神很冷。

外边，阿民离开牛棚返回后，协日斯已不在屋里。肯定又找他的黑高参问计去了吧。正好，他抬脚便匆匆奔向北坨子，结果那里阿伦还是没有回来。桑吉玛兴致勃勃地告诉他，两个上中学的孩子娜仁花和博尔忽从旗镇上回来了，说是听从毛主席号召，在校中学生都要上山下乡当知识青年，插队到农村牧区边疆草原广阔天地，他们俩就回乡插队，插到自己家来了，嘿嘿。

说着说着，那桑吉玛就捂嘴乐了，插队，这叫啥词儿呢？真能整。

插队？有意思啊，大概是这些红卫兵娃娃，把皇城都闹得天翻地覆龙庭不安，给赶出来了吧？天天造反，搁谁也受不了啊！

阿民赶紧问桑吉玛，你倒是快回答正题儿啊，阿伦站长究竟去哪里了呀？

桑吉玛这才一本正经告诉阿民说，博尔忽一回家来，就骑着黑鬃马去找狼"莽胡达"了，怕他出事，阿伦和娜仁花也骑着马找他去了！

阿民这才"哦"的一声，那颗心才放了下来。和圣·塔亚一再向他交代，必须暗中保护好阿伦，别让协日斯碰她，多事之秋，一定要多一些心眼儿才行。

阿伦这会儿，在荒野上已经找到了儿子博尔忽。

长成大小伙子的博尔忽，这年已经十五六岁，骑在黑鬃马背上，更显得英俊潇洒，胆子也很大，独自一人闯进罕乌拉山旧狼穴一带，四处寻找他的狼狗狗。

在荒野上，遇到正着急忙慌来找他的额吉，他一脸欣喜告诉阿伦说，我找到它了，额吉，我找到它了！

阿伦吃了一惊，忙问，真的吗？它没伤着你吧？

哪能呢？它怎么可能伤害我呢！当时它正在追着撕咬一个女人呢，就是当初老抢走它食品的那个坏女人什么寡妇，狼狗狗认出了她，正往死里咬她呢！多亏了我，喊开了狼狗狗，不然那人就够呛了，非咬死了她不可！

原来是你救了她呀！做得好，儿子。那狼狗狗呢？它的巢穴在哪里？

还是在那个黄榆林溶洞里，我远远看见的，它不容我靠近，老赶我走。

那可能是那只老瘸腿狼，还跟它在一起，担心它伤害你。狼狗狗，没有变坏，真好。阿伦感叹不已。

娘儿三个正有说有笑往回走，快到家时，只见小哈拉骑了一匹马赶过来拦住了路，老远就心急火燎地大喊，额嬷，快来呀，快救救她！快救救她，额嬷——

阿伦大吃一惊，忙问，小哈拉，出了啥事？把你急成这样，你让我救谁呀？

小哈拉吭哧着，着急得脸色苍白，最终一吐而说，是、是、琴花儿，她、她、要生了，难产啊！

琴花儿要生了？她还没有结婚，生什么呀？你这孩子，胡说什么呀！

阿伦倒吸一口冷气，不相信自己的耳朵，呵斥小哈拉。

真的额嬷，她的肚子被人搞大了，一直瞒着大家，想在家里自己偷偷把孩子生出来，结果是难产，快够呛了，额嬷快去救救她呀，她可不能死啊！

还是真的呀？这事儿闹的，怎么能这样啊！

阿伦一听着急了，回头吩咐娜仁花说，你们俩快回家，告诉二娘，带着接生器械赶到琴花儿家去，小哈拉，咱们快走！

阿伦一催自己的枣红马，朝哈日根艾勒方向飞驰而去。

她心里忍不住怒骂，没嫁人就生孩子，生私生子，谁这么缺德，把这位红卫兵小将的肚子给搞大了？挨千刀的！阿伦一边扬鞭催马，一边在心里生气，忍不住骂起来。

琴花儿家住在村东北沙坨子根，当阿伦匆匆赶到时，人正在炕上吱儿哇尖叫，声嘶力竭，有她老母亲和另两位亲戚老女人在一旁忙活，没着没落的样子。其中有经验的一个老女人对阿伦耳语，像是横胎，我们是没辙了。阿伦说，没辙就送医院啊，喊我来干什么？老女人说，这孩子死活不去医院，说死也要死在家里，到这会儿了还不想丢人，你说咋整？你是助产高人，救人要紧啊，两条命不是？

阿伦不好意思再说什么，洗手擦手，赶紧上炕去查看情况。

她在琴花儿小腹上一阵摸索并查看下体之后，严肃地告诉她说，琴花儿姑娘，你先别嚷，认真听我说，你肚子里婴儿是个横胎，还是左枕横位，这种情况容易出现难产。我告诉你生孩子的基本道理哈，胎儿出生时先下到骨盆再通过生门阴道出世，正常情况下宝宝出生都是头部先出，再到身体再到臀部以下，胎儿在母体中的位置很重要，如果胎位不正，就必须根据情况采取措施，最好选择剖宫产。你肚子上留有好儿道绳子勒的勒痕，看样子你不想要这个孩子，想把它勒挤出去，结果没成功，这可能就是造成胎位不正的缘故。现在情况是，胎儿下到骨盆后位置不是头部朝下而是臀部在下，已经到了生门，现在送医院剖腹恐怕也来不及了，我只能先给你正正胎位看，你要好好跟我配合，不然很危险。听懂了吗你？

汗流满脸的琴花儿，这才停止嚷叫，点点头，脾气收敛了很多，脸上呈现出无比惊恐的样子。这会儿桑吉玛也赶到了，两个人相互交流了一下情况，桑吉玛当助手配合阿伦助产。阿伦开始采取措施。先让孕妇撒泡尿排空膀胱，再往她身下铺垫一层硬床板，那是现卸下来的她家门板，有助于人身体撑个有硬度的着力点，清理撤掉原先铺下边的软棉被褥，以及细沙子之类东西。接着，阿伦伸出她那双神奇的手，开始在琴花儿肚子上轻轻摩挲揉抚。这是个极缓慢的过程，难耐而漫长，一阵一阵的疼痛让那个可怜的姑娘呻吟不止。折腾了一个时辰，阿伦无奈地摇摇头说，不成，太晚啦，婴儿的腿已经卡在生门无法回去，只能就这么生了，要不赶紧送医院。你们自己决定吧。

琴花儿这时抓住阿伦的手，哭着说，求求你阿伦阿姨，救救我，我自己的事自己做主，我就是死在这儿也不去医院！阿姨你就大胆接生，我相信你，姑娘我今天死了活该，造孽的路是自己走的，不怪你，阿姨！

阿伦听了她这么硬气的话，怦然心动，回想起几年前自己去她姐姐家求奶，头一次见到这姑娘时她显得热情开朗心地善良，对她的印象很好，今天怎么会走到这种地步了呢？唉，人生之路，就像走山路，一旦选错了方向，跟错了前边脚印，即便是人再好心再具有英雄虎胆都没用了，误入歧途的人早晚会被人带进沟里去，他的人生就翻车。阿伦看着这可怜的姑娘，心生恻隐，顿时生出一股念头，一定要救活这个孩子，一定要帮她平安生产，生命是最宝贵的。于是她一横心就说，那好，咱们就在这里生，横着来就横着生，该来的躲不过，只能面对了，只好咬着牙去面对了！如果出意外，你也不要后悔！咱们一起努力过了！

那个琴花儿咬着牙，点点头，也算是个狠角色。

阿伦重新振作起精神，打开那个器械包裹，拿出需用的独特器械和药物，然后低声和桑吉玛交流了些话语，脸色凝重，就开始助产，引导琴花儿生娃，帮她生出这个脚先出来的不知父亲是谁的野种野娃。阿伦一再嘱咐琴花儿不要惊慌，要稳住神，有节奏地听她指挥慢慢往下使劲，不要一下用力过猛等等。

生产过程十分缓慢，格外艰难。一个时辰，两个时辰——精神紧张加上耗费体力，阿伦自己也已疲惫不堪汗流浃背。灶上的热水，凉了又烧，烧了又凉，在孕妇的时断时续嘶叫呻吟声中，里里外外的人都紧张无比。一般乡下劳动女人生孩子，其实都很痛快，就如挤出一块儿硬屎橛子般利索，曾听说村里有个悍妇割豆子时扑哧一下生出小娃，自己拿镰刀割断脐带就把婴儿放进筐里，接着割完最后一垄豆子才抱着婴孩回家。可这琴花儿姑娘的生产，咋就这么艰难呢？如熬着十八层地狱般的艰难，死去活来的。

哎哟——疼死啦！娘啊，我、我要死了——真的，我要死了——

又一轮撕裂的疼痛开始。琴花儿的尖叫声从她咬木筷的牙缝里挤出来，湿漉漉的脑袋往左右两侧晃动着，持续的呻吟喊叫使得她嗓音嘶哑，痛苦不堪，汗水像水洗过一样，整个面部疼痛后变得扭曲，变得丑陋。阿伦也算是经历过无数次助产的老助产士了，今天这种艰难状况还是头一次遇到，已有些心惊肉跳。她突然深深感到，生产中的女人太难了，忍受经历世上无法想象的撕裂疼痛，把一个新生命艰难地诞生出来，她们的神圣和伟大真的是无法用语言来表述。

阿姨啊，我、我真的生不出来了，我要死了——真的，给我一刀吧，让我痛快地死了吧——处在半昏迷状态，琴花儿用极度虚弱的声音，吞吞吐吐突然哽咽着这么说。

胡说什么呢？这孩子！有阿姨在这里，保证你能安全生出大胖小子来！你肯定能行的！阿伦一边这么说着，同时想起在阿尔山那边有一位老萨满“巫德干——助生婆”传授给她的一个不成文的规矩，一种秘法。也就是，遇到这种不知孩子来历的孕妇遇到难产，就让她大声喊出孩子生父姓名，便可顺产，就如文坛经典句子“愤怒出诗人”一样，愤怒也出“顺产”。现在，已到了生死关头，无论如何也用一下此招试试了。阿伦犹豫片刻后就附在琴花儿的耳边，轻声告知，如果你能大声喊叫着骂出让你肚子变大的那个男人真实姓名，把你丢在这里受苦不管的那个男人名字，也就是这孩子父亲的真实姓名，你就有可能会把孩子生出来，这是这行里的老传统老规矩，孩子，你要不要试试这法子？这事你自己考虑一下，自己决定吧。

阿伦说得很委婉，只是一种提议，小小的好心提示。

绝望中的琴花儿，更知生命比一切都珍贵，一旦失去再也找不回来。自己如此遭受痛苦，生不如死地受罪，还有什么必要保护那个臭男人的名字呢？这一切的灾难，的确都是拜他所赐，是他一手造成的，在这生死关头还有什么可替他遮遮掩掩的呢？去他妈的臭男人，老娘要死了还管你那些个！

于是，只听她排山倒海般地大声呼喊出：协日斯！是协日斯姐夫他干的！孩子父亲是协日斯司令！是他，是他干的！在他司令部，在东沙坨子，在旗招待所——

随着新一轮疼痛痉挛如江河潮水般袭来，随着琴花儿排山倒海般的一声声怒吼，她的身体形成一个可怕的弓形，只听她双腿间“哇——”的一声，一个清脆响亮的生命啼哭便破空而起！这位多难的不合时宜的新生男婴，就这样呱呱落地，面对了如此冷酷的外面世界。

两滴泪珠，滚过琴花儿的脸颊。她的母亲、另两个老女人都蹲在墙角啜泣。

筋疲力尽的阿伦大松一口气，脸上呈出一丝宽慰的笑纹。然后她嘴里又默默祈祷几句那位老萨满巫婆所教的什么咒语，开始收拾起东西。琴花儿家人如何挽留喝茶吃饭，阿伦坚辞而出，带着桑吉玛赶紧回家里来。也许，她总觉得那里是个不可久留的是非之地，或是不祥之地，反正她不辱使命完成工作，一分钟也不愿多待在那里了。也不想接受她们的任何感谢。萨满文化的宗旨有句话："巫德干和萨满·博师，属于长生天和人世间的中间使者，救助他人于苦难是本来使命，是长生天的托付，别无他求。"阿伦今天似乎牢记并遵循了这一使命。

她微笑着对等候在外边的小哈拉说，你喜欢的这个女孩子，很坚强。额嬷问你，她已经这样了，你还喜欢她吗？

小哈拉点点头，红了脸庞，小声嘀咕，这事儿不能怪她，我堂叔就是个畜生，不是人！我早晚骟了他！

阿伦扑哧乐了，嘱咐他，你可别先忙着去骟他，眼下最重要的事情是，你要保护好琴花儿，找到一个没人知道的秘密地方，侍候她坐月子。不然——

小哈拉没有听懂，问道，额嬷的意思是——

也许我多虑吧，琴花儿已经供出了你堂叔的名字，这种脏名儿恶名儿，那个人是肯定不会背的，而他又是个心狠手辣的人，谁知他会做出什么来？也许倒打一耙，先把琴花儿彻底摧垮，再找个人替他背锅，谁知道呢——阿伦不无担忧地如此说。

桑吉玛也从旁边附和说，你额嬷说的对，协日斯肯定是这个路数儿，急眼了都有可能想灭口咧，那个人歹毒得很呢！如果你还想娶这丫头当媳妇啊，赶紧想辙吧！

小哈拉顿时紧张了，哭丧着脸说，这可咋整呀，我哪有地方藏她坐月子呀？

桑吉玛看了一下阿伦，见她示意，立刻开口说，这样吧，我西村的那个家，正空闲着呢，你就带着她去那里坐月子吧！你巴鲁大叔那儿有钥匙，今晚天黑就动身，别叫人发现了行踪啊，要一万个小心！

那小哈拉喜出望外，拔腿就跑走，一边嘴里喊，谢谢二娘！

阿伦和桑吉玛瞅着他的样子，不由得摇头笑起来。

二人同时朗诵道，小胖墩儿想媳妇，哭着喊着要媳妇儿！

啊，媳妇儿是那么容易要到的吗？扒你两层皮哟！

阿伦此时突然想起丈夫当初说过的话，这世上事难说呀，都是机缘巧合，命中安排的。现在看，又让那位脑袋有子弹的人说着了。

阿伦摇了摇头，兀自笑。

六

阿伦精疲力竭地赶回家时，天快黑了。

阿民一直在等着她，立刻把厄日格泰大哥被协日斯拘押的事，告知与她。

阿伦一听脸色陡变，说一句，不好！落到他手里，不会有好果子吃，走，咱们快去看看！

她心急，立即翻身上马就走。

额吉，我也去！博尔忽喊。

我也去！娜仁花跟着喊。

两个孩子也立刻牵出黑鬃马，合骑一匹马，跟随阿伦飞驰而去。

已经十一岁的巴特桑没有马骑，拔腿就跑，被二娘喊住了他，巴特桑，你先看家，照顾两个妹妹，我去找你们巴鲁大伯，让他过去更管用！听说城里都动枪动炮了，这年头儿，到了儿还得武斗，看谁拳头硬！

桑吉玛也风风火火跑走了，去找帮手。

当阿伦一家三口骑马赶到队部牛棚那里时，正好看见协日斯带着一帮“造反派”战士，把厄日格泰和额尔敦扎布旗长两个人从牛棚里押出来。那架势好像要把人转移走，远处墙角站着那位黑高参浩日帆，脸上流露出阴冷得意的笑容。

阿伦勒马站立在协日斯的前面，堵住去路，冷笑着质问。

协日斯大司令，你这是要干啥？想把我丈夫和老旗长押到哪里去呀？这黑灯瞎火，偷偷摸摸的！

本司令的事儿，你没资格管！你还来得正好，告诉你也可以，他们两个人身上，发现有重大反革命历史问题，现在要把他们押送到旗里群众专政指挥部，严加审讯！你就在这里老老实实给我等着，回来就收拾你！

协日斯口气嚣张，根本不把阿伦放在眼里。

阿伦心里一震，不寒而栗，幸亏自己赶到了，不然真要出大事儿了。那个“群专”她早有耳闻，是个阎王殿，用刑拷问比国民党日本鬼子还可怕，进去的人活着出来的少。

阿伦想了想，慢慢下马走到协日斯跟前，收敛起怒火，笑容可掬放低声音说，协司令，我正好有个机密事想跟你报告呢，看来现在正是时候啊！

你要说啥？协日斯警惕地盯着阿伦。

你知道我刚才，给谁接生孩子的吗？

谁？协日斯脸色有些变，握紧手里的钢鞭。

阿伦把嘴巴凑在他的耳朵旁，悄悄说，你的小姨子琴花儿——

协日斯心里一惊，把刚举起来的钢鞭放下来，但眼睛一横又说，那又怎么样？

阿伦看出他的虚张声势，知道他心里开始慌了，于是继续压低声音，神神秘秘地附在他耳边叨咕起来。

恭喜你呀协司令，你又有个儿子了，家丁兴旺啊！琴花儿说，那娃是你的儿子哎！你把人家黄花大姑娘肚子搞大，你可真是色胆包天啊！听说咱们公社马上要成立新的政权“革命委员会”，你被推举为革委会主任，一把手，是吧？如果你这个丑事儿传扬出去，恐怕你的飞黄腾达的大梦，可能是要泡汤黄喽！别说当革委会主任，恐怕因强奸罪进班房坐牢都有可能的！

谁他妈强奸她了，她自己愿意——协日斯脱口而说，又立刻捂嘴。

看看你，看看你，承认了不是！

协日斯这下真的慌了，立即回头招呼来小陶副司令和几个得力打手，低声吩咐几句。那个小陶带着人转身就要走。

阿伦笑眯眯地冲他们喊，不必费心了，你们找不到她的！琴花儿姑娘给我写了这份告发你的小字报之后呀，早就远走高飞藏起来喽！走以前跟我说好了，需要的时候她再出现，还抱着你的宝贝儿子一起来，搞个滴血认亲什么的！啊哈哈哈！

阿伦从兜里摸出两张写满字的白纸，冲协日斯扬了扬。其实那是她儿子巴特桑新写的作文。她灵机一动，用在这里，顿时镇住了不可一世的协日斯。

协日斯登时傻眼了，也急了，冲过来就要从阿伦手里抢那份告发信。

博尔忽和娜仁花冲上来，站在额吉的前边，挡住协日斯。

这时，巴鲁也赶到了，雄赳赳气昂昂站在阿伦的前边。村里不少老百姓听到动静，也都跑来看热闹。专横跋扈的协日斯，这时脸上的横肉开始松弛了，知道硬来不行了，思考片刻后低声问道，你想怎么着吧？快说出来能让你闭嘴的条件吧！

阿伦冲丈夫厄日格泰那边努努嘴，放了他们！

协日斯被逼进墙角，已经无奈，不由自主地朝不远处墙旮旯那儿瞅了一眼，那位戴墨镜的黑高参冲他摆手，意思是不能放人。

阿伦笑问，你是听他的，还是听我的？他可是不顾你的死活了，你傻呀！

于是，协日斯经过一番权衡利弊后横下了心，一跺脚，冲身后的造反派战士挥挥手说，把厄日格泰放了吧！

不，不，把老旗长也一起放了，这两个人我都要！阿伦笑说。

此时的协日斯，已经如一泄了气的皮球，无心计较了，只好又朝后边扬扬手，把俩人都放了！

真的放了呀？小陶不甘心，问一句。

耳朵聋啦？你娘的老屁，都放了！协日斯冲小陶撒气。

那边黑暗中的黑高参气得跺脚，转身走人。

巴鲁跑过去，把两个“囚犯”迎接过来，把身体虚弱的老旗长扶上自己的马背。阿伦问候过老旗长，之后走到丈夫跟前上下打量说，还好，胳膊腿儿都在，都完好，少了一件我就废了他狗日的！

阿伦也终于爆出粗口。厄日格泰登时乐了，一家人相拥着，往回走。

这时，协日斯从阿伦身后边喊，阿伦，你把那份小蹄子写的小字报，要不毁掉，要不给我，你可要守住自己的承诺！要不然，我不会轻饶你，会跟你鱼死网破的！小心着点吧！

阿伦朗朗一声笑，随着把那两张“小字报”撕扯个零碎，随手一抛，一团纸屑随风而去，如仙女散花。心里说，儿子啊，对不起了，你得重写一篇作文了！

这回放心了吧？蠢蛋！哈哈哈——阿伦回眸一笑，百媚生。

然后，她和丈夫合骑一匹马，纵缰奔驰而去。

他们的身后，跟随着也合骑一匹马的一双儿女。老旗长在另一匹马背上直摇头大笑，嘴里说，协日斯呀协日斯，早就说过，你招惹厄日格泰这个阎王爷，末日就快了，被我说着了吧！

三天以后。乾坤大轮转，风云突变。

正当协日斯司令准备出任新成立的公社革委会主任之际，突然间，从旗镇到本村大街小巷到处贴出一张同样内容的大字报，题目叫:《炮打流氓强奸犯、四不清贪污犯、造反黑司令协日斯》。副标题是:一个女红卫兵的血泪控诉。落款是:红岩三人战斗队。

顷刻间，全旗上下一片哗然。协日斯可是当下叱咤风云的响当当人物啊。

有人看见，四处刷贴这张大字报的是三个年轻人，为首的是协日斯堂侄子小哈拉，另两位是博尔忽和娜仁花。三个年轻人天不怕，地不怕，大字报字字见血，句句如刀，讲事实摆证据，从历史到今天洋洋洒洒万言字，文笔流畅如檄文，非常具有说服力。据说文字出自三人中的女孩子娜仁花之手，一个小才女初露锋芒。这架势非把万恶不赦的“造反司令”协日斯拉下马不可了。

很快，上层下来了指示，暂停哈儿高公社革委会成立，并责令新成立的旗革委会调查协日斯的问题。正好，新成立的旗革委会，“三结合”中的老干部代表就是老旗长额尔敦扎布同志。同时，社会上开始清查打砸抢“三种人”，出现了新的形势新的局面。

这叫城头变幻大王旗。物极必反，风向大变。

历来运动，并非静态，而是动态的，时局变幻如天上的云聚云散风起风住，也属正常。而且也如草原上的牧羊人所说，后长的犄角，总是比先长的耳朵硬。

就这样，后长的犄角“红岩三人战斗队”，几张大字报就掀翻了如日中天的协日斯“造反司令”。运动中常流行一句词儿“树倒猢狲散”，这也是协日斯常用在别人身上的套词，这回应在他自己身上了。协日斯的“反潮流造反团”被取缔，有命案及打砸抢分子立刻到红色革委会自首，接受惩罚。鸟兽散了，即便是聚在一起，鸟兽还是鸟兽，无法改变其鸟兽本性。聚合，逃不出一个字，利，相互利用而已。大树一倒，“反潮流造反团”的头头脑脑们开始互相揭发，互相撕咬，也是一场运动后的特色风景。

结合到新政权革委会的老革命额尔敦扎布，他签署的第一道命令就是，拘捕大叛徒大特务日本鬼子走狗六指浩凡。但还是迟了一步，贼人总是有比别人更贼的一面，这个曾经通过协日斯在运动中倒海翻江的幕后黑手，再次溜之大吉，漏网而去，不见踪影。多次审讯协日斯，他矢口否认与六指的特殊关系，不知他的底细，也不知他的住所，只是一个远亲关系而已。他甚至把很多做的坏事，统统扣到他的身上了，倒是找到了一个非常合适的背锅鬼。

这一天，阿伦领着已经担任村里新政权革委会副主任、协助阿民主任工作的干儿子小哈拉，提着好多礼品，去看望牺牲自己名声告发协日斯的勇敢姑娘琴花儿，顺便给小哈拉提亲。琴花儿一家人一见大恩人驾到，喜出望外，把她当作活菩萨般接待。尤其琴花儿的老妈妈，一边抹泪，一边感谢，若不是当初出手相救哪有这孩子的一条命啊！孩子遭人欺负误入歧途，引导她走出黑暗，走进光明，如今还不嫌弃亲自来提亲，母女俩都从心眼儿里透着高兴。这么好的一门亲事，小哈拉又初衷不改那么喜欢琴花儿，哪有不同意的。

阿伦握着琴花儿的手，语重心长地说，琴花儿姑娘，我第一次见到你时就感觉，你是一个有理想有志向，热情开朗，心怀坦荡的中学生。人生路很漫长，出点岔子也没什么，对你的成长会有好处。过一阶段，你出来工作怎么样？我那个妇幼救助站，要跟公社卫生院合并，成立妇幼救助医院，将来要往农牧区养老院方向发展，我想请你到我那里工作上班，帮助帮助我。你年轻有文化，肯定能干好，会有前途的。

琴花儿一听泪落如雨，抱住阿伦就痛哭，呜呜地哭。

阿伦接着说道，我想把你和小哈拉送出去学习深造一下。社会需要发展，年轻人需要学文化，没有知识的社会永远是愚昧的社会，会出现很多蠢事，出现很多疯子干蠢事儿。

琴花儿和小哈拉相视一眼，露出甜蜜的微笑。

当阿伦告辞走到门外的时候，琴花儿忽然想起了什么，问道，阿伦阿姨，听说那个最坏的黑高参老乞丐浩日帆，还是让他给逃走了，是真的吗？

阿伦点点头，叹一口气，眼望远处的高天说道，是啊，这是最大的遗憾！老旗长他们正在全力缉拿他呢，逃不掉的！

阿姨，我跟你说个情况，我跟着他们闹腾那会儿，偶然听到一次老乞丐指派小陶副司令去沈阳，找他一个什么亲戚办事儿，神神秘秘的——

噢？你还记得他说的地址吗？阿伦惊喜，立刻追问。

好像叫什么——东陵、东陵、文官屯，还有个什么号——对，甲一号！

那就是，沈阳的东陵区文官屯甲一号！太好了，琴花儿姑娘，你可是帮了大忙了！阿伦一挥拳头，亲切地抚摸一下琴花儿脸蛋，转身就疾步快走。

回到家里立刻让小哈拉备马，她要马上去旗革委会见老旗长。

可她还没有出门呢，她丈夫厄日格泰领着老旗长额尔敦扎布，还有和圣·塔亚，三个人一起出现在北坨子救助站门口。她好生奇怪，怔在那里，看着三个人笑眯眯的样子，心里更有些疑惑了。

老婆，你牵着马要去哪里？又去接生吗？厄日格泰打趣问她。

怎么这么巧！我正要去找老旗长呢，你们三个老爷们儿，成帮成堆出现在我这里干什么呀？有啥好事儿要办酒局吗？

额尔敦扎布立刻笑呵呵回答她，确实有个大好事儿，值得大喝一次！

抓到老乞丐啦？

不不，那不算个事儿，早晚会逮住他的，比那个更大的好事儿！

那领袖老人家又发布最高指示啦？

老旗长愣了一下，复而大笑，有啊有啊，刚颁布的“抓革命，促生产”！不过还不是这个，呵呵。

老婆，先把客人请进你的办公室，再考问也不迟啊！都口渴着哪！厄日格泰笑呵呵提醒。

阿伦这才想起来，失笑，吩咐小哈拉，快让你二娘烧一壶奶茶，再去张罗点酒和肉什么的吧，旗革委会领导来了，你这村头儿还不赶快表现表现啊！

二娘桑吉玛这时从屋里走出来，嗓门亮亮地应声道，刚烧好的新奶茶，肉也有，巴鲁大哥打着两只兔子刚送过来的！哈拉主任，就去你三娘那里抱来两瓶烧酒就成，听说新出了一种酒叫啤酒，喝了像马尿似的，也提一箱来吧！

在场的几个人都捧腹乐了，尤其那位老旗长，头一次见识二娘桑吉玛那种村妇嘎劲儿，逗笑浑不论的风采，一个劲儿摇头大笑。

大家走进阿伦的办公室坐下，香甜的奶茶也端进来，每人捧着杯子热乎乎地饮两口茶。然后，静场，一阵缄默。阿伦满脸期待地望着老旗长那张沉稳的脸，忍不住问道，你们倒是谁先开口呀，奶茶喝上了，酒肉去准备了，可不能白吃白喝哟！我这救助站，是救助穷人孤儿寡母的，可不救助王爷级贵族阶层——

说着，阿伦自己绷不住又笑开了。

那还是让我这岁数最大的老人来讲讲吧。

一直默默不语的和圣·塔亚，倒是率先开口了。阿伦没有想到。

我先给你讲一个故事吧。老活佛接着说。

——大约在三十五年前，东北抗联李兆麟将军派出四名年轻革命者赴苏联远东赤塔市红军学校，学习军事及情报业务。被选派的四名共产党人都是蒙古族，发挥民族特长回来后打进伪满洲国骑兵部队，完成潜伏任务。组长化名叫浩凡，因一只手长六指绰号叫六指。四人中还有一位女性，名叫雅茹，她还是六指浩凡的亲表妹。最年轻的一位名叫德力戈，回来后担任伪满野战骑兵师少校参谋，很快参加了诺门罕战役前线战斗，为朱可夫将军率领的苏蒙红军和李兆麟将军攻打外围嫩江大桥，提供宝贵的情报立下大功。德力戈在前线还组织伪满骑兵师第五团哗变，率部分起义人员投奔了苏蒙红军。一九四五年光复前夕，他从苏联那边又被派回伪满洲国内潜伏，搜集情报，后来四人“蓝斑人”小组出了叛徒，德力戈得知后正要在接头地点罕乌拉山向组织发出警报并与接头人扎布见面时，被赶来的日本人逮捕了。当时他发现带日本宪兵队来的，就是组长六指。德力戈被拉到阿尔山温泉镇日本特务秘密基地，严刑审讯，后在哈拉哈河滩上处决了这位宁死不屈的英雄——

听到这里，阿伦的脸上顿时惊愕，甚至惊慌，睁大了眼睛盯视旁边的丈夫厄日格泰，可人家好像听着别人的故事一样，无动于衷，甚至一脸漠然。

和圣·塔亚脸色凝重，默默饮一口奶茶。

——世事皆为因缘巧合，这位青年英雄德力戈出生在布顿哈日根屯，这个村后来叫了哈日根艾勒生产队。他是该村大户那顺巴特公爷的少公子，十多岁便被送到穆格顿即现在的沈阳市蒙旗师范读书，受到当时校长革命党人郭道甫、哈丰阿等人的影响，从此走上了革命道路，一条不归之路——唉。听说，那个六指做贼心虚，第二天还特意派人去收尸，发现就少了德力戈的尸体——

阿伦静静注视着丈夫，抓住他的手，紧紧攥着不松开，唯恐一旦松手就失去了他一般。

厄日格泰的神色依旧漠然，似乎在问，难道这是在讲我的身世故事吗?

和圣·塔亚看一眼阿伦，继续缓缓讲述起他的故事。

——现在，咱们再说说那位女共产党员吧！不瞒你们说，那位抗联的潜伏特工雅茹，从满洲里入境后第一站就在老衲小寺落的脚，原因是她那已牺牲的丈夫苏克恰巧是我的侄子，就是现在咱村供销社经理巴音的亲哥哥。苏克是抗联的一名队长，跟日本人拼刺刀战死在长白山。丈夫牺牲后，雅茹把唯一的四岁多的女儿寄放在海拉尔一个亲戚家里，自己投身抗日战场出生入死。牺牲前，她是伪满骑兵团上尉干事电报员，成功截获破译日特密电，内容是苏联远东克格勃头子丹巴耶夫叛变，把自己掌握的四人小组潜伏名单卖给了日本人。这个丹巴耶夫还给代号“蓝斑人”的四人小组上过课，斯大林搞“肃反”大清洗逼走他投奔了日本人。猪口三藏一直苦苦查找诺门罕战役期间盗取大量军事情报的“蓝斑人”小组，这下如获至宝，他秘密逮捕的第一个人就是六指浩凡，当时他是伪满洲国的军政部少将参议，很快经不起酷刑叛变，并供出其他三人。雅茹得知情报后与她表哥周旋，牺牲之前把六指叛变投敌的情报委托我送了出去，然后痛骂表哥浩凡是无耻的孬种，被恼羞成怒的六指和日本鬼子很快枪毙了——她牺牲前老衲曾去探监，她趁机委托了我两件事：一是替她照顾寄放在亲戚家的女儿，二是交给了我两枚铜纽扣，一个是六指浩凡的，一个是她自己的，也是与上级组织联络的信物，让我联络组织，惩除叛徒六指浩凡——

和圣·塔亚说到这里，老眼里有泪花闪动，手掌上捧着一枚闪亮的铜纽扣，把它郑重交到阿伦手里，语重心长说道，阿伦，好孩子啊，雅茹就是你的亲生母亲，今天我把这颗珍藏多年的铜纽扣，交给雅茹的女儿你阿伦高娃手里。孩子，原谅我隐瞒了你这么久，都怪我抓不到那个叛徒，不敢轻易暴露你的真实身份——就是这样，那个罪恶之人也已经起疑，让人陷害你成为“右派”，备受磨难——都怪我老朽无能啊！

说到这里，老活佛有些讲不下去了，心情沉痛，默默擦老泪。

阿伦则完全听傻了，紧紧抓着那个神秘的铜纽扣，半天说不出话来。脸上一片茫然，这些信息好比一阵晴天霹雳，一时砸晕了她。

老旗长额尔敦扎布，这时候接过老活佛的话头，继续说起来。

阿伦高娃同志，这么多年你受委屈了，我代表革委会代表政府向你表示慰问，表示道歉。承蒙雅茹同志当时不顾个人安危委托老活佛和德力戈同志提前报警，化名扎布的我才得以脱险，我至今铭感于心永世难忘。也许雅茹同志冥冥中的眷顾吧，你无意中挽救了德力戈同志的生命，冥冥中他也代表雅茹同志一直陪伴在你的身边。那年你下放时带来的那封信，就是和圣·塔亚老人家写给我的，委托我照顾你们，当时敌特情况不明，六指一直在暗中活动，行踪诡秘，还不能暴露你的身份。阿伦，你是革命烈士苏克同志和雅茹同志留下的亲生女儿，红色孤儿。我们已经与你原单位阿尔山那边的革委会取得联系，他们已经撤销你身上的所有错误处分，并摘除给你扣上的所谓“右派”帽子。这是平反文件，这是老活佛收集到的你妈妈和苏克同志的旧照片，都是从旧报刊上裁剪下来的，有些不太雅观，有一张是雅茹同志身上捆着绳子就义时的照片——

老旗长说着也忍不住老泪纵横，低下头去，默默地擦眼泪。

阿伦听着这些突如其来的故事，就如掉进五里云雾，半天回不过神来。事情来得太突然，事情变化也太大，如翻江倒海，她怎么也不敢相信，比做梦还做梦。她甚至有些生气，无缘无故地生气。她突然恼怒地把老旗长递给她的文件资料，一股脑儿拨拉开去，散了一桌，忍不住大声地喊叫起来。

这些事，怎么都这么混蛋啊！怎么能这样啊！这都是算怎么回事啊？那个十恶不赦的坏蛋叛徒老乞丐，还成了我的一个表舅？他还是亲手杀死我妈妈的刽子手？我那个失踪多年的妈妈又成了一个什么，革命者？地下党？父亲又是抗日英雄啦？操他娘的，我也一夜之间变成了革命烈士的后代，红得发紫了！这都哪儿跟哪儿啊？当了这多年“右派”，遭了这多年世人白眼，颠沛流离，像一条狗一样遭人驱逐，虐待，都他妈白白受这份罪啦？我的那位伟大的革命者母亲，居然为了她的革命理想，把我一个幼小生命丢给一个冷漠的陌生人，不顾孩子死活，就那么冷酷无情地走了，这哪儿像一个亲生母亲啊？不，我要的是一个爱我的母亲！等待的是有血有肉有慈爱之心绝不抛弃自己孩子的真情母亲！革命者母亲，很高尚很伟大，但对我这孤苦伶仃受尽苦难的孤儿来说，未曾享受到母爱的苦孩子来说，太遥远了，太奢侈了，也太空洞了！这么多年，为了能找到她，有时我都从梦里哭醒！心痛得都像一把钝刀在慢慢割着我的心脏！呜呜呜——我倒不如还继续顶着这顶“右派”帽子活着，心中想象着她活着回来找我爱我，这样更踏实，更真实！更觉得没有白白受尽磨难熬过来！现在，突然落下的这顶红帽子，反而让我无所适从，让我更加痛苦！这都是什么事儿啊！他娘的，呜呜呜——

阿伦高娃嗷嗷痛哭起来，疯了一般，扭头就跑出屋去。她心中怒火，如火山爆发一样，在场所有人都被吓住了，惊呆了，一个个不知所措，面面相觑。似乎谁也没有想到事情会弄成这样，会出现这种局面，她会如此愤怒如火山爆发。

厄日格泰站起来，拔脚就跟着追出去。

阿伦独自在荒野上狂跑着，哭泣着，嘴里大喊着，都是骗子！这世界都是骗子！都他妈的骗子！呜呜呜——

厄日格泰不离不弃地跟随在妻子身后，也不马上去阻拦她，这会儿不让她发泄也许真的会疯掉的。他的脸上也早已是泪水满面，他的心何尝不也是流着血，流着泪啊，一同经历了这多年的委屈，折磨，非人的遭遇，两个人一步步一天一天熬过来，走过来，扛过来，生死相依，相濡以沫，他怎能不知道妻子现在的这种心情，这种感受，内心的这种五味杂陈难以承受的痛苦滋味呢——

阿伦高娃终于跌倒在一面沙坡上，趴在那里哭泣，哽咽，双肩在无力地颤抖抽搐。旷野的风，吹散了她的头发，黄色的沙粒沾满了她淌满泪水的脸庞，红肿的眼睛漠然地望着沉默的天和地。她突然觉得，如此的人生好荒唐，如此的人世好无聊啊，她突然感觉很厌倦，很疲惫，感觉到浑身乏力，似乎再也没有勇气面对这一切。她真的好想好想，独自一人走到没有人的世界尽头去，再也不回头——

这时，一双有力的臂膀，轻轻抱住了她，紧紧抱住了她，再也不松开。

阿伦泪眼婆娑地望着那张自己最熟悉的脸，迷蒙哀伤，轻轻说，厄哥哥，我讨厌这个世界，真的好想逃得远远的，远远的——

好吧，咱们一起逃走，完成了我们的使命之后。

使命？

对呀，使命，等把五个孩子拉扯大之后，我们一起逃得远远的，一起过咱们的两人生活！

啊，五个孩子，是啊，五个孩子——看来，他们才是咱们人生的唯一收获，聊以自慰了，让咱们感觉到，这些年没有白白受这该死的苦该死的磨难——

阿伦依偎在丈夫温暖而宽敞的怀抱里，低声抽泣，咀嚼着五味杂陈的复杂情感。在周围人眼里，她是那么坚强无比，又那么如圣人一般善良，天使般充满慈爱，如摇篮旁的诃额伦额吉那般博爱宽容，谁想到她还有着如此脆弱的一面，令人爱怜又令人心疼的一面。

世上何来完美的人生？若有，那都是编造的谎言。而有的，尽是些残缺有伤而奋争向前的经历，一步一步艰难活下来的人生而已。

也许，下边这首风靡世界的一段歌词，能描绘出阿伦的心路历程吧：

当我失意低落之时，我的精神是那么疲惫不堪
当烦恼困难袭来之际，我的内心是那么负担沉重
然而我默默地伫立静静地等待
知道你的来临片刻地和我在一起
你激励了我故我能立足于群山之巅
你鼓舞了我故我能行进于暴风雨的海洋
在你坚实的肩膀上，我变得坚韧强壮
你的鼓励使我超越了自我
你激励了我故我能立足于群山之巅
你鼓舞了我故我能行进于暴风雨的海洋
在你坚实的肩膀上，我变得坚韧强壮

你的鼓励使我超越了自我

你的鼓励使我超越了自我

当然，流淌在她身上的高贵的血，如诃额仑夫人那般博爱与仁慈之心，还有勇敢坚毅的优秀品格，才是使得她能够活下来，并一路向前奋进的真正动因，力量的源泉。

三天之后。有一列南下的火车，滚滚奔驰。

往日叫穆格顿的沈阳市东北郊，在通往铁岭、四平、白城、齐齐哈尔的铁路线上有一个不起眼的小站叫文官屯，路经列车大多不停留，慢车才匆匆停个三分钟便迅速启动。该站的背后有一郊区生产队，叫文官屯生产队。这天夜晚，文官屯小站从北驶来的慢车上下来几人，由一个长得像老鼠一样的贼眉鼠眼的男人前边带路，趁着夜色黑暗悄悄地直奔小站后边的文官屯小村子。

甲一号，找到了。

那伙人藏在墙后的黑暗中，老鼠人前去敲门。

半天，那扇紧关的板门吱嘎一声打开，一个水蛇腰的半大老汉伸出头来。一见老鼠人，甚感奇怪。

你不是那个、那个叫小陶革——

还没等他说完，两个便衣警察和几个人蜂拥而上，闯进小院子里去。

从最里边一间小屋子里，有个人拿着手电筒披衣走出来，问道，谁呀？黑灯瞎火深更半夜的，干什么呀这是！

来人中，传出厄日格泰的一声低呼，就是他，老乞丐！

两个警察、厄日格泰如三只老虎般猛扑上去，闪电般地摁倒了他。

从门口黑暗中，走出老旗长额尔敦扎布，还有和圣·塔亚和阿伦高娃。

厄日格泰狠狠揪着老乞丐的左手，拿出手电亮晃晃地照射出他手掌的小指一侧，那里有一块经手术后留下的刀疤，皮肤亮闪闪的。再仔细照他的脸颊，不太显眼的手术痕迹如一丝丝线条纵横布满整个脸庞。

额尔敦扎布和和圣·塔亚一起走上前，仔细辨认那张丑陋的脸和手掌。

别来无恙啊，六指浩凡！你让我们找的好苦啊！

和圣·塔亚笑呵呵抚须而乐，调侃说，我在沈阳医院找到给你做手术的那位马医生，他的手艺可真差，一打听原来是个兽医出身！哈哈哈！还不如找我老衲给你切块儿整合呢！

阿伦高娃走上前，冷冷地凝视半天，开口说道，我怎么会有你这个猪狗不如的禽兽表舅！她抬起手，啪的一巴掌，狠狠扇下去，骂道，这是为被你杀死的你的表妹我母亲！她再次啪一下扇下去，这是为你赐给我的“右派”帽子！第三次再扇下去，这是为我丈夫被你枪毙一次的德力戈少校！

和圣·塔亚在一侧发现那个水蛇腰半大老汉，正企图要顺墙根溜走，立刻堵住了他的去路，笑呵呵说道，别急着跑啊，王府管家先生！当年奉六指指令陷害阿伦高娃，你不仅是六指的走狗，当年还是日本人的翻译官吧！

两个警察立刻铐上二人，疼得他们吱儿哇呻吟。

然后，几个人一分钟也不停留，连夜赶往文官屯火车站。

小小的文官屯车站，深夜无人，惨淡灯光下朦朦胧胧。

圆月上中天，倒也灿烂如银。后边村里，此时有狗吠声传出，复而宁静。

村里有个姑娘，叫小芳。今安在？

厄日格泰朦胧记起当年曾在这一带读书的青涩时光。

汽笛一响，火车飞驰。历史一闪而过，如车窗外的黑夜景物，转眼间消失在遥远的后方，成为往日。

往日时光，有人愿意回忆，有人不愿回忆。

好在今日还在继续。

第十章　骑着马儿去远方

历史记痕，皆残留在荒草之间，但它永恒。

萨满·博师，乃属长生天和人世间的中介使者，

救助他人于苦难这是他们的使命，别无他求。而后，轻轻远去。

——引自一位萨满·博师之语

一

又是一个春暖花开的时节。

进入改革开放八十年代之后，人们忽然觉得这日光也变得异常鲜亮，风吹得温柔，雨下得湿润，能听见花儿绽放的声音，树上的鸟儿叫得也如唱歌一般好听。

吉雅姑娘长大了，亭亭玉立。她从市卫校毕业回来，在阿伦额吉身边协助工作。当初学校分配她留校工作，阿伦也劝女儿留在城市，她坚决不肯，扛起行李就跑回来了。

阿伦高娃双鬓已白，身体也显得瘦弱了很多，她搂着女儿一个劲儿惋惜。

额吉，留在那里是好，可是有一件事解决不了。

吉雅依偎在额吉怀里，仰脸望着她那张慈祥的脸庞说。

什么事啊？这么难？

想你的事啊！吉雅说得认真。

阿伦扑哧笑了，你这孩子，想我就回来嘛。

这不回来了。吉雅笑。

我说的是，中间回来看我。

可我天天想，夜夜想，怎么办呀？吉雅搂住额吉的脖子撒娇，所以啊，干脆就回来守着你了，省事儿多喽！

阿伦终被逗乐，嗔怪女儿说，为我这个老太婆，耽误了大好前程，没有脑子！

守在额吉身边工作，把咱小小养老院、妇幼救助医院做大做好，还有什么比这更好的前程吗？所以啊，琴花儿嫂子咱们俩呀，头也没回就跑回来了，她还是学生会主席呢，留校更没问题！

原来，琴花儿和她最早一批被保送当"工农兵学员"，到市里卫生学校读的中专。当时琴花儿已结婚，成为小吉雅的新嫂子，姑嫂一起上学。在那个读不到书的年代，工农学员中父子一起上学的现象都有。

阿伦叹气，望着远处说，回来也好，我和你二娘都老了，三娘跟她丈夫巴音去旗镇上班，住在城里了。额吉正犯愁着这个摊子交给谁呢，你们俩回来还正合适哩！

吉雅笑了，说，你看你看，额吉心里也更希望我们在身边不是！额吉，我问你一件事哈，去年博尔忽哥哥考进北京医科大，娜仁花姐姐考进上海复旦，托雅这死丫头走得更远，都跑到西藏援藏去了，多野吧！还有巴特桑哥哥前年去当大兵——

说到巴特桑的时候，吉雅的小脸顿时变红，阿伦忍不住笑了笑点破她，不要瞒我了，你喜欢他，他也喜欢你，托雅也喜欢巴特桑，一看争不过你她才远走高飞的，你们三个呀，这事儿弄得我都不好在中间说话了！

公平竞争嘛，人家三娘的儿子虎子那么喜欢她，她就不理人家，非要跟我抢巴特桑哥哥！虎子家条件多好，巴音大叔已经是旗百货公司总经理，又住楼房！听说那个虎子吧，痴心不改，还追着她去了西藏，也去当援藏志愿者了都！

阿伦忍不住苦笑，摇头感慨，是啊，手心手背都是肉，托雅去西藏我还真担心她吃不消来着，虎子这一去啊倒是让我放心不少，有人保护她了。虎子这孩子不错，有担当能吃苦，跟他爹娘一样，家教也挺好的，你们现在的这些年轻人啊，跟我们那会儿不一样，大不一样噢！

吉雅不服气，噘嘴说，有啥不一样的，还不是跟你和阿爸一样，逮住一个往死里缠住啊！

说着吉雅嘎嘎大笑，马上又说，额吉，刚才你打断我了，我是想问你一件事哈，我，还有博尔忽、娜仁花、巴特桑、托雅，这五个孩子当中，你最希望谁在你身边守着呀？是我吧？我可是额吉和阿爸的唯一亲生女儿啊！

阿伦心里“咯噔”一下，马上爽朗一笑说，照我的意思呀，你们五个都远走高飞去追逐自己的梦想，实现自己的理想最好！谁也别守着我这老太婆！

吉雅立刻又噘嘴，假装生气，额吉，你没有说实话，我知道你是最疼我的！我是你唯一的亲生女儿，当然最喜欢我留在你身边，伺候你这个老佛爷呀！绝对没跑儿！你也打不走我的！咯咯咯——

吉雅站起来就跑走，那边传来琴花儿喊她的声音，好像又送来一个产妇。

阿伦脸上充满慈爱，望着女儿的背影心中感慨，当然是最喜欢你这傻丫头了，为了守住你的小命，额吉差点连老命都丢了，五个孩子中最不放心的就是你哟。小时候吃不上奶，家里属老小，大家都宠着你长大，感情脆弱，容易受到伤害。幸亏有了巴特桑这孩子真心爱你呵护你，青梅竹马一起长大，让为娘的总算放下心来了！

这一天，吉雅接到巴特桑来信，告诉她好消息，自己已经入党，还提升为班长，春节连里会批准他回家探亲。这消息登时让吉雅乐疯了，在告诉额吉之前她独自跑到原野上，撒欢儿，沉浸在幸福的喜悦之中。恋爱中的少女，心情就如小溪边盛开的萨日朗花儿，红艳艳，含着露珠，鲜美而娇羞。

她在花丛中漫步，哼着小曲儿《十五的月亮》，少女的那一颗心早已随着鸿雁飞向了远方的军营。不知不觉中沿着小溪岸边走出老远，这时，突然发现一个疯女人正趴在溪边饮水。灰白的一头乱发如杂草般披散，光着的一双腿脚上旧伤疤结着硬痂子，从裂开的硬茧子缝隙里浸出血丝也成斑块，裤腿儿撕开成条状裸露着黑脏的半条腿，上身裹着不知从哪儿捡来的羊皮袄，大夏天都捂出痱子，脖颈那里红点点一片。黑乎乎的脏脸有些浮肿，看不清肤色，一双眼睛贼亮贼亮，要从脑壳顶上飞出去的样子。

她的双手正捞捧溪边的黑色小蝌蚪，往嘴里放，嘎吱嘎吱地咀嚼吃。从腿根处往下渗出血水，混入到脚下的稀泥里，她自己浑然不觉。

吉雅看见她这模样，吓了一跳，魂都快没了，往后退了两步。但毕竟学护士护理专业的，见识过一些场面，见识过各种人物，胆子也不小，很快稳住神。

那个疯女人回头发现她，手指着前方嚷嚷起来，狼——狼——

吉雅一怔，回头看，哪有狼啊？

狼、狼——疯女人嘴里继续嘀咕着狼，突然朝吉雅伸出一只脏兮兮的手，乞讨，吃——吃——

你要吃的呀？我身上没有带啊——吉雅心生怜悯，十分同情她，摸遍衣服兜，终于翻出一块糖球，递给她。疯女人的手如猴子一样迅疾地掠走那块糖，连包纸一起塞进嘴里咯吱咯吱咀嚼起来。

疯女人转眼间嚼碎吞掉了那块糖，继续朝吉雅伸出手，嘴里吐出的字，依然还是，狼，狼——似乎在她的脑海里存留的只有这一狼字，其他语言都已失忆忘记了。

吉雅朝她摆摆手，抱歉说，没有了，我身上再没有吃的了，要不你在这里等着，我回去给你拿吃的，好不好？

疯女人魔魔怔怔，似懂非懂，呆傻地瞅着她。然后，不再理会她，继续俯身从水里捞起蝌蚪来，嘎嘎傻笑着往嘴里放，感觉捞蝌蚪吃来得更快，更实际。

嘴里依然吐说着，狼、狼——

正这时候，从远处跑来了琴花儿嫂子，满头大汗，气喘吁吁地喊着她。

吉雅——你这死丫头，怎么跑到这么远地儿来了？额吉正找你呢，还不快把巴特桑的信给额吉看看去？告诉你哈，巴特桑不属于你一个人的，知道不！

琴花儿乐呵呵地训斥吉雅，同时看到了那个疯女人。顿时愣住了。

咦？那个疯女人，不是、谁、谁、那个老寡妇萨杜尔大婶吗？

嫂子，你认识她呀？

你也应该记得的，你小时候，博尔忽的狼"莽胡达"差点咬死她，从那次她就被吓疯了，一年四季在荒野上疯疯癫癫地流浪，见人就说，狼，狼——

对呀，我好像想起来了，是有这么个事儿。唉，她可真够可怜的——

别发善心啦，老妹子！琴花儿拽起吉雅的手就走，一边说，咱们快走吧，她不是什么好人，听说她的心也挺黑的，把当初领养的孤儿都弄到外边卖掉换酒喝了，所以一直不敢在村里露面，在外边胡混——

是这样啊？唉，可现在这个下场，也太惨了吧，活成这样儿，真够她熬的——

琴花儿不由分说拉着这个善良痴情的老妹子往回走，还笑话她，年纪轻轻的，还长了一副菩萨心肠，真是的！告诉你吧，你哈拉大哥刚从公社回家来了，老爷子都杀两只鸡啦！

是吗？太好了，我阿爸就喜欢他这个大干儿子，一手培养他，现在竟然当上了公社副社长，当领导了！咱们嫂子也跟着夫荣妻荣，成了社长太太，哇——吉雅开心大笑，一边开着玩笑，一边跑。

你可别忘了，我听你大哥说你小时候没有奶吃，皮包骨头，他还偷偷挤生产队的羊奶给你喝呢！琴花儿也笑话她。

难怪我身上全是膻味儿呢！都怪你老公什么都给我喂！咯咯咯——

没给你薅羊毛吃就不错了！美得你！琴花儿从她后边喊。

吉雅一边跑，一边还不时回头瞅一眼溪边的那个疯女人。

时势造英雄。在厄日格泰和阿伦高娃精心栽培下，又帮助辅导小学初中课本，小哈拉自己也很努力，读函授拿到了高中文凭。鉴于他在第一线生产队工作成绩突出，被破格提拔到公社当秘书，后又升任为副社长。那会儿，组织上也给厄日格泰和阿伦两口子落实政策，两种选择，一是回阿尔山原单位那里重新安排工作；二是就地奈伦旗政府机关安置公职，尤其厄日格泰是资格较老的老革命，当年级别跟额旗长不相上下，组织上考虑他脑子有遗伤就安排在本旗工会当副主席。二人选择留在这里，但厄日格泰借脑子有伤为由，拒绝了组织安排的工作，继续留在哈日根艾勒当他的普通牧马人，一个领工资的兼职牧马人。阿伦的情况跟他也差不多，身兼旗妇幼保健站副站长、公社卫生院副院长，实际做哈日根艾勒妇幼救助养老院院长工作，忙得她一塌糊涂，还乐此不疲。老旗长额尔敦扎布后来升迁到盟里当领导，占布拉接替他当旗长，他们对阿伦和厄日格泰夫妇一直很关照，有求必应，有难帮助解决。这社会，好人还是有好报，有付出就有回报。

位于北坨子的妇幼救助站兼做养老院之后，房屋建设也大有改善，在原址上重新修建一座大院几栋平房，门前也修通了宽敞通达的砂石路，连接着旗北部几个公社苏木。白色的院墙，白色的房屋，门口旗杆上高高飘扬着红十字白底红字大旗，继承和发扬着救死扶伤、救助社会弱势群体的光荣传统。这都是阿伦带领姐妹们一手创下的业绩，也是奇迹。

吉雅跟着琴花儿回到家里，跑进额吉的卧室，笑眯眯地红着脸把巴特桑的信递给额吉看，然后亲一下额吉的脸又跑出屋子直奔厨房。那里更热闹，巴鲁大叔听说哈拉社长回家来了，立刻从自己承包的羊群里挑了一只肥羊扛来宰杀了，老阿爸厄日格泰领着巴鲁、哈拉正忙活着剔骨的剔骨，灌血肠的灌血肠，二娘桑吉玛、三娘珊丹都过来上手忙活。唯有刚刚赶到的巴音经理，抱着胸笑呵呵地在一旁观看，不上手，最后说一句，我去把老佛爷和圣·塔亚接来，再找两瓶好酒！人家就扬扬手，开车走了。

哈拉社长从他后边吐一句，老滑头！

众人乐。

吉雅跑进来，见这场面，大呼小叫，我的个额娘啊！你们在干吗？杀鸡宰羊的，巴鲁大伯，你可真会拍马屁呀！哈社长一回来就杀羊，可我和琴花儿嫂子毕业回来，你可是屁表示都没有哎！

小姑奶奶，那会儿大叔我还没有承包到半只羊呢！要不你再去上学回来，我肯定宰两只羊给你接风！等哪天你跟巴特桑成亲那会儿，我杀一群羊给你办婚礼！

巴鲁的玩笑引来大家哄堂大笑。吉雅红了脸反击道，你们合伙欺负我，啊？好啊，等你巴鲁大叔走不动时候，我就把你绑在养老院床上，天天给你喂泔水喝！

这下坏了，好丫头，求求你千万别这样，还有二娘我对你最好不是吗？看在当年二娘没少给你喂奶的分上，放过我家糟老头子吧！高抬贵手，给他喂喂菜汤就行了哈，泔水是喂猪的，他会吐的！二娘桑吉玛搂住吉雅说好话，这下大家更是笑开了花，纷纷抱肚子。

吉雅自己也忍不住大笑，悄悄问桑吉玛，二娘，咱们厨房，还有剩馒头、大饼啥的吗？有肉骨头更好！

桑吉玛疑惑，问她，有是有啊，老丫头，你这是要干啥？喂狗吗？咱家狮子现在陪着老活佛，给他做伴儿呢！狮子回来啦？

不是，二娘，你就别问了，快给我找就是，我有用！吉雅急得跺脚，催促。

好，好，我给你拿，小祖宗！

二娘桑吉玛抬起沾满面粉的手摸了一下吉雅的脸，笑嘻嘻地带她去翻碗橱。

吉雅心满意足地装了一塑料袋吃的，回过头冲大家伸伸舌头，做个鬼脸，风风火火跑出去。她是大家的宠爱，谁都喜欢，只要她张口，摘月亮摘星星，他们也会个个抢着架梯子搭肩膀。

吉雅正蹑手蹑脚地走到院里去，额吉阿伦从后面喊住了她。

丫头，等等，一块儿去吧！

额吉，你知道啦？吉雅怯生生地吐下舌头。

琴花儿是直肠子，啥也藏不住的，她是担心你。额吉笑了笑。

琴花儿这时从屋里颠儿颠儿跑出来，手里还拿着两件旧衣裳。

吉雅看着抿嘴笑道，这还差不多，饶了你告我的小状！还像一个救死扶伤的医务人员，是我的好嫂子！

娘儿三个，匆匆赶往小溪边去。

然而，那里已经空空如也。

捞蝌蚪吃的疯女人已然不见，小溪湾处只有蝴蝶在飞，小燕子在戏水，蝌蚪依然在浅水里嬉戏，清风吹拂空荡荡的小溪滩岸。唯不见疯女人身影。

抬眼巡视四周，旷野茫茫，太阳晃晃，连个鬼影都没有。

吉雅很失望，一脸失落的样子。

二

阿伦看着女儿的那个样子，心里感到很欣慰。

难道这都是长生天在冥冥中的安排吗？毕竟有过那么短暂一段母女之情，今日在如此境况下安排相遇，令人忍不住唏嘘。她很赞赏女儿能有这份仁爱之心，不枉自己抚养栽培这么多年。

她们继续逗留片刻。吉雅站在那里，大声呼唤，你在哪里？萨杜尔大婶儿！我给你带吃的来啦！你在哪里？快出来呀！

沙坨子上灌木葱茏，小溪上下崎岖弯弯，始终不见疯女人应声出现。

荒野无声，四周依然是一片静谧。

阿伦觉得如此等候下去也不是个事儿，对女儿说，孩子，我想她可能是藏起来了，不愿意出来。

为什么呀？她为什么藏起来呀？说好给她拿吃的再来的呀！

吉雅不甘心，茫然四顾。

她是吓疯的，胆子很小，见到人多就不敢出来了吧。琴花儿从旁说。

这样吧孩子，咱们把带来的吃的穿的，就留在这里，这里显然是她常出现的地方。我们先回家，她肯定会再来的。阿伦做出决定，吩咐吉雅和琴花儿把吃的拿旧衣服包裹好，挂在溪边一棵小树上，以免被野鼠吃掉。

然后，娘儿三个往回走。

家里的热闹宴席，一直在等候她们回来。

九十高龄的和圣·塔亚，高高就座上席，主人厄日格泰按照礼节把最尊贵的羊额头肉和一块肥羊尾奉献给老人家。老活佛嘴里轻轻念诵祝福经，然后大家便欢欢喜喜开席吃喝。

唯有老丫头吉雅闷闷不乐，只是应酬着笑一笑，好像也没有心思正经吃喝，目光不时地望望窗外。厄日格泰见状心里有些奇怪，坐在身旁的阿伦轻轻告诉了原因。他喟然长叹，这都是缘，孽缘也罢，债缘、善缘也好，遇见了总归是缘，无法回避的缘数啊。

你也信这个？一个无神论的革命者。阿伦打趣。

失去记忆的无神论者而已，革命记忆已模糊远去。厄日格泰纠正。又说，我至今都不知道去哪里恢复党籍，都不知道自己是不是党员。

放心吧，会有办法的。让老旗长写一封证明信就可，你就在我这里重新归队，归入组织好了。

这倒是省事儿了哈，支部建立在家庭里。厄日格泰笑，举起杯子痛饮一口。

阿伦听着也乐了，这会儿吉雅端着一杯啤酒敬过老活佛之后，再过来敬二老。

厄日格泰笑吟吟问她，我宝贝女儿，有心事啊！是不是巴特桑那小子，惹你不高兴了？

阿爸，别胡说，人家可是对我好着呢！吉雅红了脸，赶紧解释。

瞧瞧，还没嫁出去，就这么护着了！厄日格泰朝阿伦挤眼。

吉雅更红了脸争辩，反正巴特桑哥哥也是你儿子，护的也是你儿子！

还是你能说。厄日格泰喝过女儿敬的酒，呵呵乐。

阿伦让吉雅搬个椅子坐在身旁，问她，呼恒，心里还惦记着那个疯婆子吧？

吉雅默默点点头，不语。阿伦看看丈夫，见他朝自己示意，已明白了他的意思，便对女儿说，孩子，额吉理解你想救助她的心情，也支持你这样做。

额吉，那天你没看见过，她的样子实在太可怜了，人不应该那样活着，都不如一条流浪的野狗——

吉雅说着心里难受，眼睛就红了，低下头去，强忍着眼泪。

你这孩子，不要再伤心了，这样好不好，明天一早就让你阿爸出去找到她，争取把她带回来，交给村政府妥善安置，如何呀？阿伦抚摸着女儿的头问。

吉雅顿时高兴，搂住额吉的脖子说，还是我的额吉好，真好，能当你们的女儿，我三生有幸！阿爸，我明天带你去找，她肯定认得我！

听了此话，厄日格泰心里一震，随即脸上露出笑容答应说，好啊，那我们一起去找就是！认得你更好啊，不过都说她连自己是谁都不知道了。

我给她吃过一块糖，肯定记得我。

但愿是这样啊。话说回来，记得又怎么样呢，事过境迁，所有事情都翻篇了，人只能面对现实，迎着新的一天去生活，老纠缠往日走不出来，会伤神的。

厄日格泰意味深长地感慨。吉雅没有完全听懂阿爸的话意，没有再说话。阿伦在一旁深以为然地点点头，十分赞同丈夫的观点。

第二天，厄日格泰和女儿吉雅各骑一匹马，就出发去荒野了。

他们先到小溪边看了看，那里依然没有疯女人的身影。不过发现，昨日挂在树上的食物和旧衣服，倒是不见了。吉雅很高兴，这说明她来过，自己的救助起作用了。然而，他们父女俩在荒野沙坨子上连续找了三天，还是没有看见她的身影。他们只好暂时放弃寻找，等两天看看。第五天上，巴鲁骑马跑来告诉他们，在养息牧河上游一个土崖洞里，有人发现了疯女人，已经奄奄一息。吉雅背起医药箱就往外跑，厄日格泰牵来两匹马，父女俩又骑上马迅速赶往那个地点。

疯女人原来食物中毒了，吃了什么有毒蘑菇，口吐白沫儿处在半昏迷状态。吉雅赶紧给她打一针，给她喂水喝，然后掰开她的嘴巴不嫌脏把手指头伸进口腔里按压舌根，让她呕吐出来胃里的乱七八糟食物。这时，已改叫村主任的阿民带人赶着一辆马车过来了，七手八脚把她抬上车，直奔村北坨子阿伦的医院。又一阵折腾，洗胃洗肠子，吃药打针，终于救活了这个疯女人萨杜尔，把她从鬼门关上拉了回来。

稳住病情之后，吉雅带着护理员开始拾掇她。

烧了一大锅热水，扒光身上脏衣服把她拖进大桶盆里，给她洗澡。不管她吱哇乱叫乱喊，不管她说多少次狼，说狼来了，愣按住她洗澡，换了几把刷子给她蹭掉身上半指厚泥垢，又烧了几桶水连续冲洗，这才将将去掉身上的臭不可闻的气味，那起码是她十年以上的护身“铠甲”。疯女人这一生头一次如此全裸着让人拾掇，清理洗涤，一再杀猪般地嚷嚷挣扎，无奈身体太虚弱，无法摆脱无力反抗，只好由着她们折腾自己的一把干瘦裸体。

最后一道工序是，给她剪头。头发太长，自己又不好打理，就给她剃了男士寸头。跟光头差不多。经过彻底洗涤之后，焕然一新，这下她那张瘦削的白麻子脸上，坑是坑，点是点，油光发亮，清清净净，再加上一头花白短头发更显得精神抖擞。完全变成了另一个人，乍一眼根本看不出是原先那个脏透的邋邋遢遢疯女人萨杜尔了。一个人，干净是很重要的事情。干净招人待见。

吉雅把萨杜尔疯子彻底修理了之后，再给她换上医院的白条服装，然后递给她一面镜子照照看。这下，她嗷儿一声大叫，指着镜子失魂落魄地大嚷，狼，狼——

随后把镜子扔在地上，惊恐地望着那面镜子，眼神迷茫又混沌。

大家忍住笑静静观察着她，又担心她做出什么疯狂举动来，都不敢放松警惕，随时准备扑上去摁倒她。

渐渐，只见她又把镜子从地上捡起来，小心翼翼再次照自己的脸看，仔细地看。

狼，狼——嘿嘿，狼——这回她没有再扔弃那面镜子，而是脸上流露出傻傻的笑模样，每个麻子坑也都舒展开来，坑坑都像是笑开了的小花朵。从此，那面镜子再没有离开过她的手中，时不时地往自己脸上照，嘻嘻傻乐，频频吐说狼，狼，狼——

大家这才都松下一口气，庆幸这活祖宗终于有了一个哄自己玩儿的东西了。

疯女人表现得也很奇特，在这么多人里头，她只认吉雅，一见她就说，狼，狼——说个不停。而且是还只搭理她一个人，只听她一个人的话，看不见她的人影就急，叽喳叫着狼，四处寻找她。

吉雅看到自己的救助终于有了好结果，感觉很知足有成就感，有一次问她，疯大婶儿，你知道自己叫什么名字吗？他们说，你叫萨杜尔大婶儿！

狼，狼，狼——萨杜尔大婶儿依然是疯言疯语，不知萨杜尔大婶是谁。

吉雅无奈地摇摇头，一丝忧虑幽幽地袭上心头。将来拿她怎么办呢？交给谁养活她才好呀？不由得叹一声气。

阿伦额吉看着女儿的样子，理解她的心思，于是对她说，孩子，通辽市有个精神病院，咱们跟村里阿民村主任商量商量，还是把她送到那里安置治疗，比较合适。她毕竟是村里的五保户嘛，村里有义务照顾她，再从旗妇联和妇幼保健站那边申请一些资助，这样她的归宿就妥当了。

吉雅一听拍起巴掌，高兴说，还是额吉想得周全，一个精神病患者长期住在咱们这里，确实不太合适，使得大家都担心，不知她会干出什么来。我们又不会治疗精神病这疑难杂症，送到那里真是最好的结局了！

阿伦点点头，很赞赏女儿的务实态度。

孩子，你能做到这份上已经非常好了，就是她的亲生女儿也就如此罢了。

阿伦的心里同时也松下一口气，心里说，历史的旧伤痕，就让它永远翻过去吧。还是她阿爸说的对，人只能面对现实，迎着新的一天生活，在阳光下明朗地生活。这才是正确的选择，是人生正道。

三

进入初冬时节，北方已开始了天寒地冻的节奏，原野上的草木完全枯黄。

在苍茫的荒野上，这时独自走着一个牵马的年轻人。穿一身深蓝色的长棉袍，头戴火红的狐狸皮帽，脚蹬长筒靴子，漫漫徜徉在这片无人的旷野上。

面对万物凋零，一片衰败萧索的景象，这个年轻人心生伤感，一脸的凄惶，突然萌生出想哭的感觉。心里呼唤，黄枯的苍凉大地啊，你竟如此萧条凋敝，这满目的衰容，太令人伤心，都不忍心面对你啊——

一只落单的孤雁从天空中哀鸣着飞过，匆匆追赶南去的队伍；不会迁徙的麻雀在光秃秃的树枝上叽喳叫声也那么落寞；开始结冰的水泡子里白色的芦苇在风中摇曳起伏，根部已经在水面冰碴里冻结；原野上的土拨鼠、豆鼠子们早已躲进深挖的地穴里去，进入漫长的冬眠期；一只尚在苟活的小蛇在草丛深处蜷曲着，还未及钻进冬眠的深穴就半道儿冻僵在那里。哦，多么残酷的季节！

这初冬的风，吹得如此伤感，摇曳的树草都像是在哭泣。随着这一阵阵变得刚硬的风从西北徐徐吹来，枯黄的树草都向它折服低头，不敢挺起枝秆。荒野上滚跑的沙蓬草，轻飘飘地随风而去，不知来自何处，更不知去往何处，一切听凭风的安排。从远处飘来孤独的牧人歌声，声音苍凉而高亢，那是唱着一首叫“duriben-wularil（四季）”的老歌儿，当唱到冬季那段时，那一腔无奈而忧伤的情绪感染着你，立刻就想躲进被窝儿里默默痛哭一阵子来宣泄才好。

这个年轻人终于停下漫无边际的脚步，选择一处稍高的沙岗，坐下来。黑鬃马在旁边啃吃干枯的野草，咴儿咴儿喷着响鼻，习惯性地甩动着尾巴，其实这时节那些恼人的蚊虫早已灭绝。

他的目光，无意间落在脚跟前一丛干草枝上。

突然发现，在一根一米高的尖刺儿上，挂着一只蜥蜴。小灌木长刺儿从其腹部穿透到蜥蜴的脖颈处，已死亡的尸体几乎干瘪，但它牢牢地悬挂在草刺儿上不易掉落下来。在不远处，也有几只这种死状的蜥蜴。他惊愕不已，这并非人为挂上去的，而完全是一种它们自己选择的自杀方式、死状形态。

对蜥蜴他太熟悉了，它是北方沙漠小爬虫中为数最多的一个品种，当地叫马蛇子或四脚蛇，蒙古语叫“古日格勒羯”。春夏秋的季节满地乱跑，自己小时候没少捉玩儿过这一冷血小爬虫。他最欣赏它的两种本事，一是断尾求生，当它遭遇敌害或受到严重干扰时常常把尾巴断掉，断尾不停跳动吸引敌害的注意时，它自己却逃之夭夭；还一种功能是变色本事，随着草木、土地、环境的颜色改换自己皮肤色，具有极强的适应环境能力，把自己潜伏在很安全的不易发现的环境色彩里，做好随时进攻或逃逸的准备。他当年挖跳兔时，偶尔从浅土层里挖出一些小小颗粒球状的白色蛋卵，后来才知道那是马蛇子产的卵，一窝儿有七八个之多。

面对着这几只自杀状的马蛇子，年轻人很震撼。在沙坨草地上，他也生活过不少年头了，遇到这种景象还是头一次，心中十分不解。

它们，为什么会选择这样的自杀方式呢？

难道一入冬季，在北方沙漠里，马蛇子都是选择这种方式结束自己生命的吗？虽然对马蛇子很熟悉，但从未关心过它们的生和死。说是熟悉，可人们对这些弱势者，真正了解多少关注多少呢？

正这时，从远处传来有人喊他的名字。

博尔忽！博尔忽——

是阿爸厄日格泰骑马赶来。

我在这里！阿爸——

年轻人站起来挥挥手。

已有些老迈的厄日格泰，骑马奔驰的样子依然很潇洒，精神矍铄。他赶到儿子跟前下马，抱住儿子就亲，一顿埋怨，你这孩子，听你额吉说了，放下行李箱就骑马跑出来了，放寒假啦？

是的，阿爸，放寒假了。我太想念家乡的荒野了，可看着眼前这个苍凉的样子，太伤心，我都快哭了——

大北方的荒野，一入秋冬就这个样子了，荒凉得很啊！不能跟北京比。你学的是医学专业，可还有几分诗人的气质啊，伤秋哩！厄日格泰调侃儿子博尔忽。

他们并肩坐在沙丘上，一起观赏眼前的这一伤残的初冬色调。伤残的树，伤残的草，伤残的原野，还有伤残的小生命。

阿爸，你快看看这儿！博尔忽指了指前边那几只自杀状态的马蛇子。

噢，像是剖腹自杀的马蛇子！有点惨烈哈。

阿爸，它们怎么会这个样子呀？真是自杀的吗？自己挂在草刺儿上剖腹的吗？

应该是的，就是那样吧，唉。厄日格泰叹气。沉吟片刻后，感慨道，儿子，每个生命，都有自己的尊严，生有生的尊严，死有死的尊严，甚至还有很壮烈的死亡方式。别看小小爬虫马蛇子，它们知道，即将来临的零下三四十度严冬季节，它们不能像那些啮齿动物一样深挖洞进入冬眠，它们的浅洞给不了越冬的温暖，知道自己熬不过这严酷的寒冷，于是找一个向阳高枝上选择庄严的死亡，有尊严的死亡，高贵的死亡，勇士般的死亡，这便是它们生命的珍贵之处。我们不得不钦佩它们，这是一种庄严地迎接末日时的死亡方式。其实，天地自然赐予万物皆有灵气，皆有各自的神秘生死方式，只是我们人类还完全不懂得它们而已——

厄日格泰对生命和死亡的如此解读，令大学生儿子深为心动，一时陷入沉思。他轻语，阿爸说得真好，让我茅塞顿开。我们年轻人对生与死的理解，还是停留在肤浅的层次上。

博尔忽的目光重新审视起那几只马蛇子，对死亡的理解也随之而升华。

对马蛇子来说，死有何惧，生有何苦，在春夏季节繁衍生息，愉快生存，可断尾求生，可变换肤色，那是生命的本能；而到严寒秋冬季节，死又何惧，选个高枝儿把自己挂上去就是，已经把繁衍子孙的卵丸深埋在土层里，一到春季又满地复苏，蜥蜴子孙遍山遍野。据说，地球上的蜥蜴已有四千多个品种，甚至比人类更会繁衍生息。它们的生存哲学很简单，那就是适应，适应地球，适应生存环境，会变色，会断尾，会在各种逆境中如何保全自己活下去的能力，即便是死亡也如此的庄重。有一个描述蜥蜴顽强生存的文字纪实：一所房子要拆迁，这家房子主人从拆除一半的墙中发现，有一只被钉子穿身而过的蜥蜴。主人记起来，这个钉子是自己为挂结婚照片于二十年前亲手钉到墙上的，没有想到却将一只蜥蜴隔墙钉中。最令他吃惊的是，这只蜥蜴还没有死亡，还能够慢慢地动起来，它还活着，原来是它的同类在漫长的二十年时间里，一直衔来食物喂养着它——这是一则令人惊异的生命奇迹。显然，热温带地区爬虫类环境十分优越，不必冬眠，供吃的蚊虫也很多，更不必把自己挂树上当祭品，因而它们的生存也显得丰富多彩，传奇般地长寿。

看了看儿子，厄日格泰站起来说，走吧儿子，咱们一块儿去看看吧。

阿爸知道我来荒原上是看什么的？呵呵。

当然知道，知子莫若父嘛。你放下行李就迫不及待跑出来，还能是为了啥。

嘿嘿嘿。博尔忽笑起来。

去年，在罕乌拉山一带，我去找马时还看到过它的身影呢！

真的呀？太好了，说明它还活着，还好好地活着！

父子俩说得当然是狼狗狗，那只狼“莽胡达”。

二人上马，往西北罕乌拉方向，慢慢驰去。

不久，他们先赶到山的西南侧黄榆林中的溶洞处。树木凋零，这一带基本无遮无挡，那座旧狼洞里已经空空荡荡，没有任何野兽出没的痕迹。转了几圈，在附近坨野上察看，也不见“莽胡达”行走留下的脚印。

可怜的狼狗狗，转迁到哪里去了呢？

博尔忽一时心中焦灼，呆呆地看着四周。

厄日格泰拿话安慰儿子说，也许瘸腿儿老狼已经死亡，它独自远去了。也有可能，老狼正处在最后大限，去躲在哪个不为人知的隐秘地方等候最后的归去，而狼狗狗正在守护着它吧——

阿爸，狼的寿命是多少年啊？博尔忽一脸忧虑，这样问道。

一般在二十年左右，身体状况好一点的，还能活到二十五岁以上。狼狗狗这一狼族，是从大西北迁徙而来的优良狼种，能活到二十五岁以上没有问题吧，应该。厄日格泰如此判断道。

这么一算，狼狗狗也进入了晚年的最后阶段了，它们的生命真是短暂啊！阿爸，那马呢？马的寿命是多少年啊？

一般的马，能活三十五年。好一点的良种马，活得更长些，可以活到五六十岁。厄日格泰说着抬手拍了拍博尔忽骑的老黑鬃马“阿吉日嘎”的臀部，他自己骑的是老黑鬃马的儿子，专为老旗长培养的那个小马驹，如今已长成一匹骏马小“阿吉日嘎”，额头上有一块白色半月形毛发，看着十分潇洒英俊。

太好了，阿爸的这匹老黑子，还且活呢！博尔忽亲昵地抚摸老黑鬃马的脖子，放下心来，接着抱住马的额头亲了亲。然后笑说，当年咱们家有三宝，黑子，狮子，狼狗狗，多好啊！今天咱们，一定要把第三宝贝找到，带回去，是吧阿爸？

那是，下边咱们去罕乌拉山顶一带找找看吧！

为什么是山顶？

既然山下的老洞穴里没有，那肯定在山顶一带开辟新的隐蔽处了。瘸腿狼已经很老了，那里可能就是它的最后归宿处。你刚才也见识了，蜥蜴为什么会爬上高枝离世，一个道理，儿子。

博尔忽恍然大悟。悲壮而尊贵的死亡方式。

立即骑上马，他们去攀登巍峨的罕乌拉山顶。

初冬季节爬山，比春夏容易多了，树木凋敝无遮无挡。几乎多一半路都是骑着马上去的，而且厄日格泰熟门熟路，两个时辰之后他们就站立在那片山顶小草场上了。大圆石依旧，小石屋依旧，风景依旧，那只老鹰抑或是它的后代依旧盘旋在上空，欢迎故人到来。

阿爸，这么多年，我好久没来这山顶观瞻了，视野好开阔呀！

一览天下小！科尔沁大地，一览无余！厄日格泰也感叹。罕乌拉山，准确发音 haa—na · agulaa，意思就是可汗般的大山，或者山的皇帝，山的可汗。想想多有气魄吧！

是啊，我一直在想象当年各旗王爷们在这里会盟，隆重召开山顶那达慕的景象，那是个多么的热闹场面呀，气势非凡！阿爸，我记得小时候，你好像每年来这里一次，在那个小石屋那里做祈祷祭祀，是吧？

对，每年来一次。和圣 · 塔亚告诉我，那个小小祭祀石屋，是我家祖先中的一位萨满高师修建，属于祭祀天地诸神的场所。别看小，它包含着万物生灵之真谛啊！

阿爸，那我们再去祭拜一次吧！博尔忽提议。

当然，来吧，儿子。厄日格泰领着儿子，迈开轻轻脚步，谦恭地走向小祭坛。

父子二人在祭坛前下跪磕头，请求天地诸神保护天下平安。厄日格泰从怀里拿出一张黄色纸符，递给儿子说，孩子，你把这张符帖，供奉在小石屋里吧！

原来阿爸早有准备，我可以打开看看吗？

经阿爸点头之后，博尔忽轻轻打开那张折叠四方形的符帖看，上边只画着一个符号，即“卐”字符，别无一字。博尔忽一脸的疑惑。

厄日格泰给儿子解释说，这卐字符，暗示萨满文化的宗旨，意思为人类或族群必须遵循大自然的法则生存，就是顺着太阳的轨迹，顺时针从左到右，遵从大自然规律跟随太阳升落方向生存，决不可倒行逆施。所以，蒙古人祭敖包祭山神，都是从左到右顺时针转三圈祭撒祭品，依从太阳的升落轨迹来生活，这也是我们从祖先继承传下的文化信仰，崇拜自然的体现。

啊，萨满文化颇为深奥，也符合自然规律。跟老庄讲的“道”，有些相似之处。大学生博尔忽感叹起来。

是啊，具有异曲同工之妙。据资料记载，萨满属于原始宗教，已有四千多年的传承，那会儿道家和萨满也许都属一家文化吧。连佛家也用这卐字符，意味吉祥之符，其他两大宗教也移用此卐字符形状，可惜给掐头去尾有的只剩下光杆十字，有的添加其他变化，以显区别而已。

厄日格泰进一步给儿子阐释萨满文化渊源与卐字符所含的玄妙。博尔忽频频点头，深有醍醐灌顶的感觉。父子二人一边说着话，一边离开此处，朝着山顶东侧那一边走去。

阿爸，你确信狼狗狗就在这山顶上吗？

我们这就去东侧的小山头看看吧，狼有狼道，人有人规，老狼不会选择这边山顶做自己归宿地的。这里的宗教气场太古老而强烈，老狼是不会轻易亵渎这里的。

他们牵着马步行，从这边山顶的东侧沿着缓坡走下去，再慢慢去攀登另一侧的不很高的山岭。在那里的一座陡峭的悬崖上，果然发现一个黑灰色的物体趴在那里。走近一看，还真是狼狗狗，狼“莽胡达”！在它身后十米处的峭崖顶上，发现那匹瘸腿儿老狼的遗骸，堆在那里。尸体已经干裂风化，只剩一堆散乱的骸骨，毛皮也因虫蚀雨浇后腐烂在地上，而那具尸体骨骸也似乎曾被专吃死尸的秃鹫清理过。

天葬。这是老狼的天葬之处。

王者之死，有尊严的归亡，一代狼王的最终的归宿。属于道法自然的天葬。纵横北方大地草原山峦三十年，一声长嚎便可威震荒野，如今即便要归去，也要从高山顶上走，在此不为人知处，悄悄地终结自己孤傲的一生。这才是一代狼王的品格，庄严的归宿。

高高的山岭，一片肃穆，巍峨而威严。山谷有松涛轰鸣，四周有白云缭绕。

如果不是因为寻找狼“莽胡达”而寻来此处，人类是决不会发现它这一隐秘的归亡之地的。厄日格泰面对着自己老对手的归天之处，面对它那不屈的遗骸，想起它往日的风采铮铮硬骨，不免黯然神伤，心生敬畏。他在心里默祷说，对不起了老朋友，打搅你的安宁了，你走得很有尊严，威风犹存，不愧是一代狼王啊！

趴在老狼遗骸前边守护的狼“莽胡达”，则始终一动不动，静静地趴卧在那里，没有任何的动静，头上黑灰色毛发已长得很长。父子二人轻轻走到近处查看，狼狗狗好像也已进入弥留之际，只有点微弱的气息而已，连眼睛都睁不开，瘫软无力，奄奄一息。

阿爸，它死了吗？博尔忽着急了，忙问。

暂时还没有，但它选择了归去。

那我们救救它吧，它应该还能活不少年呢！博尔忽伤心，恳求父亲。

厄日格泰思忖片刻，爱怜地看着儿子，这样说道，你可以去试一试儿子，如果它不拒绝你的救助，愿意让你抱走它，那么我们就带它回去，如果它拒绝你，那么我们必须尊重它的选择。我们不能把自己的意愿，再次强加给它了，懂吗儿子？

博尔忽点了点头，强忍着泪水，嘴里轻轻呼唤着，狼狗，狗狗，我来了，我是你的小朋友，我来帮助你，咱们一起回家吧，我是来接你回家的——

狼“莽胡达”依然无动于衷，没有任何反应，没有丝毫感觉。

狼狗狗，咱们一起回家好吗——博尔忽大着胆子，伸出双臂，想抱抱狼“莽胡达”。

突然，狼“莽胡达”的耳朵要立起来，微微颤抖着动了动，随着掀开嘴皮，露出白白狼牙，翕动了一下，那是一副想咬人的架势。但它并没有使出最后的一点力气，张嘴咬博尔忽，放弃了致命一击，还由着博尔忽抱它，拽它。忽然间，它的身体变得石头一般的沉重，无形中它用尽生命的最后一点力气在抗拒着他，抵御着他，拼命后缩着自己的身子骨——博尔忽抱不动它。

好了，儿子，它已经拒绝你带它回家。它明确地告诉了你，它的家就在这里，在这高高的山顶上，它也选择了高贵的有尊严的归亡。你知道，它已有过刻骨铭心的记忆，现在它拒绝再一次归顺人类。而且，它现在的这个样子，已经显得生无可恋，即便你强行把它带回去，也活不过几天的。所以，我的好儿子，你应该学会放弃，学会尊重它的选择，决不可无视它们的法则而强加自己的意愿了，这点你必须要明白，我的儿子，你已经是有文化的大学生了！

厄日格泰说得十分郑重而严肃。而后走过去，轻轻把儿子搂抱着劝回来。

这时，从狼“莽胡达”的眼角里，滚落下一滴眼泪。然后一声轻吟。

那是诀别的眼泪。告别这残酷世界的孤泪。

博尔忽依偎在父亲的怀里，忍不住呜呜哭泣起来。

山峰上，只有哀伤的风鸣。

那是为人兽之间的真情而歌，而鸣。

四

阿伦额吉终于从岗位上退下来，实在做不动了。衰老，是无药可治的。

她把那一大摊子，欣然交给吉雅和琴花儿两个孩子管理，退下来享清福。比她大六七岁的丈夫厄日格泰，早已经选择北坡下的阿伦小溪旁，结毡庐而居，种花种草，养鸟养鹿，还把九十多岁的老人和圣·塔亚接过来一起生活，听他讲经说书，沉湎于历史典籍而陶冶，日子过得是优哉游哉，逍遥如神仙。

儿女们变化也很大。博尔忽读完研究生，毕业回来先是在旗医院上班当第一把刀，后被调去旗妇幼保健站接了嘎拉森老站长的班，还志向很大，要做大做强草原上的妇幼保健事业。他已与娜仁花结婚，生有一子。娜仁花在上海读完硕士，其间寻找了多年在小时失散的捡破烂老母亲，后来终于从一家社会养老院发现了她，接回来安置在妹妹吉雅的养老院里，总算了却心愿。在上海期间，她也曾替博尔忽去看望过那位遗弃他的父亲。生活马马虎虎，当时人家一拨拉脑袋，不承认曾有此事，不承认有这样的儿子，似乎害怕这个儿子会跑回来夺他财产的感觉。听了这个，早已放弃复仇之心的博尔忽，倒是宽慰不小，很高兴有这样的结局，虽然放弃复仇之意但也从未想过去认他。一个地球，两个世界。巴特桑在部队提了干，与吉雅结婚，后转到地方上，现在就在旗武装部工作。唯有托雅还在西藏没有回来，也不嫁人，虎子依旧不离不弃地追随着她，两人都已成为当地团干部，受到组织的重点培养。

阿伦额吉一想起这个桀骜不驯的女儿托雅，就忍不住叹气。她倒不是非要让她回到自己身边来不可，只是不成家算怎么回事啊？身边还绑着一个虎子，耗着人家。每每见到三娘珊丹琪琪格两口子，她就向他们道歉。性格开朗依旧的三娘，一摆手说，孩子们的事儿，大姐你道什么歉呀，你等着吧，那两个小冤家早晚会给你抱个大外孙回来的！已成“土豪”的大佬巴音，在旁边直呵呵乐，依旧话少，大腹便便憨态可掬。

有一次，他们聊起来村里的旧事儿。那位曾一度叱咤风云的协日斯队长，因属于“文革”“三种人”加上曾包庇叛徒反革命日特分子六指浩凡而被判刑十五年，经查证他居然还是六指浩凡的亲儿子，与早年被抛弃的原配所生。六指浩凡则已被镇压，处以死刑。小小哈日根艾勒村，是中国社会的一个缩影，四海汤汤，风云荡荡，这里岂可逃得过历史之运数。陈子昂曰："感伤春兮！生碧草之油油，怀宇宙以汤汤。"

珊丹琪琪格和巴音，说起老书记云敦和他的"英雄"儿子时，颇心存感激。老书记已去世，生前他把伤残儿子送到国家的军人疗养院，终于放过珊丹，为其办了离婚手续，于是珊丹和巴音名正言顺终成眷属。村里由阿民当领导管理后，农牧民把农田草场包产到户，大家的日子过得蒸蒸日上，尤其牛羊肉吃香，村里大力发展畜牧业，生活是愈发得红火富足。

阿伦高娃歇下来之后，也加入到小溪边的"世外桃源"小世界生活。

她嫌弃用煤或煤气火来熬奶茶，称那种奶茶没滋味儿，没法儿喝。她每天挎着土筐，走到野地上，用牛粪叉子一块一块地撮些干牛粪回来，再熬一壶铜锅茶。往奶茶里还加放干牛肉，黄油，奶皮子等，做足营养。在饥荒年代饿过肚子的人，都有这毛病。孩子们心疼她辛苦，尤其哈拉"苏木·达"（乡长）派人送来一大车牛粪，堆在门口小山一般。可他们的老额吉依然是挎着土筐，一歪一扭走到野地上，自己一块一块地捡拾她的牛粪。她说，用自己捡回来的牛粪熬奶茶，才会有那个味道。子女们瞅着直摇头苦笑，毫无办法。

牛粪捡回来后，她就蹲在屋里的"图拉嘎"火灶那里，慢慢点燃牛粪，噗噗地吹火。冒出的浓烟渐渐呛人，带着一股特殊的闷闷的干草土腥味道，弥漫一屋子，于是厄日格泰扶着老活佛赶紧躲出去。阿伦冲他们屁股后头嘲讽说，我就是熏你们出去走动走动的，晒晒太阳吹吹风，当年熏狼如今熏人，成天像两只抱窝儿的母鸡躲在家里，又不见下蛋，更不见有小鸡孵出来！什么事儿！

老姑奶奶，你的奶茶熬好了，别忘知会一声啊！

厄日格泰把手里的一本新书，扬了扬。那是一部有关二战的史书《诺门罕之锤》，书写那场被遗忘的诺门罕战役历史。

和圣·塔亚拄着拐杖，晃了晃夹在胳肢窝里的一本发黄的老书道，老衲正在给吉雅这丫头的新生儿取名字哪！

想出来了吗？

刚刚想到，拜你所赐！

想到啥吉祥大号啦？

阿日嘎拉！

啊？阿伦停住吹火，捧腹大乐，阿日嘎拉？叫牛粪呀？哈哈哈——老佛爷啊，这名字起得好，起得好啊！就叫牛粪，阿日嘎拉——牛粪！

也许，还真是贱名好养活，贱名能养出人物来。这个阿日嘎拉长大后，踏着父亲足迹也入伍当兵，去联合国当了一名维和军官，在非洲某国立功当了英雄。这是后话。

这一天，阿伦依旧提着筐，来到荒野上捡牛粪。她用牛粪叉子撮起一块半干半湿的牛粪，见从下边惊慌爬出来两只红色的蛐蜒虫，欲逃走，她收回叉子说，原来这里是你们的家呀，好吧，留给你们吧。这时她听见高空中有大雁北归的咕嘎之声，多么熟悉的雁鸣啊！她拄着牛粪叉，默默瞩望远处的天际，脸上呈现出一丝难掩的惆怅之色。然后继续低头捡牛粪，蹒跚着走路，一拐一拐的。厄日格泰躲在一边，从不远处默默跟随着她，尽量不让她发现到自己。

难道，老伴儿是惦念着远在天边的女儿托雅吗？或是另有其他的念想还未了却？

厄日格泰暗自思忖。虽然他大些岁数，可发现老伴儿的身体似乎衰老得更快了些，这不由得令他生出一丝担忧来。他默默注视着她，捡够了一筐牛粪后，慢慢走回来，快到家时阿伦突然踉跄了一下，摔倒在那里。顿时，厄日格泰吓一跳，丢下手里的书，飞一样跑过去扶住她。

她微笑着对他说，我知道你肯定离不开我，我这是试探你一下——

说完，挣扎着自己要站起来，可没有成功。接着，干咳了几声，痰里有血丝。这下吓坏了厄日格泰，抱起老伴儿就往家跑。

阿伦搂着丈夫的脖子，又微笑着说，我这也是在试探你，能不能抱得动我，像当年——然后，她就昏迷过去了。

别吓唬我，何必这么试探呢？你可别睡过去，听我的，我们一起扛，还是能熬过去的，我们继续一起飞跃这次遇到的小山头！这不算个事儿，天塌不下来！

厄日格泰如此豪迈地命令着老伴儿，健步如飞，把老伴儿抱到坡上的小医院。

孩子们更是吓坏了，从四面八方赶来。

博尔忽医生诊断结果，额吉患的是慢性肺炎，急性暴发。虽性命无忧，但这病难缠。病根儿就是当年在养息牧河泥潭里挣扎，脏泥呛肺子遗留的后遗症，需要慢慢治疗调养。缓过来的阿伦又被困在旗医院那熟悉的病床上，彻底被剥夺了荒野上捡牛粪的乐趣。博尔忽跟额吉开玩笑说，这下我阿爸也被剥夺了偷偷尾随老美女的乐趣了！

我知道他一直在偷偷摸摸地盯我的梢儿！要是在年轻时候啊，我肯定踹他屁股喊，非礼啊，非礼啊！

在场的二娘、三娘等诸多亲朋都大笑不止。

从西藏匆匆赶回来的托雅扑在额吉怀里，哭成了泪人，号啕不止。一张被雪域高原的烈风狂雪扫荡皲裂的紫红脸上，眼泪如断线的珠子般滚过。身后站着那位憨厚无比的小伙虎子，呵呵直笑，从包里往外掏带来的珍贵藏药，千年雪莲、虫草、藏红花什么的。

阿伦伸手拉近那个虎子，悄悄问，虎子，进展如何了？

虎子红了脸，看看托雅。

孩子，别看她，大胆说，大额吉给你做主！这次回来，不给我办手续，她别想再回西藏去！

大额吉，这可不成，她现在是县团委书记，工作不能撂下！虎子赶紧说。

这时，也许为了安慰病中的额吉，旁边的托雅悄悄把额吉的手拉近自己的小腹处摸了摸。阿伦一摸那微鼓的肚子，吓一跳，惊问，都有啦？托雅红着脸点点头。阿伦追问，怎么搞的嘛？没有手续就——你们年轻人净胡来！托雅争辩，有一次一起喝醉酒，天又太冷，就抱团取暖了呗！说完，回过头去，红着脸装嗔瞪了一眼虎子。

虎子赶紧道歉说，大额吉，都怪我，当时犯了错误——不过，大额吉，完了后吧——我们就赶紧补办了登记手续，现在就差补办个结婚仪式了。呵呵。

阿伦和厄日格泰相视一眼，忍不住大笑。

厄日格泰拍拍站在身旁的巴音老总的肩膀，幽幽一笑说，还真是啊，有其父必有其子，好传统啊！

巴音不让份儿，反唇相讥道，现代社会这个不算什么了，我听说当年呀，有人还一起住了十多年，被打成“右派”才补办的手续呢！

这下屋子里，老一点的爆发出哄堂大笑。年轻的不太懂，乍起莫名其妙，后意会出什么来，也跟着大笑。阿伦和厄日格泰也不在意，跟着大家哈哈直乐。

阿伦高娃住不惯医院，没有多久便出院，回家调养。

她开始了较长时间的恢复过程，这也是她晚年的一次人生逾越和考验，抗衡病魔对身体的侵蚀。乐观而坚毅的她，默默忍受着肺部以及整个胸部的疼痛，拄着拐杖在空气清澈的小溪边慢慢散步。因身体虚弱，走路像儿时的学步一样颤颤巍巍，黄豆大的汗珠顺着花白的两鬓往下流，每走三五步大口喘着气歇息一会儿。她的目光，羡慕地投向欢跑的孩子、撒欢的牛犊、飞翔的雄鹰，满满的憧憬满满的期冀。她有时泄气，显得很可怜，感到自己软弱无助，过去她可是能扛二百斤麻袋跑的健壮女汉子啊！现在竟如此孱弱，无可奈何，深深感觉到病魔对人体生命的侵害是多么残酷，多么无情。

阿伦在老伴儿的陪伴下，顽强地锻炼着，抗衡着，在晨风中，在夕阳下，在牛栏旁，在小院中，在小溪畔，她的蹒跚散步的身影无处不在，在软地上踏过的那一行歪斜的沉重脚印，如一行行木犁耕耘过去的痕迹般醒目，令人肃然。孩子们也常常发现，她静静坐在小溪旁木墩上久久遥望东北天际，目送鸿雁归去来兮。

毅力和信念，加上女儿托雅不断寄来的神奇藏药的功效，阿伦身体终于恢复得不错，可以弃杖走路了。她的脸上重新恢复了往日的开朗笑容。

晚霞中，吉雅挽着额吉的胳膊在小溪边慢慢散步，一边说着话。

额吉，你相信命吗？我想，你的命，在所有命里头是最硬的那个命，什么也别想压垮你！

其实，最硬的命，可能也是最苦的命。因为，经历了无数次的磨难，才会知道是不是最硬的命，唉。阿伦笑了笑，又说道，和圣·塔亚算过，你阿爸的命是海底砧铁之命，终生遭受锤打之苦，幸好属相老鼠，老佛爷说那是一只脖子上挂着珍珠佛珠的老鼠，有佛心，晚年能享受些好日子好生活。现在的好生活就是能吃饱个肚子，无病无灾，温饱小康，没有草菅人命的运动什么的。

那你的命呢？额吉，老佛爷又是怎么说的你的命？吉雅好奇。

额吉苦笑，沉吟片刻后坦然地说，老人家说我的命更苦，也更奇特，说我是祭坛前燃烧的烛光之火，也就是祭火——

祭火？天啊，命相里还有这样的火命？老佛爷自编的吧？

孩子，有时一想，说的也对着呢！额吉的命，可不就像是祭坛前燃烧的一束火烛嘛——

吉雅一时无语，心里稍稍戚然，轻叹一声说，如果真是这样，额吉的命还真是苦了点，全是为祭祀而燃烧——但是这说明，奉献了自己无私燃烧，完全为了照亮我们这些幸运的孩子们，还有为了那么多的被您救助过的弱者们而燃烧，这才是祭火之命的真正伟大！

女儿吉雅铿锵有力地喊了一句，声音有些颤抖，眼里有泪花。

五

这一天，厄日格泰和阿伦高娃把孩子们都召集到溪边毡庐里来。

木桌子上，放着那张黄榆木摇篮，当初和圣·塔亚悄悄送来的那具摇篮。阿伦额吉坐在摇篮旁的藤椅上，脸上挂着微笑。

博尔忽、娜仁花、巴特桑、吉雅，还有休产假回家来的托雅，还有哈拉社长偕妻子琴花儿，都围着这具黄榆木摇篮，感到很亲切，甚至有些依恋。

厄日格泰清清嗓子，环视着到齐的孩子们，开口说话。

孩子们，知道你们各自都很忙，但这个小仪式你们必须得参加，并且要永远记住。这样吧，还是先请老佛爷给大家训话吧。

坐在上座的和圣·塔亚欠欠身子，鹤发童颜，声音朗朗。

娃儿们，你们的阿爸让老衲先讲话，主要是想让我讲讲这张摇篮的故事。其实也没有什么太神奇的故事，黄榆木摇篮是本村老公爷那顺巴特家的祖传之物，土改没收后被丢弃在村部旧仓库里，是老衲委托老书记云敦把它找回来的。原因是，这张摇篮，我舍不得，因为我老衲小时候也睡过这张摇篮——

听了这个，几个孩子都睁大了眼睛，嘴里纷纷发出喔——噢——之声。

厄日格泰此时插言道，你们可能还不知道，老活佛其实是那位大公爷那顺巴特的堂哥，一个家族之人，只是从小出家，后又去西藏学佛二三十年，很多人不知道而已。

几个孩子更是惊讶，这么一算和圣·塔亚是阿爸厄日格泰的堂伯父了，大家这才明白这么多年来老人家为何处处照顾他们，跟大家如此亲切的缘故。

和圣·塔亚继续讲述他的故事。

在这张摇篮里小时候睡过的人，大小人物有上百个，有些是历史英雄，有些是社会名流、学者，还有不少革命者，当然，也有不太好的人，呵呵，五个手指也有参差不齐嘛。这上边记录的最后一个名字，叫德力戈，这个人应该就是你们的阿爸厄日格泰了，只是到现在他自己还没有想起来而已。

孩子们会心一笑。吉雅逗趣说，那是他老人家不好意思承认，他跟我和托雅姐，还有我们六个人的孩子前后都睡过一个摇篮，这张摇篮罢了！

大家又是一阵开心大笑，拿他们老阿爸逗闷子，感到很过瘾。

老活佛抚须微笑，继续讲开他的话头。

娃儿们，这张黄榆木摇篮看起来很普通，但它承载的是两三百年来科尔沁蒙古人的历史。它也是爱和仁慈的象征，记载着母爱、仁慈、博大和奉献等人类的最珍贵精神。你们要记住，摇篮是养育幼小生命的最初地方，也是母亲哺乳孩子并给孩子以慈爱的最神圣之地。人成长的第一步，都是从摇篮开始的。你们五六个孩子，娜仁花、博尔忽岁数大一点，没有睡过这张摇篮，小哈拉十多岁才进的这家门更没睡过了，那会儿他身上很埋汰，早进来也不会让他睡的！老人家忽然开了一句玩笑，逗的孩子们开心大笑，哈拉乡长红了脸，一个劲儿狡辩说，至于那么埋汰吗？

和圣·塔亚继续说，但你们的孩子都睡过，吉雅更是从一岁开始就睡，现在她的儿子阿日嘎拉正睡这摇篮。托雅小时候也哭着喊着睡过，那是吉雅出摇篮之后。我讲这些的目的，就是让你们记住这张黄榆木摇篮的光荣传统，也就是把慈爱送给你们的家族传统，健康哺育孩子们成长的历史传统。而且，更要永远记住，母亲和摇篮是多么伟大，多么神圣。

和圣·塔亚的话讲完了，毡庐里一片肃穆。

孩子们都受感动，心灵发生震撼，含着热泪瞩望摇篮旁的如诃额伦夫人般的额吉阿伦高娃，还有静静摆在她前边的那张黄榆木摇篮。阿伦高娃默默无语，脸上呈红晕，心里也被老活佛的话语所感动。她明白，赞美之词是献给天下所有母亲的，自己只是其中一分子而已，而在场还有其他四位年轻的母亲，大家此时都感同身受。

厄日格泰站起来，深情拥抱了一下自己的妻子，亲吻她的额头。孩子们鼓掌。

然后，他把黄榆木摇篮的底部翻过来，抬起来把上边刻写的人名展示给孩子们看了看。接着宣布说，今天的另一个主要仪式就是，由阿爸我来亲自动手，在这底板上边继续刻写睡过这张摇篮者的人名。那就先从吉雅开始吧！

大家到这时才忽然明白，老阿爸和额吉召集他们来这里的另一目的。

厄日格泰拿起准备好的一把刻字刀，在底部木板上开始刻写人名。

场面十分严正、肃穆，有一种神圣感。屋子里静悄悄的，只有刀尖划过木板的刺啦刺啦的声音。孩子们都屏息静气地观看着这一家族的庄严仪式，油油然心生敬仰。

厄日格泰终于把名字一一刻写完毕，孩子们纷纷鼓掌，走过去抚摸那张神圣的摇篮，拥抱阿爸和额吉，眼里含着热泪。

博尔忽不无羡慕地说道，要是我提前几年来这里就好了哈，还能赶上睡一睡！

是啊，我也是这么想的！我一定要为它写一篇大文章！娜仁花也这么说。她现在是旗文联作家、电视台文艺部主任，复旦高才生最终追随丈夫选择回来为养育自己的故乡服务，奉献自己的青春热血。

黄榆木摇篮的刻写仪式结束，重新把吉雅的儿子阿日嘎拉绑在里边，由姥姥又是奶奶的阿伦高娃嘴里哼着摇篮曲《波茹莱》，一把一把地摇动起来。脸上呈现出无比的幸福感。是啊，人生夫复何求？

儿女们把一束鲜花奉献给他们的额吉阿伦，她的眼里涌满热泪。

片刻后，博尔忽陪着老阿爸在小溪边散步。

厄日格泰看着儿子欲言又止的样子，开口问他，儿子，我知道你有话跟我讲，说吧。

阿爸，你知道小时候我曾有过一个愿望，长大后一定要去实现的愿望。

知道，回上海杀了你的生父，完成复仇。说完厄日格泰呵呵笑起来。

博尔忽也忍不住笑了，阿爸真会哪壶不开提哪壶，呵呵。你明知道，我说的可不是这个！

那是啥？

别装不知道，阿爸，听我说，我已经通过同学联系了北京协和医院开颅第一刀张教授，还通过国外同学联系了英国伦敦国立医院第一专家布鲁斯先生，共同操刀，为你做脑部手术，取出留在你脑子里的那颗罪恶的子弹！它留在那里的时间太长了！

儿子，你要搞这么大动静啊？为我这个一介草民？

在医学面前，草民和贵族一样一样的！阿爸，你说吧，咱们什么时候做这手术合适？您定个时间！

儿子，咱们不做这个手术，行不行？

一定要做的，不然，你永远不知道自己是谁！

知道自己是谁，有那么重要吗？我不知道也不是活过来这么多年了？不是也挺好嘛？其实现在我心里吧，过去我是谁已经不怎么重要了，重要的是失去记忆后的我，活的也很充实。如果早先就知道自己是谁，那我和你额吉不一定会发配到这里来，也不可能会有你们这五六个宝贝孩子，是不是？

厄日格泰沉吟片刻，心中颇为感慨，继续缓缓说起来。

儿子，我想了一下，相比起来不知道的好处更多一些，知道了反而会徒生苦恼，也许引来诸多烦恼折磨自己！面对以往，模糊一些也许更好，搞得太精细了会累人，何况都已经翻篇儿了，何必又把它翻回来呢？说心里话，失去记忆后的平凡人生，已经让我很知足，模糊和真实之间找一平衡活着，挺好的。我不想再回头看了，儿子，还是继续向前吧，前边阳光更好！

厄日格泰脸色平静，神情超然，缓缓说出这番话来，显然对此事他早已深思熟虑。博尔忽被阿爸的这番理论，听得心里很震动，甚至有些不理解，又一时无法驳倒他说服他，默默无语，陷入一阵思考之中，咂摸着这番话。

阿爸，你考虑问题，总是与众不同。

我这个人很实际，认真面对眼前而已，重视今天。记得罗曼·罗兰《约翰·克利斯朵夫》里也如此讲过，老师对小约翰说，重视今天。

沉吟片刻，厄日格泰眼望远处又说道，其实，你知道吗博尔忽，阿爸也有个需要兑现的承诺——

对谁的承诺？什么承诺？

对你额吉的承诺，就是帮她找到母亲，失散多年的额吉。现在已经证明，她的母亲雅茹同志已经牺牲，还有她的父亲苏克同志也已经成为烈士。我的承诺，永远无法实现了，这是我一生最大的遗憾，唉——

厄日格泰脸色寂然，重重叹气。

父子俩，遥望天际，神情肃穆而深远。

在这次父子俩谈话之后的第三天，阿爸厄日格泰和额吉阿伦高娃，从小溪边的毡庐那里突然消失了，不见了。

和圣·塔亚微笑着告诉孩子们，他们已经骑着马儿去远方，去寻找阿伦额吉的父母安葬处，去兑现承诺，祭拜逝者灵魂，告慰在天先人。

孩子们一阵惊愕，而后肃然起敬，默默为他们祈祷。

此时，向着北方，向着呼伦草原，正奔驰着三匹骏马。

两匹黑色骏马当坐骑，一匹枣红马上驮帐篷，狮子狗阿尔斯兰伴随左右，一路向北，马不停蹄，一路向北。

赤条条地来，赤条条地走，一片云也不带走。

天地间，唯有爱才博大，永恒。

他们就是这样一对儿为爱而生的人，为爱而献身的人。

骑着马儿去远方。

2016 年开始收集资料，深入基层走访，酝酿，构思。

2019 年 10 月 23 日　开笔

2020 年 2 月 2 日 12 点　初稿

2020 年 2 月 16 日　第二稿

2020 年 3 月 5 日　第三稿

2020 年 6 月 17 日　第四稿

2021 年 4 月 26 日　第五稿